À PROPROS DE L'AUTRICE

Ex-femme du prince Andrew, duc de York, et ex-belle-fille de la reine Elizabeth II, Sarah Ferguson est duchesse d'York. Autrice de mémoires et de livres pour enfants, elle est aussi productrice de documentaires et de films historiques sur la période victorienne. En parallèle, elle œuvre au sein de l'organisation à but non lucratif Children in Crisis, qui vient en aide aux enfants et femmes du tiers-monde. Mère de deux filles, les princesses Beatrice et Eugenie, Sarah Ferguson vit à Windsor avec neuf norfolk-terriers turbulents.

La lady aux secrets a été écrit avec Marguerite Kaye, autrice de cinquante romances historiques.

La lady aux secrets

SARAH FERGUSON

La lady aux secrets

Traduit de l'anglais (Royaume-Uni) par
NICOLAS ANCION et AXELLE DEMOULIN

HARLEQUIN

Titre original :
A MOST INTRIGUING LADY

Ce livre est publié avec l'aimable autorisation de HarperCollins Publishers, LLC, New York, U.S.A.

HARPERCOLLINS FRANCE
83-85, boulevard Vincent-Auriol, 75646 PARIS CEDEX 13.

www.harlequin.fr

ISBN 978-2-2804-9031-3

Parce que personne ne nous comprend aussi bien qu'une sœur – ou ne nous méconnaît aussi bien – et pourtant nous aime inconditionnellement, ce livre est dédié à ma chère sœur, Jane.

NOTE DE L'AUTRICE

Cher lecteur,

La Lady aux secrets est ma deuxième collaboration avec Marguerite Kaye, et mon deuxième roman se déroulant à l'époque victorienne. Les lecteurs de *À la conquête de sa liberté* reconnaîtront sans doute Lady Mary, mon héroïne, benjamine du duc et de la duchesse de Buccleuch. Mais le voyage qu'elle entreprend est très différent de celui de sa sœur Margaret, héroïne du livre précédent. Lady Mary n'aime pas être au centre de l'attention, bien au contraire. C'est une observatrice discrète, qui relève le moindre détail, la moindre faille chez ses semblables, avant de se forger une idée à leur sujet. Lady Mary est si discrète qu'on l'ignore aisément et qu'on la sous-estime plus facilement encore.

En fait, bien qu'elle l'ignore elle-même au début, elle possède toutes les qualités nécessaires pour être une excellente détective.

Ce livre n'est toutefois pas un roman policier. Comme *À la conquête de sa liberté*, c'est l'histoire d'une femme qui cherche sa place dans le monde, et qui refuse de rentrer dans le moule familial. Lady Mary doit lutter contre son devoir et son héritage, les conventions et les coutumes, pour vivre sa vie comme elle l'entend. Inspirée très librement de la vie réelle de Lady Mary Montagu Douglas Scott, *La Lady aux secrets* mêle les faits historiques avec la fiction. En quittant le château de Drumlanrig, dans la région des frontières écossaises, la ville thermale de Carlsbad en Bohême, en passant par Londres, Lady Mary découvrira qui elle est et trouvera – finalement – l'amour.

Il s'agit d'une œuvre de fiction, mais j'ai délibérément établi des parallèles avec ma propre vie et utilisé certaines de mes expériences pour donner de l'authenticité à mon héroïne. La séparation de mes parents l'année de mes quinze ans m'a laissée orpheline et solitaire. En découvrant, à l'âge adulte, que mes parents avaient perdu une petite fille, Sophie, j'ai cependant compris certaines des raisons de leur divorce.

Comme Lady Mary, j'ai toujours cherché à faire plaisir aux gens (parfois à mon détriment), et à me rendre utile. Et comme Lady Mary, j'ai souvent trouvé plus facile de tenir un rôle plutôt que d'être moi-même. Il y a beaucoup de moi dans ce roman, mais ce n'est pas une confession. C'est un livre à propos d'une autre des nombreuses « femmes invisibles » de l'Histoire. J'espère avoir l'occasion d'en écrire de nombreux autres pour rendre hommage à ces femmes. J'espère que vous aimerez *La Lady aux secrets* autant que Marguerite et moi avons pris plaisir à l'écrire.

Je remercie sincèrement Marguerite d'avoir été aussi remarquable comme co-autrice et comme mentor. Notre collaboration et notre amitié se consolident à chacune de nos aventures littéraires conjointes et je me réjouis déjà de la prochaine.

Encore une fois, je voudrais dire un grand merci à Rachal Kahan et à toute l'équipe de William Morrow pour la confiance qu'ils me témoignent et le soutien qu'ils nous ont apporté, à Marguerite et à moi-même, tout au long du processus d'écriture. Un grand merci également à Lisa Milton et Becky Slorach chez Mills & Boon, et un merci tout spécial à Flo Nicoll, pour ses premières réactions si intéressantes. Enfin, merci à Susan Lovejoy et Camilla Gordon Lennox, chercheuses hors pair, pour leur enthousiasme sans limites et leur connaissance des détails historiques. Toute erreur serait de notre fait.

PREMIÈRE PARTIE

Château de Drumlanrig,
région des Scottish Borders
1872

Chapitre 1

Une rencontre étonnante

Château de Drumlanrig, région des Scottish Borders, samedi 26 août 1872

Le mal de tête, qui n'était qu'une douleur sourde et lancinante quelques heures plus tôt, devenait insupportable. L'étau qui lui enserrait le crâne rendait la concentration difficile. Il s'était déjà montré brusque, presque impoli, envers sa voisine de droite pendant le plat de poisson, et il y avait encore d'autres services à endurer. C'était une amie de son hôtesse, la duchesse de Buccleuch. Il avait feint de s'intéresser à cette convive alors qu'elle louait l'un des nombreux projets de la duchesse. Quelque chose à voir avec les jardins potagers, lui semblait-il. Oui, c'était ça : le duc et la duchesse avaient accueilli tant d'apprentis jardiniers qu'ils avaient dû construire de nouveaux dortoirs pour les loger tous.

Les efforts qu'il déployait pour se changer les idées accentuaient son mal de crâne. Il sentait la douleur s'accumuler implacablement. Il savait que ses migraines étaient évoquées derrière son dos, au mess des officiers, comme « des épisodes », comme s'il souffrait de vertiges et non pas d'une affliction débilitante.

Ses muscles étaient douloureux à cause de ses tentatives pour maîtriser les tremblements de ses jambes. Sa vision se brouillait. Son humeur, le meilleur baromètre de son état, devenait maussade chaque fois qu'il devait couvrir son verre de vin pour éviter que l'un des valets de pied ne le remplisse. L'expérience lui avait durement appris que l'alcool ne faisait qu'aggraver la situation.

C'était probablement la chasse à la grouse du matin qui avait déclenché cette migraine. Il ne voyait pas d'autre explication. Les détonations des fusils, l'odeur de la poudre avaient forcément réveillé des échos terribles du passé. Cela ne pouvait être que ça, puisqu'il s'était senti parfaitement bien jusque-là. Il aurait dû s'excuser et ne pas y participer, mais il aurait alors attiré l'attention sur lui en perturbant la répartition des meilleurs postes de tir sur la tourbière, planifiée avec soin par le duc.

Au moins deux chasses supplémentaires seraient organisées dans la semaine ; mais, alors que les autres invités se réjouissaient de cette activité, c'était pour lui un test d'endurance, un moyen d'arriver à ses fins. Une impression favorable contribuerait grandement à lui garantir l'intérêt du duc ; et celui-ci était dans une position idéale pour influencer la seule personne de ce royaume qui serait susceptible de l'aider. Le bureau de la guerre avait besoin de ce nouveau département. Il voulait à tout prix décrocher ce poste. Il se pouvait d'ailleurs qu'un autre des invités du duc, attendu demain ou après-demain, devienne sa première recrue. Si tout se déroulait bien. Si !

Il allait faire tout son possible pour s'en assurer. C'était l'occasion pour lui de faire ses preuves et d'accomplir quelque chose qui valait la peine. S'il échouait... Non, il ne fallait pas y penser. S'il passait encore une année à travailler pour le gouvernement dans ce bureau de Whitehall, son cerveau se transformerait en porridge ou se retrouverait définitivement enveloppé dans le brouillard qui se refermait sur lui en ce moment même. Cela pourrait bien être sa meilleure chance – voire son unique opportunité – d'obtenir le résultat escompté, pour lui et le département. On comptait sur son éloquence pour faire valoir ses arguments. Il *pouvait* y arriver. Il *allait* y arriver. Il trouverait comment accomplir ce pour quoi il était venu ici, sans que personne ne remarque ce qu'il lui en coûtait ; surtout pas le duc, qui avait un œil de lynx.

Et il lui en coûtait énormément. La voix dans sa tête lui hurlait de se retirer dans sa chambre pour y souffrir en silence. Il ne pouvait pas se permettre de l'écouter. Il devait impérativement tenir bon. Demain était un autre jour. Mais même s'il réussissait à supporter les plats à venir, il y avait aussi les toasts, et il n'aurait d'autre choix que de les boire – ou au moins de donner l'impression de le faire –, sinon ce serait un affront, une mauvaise note. Dans ces circonstances, le whisky – qu'il détestait – embraserait son humeur déjà explosive. Après les toasts, une centaine d'invités débarqueraient pour le *ceilidh*. On attendrait de lui qu'il prenne part au bal folklorique. Il devrait endurer le grincement des cornemuses. Pour une raison inexplicable, le poème de Sir Walter Scott, *La Dame du lac,* avait été traduit en gaélique et devait être récité par un acteur en costume des Highlands au cours du souper. Le duc et la duchesse de Buccleuch avaient promis à leurs illustres invités « une soirée traditionnelle écossaise », qui devait se poursuivre jusqu'au petit matin.

La panique s'empara de lui. Il ne savait jamais précisément comment il allait réagir, s'il allait devenir mutique, hurler ou s'effondrer sans un mot, mais dans tous les cas ce serait une humiliation. S'il pouvait prendre une bouffée d'air frais, s'il pouvait s'isoler quelques instants, il y avait une chance que son malaise se dissipe. C'était inconvenant de quitter la table au milieu d'un banquet, mais le destin l'avait heureusement placé près de la porte-fenêtre de la salle à manger.

Il repoussa sa chaise, vérifia que son hôte ne regardait pas dans sa direction, marmonna une excuse et s'échappa. La porte-fenêtre menait à une petite terrasse sur le versant sud du château. Un cadran solaire en bronze, soutenu par des cupidons, trônait fièrement en son centre, mais c'est la vue qui attira son attention. Le château se trouvait sur un point culminant et offrait un panorama dont la limite naturelle était la rangée d'arbres qui s'étendait le long de la rive de la Marr Burn. Les parterres que la duchesse avait restaurés dans le cadre de son ambitieux projet de rénovation étaient agréablement symétriques, comme un grand vitrail posé à plat.

Mais ces parterres ne pouvaient pas être plats puisque Drumlanrig se trouvait sur un escarpement. Intrigué, il descendit les marches en pierre jusqu'à l'esplanade en gravier juste en dessous de lui et découvrit le secret de l'illusion d'optique : il se trouvait sur une pente raide longeant un talus herbeux jusqu'au premier des multiples niveaux. Par un chemin, il atteignit la première terrasse, bordée par une longue et étroite balustrade qu'il n'avait pas remarquée depuis le balcon. De grandes quantités de terre avaient été retirées et déplacées afin de dompter la nature. Qui avait eu cette idée audacieuse ? Combien de jardiniers étaient employés pour l'entretenir ? Et combien d'autres travaillaient dans les fameux jardins potagers et les serres dont on lui avait vanté les mérites ?

Oublie ces fichus potagers, se dit-il, *concentre-toi sur la vue.*

Peu importait comment les jardins avaient été créés ou comment ils étaient entretenus, le spectacle était beau et apaisant. Le soleil s'était couché, cédant la place à un doux crépuscule. Tout ce dont il avait besoin, c'était de quelques instants de solitude pour respirer le bon air, disperser le brouillard dans son cerveau, et se ressaisir. Il se percha sur la balustrade et admira le château. Connu localement sous le nom de « palais rose », le bâtiment de style Renaissance, avec ses tours d'angle surmontées de tourelles en forme de poivrier et sa myriade de cheminées, semblait moins imposant et plus éloigné qu'il ne l'était en réalité, grâce à cette esplanade qui déformait la perspective.

Avec un soupir las, il remit pied à terre. Il ne pouvait pas s'attarder plus longtemps ; il devait retourner au combat avant que son absence ne soit remarquée et que des questions ne soient posées. Il venait d'étendre la main devant lui, notant avec soulagement qu'elle frémissait à peine, quand il aperçut quelque chose bouger sur l'étroit rebord de pierre qui courait le long du toit entre les deux tours de la façade sud. Stupéfait, il vit une silhouette se déployer de toute sa hauteur et faire un pas en avant. Le château était haut de quatre étages. Une chute de ce perchoir entraînerait certainement la mort.

Oubliant son propre état, il remonta le chemin escarpé aussi vite que possible. Au moment où il atteignit l'esplanade, la silhouette était presque au milieu de l'étroite corniche. C'était une grande jeune femme aux courbes de statue, vêtue d'une simple tunique courte qui offrait une vue imprenable sur ses longues jambes galbées. Sa première pensée fut qu'il devait s'agir d'une artiste engagée pour rendre la soirée mémorable et qui s'exerçait pendant que son public dînait. Mais quand il put distinguer ses traits, il reconnut une convive qu'il avait vue de l'autre côté de la table, habillée d'une robe marron. Il était impossible de la confondre, malgré le fait que ses impressionnants yeux gris étaient restés baissés avec pudeur et que sa bouche généreuse était figée dans un sourire morne pendant tout le repas.

Que diable faisait-elle, et pourquoi risquait-elle de se briser le cou ? Terrifié à l'idée de la surprendre, il demeura dans l'ombre des marches. Elle gagnait de l'assurance à chaque pas, les bras tendus pour garder l'équilibre comme une funambule dans un cirque ; et alors qu'il l'observait avec admiration et inquiétude, elle fit un bond en avant, atterrissant avec légèreté sur ses pieds chaussés de pantoufles. Il aurait pu jurer qu'elle riait. Puis, ayant terminé sa traversée qui défiait la mort, elle disparut brusquement.

— C'est vous, colonel ?

Surpris, il tourna les yeux : un autre invité le regardait par-dessus le balcon.

— Tout va bien ?

— Oui, très bien, répondit-il, abasourdi que ce soit la vérité. Je suis juste sorti fumer une cigarette.

Le mensonge lui était venu facilement, et il avait l'esprit parfaitement clair alors qu'il remontait l'escalier en courant.

— C'est ce que j'ai pensé, approuva l'homme en hochant la tête. J'ai eu la même idée. Vous devriez rentrer maintenant, ils apportent le haggis. Ce serait mal vu de manquer ça.

Le son de la cornemuse accueillit Lady Mary Montagu Douglas Scott, la benjamine du duc et de la duchesse de

Buccleuch, alors qu'elle dévalait l'escalier en colimaçon des domestiques et rattachait les derniers boutons du corsage de sa robe de soirée. Elle avait décidé de porter celle en soie tabac, bien que sa mère lui ait demandé de mettre sa nouvelle robe citron, beaucoup plus serrée et difficile à fermer sans l'aide de sa femme de chambre. Sa fidèle robe marron était plus ample, et beaucoup plus facile à passer et à enlever.

À bout de souffle, elle marqua une pause devant la porte qui donnait sur la petite salle de service et sourit triomphalement. C'était la chose la plus terrifiante et stupide qu'elle ait jamais faite, mais elle l'avait fait. Et au beau milieu du dîner, en plus ! Elle était sur un petit nuage, à la fois impressionnée et surprise par sa témérité, elle débordait d'excitation.

Mais ce n'était pas encore fini. Elle n'aurait vraiment réussi que si personne ne s'était rendu compte de son escapade, ce qui signifiait qu'elle avait intérêt à effacer ce sourire impertinent de son visage. Il suffisait pour cela d'imaginer la réaction de sa mère si elle découvrait que sa plus jeune fille avait dansé sur le rebord du toit. Mary redressa son écharpe écossaise et secoua ses jupes, constatant avec consternation qu'elle avait oublié de troquer ses chaussons roses spéciaux contre des chaussures. Trop tard. De toute façon, personne ne le remarquerait.

Le joueur de cornemuse engagé par son père, transpirant dans son costume traditionnel écossais, leva un sourcil lorsqu'elle entra dans la salle à manger derrière Jamie, le valet de pied qui portait l'énorme plateau en argent sur lequel reposait le haggis. Sa mère lui jeta un regard courroucé au moment où elle se rasseyait, et Mary s'excusa silencieusement en désignant d'un geste son ventre. Elle avait la chance de ne jamais souffrir pendant son flux menstruel, mais c'était parfois très pratique de prétendre le contraire.

Elle reprit sa place, notant sans surprise que les messieurs qui l'entouraient ne semblaient pas du tout préoccupés par son absence. C'était toujours comme cela. Comment réagiraient-ils si elle leur confiait ce qu'elle venait de faire ? Elle avait du mal à le croire elle-même, maintenant qu'elle était de retour à la table. Elle n'avait pas prévu cette escapade, et même quand l'idée avait fait son chemin dans son esprit alors qu'elle mangeait le premier plat, elle n'avait pas vraiment eu l'intention de la concrétiser. Puis, alors qu'elle comptait les heures d'ennui qui s'étendaient devant elle, elle avait calculé que, si elle devait le faire, le meilleur moment serait tout de suite, quand tout le monde – les invités, ses parents, les domestiques – était pris par le dîner. Par la suite, ce fut comme si un diablotin la poussait à agir. Jusqu'à l'instant où elle avait posé le pied sur ce rebord, elle s'était dit qu'elle pouvait faire demi-tour à tout moment. Et elle était tellement heureuse de ne pas l'avoir fait. L'exploit qu'elle avait accompli et le fait que personne d'autre ici n'ait été au courant pétillaient en elle comme du champagne.

Le gentleman en face d'elle la fixait. Même si elle avait déjà vérifié que son visage n'était pas couvert de saletés ou de toiles d'araignée, Mary s'essuya rapidement les joues. Il leva les sourcils et sembla sur le point d'enfreindre toutes les règles de l'étiquette pour lui adresser la parole depuis l'autre côté de la table, avant de se raviser. Il secoua la tête et détourna le regard en même temps que tous les convives pour admirer l'impressionnant baron de bœuf qui suivait le haggis. Le rôti était porté par deux valets de pied et suscita chez les hommes un soupir approbateur que la pauvre panse de brebis farcie n'avait pas réussi à déclencher. Personne ne refuserait le haggis ; mais lors des banquets auxquels Mary avait assisté à Drumlanrig, elle avait observé que très peu de gens le goûtaient, et qu'ils étaient encore moins nombreux à l'apprécier. Personnellement, elle le préférait aux tranches de bœuf saignant qui faisaient tant saliver l'assistance. Jamie, qui connaissait ses goûts, lui servit donc une grande portion de panse de brebis.

— Vous aimez le haggis ? demanda le gentleman à sa droite, un ami politicien de son père, en étudiant d'un air désapprobateur sa propre assiette.

— Presque autant que le *crappit-heid*, répondit Mary, impassible. C'est de la tête de haddock farcie d'avoine et de suif. Ne me dites pas que vous n'y avez jamais goûté ?

— Je n'en ai même jamais entendu parler, avoua-t-il avec un frisson. Je soupçonne fortement, Lady Mary, qu'il s'agit d'une invention de votre part et que vous me taquinez.

— Non, pas du tout, c'est un mets que Sir Walter Scott a servi au roi George lors de sa visite à Édimbourg il y a quelques années.

— Ah, un événement qui fut très favorable à notre capitale et à la nation.

— En effet.

C'était un épisode de l'histoire familiale qu'on racontait souvent. Elle put donc expliquer à son interlocuteur que le roi George avait séjourné dans le palais de Dalkeith, la maison de la famille Buccleuch près d'Édimbourg, pendant toute la durée de sa visite. Il avait été l'invité de son père qui, bien qu'il eût déjà hérité de son titre, n'était qu'un enfant à l'époque.

— Comme moi, renchérit le gentleman en hochant la tête et en souriant, mais c'est entré dans le folklore national.

Il se lança dans une longue anecdote décousue concernant la visite du roi, que Mary avait entendue maintes fois. Elle sourit poliment et en profita pour étudier l'homme en face d'elle. Contrairement à presque tous les autres invités masculins, il ne portait pas de tenue à motifs écossais, mais un costume de soirée noir, avec une chemise et une cravate d'un blanc immaculé. Il était plutôt beau, avec des traits forts qui incluaient une fossette au milieu de son menton rasé de près. Des cheveux noirs coupés court, un nez marqué, une bouche charnue comme la sienne, et de lourdes paupières marron foncé qui lui donnaient un air endormi que Mary jugea trompeur. Elle estimait qu'il avait une trentaine d'années. Des rides formaient un éventail au coin de chacun de ses yeux, et des sillons plus profonds sur son front révélaient soit son âge soit des traumatismes ou souffrances passés. Est-ce qu'elle se laissait trop aller à son imagination ? Sans savoir pourquoi, elle pensait voir juste.

Il avait dû arriver plus tôt dans la journée, sans doute pour la première séance de tirs, alors qu'elle était en visite avec sa mère. Elle ne le reconnaissait pas comme un membre de la coterie de son père, ce qui était inhabituel. Intriguée, elle continua à l'étudier sous ses cils, adressant à son compagnon de table un vague commentaire sur son lointain parent Sir Walter Scott. Au lieu de manger, le véritable objet de son attention réarrangeait soigneusement le contenu de son assiette. Une fois de plus, son voisin la sortit de ses pensées.

— C'est dommage que Sir Walter ne puisse être ici ce soir pour entendre son œuvre jouée en gaélique. C'est une demande si prévenante de la part de votre père.

— C'était l'idée de mon frère William. L'année dernière, c'était le centenaire de la naissance de Sir Walter Scott, vous savez.

— Je suis au courant. J'ai assisté aux festivités à Édimbourg à l'époque et j'ai discuté avec votre frère, le comte. C'est un excellent ambassadeur pour le duc, et pour notre langue maternelle aussi.

— Vous voulez dire le gaélique ? Vous le parlez vous-même, je suppose ? s'enquit Mary.

Comme elle s'y attendait, la réponse fut équivoque.

— Pas exactement, mais l'héritage est important, vous ne trouvez pas ? Le fier Highlander au sujet duquel votre parent Sir Walter a écrit, et que Sa Majesté vénère tant. Même ceux d'entre nous qui ne le parlent pas vraiment peuvent en apprécier la… la beauté lyrique, non ?

— Oh bien sûr, approuva Mary avec l'un de ses sourires les plus réservés. Comme ceci, par exemple ?

Elle récita le long juron en gaélique que John-Angus, le sous-jardinier de l'île de Lewis, lui avait enseigné, avec le doux accent chantant qu'elle avait appris à imiter et qui donnait l'impression que le chapelet d'insultes était une berceuse apaisante.

— Magnifique, la félicita son compagnon. Puis-je vous en demander la signification ?

De l'autre côté de la table, l'homme avait posé ses couverts, alors que son plat était presque intact. Il n'avait pas non plus touché à son vin.

— Connaissez-vous ce gentleman ? le questionna Mary pour éviter de répondre.

— Qui ? Oh ! c'est le colonel Trefusis, l'informa son voisin, l'air peu enthousiaste. Il a appartenu aux Fusiliers royaux écossais, mais je crois qu'il occupe maintenant un poste d'administrateur.

— C'est peut-être pour cela qu'il ne porte pas son uniforme.

— Effectivement, sa tenue est très sobre. Pas le moindre millimètre de tartan. Nous avons tous fait un effort, vous voyez, car votre père souhaitait sortir le grand jeu pour marquer l'ouverture de la saison de la chasse à la grouse. C'est dommage que le prince de Galles ait annulé au dernier moment.

— Reporté, pas annulé. Son Altesse Royale devait s'occuper d'une affaire d'État urgente, expliqua Mary avec tact, après avoir entendu les suppositions furieuses de son père quant à la véritable raison. Le colonel est-il marié ?

— Non, non, c'est un militaire, il n'a pas d'épouse. C'est le frère de Lord Clinton. Je pense que ses propriétés sont dans le Devon ou les Cornouailles. Quelque part dans le West Country.

— Lord Clinton ? Je ne me rappelle pas l'avoir déjà croisé, et je n'ai en tout cas jamais rencontré le colonel Trefusis avant ce soir, mais je crois qu'ils doivent tous deux être des cousins éloignés.

— Oui, je pense qu'entre l'illustre lignée de votre père et celle de votre mère, vous êtes liée à toutes les familles importantes du pays. Peut-être que le colonel Trefusis honorera son héritage écossais en enfilant un kilt pour les danses ce soir. Ce qui me rappelle, Lady Mary, que je vous serais très obligé si vous m'accordiez une danse, si toutefois je n'arrive pas trop tard pour inscrire mon nom dans votre carnet de bal. On me dit que je me débrouille pas mal en scottish, s'il vous reste une place.

— Je ne sais pas où j'ai mis mon carnet, mais quand je le trouverai…

À son grand soulagement, sa mère lui signala qu'il était temps de changer de convive pour le plat suivant, et elle se tourna consciencieusement pour converser avec son autre voisin. Elle en profita pour jeter un coup d'œil de l'autre côté de la table et croisa un instant le regard du colonel Trefusis.

Il leva à nouveau les sourcils et, cette fois, la question semblait inscrite en toutes lettres sur son visage : *Que diable avez-vous fait ?*

Chapitre 2

Danse au ceilidh

Le château de Drumlanrig était la moins grandiloquente et la moins imposante des demeures de la famille Buccleuch. Il était utilisé principalement pour des parties de chasse l'été. Aussi impressionnant qu'il paraisse de l'extérieur, il était peu meublé et les pièces étaient glaciales l'hiver. C'était aussi une résidence très peu pratique : l'accès au deuxième étage ne se faisait que par les escaliers en colimaçon des quatre tours. Ils étaient si étroits qu'un système de sens unique était en vigueur.

Drumlanrig n'avait pas de salle de bal, ce qui signifiait que le ceilidh annuel se tenait dans le salon du premier étage. Bien que tous les meubles eussent été enlevés, les tapis roulés, et les musiciens entassés dans le fond de la pièce, il ne restait que très peu de place pour danser.

Heureusement, les danses du ceilidh de Drumlanrig étaient exécutées de façon posée, sans l'enthousiasme qui prévalait lors des rassemblements moins pompeux auxquels Mary avait assisté clandestinement sur le domaine, en compagnie de son ami Stuart, le fils du garde-chasse. Ce soir, les pas de chaque danse étaient exécutés avec soin, et un homme, au côté de l'accordéoniste, était chargé de décrire les manœuvres les plus compliquées. Le temps était strictement respecté, les mains et les têtes correctement tournées à chaque pas ou changement de direction.

Des années de pratique permettaient à Mary de danser sans avoir à se concentrer, et comme aucun de ses partenaires n'avait son expérience, ils ne pouvaient converser avec elle pendant qu'ils s'efforçaient de ne pas lui marcher sur les pieds… ce qui l'arrangeait très bien. Elle guida son partenaire pour la section polka de la « scottish de Balmoral », ce qui lui valut un sourire reconnaissant, et scruta encore la pièce à la recherche du colonel Trefusis. Elle ne le vit pas, pas plus que son père. Le duc détestait danser, mais il était à cheval sur les convenances, et ce n'était pas son genre de s'éclipser en plein milieu de son propre ceilidh. Les deux hommes discutaient-ils ensemble ? De quoi pouvaient-ils bien parler ? C'était certainement plus important qu'une simple conversation de politesse.

La danse prit fin et Mary exécutait la révérence d'usage lorsque sa mère apparut à ses côtés.

— Si vous voulez bien nous excuser, déclara la duchesse, qui lui prit le bras avec fermeté tout en souriant aimablement au partenaire de Mary. Je voudrais dire un mot en privé à ma fille.

Oh ! mon Dieu ! Sa mère devait avoir remarqué qu'elle s'était absentée trop longtemps.

— Mère, la prochaine danse…

— … ne commence pas avant dix minutes.

La duchesse la conduisit jusqu'à l'embrasure de la porte-fenêtre du salon attenant, où plusieurs invités se remettaient de leurs efforts sur la piste de danse.

— Maintenant, dis-moi honnêtement, dois-je m'inquiéter pour toi ?

— Non !

Son démenti semblait teinté de panique. Mary se rappela que sa mère ne pouvait pas savoir ce qu'elle avait vraiment fait.

— Je veux dire, non, mère, bien sûr, vous ne devez pas vous faire de souci pour moi.

— Tu as quitté la table pendant au moins vingt minutes. Pour t'en aller au milieu d'un banquet comme celui-là, tu devais te sentir terriblement malade.

— Oh non, je vous promets que je vais parfaitement bien, lui assura Mary, se sentant coupable. Mes menstruations sont arrivées en avance, et j'ai dû m'en occuper, c'est tout.

La duchesse grimaça.

— Oh. Oui, je vois.

— Je ne voulais vraiment pas vous inquiéter.

— Non, je sais, Mary, ce n'est jamais ton intention. Tu penses qu'avoir une fille qui me cause des nuits blanches est déjà plus qu'il ne m'en faut.

Telle fut la réponse étonnamment précise et ironique de la duchesse.

— Margaret est très heureuse maintenant à New York. Elle l'a expliqué dans sa dernière lettre ; et vous savez, mère, qu'elle ne fait jamais semblant. Si elle dit qu'elle est heureuse, alors elle l'est.

— C'est tout à fait vrai : on sait toujours exactement à quoi s'en tenir avec ta sœur. En ce sens, tu es très différente d'elle. Je ne sais jamais ce qui se passe dans ta tête. Et tu es le dernier oisillon qui reste dans le nid.

— Je croyais que vous aviez hâte que je prenne mon envol, répondit Mary, décontenancée par ce changement d'opinion, étonnant chez sa mère.

— Qu'est-ce qui te fait croire ça ?

— N'était-ce pas l'objectif de mes deux dernières saisons passées à Londres ? Je suis désolée que ce soit si difficile de se débarrasser de moi.

— Se débarrasser de toi ! Quelle façon de le tourner. Je voulais que tu t'amuses. Une nouvelle garde-robe, des bals… c'était l'occasion pour toi de rencontrer de nouvelles personnes, de te faire de nouveaux amis. Tu as été trop seule, et je suis consciente que c'est en grande partie ma faute. Tu es timide, et cette première saison a été éprouvante pour toi, mais j'espérais que tu apprécierais davantage la deuxième.

— Ça n'a pas été le cas, admit la jeune femme avec franchise. Êtes-vous vraiment en train de dire que vous ne m'avez pas emmenée à Londres pour me trouver un mari ?

— Je croyais que mes motivations étaient claires. J'espérais que tu comprendrais, Mary, que j'ai appris des erreurs commises avec ta sœur.

La duchesse pinça les lèvres.

— Ce n'est pas le moment d'en discuter. Nous devrions rejoindre nos invités.

Les paroles de sa mère donnaient matière à réflexion mais, par-dessus son épaule, Mary aperçut le colonel Trefusis et son père qui entraient dans le salon. Le colonel l'avait manifestement repérée, car il traversa la pièce d'un pas rapide et s'inclina.

— Votre Grâce. Lady Mary. Je crois que cette danse est pour moi ?

Mary savait très bien que ce n'était pas le cas, tout comme son partenaire corpulent qui fonçait vers elle, mais elle autorisa le colonel à lui prendre le bras.

— Lord Provost a inscrit son nom pour cette danse.

Le colonel Trefusis sourit et secoua la tête.

— S'il tente de tournoyer sur la piste, il risque l'apoplexie. Vous l'épargnerez, lui et les braves gens de Dumfries, en dansant avec moi à la place.

Il les guida vers un groupe de trois couples qui s'était formé près de la porte d'entrée. Il n'avait manifestement aucun égard pour les règles strictes qui régissaient un ceilidh : ils étaient désormais en tête de rangée, ce qui signifiait qu'ils seraient les premiers à danser.

— Nous devrions être à l'arrière, souffla Mary en essayant de dégager son bras.

Le colonel ne la lâchait pas, l'immobilisant avec fermeté.

— J'ai attendu toute la soirée pour danser avec vous, je ne peux pas patienter une minute de plus.

— Attendu toute la soirée ! Où ça ? Je ne vous ai pas vu depuis le dîner.

— J'étais occupé ailleurs.

— Je ne vous cherchais pas. J'ai simplement remarqué…

— Que j'avais disparu ? Comme vous pendant le dîner.

— J'ai quitté la table pour gérer une… une affaire personnelle, prétendit Mary, le rose aux joues. Comme je viens de l'expliquer à ma mère.

N'importe quel gentleman aurait immédiatement changé de sujet. Le colonel Trefusis se contenta de hausser les sourcils.

— Une affaire personnelle. Quelle formulation intéressante.

Que voulait-il dire ? Il ne pouvait pas l'avoir vue. Quitter la table au milieu d'un banquet comme elle l'avait fait contrevenait à toutes les règles de l'étiquette. L'orchestre se mit à jouer. Mary tenta encore de libérer son bras.

— Je ne veux pas offenser Lord Provost.

— Si Lord Provost est offensé, c'est par ma faute. Quant à la danse, je pense que vous trouverez que je me débrouille plutôt bien.

Il la poussa à tourner sur elle-même exactement au bon moment. Il n'y avait rien de retenu dans ses gestes, il lui fit presque faire un tour complet. Elle avait tellement le tournis quand il la relâcha qu'elle faillit rater son propre pas en longeant la rangée de cavaliers. Arrivés au bout de la file, ils tournoyèrent à nouveau ensemble, mais elle était prête cette fois, et apprécia la voltige. C'était au tour du colonel maintenant de remonter la rangée en faisant tourbillonner chacune des dames. Une fois au bout, il prit les bras de Mary et la fit virevolter si fort qu'elle tituba et ne remarqua qu'il lui avait fait franchir les portes du salon que lorsqu'il s'arrêta brusquement.

— Que diable faites-vous ? haleta-t-elle.

— Je me suis dit que vous aviez besoin d'air. Vous paraissez un peu étourdie.

— À cause de vous !

— Nous devons parler, et c'est impossible de le faire en dansant.

Sans la lâcher, il la fit passer devant les deux valets de pied qui se tenaient en haut de l'escalier principal en chêne, puis la dirigea vers une porte qui donnait sur l'un des petits balcons de la façade sud du château. Il descendit les marches en pierre dans la pénombre pour rejoindre les jardins.

— Il nous faut être brefs, sinon notre absence sera remarquée, reprit le colonel Trefusis en libérant son bras.

— C'est probablement déjà le cas. La manœuvre n'était pas très discrète, déclara Mary sans détour, complètement déstabilisée par son comportement autoritaire. Ma mère…

— Vous n'aurez qu'à lui dire que vous alliez défaillir.

— Je l'ai déjà assez inquiétée ce soir en disparaissant au dîner. De toute façon, je ne m'évanouis jamais.

— Vous devriez peut-être vous y mettre. Cela peut être une excuse bien utile pour se sortir de situations délicates.

— Comme celle-ci ?

— Celle dans laquelle vous vous êtes mise tout à l'heure me semblait bien plus risquée.

Le cœur de la jeune femme rata un battement. *Ne panique pas.* Il ne pouvait pas l'avoir vue. *Cherche une diversion*, pensa Mary en se raccrochant à ce qu'elle pouvait.

— Je ne comprends toujours pas pourquoi vous n'avez pas simplement inscrit votre nom sur mon carnet de bal, si vous aviez tellement envie de danser avec moi.

— Je n'avais pas prévu de prendre part au ceilidh.

— Maintenant que vous m'avez choisie, cela paraîtrait très bizarre si vous arrêtiez.

— Alors je mettrai un point d'honneur à danser avec au moins deux autres cavalières quand nous retournerons sur la piste, ce qui ne saurait tarder. Venons-en au fait, voulez-vous, Lady Mary ?

Sa bouche devint sèche, mais elle réussit à former ce qu'elle espérait être un sourire indifférent.

— C'est-à-dire ?

— L'exploit étonnant que vous avez réalisé pendant le dîner.

Elle envisagea de le nier, mais quelque chose dans l'expression du colonel la fit se raviser. Un changement subtil qu'elle n'arrivait pas à identifier, mais qui le faisait ressembler à un jeune officier pris en défaut.

— Vous m'avez vue.

— Effectivement. À quoi diable jouiez-vous en risquant votre vie de la sorte ?

— Je ne risquais pas ma vie !

— Vraiment ? Vous ne sembliez pas sûre de vous quand vous vous êtes lancée.

— Une fois que j'ai trouvé mon équilibre, je... Où étiez-vous ? Vous ne pouvez pas m'avoir vue depuis la salle à manger, vous deviez donc être dans les jardins. C'est très impoli de quitter la table au milieu d'un banquet, mais vous le savez parfaitement.

Il pinça les lèvres.

— Je suis sorti prendre l'air entre les plats.

— Vous semblez avoir souvent besoin d'air frais, rétorqua Mary, se rappelant soudain que l'attaque était la meilleure défense. Peut-être vous en nourrissez-vous aussi, car vous ne mangez pas vraiment et ne buvez pas grand-chose non plus.

Il haussa les sourcils.

— Vous m'épiez ?

— J'ai le sens de l'observation, c'est tout. Vous n'avez pas touché à votre plat ; vous l'avez simplement réarrangé dans votre assiette.

— Je n'avais pas faim. Et arrêtez d'essayer de changer de sujet.

Mary croisa les bras pendant que son cerveau fonctionnait à toute allure. Pouvait-elle la jouer au culot ?

— Nous nous sommes tous deux échappés du dîner pendant quelques instants... Quelle importance ? demanda-t-elle, faisant de son mieux pour dissimuler sa panique. C'était très inconvenant de notre part à tous les deux, mais aucun mal n'a été fait. Maintenant, puis-je retourner au ceilidh ?

— Vous m'avez terrorisé, avoua le colonel, ignorant son stratagème. J'ai volé à votre secours, même si je n'ai aucune idée de ce que j'aurais bien pu faire si vous étiez tombée.

— Vous auriez essayé de me rattraper ? s'exclama Mary en recourant à la désinvolture. Je ne suis pas un poids plume ; vous seriez sans doute mort écrasé.

Une vision d'elle-même en train de chuter la fit frissonner. Elle secoua la tête pour la chasser.

— Heureusement pour vous, je ne suis pas tombée.

— Non, vous aviez l'air de savourer chaque instant, après votre départ mal assuré. Vous aimez flirter avec le danger ?

Elle lui lança un regard noir.

— Ce ne sont pas vos affaires.

— Cela m'intéresse, poursuivit-il, parce que la jeune femme qui marchait sur le rebord du toit était si différente de la créature insipide que j'avais vue au dîner. Vous ne m'avez toujours pas dit ce que vous faisiez là-haut.

— Vous ne comprendriez pas, affirma Mary, qui se demandait si elle le savait elle-même. Peu importe la raison. Je l'ai fait, et je le regrette.

— C'est vrai ?

Elle ouvrit la bouche pour acquiescer, puis changea d'avis et haussa les épaules à la place.

— C'était un exploit que vous pouviez accomplir quand vous le vouliez, pourquoi en plein milieu d'un dîner ? Je ne comprends pas pour quelle raison vous avez choisi ce moment.

À la lumière des étoiles, elle ne distinguait pas bien son visage, mais il semblait vraiment déconcerté. Elle n'avait pas besoin de s'expliquer, mais c'était si rare que quelqu'un souhaite qu'elle le fasse qu'elle en était fortement tentée.

— Je ne comptais pas le faire. Je ne faisais qu'y penser au début, pendant qu'on me parlait. Je me suis imaginée quitter la salle à manger, courir à l'étage me changer, et marcher sur le rebord.

— Et soudain votre imagination a cédé la place à l'action ?

— Vous vous moquez de moi ?

— Je suis… je suis déconcerté par votre comportement, pour être honnête.

— Déconcerté, répéta Mary, secrètement ravie.

— Avez-vous l'habitude de pallier ainsi l'ennui d'un dîner ?

Elle éclata de rire.

— Bien sûr que non ! C'était la première fois.

— Et la dernière, j'espère, maintenant que vous avez démontré en être capable… si c'est ce que vous recherchiez.

— Peut-être, reconnut-elle, surprise.

— Comment diable avez-vous acquis une compétence aussi remarquable ? Cela ne fait pas partie de l'éducation normale d'une jeune femme.

— L'un de nos apprentis maraîchers vient d'une famille d'acrobates de cirque. Il m'a appris à marcher sur une corde raide il y a quelques années, bien que je ne l'aie jamais fait à plus d'un mètre du sol. Je me suis exercée des tas de fois sur le long mur de la terrasse, mais je n'avais jamais marché sur le rebord du toit. Je n'avais pas vraiment réalisé à quel point le sol était loin. Je n'aurais pas dû regarder en bas… cela a failli me déstabiliser.

— Cela a failli vous tuer, corrigea le colonel, la mine sombre.

— Mais cela ne s'est pas produit, souligna Mary en réprimant un frémissement. En y repensant, je dois admettre que j'ignore ce qui m'a pris.

— Le frisson d'accomplir un acte dangereux, combiné à un fervent désir d'adresser un pied de nez à toutes les personnes présentes, sans que nul ne devine ce que vous faisiez.

— Oh ! s'écria Mary.

Sa mâchoire se décrocha.

— Comment arrivez-vous à cette conclusion, alors que moi-même je ne saisis pas mes motivations ?

Il rit doucement.

— Vous avez dit « pendant qu'on me parlait ». Vous deviez être convaincue qu'aucun de vos voisins de table ne remarquerait votre absence.

— J'avais raison ! Et vous ? demanda Mary, passant à nouveau à l'attaque. Vous avez dû être absent presque aussi longtemps que moi. Comment vous êtes-vous justifié ?

— Comme je vous l'ai dit, je suis sorti prendre l'air.

Visiblement, il n'aimait pas qu'elle l'interroge. Un éclat de rire étouffé leur parvint de la salle à manger. Le personnel devait être en train de dresser la table pour le souper.

— Je ferais mieux de rentrer, déclara Mary. Ma mère… Oh mon Dieu, allez-vous le lui dire ? S'il vous plaît, je préférerais vraiment que vous n'en fassiez rien. Cela la mettrait dans une position épouvantable.

— Que diable voulez-vous dire ?

— Je ne peux pas vous l'expliquer, mais si vous lui en parlez, ma mère sera obligée d'informer mon père. Colonel Trefusis, vous ne pouvez pas savoir à quel point je souhaite qu'elle n'ait *pas* à le faire…

Mary s'interrompit, mortifiée, lorsqu'elle réalisa combien elle se montrait entêtée.

— Je ne peux pas vous l'expliquer, nous n'avons pas le temps, il nous est impossible de rester dehors plus longtemps. Que diriez-vous de nous retrouver demain matin avant le petit déjeuner ? J'ai l'habitude de me promener vers 6 heures. Nous pourrions nous croiser par hasard.

— Je ne suis pas sûr que ce soit convenable.

— Je vous en prie !

Elle entendait des pas approcher.

— Rejoignez-moi au pavillon d'été, souffla Mary. Il est dans la nature, derrière le boulingrin, vous ne pouvez pas le rater. S'il vous plaît, colonel Trefusis.

— Très bien. Il se trouve que j'ai aussi l'habitude de faire une promenade matinale.

Le valet de pied que la mère de Mary avait manifestement envoyé à sa recherche apparut, et le colonel prit le bras de la jeune femme.

— Si vous vous sentez mieux maintenant, Lady Mary, je pense que nous devrions retourner au ceilidh.

CHAPITRE 3

LA SOURIS

Château de Drumlanrig, dimanche 27 août 1872

C'était un début de journée magnifique. Le soleil venait de se lever et les derniers danseurs du ceilidh avaient enfin rejoint leur lit quand Mary se rendit à son rendez-vous avec le colonel Trefusis. À cause du mensonge concernant son malaise, sa mère avait insisté pour qu'elle se couche relativement tôt, à 2 heures. Mary avait passé une grande partie de la nuit éveillée, à se remémorer les événements de la soirée, essayant en vain d'imaginer la conversation du lendemain matin. Arrivée au demi-cercle dans les jardins, elle se retourna pour observer le château. Sa promenade sur le bord du toit semblait n'être qu'un rêve, mais peut-être aurait-elle plutôt dû la considérer comme un cauchemar ?

Elle était divisée. Si sa mère entendait parler de son exploit, elle ne se pardonnerait jamais. Mais si elle parvenait à persuader le colonel Trefusis de garder le secret… Mary sourit et serra les bras autour de son ventre. Elle ne voulait pas regretter cet épisode, car elle y avait pris énormément de plaisir.

Le colonel avait tenu parole la veille. En revenant au ceilidh, il l'avait d'abord remise avec sollicitude au cavalier suivant, avant de se chercher une partenaire. Il avait exécuté une scottish complexe avec enthousiasme, et pris part à trois autres danses. Cette attitude prouvait ce qu'elle avait déjà supposé : qu'il était un homme d'honneur. Mais le décorum avec lequel il avait dansé était déroutant, comparé à l'audace dont il avait fait preuve en la faisant virevolter sur la piste.

Elle ne savait pas quoi penser de lui. Il avait l'allure et la tenue du plus conservateur des hommes, et pourtant la méthode à laquelle il avait recouru pour lui parler était téméraire. Son excuse pour quitter la table du dîner l'intriguait également. Pourquoi avait-il eu besoin de prendre l'air ? Était-il souffrant ? Cela expliquerait son manque d'appétit, mais pas l'énergie qu'il avait déployée lors de la danse. Ces contradictions piquaient son attention. Son intérêt pour elle, le fait qu'il l'ait remarquée, attisait aussi sa curiosité… et la déconcertait. L'important ce matin, cependant, c'était qu'il lui offre une chance de s'expliquer, et elle devait tirer parti de cette opportunité. Et ce ne serait pas une mince affaire, car elle n'avait jamais parlé d'elle ni de ses sentiments à qui que ce soit.

Elle avait atteint la Maison de la bruyère, un de ses endroits préférés, que sa mère avait récemment ajouté aux jardins. C'était un petit pavillon rond assez original, construit en bois au sommet d'un monticule de gazon et entouré d'arbres. Les lieux offraient une jolie vue sur la Marr Burn et la cascade.

À l'intérieur, les murs étaient décorés du blason de la famille Buccleuch, de divers autres symboles héraldiques et de devises, tous habilement tracés avec de la mousse et de la bruyère imbibées de chaux. Mary prit place sur le banc à l'extérieur, dos au chemin, et ferma les paupières pour écouter le bruissement de la rivière à travers les bois. Elle avait toujours l'impression que la Marr Burn était pressée d'arriver quelque part.

Ce son apaisa sa nervosité, jusqu'à ce que le léger craquement d'une brindille lui fasse brusquement ouvrir les yeux.

— Bonjour.

Troublée, Mary se leva d'un bond.

— Colonel Trefusis. Vous êtes en avance.

Il était vêtu d'une veste d'intérieur sombre et d'un gilet assorti sur un pantalon de couleur chamois et une chemise d'un blanc aveuglant. Sa tenue était décontractée, mais il l'arborait avec une élégance qui mit Mary mal à l'aise, car elle avait enfilé sa propre toilette à la hâte. Elle portait l'une de ses robes de matinée préférées, en coton blanc brodé de petites fleurs bleues, jolie mais sans rien d'exceptionnel. Elle avait juste peigné à la va-vite ses longs cheveux indisciplinés, ils pendaient dans son dos et étaient négligemment attachés par un ruban. Le colonel était coiffé avec soin et rasé de frais. Son seul signe de décontraction était l'absence de chapeau.

Elle l'avait trouvé séduisant la veille. Aujourd'hui, elle réalisa avec consternation qu'elle le trouvait aussi extrêmement attirant. Les souvenirs de son atroce première saison lui revinrent en mémoire, réveillant son embarras d'alors. Elle n'aimait pas être le centre de l'attention. Elle ne savait pas comment faire la conversation avec les gentlemen que sa mère avait réunis pour qu'ils dansent avec elle. Plus un homme était attirant, plus elle perdait la voix.

Elle n'avait eu aucun succès, et en avait d'abord été mortifiée avant de réaliser que ne pas intéresser de mari potentiel était exactement le résultat qu'elle recherchait. Par la suite, elle perfectionna l'art de se montrer muette et maladroite, d'avoir l'air abattue et réservée, et donc d'être ignorée. Elle avait réussi, grâce à cette méthode très personnelle, à repousser toutes les avances et passait la majeure partie de son temps à observer les progrès et les déboires des autres débutantes. Prédire ce qui allait arriver était devenu un jeu pour elle. Elle avait découvert qu'elle était douée, d'ailleurs. Il semblait que l'une de ses rares compétences était de faire preuve d'intuition pour évaluer les gens. Pas de chance pour elle, cette qualité n'était utile que pour s'amuser en société.

— Si nous nous mettions à l'aise ? proposa le colonel Trefusis avec un léger sourire qui lui fit se demander combien de temps elle l'avait fixé en silence.

Il attendit qu'elle se rasseye sur le banc étroit avant de s'installer à son côté. Ses bottes étaient cirées avec soin, pas même un brin d'herbe n'entachait leur perfection. Mary cacha ses pieds humides de rosée sous l'ourlet de sa robe, joignit les mains et lui adressa un sourire radieux.

— Merci d'avoir pris le temps de venir ici pour me parler.

On aurait dit sa mère s'adressant à un convive peu apprécié, mais le colonel, qui contemplait la rivière, ne sembla pas le remarquer.

— Par une si belle matinée, ce n'est pas une corvée. Je suis un lève-tôt, et j'aime profiter de l'air frais matinal si j'en ai l'occasion.

— Et pendant le dîner et au milieu d'un ceilidh, aussi, plaisanta Mary.

Elle regretta immédiatement son trait d'humour, se rappelant trop tard qu'il avait été sur la défensive lorsqu'elle avait tenté de le questionner à ce sujet la veille.

— Cela nous a permis de réaliser que nous avons un point commun, ajouta-t-elle, s'efforçant de faire amende honorable. Je veux parler de notre amour de l'air frais. C'est l'une des choses qui me déplaisait le plus à Londres : l'impossibilité de respirer le grand air. Surtout sans un chaperon. Je détestais cela aussi. Devoir être chaperonnée. Je n'étais jamais autorisée à me déplacer seule.

Mary grimaça intérieurement.

— Désolée, je parle trop.

— Vous n'avez aucune raison d'être nerveuse.

— Bien sûr que si. Hier soir, j'ai accepté de m'expliquer, mais je n'ai pas l'habitude de le faire, et je vous connais à peine. C'est difficile de…

Oh ! tais-toi, Mary.

Elle fixa le sol en rougissant furieusement.

— Alors, laissez-moi commencer par m'expliquer, fit le colonel. J'ai quitté la table au banquet hier soir parce que j'avais un affreux mal de tête.

— Pourquoi ne l'avez-vous pas dit ? Vous l'avez très bien caché quand vous dansiez avec moi.

— Vous voir en équilibre sur le rebord du toit m'a guéri. Votre présence a agi comme un baume sur mon front fiévreux.

Elle sourit à ce compliment délibérément extravagant.

— Je suis ravie de vous avoir été utile.

Le colonel Trefusis se tourna sur le banc pour lui faire face.

— Un service en appelle un autre. J'ignore pourquoi vous vous êtes mis en tête que j'irais raconter ce que j'ai vu à la duchesse, mais je n'en ai pas l'intention. Je comprends pourquoi vous étiez là-haut. Je me considère privilégié d'avoir été témoin de votre audace. L'affaire est close.

— Vraiment ?

— Vraiment.

— Merci. Oh ! merci beaucoup. Si ma mère l'apprenait… Je me suis fustigée toute la nuit d'avoir été si égoïste.

— Je suis ravi de vous avoir été utile.

Elle sourit en remarquant qu'il avait repris sa formulation.

— Je vous en suis extrêmement reconnaissante.

— Dans ce cas, faites-moi plaisir et expliquez-moi pourquoi c'est si important pour vous que votre mère n'en sache rien.

Le soulagement de la jeune femme fit place à de la méfiance.

— Que voulez-vous savoir ?

Il l'étudia pendant un moment, les lèvres pincées.

— Peu importe, je n'aurais pas dû demander. Ma décision n'était pas assortie de conditions.

Il voulut se lever, mais elle lui attrapa le bras.

— Non, attendez. Vous avez été très généreux, je vous dois une explication.

— Vous ne me devez rien du tout.

— C'est pour cette raison que j'aimerais m'expliquer.

Mary joignit les doigts sur ses genoux.

— Mais je ne sais pas par où commencer. Qu'est-ce que vous voulez savoir ?

— Eh bien, je suppose… oui, je me demande : si vous ne redoutiez pas que votre mère l'apprenne, regretteriez-vous cette aventure ?

— Honnêtement ?

Elle ferma les yeux, revivant l'instant où elle avait assuré son équilibre et s'était mise à marcher le long du rebord.

— Je n'en suis pas sûre. C'était exaltant. Comme voler dans les airs, j'imagine. J'avais l'impression d'être un faucon, surveillant le monde d'en haut. Tout me semblait si petit, et je me sentais… je me sentais libre et puissante. Comme si rien ni personne ne pouvait m'atteindre. C'était une expérience enivrante. Je n'ai jamais rien ressenti de tel. Désolée, je parle trop et je suis fantasque.

— Pas du tout, vous êtes passionnante.

Il y avait une ardeur dans sa voix et une lueur dans ses yeux qui la réchauffaient de l'intérieur. Elle n'était pas mal à l'aise, mais consciente à nouveau qu'il était très séduisant et sophistiqué. Il ne pouvait pas s'intéresser à elle, sauf pour l'attrait de la nouveauté, peut-être.

Mary détourna le regard.

Le colonel Trefusis se déplaça légèrement sur le banc et croisa les jambes.

— Pourquoi est-il si important que vos parents ne découvrent pas votre numéro de funambule ? J'ai l'impression que ce n'est pas seulement parce que vous craignez leurs remontrances.

Le changement de sujet la ramena brusquement sur terre.

— C'est à cause de Margaret, ma sœur.

Comment expliquer Margaret ?

— Elle est tout ce que je ne suis pas.

Jolie, sûre d'elle et rebelle, pensa Mary avec regret. Margaret aurait tellement mieux mené cette conversation qu'elle. Elle serait allée droit au but.

— Elle a créé un scandale en s'enfuyant du bal au cours duquel ses fiançailles devaient être annoncées. Le nom des Buccleuch a été traîné dans la boue, continua Mary en contrefaisant le ton retentissant de son père. Notre linge sale a été lavé en public. Le duc était mortifié.

— Bon Dieu, je ne suis pas surpris. Quel comportement horrible !

— Oui, mais pas aussi horrible que d'essayer de forcer, au nom du devoir, une personne à épouser un homme qu'elle trouve répugnant.

— Forcer ? Nous sommes au XIXᵉ siècle. Une femme ne peut pas être forcée à se marier.

— Sa vie peut être rendue très difficile si elle refuse. Mon père a envoyé Margaret à Dalkeith, notre maison familiale près d'Édimbourg, pour lui apprendre l'obéissance. Et j'ai été expédiée ici avec ma gouvernante afin d'être à l'abri de sa mauvaise influence. Quand elle a refusé une deuxième fois, elle a été exilée en Irlande et nous n'avons plus eu le droit de parler d'elle. À présent, elle est installée à New York. Je ne l'ai pas vue depuis six ans.

— Bon Dieu.

— Exactement, dit Mary, quelque peu étonnée de s'être ainsi confiée. Le duc ne veut même pas que son nom soit prononcé. Ma mère lui écrit, et moi aussi, mais nous devons le faire en cachette.

— Cela vous met dans une position très inconfortable.

— Et ma mère, encore plus.

— Peut-être, mais… vous deviez être très jeune quand cette tempête a eu lieu.

— J'avais presque quatorze ans quand j'ai dû quitter Dalkeith pour venir ici avec ma gouvernante.

Le colonel fronça les sourcils.

— Je croyais que c'était votre sœur qui était punie par l'exil.

— J'aime beaucoup Drumlanrig. Mes parents voulaient me mettre à l'abri du danger. Ils avaient d'autres urgences plus importantes à traiter, justifia Mary bien qu'elle se fût parfois demandé si quelqu'un se souvenait de son existence. On s'est très bien occupé de moi.

— Attendez ! Vous voulez dire que vous êtes restée ici pendant… combien de temps ?

— Jusqu'à mon entrée dans le monde, il y a deux ans.

Ça semblait affreux, résumé comme ça.

— Ne croyez pas que j'étais malheureuse. Mes parents résidaient parfois à Drumlanrig. Pour la chasse et… et à d'autres occasions. Et je passais toujours Noël avec ma famille aussi. Et puis je suis parfaitement heureuse en ma propre compagnie.

Le colonel paraissait consterné.

— Pardonnez-moi, je ne veux pas dire du mal de mon hôte et de mon hôtesse, mais il me semble que vous avez mené une existence très solitaire.

Elle aurait aimé le nier, mais c'était la vérité, même si elle ne s'était jamais autorisée à le penser. Comment la conversation avait-elle pris une tournure aussi personnelle ? Elle voulut hausser les épaules, mais constata avec horreur qu'une boule s'était formée dans sa gorge. Personne ne lui avait jamais demandé ce qu'elle ressentait. Il avait fallu que ce parfait inconnu lui fasse remarquer ce qui aurait dû être une évidence aux yeux de sa mère. À la grande honte de Mary, une larme coula sur sa joue. Elle l'essuya aussitôt.

— Je suis désolée.

Le colonel Trefusis secoua la tête et lui tendit un mouchoir.

— Merci.

Elle se tamponna les yeux en déployant tous les efforts du monde pour se maîtriser.

— La seule chose pire qu'un arrosoir humain, c'est quelqu'un qui n'a pas de mouchoir, rit-elle.

— Je peux me tromper, mais vous ne m'avez pas l'air de quelqu'un qui exprime ses émotions en public.

— Effectivement. Je ne pleure presque jamais et je ne me confie à personne, encore moins à un inconnu. Je vous prie de m'excuser, je ne sais pas ce qui m'a pris.

— Un abandon de votre retenue habituelle, qui n'a que trop tardé, déclara sèchement le colonel Trefusis. Vous étiez à un âge impressionnable lorsque vous avez été envoyée ici. Vous avez dû penser qu'on vous punissait comme votre sœur.

— Je ne comprenais pas vraiment ce qui se passait. Je savais que Margaret avait fait quelque chose de très grave, mais quand j'ai voulu comprendre de quoi il retournait, mes parents…

Mary frissonna.

— Le sujet était interdit. J'ai donc appris à ne pas poser de questions.

— Et à ne jamais rien réclamer ?

Comme elle ne répondait pas, il secoua la tête en pinçant les lèvres.

— Pour être parfaitement franc, j'ai l'impression que vous avez été très mal traitée.

Des larmes brûlèrent à nouveau les yeux de la jeune femme. Mortifiée, elle cligna furieusement des paupières.

— J'ai appris à être autonome.

— Vous n'aviez guère le choix.

Elle avait déjà repris la maîtrise d'elle-même.

— Je me suis fait un véritable ami en la personne de Stuart, le fils de notre garde-chasse principal. Comme je l'ai dit, je suis très autonome.

— Vous êtes aussi d'une loyauté admirable.

Le colonel lui toucha légèrement la main.

— Et vous n'aimez pas non plus parler de vous, ajouta-t-il.

— Je n'en ai pas l'habitude. Je ne sais pas pourquoi je vous raconte tout cela. Vous devez penser… je ne sais pas ce que vous devez penser de moi.

Il resta silencieux un moment, lui laissant le temps de se ressaisir.

— Je pense, que vous l'admettiez ou non, que les frasques de votre sœur vous ont coûté cher.

— Elles ont coûté encore plus cher à mes parents. Cet épisode a engendré énormément de tensions.

— Et vous êtes déterminée à ne pas ajouter à leurs malheurs. Vous deviez être terrifiée à l'idée de commettre le moindre faux pas.

— C'est exactement ça ! J'étais terrifiée. Je le suis toujours, reconnut Mary, étonnée. Ma mère est dans une position très difficile. J'ai de la peine pour elle.

Le colonel Trefusis n'avait pas l'air convaincu.

— Je n'aurais pas la présomption de juger l'une ou l'autre, mais vous êtes complètement innocente de tout ce qui vous est arrivé. À présent, je comprends mieux votre anxiété d'hier soir et votre envie de ne pas causer un nouveau souci.

— Ce n'est pas la faute de Margaret, mais elle a provoqué beaucoup de… dissensions dans notre famille.

— Un bel euphémisme, commenta le colonel avec un sourire sinistre. Donc, votre sœur vit sa vie en Amérique, tandis que vous avez été forcée de jouer les filles obéissantes et insignifiantes à qui personne ne prête beaucoup d'attention.

— Pour ce qui est d'être obéissante et insignifiante, ma sœur aînée, Victoria, gagne haut la main. Aux yeux de mon père, c'est la fille parfaite. Un acte de rébellion pour Victoria, ce serait de prendre deux sherries avant le dîner.

— Alors que pour vous, c'est de jouer les équilibristes sur le rebord d'un toit au beau milieu d'un banquet. C'était un acte de rébellion hier, c'est cela ?

La boule était de retour dans sa gorge. Ses yeux débordaient à nouveau de larmes.

— Oui, murmura Mary. Je suis vraiment désolée, colonel Trefusis, je n'ai pas pour habitude de pleurer.

Elle essaya de sourire.

— Colonel Trefusis ! C'est très formel, alors que je suis en train de pleurer sur votre épaule. Quel est votre prénom ?

— Walter.

— Non !

La jeune femme laissa échapper un rire larmoyant.

— Oh ! grands dieux, je suis déjà entourée de Walter : mon père, mon frère, plusieurs cousins. De toute façon, même si je le voulais, ce serait inapproprié de me montrer si familière, étant donné notre différence d'âge.

— Je n'ai que trente-quatre ans.

— Je viens d'en avoir vingt et un, bien qu'en ce moment je doive en paraître quarante. Les larmes ne me vont pas.

— C'est vrai, vous êtes beaucoup plus jolie quand vous souriez. Mes amis m'appellent Trefusis.

— Sommes-nous amis ? Je ne suis pas sûre que ce soit convenable non plus. Pourquoi pas « Tree », comme unarbre ? Ou « Tre », prononcé comme *tray*, le plateau ? J'aime bien.

— Tre. Pourquoi pas ?

— Parfait. Alors vous devez m'appeler Mary, quand nous sommes seuls en tout cas.

Elle se moucha et se tamponna les joues pour les sécher.

— Je déteste m'apitoyer sur mon sort. Je suis vraiment désolée d'avoir pleuré.

— Ne vous excusez pas, je vous en prie.

Elle l'étudia attentivement et ne décela aucun signe de pitié ou de gêne. Elle-même aurait dû se sentir humiliée d'avoir mis à nu ses pensées les plus intimes mais, en réalité, elle ressentait un énorme soulagement d'avoir « renoncé à sa retenue habituelle ». Quelqu'un avait enfin écouté sa version des faits. Jusqu'à présent, personne n'avait même reconnu son droit à avoir un point de vue. Elle avait été abandonnée. Elle s'était sentie seule. Tous ces sentiments qu'elle avait refoulés pendant si longtemps étaient légitimes, après tout.

— Quoi qu'il en soit, vous ne souhaitiez certainement pas en entendre autant ce matin, déclara-t-elle.

— J'ai eu exactement ce que j'espérais.

— Oh. Eh bien, je ne sais pas si c'est une bonne ou une mauvaise chose, mais…

— Je vous estime encore davantage.

— Oh.

Le sourire qu'il lui adressa fit un effet étrange à Mary. Elle se sentait gauche, avait trop chaud, mais elle n'était pas vraiment gênée.

— Merci, Tre.

— Tre. J'aime bien.

Il sortit sa montre de sa poche, puis fronça les sourcils.

— Je ne me rendais pas compte de l'heure qu'il était. Je ne veux pas être mal vu par le duc en arrivant en retard pour le petit déjeuner, et je dois me changer pour l'église. Prenons-nous le risque de rentrer à pied ensemble ?

— Si vous le voulez bien, j'aimerais avoir quelques instants pour me ressaisir, puis j'irai rendre visite à ma mère avant qu'elle ne se rende à la messe à Dumfries. Elle s'est convertie à la religion catholique lorsque j'étais petite. C'est un autre sujet tabou dans notre famille.

— La duchesse, comme ses deux filles, a donc développé sa propre stratégie pour se rebeller.

— Bonté divine, je n'y avais jamais songé de cette façon. Quelle excellente remarque. Heureusement qu'elle a Victoria, aussi docile que son modèle proverbial. Droite, parfaitement bien élevée, conciliante. J'aimerais dire que mon père la considère comme la prunelle de ses yeux, et elle aimerait l'être, mais, hélas, c'est une simple femme. Par bonheur, le duc est bien pourvu en fils. Et voilà que je recommence à trop parler. Comment faites-vous ? Me voilà à jacasser comme une pie, alors que je suis habituellement muette comme une tombe.

— C'est un talent utile dans mon secteur d'activité.

— Je suis curieuse, quel métier exercez-vous ?

Il écarta les mains.

— Je ne peux malheureusement pas satisfaire votre curiosité. J'espère que vous ne regrettez pas de vous être livrée ? Je suis sincèrement honoré de la confiance que vous m'accordez.

Il prit ses mains dans les siennes.

— Il a dû vous falloir beaucoup de courage pour vous épancher comme vous l'avez fait.

— Je n'avais pas l'intention de me livrer autant. Ni de pleurer sur votre épaule. Je vous remercie, Tre, de m'avoir écoutée.

Il porta la main de la jeune femme à ses lèvres et y posa un baiser délicat.

— C'était un plaisir.

Chapitre 4

La partie de chasse

Château de Drumlanrig, lundi 28 août 1872

Au petit déjeuner, le duc de Buccleuch annonça qu'il ne pourrait pas assister à la chasse à la grouse ce matin-là, en raison de l'arrivée d'un certain capitaine Beckman du 15ᵉ régiment de hussards. Le capitaine était récemment rentré d'Inde, où il avait servi aux côtés du troisième fils du duc, le capitaine Lord Walter Scott, qui lui avait confié un paquet de lettres. Sa Grâce était sûre que ses invités comprendraient qu'il était impatient de les lire.

— Si vous voulez bien m'excuser, je vais vous laisser entre les mains expertes de mon épouse.

Le duc se leva.

— Colonel Trefusis, ce serait le bon moment pour avoir la discussion que vous avez demandée, si vous voulez bien vous joindre à moi.

Il quitta la salle à manger, obligeant Tre à abandonner le petit déjeuner qu'il venait de se servir.

— Je ne m'attendais pas à assister à la chasse, avoua la duchesse, l'air plutôt contrarié.

Mary savait que sa mère était surtout impatiente d'emmener quelques invités intéressés faire le tour de ses chers potagers. Le pauvre Tre n'avait même pas pu boire sa première tasse de café, alors qu'il aimait en prendre au moins deux, d'après ses observations. C'était typique de son père de ne tenir aucun compte des projets des autres et de ne penser qu'aux siens.

— Je peux me charger de la chasse, maman, proposa-t-elle impulsivement, en repoussant ses œufs à peine entamés et en avalant à la hâte le reste de son thé. Faites votre visite guidée comme prévu.

— Oh non, Mary, c'est très gentil, mais Sa Grâce…

—… ne voudrait pas que vous déceviez nos invités qui désiraient voir les changements que vous et Mr Thomson avez apportés aux potagers. Je suis plus que capable d'organiser la chasse. En revanche, je serais une piètre remplaçante pour le jardin. Je n'y connais rien en horticulture.

— Si vous voulez bien nous excuser.

La duchesse se leva de table et fit signe à sa fille de la suivre hors de la pièce.

— J'apprécie beaucoup ta proposition, mais tu ne peux pas prendre en charge une tâche aussi importante et onéreuse.

— Je vous ai aidés à l'organiser chaque année depuis mes quinze ans.

— Oui, mais tu n'en as jamais assumé l'entière responsabilité.

— Vous avez déjà fait le plus gros du travail, n'est-ce pas ?

— C'est vrai, tu as raison. C'est principalement de la supervision.

— Ce que je peux faire, déclara Mary avec enthousiasme. Pourquoi ne pas me laisser prendre la relève dès maintenant ? Comme cela vous pourrez vous concentrer sur vos propres projets, pour une fois, plutôt que de les repousser sans cesse.

— Ce serait une première, reconnut la duchesse d'un ton ironique. Tout de même, je ne suis pas sûre que ce soit équitable. Tu serais obligée de jouer l'hôtesse lors du déjeuner aussi.

— Ce n'est pas comme un dîner, souligna Mary, refusant de se laisser décourager. Les convives ne parleront que de la chasse, il se déroulera tout seul. Tout ce que j'aurai à faire, c'est m'assurer que les assiettes et les verres sont pleins.

— Si tout ne se déroule pas exactement comme prévu, ton père sera furieux. Il est tellement fier que tout se passe bien.

— Je vous en prie, mère, j'aimerais me sentir utile pour une fois.

— Pour une fois ! J'ignorais que tu manquais d'occupations.

Sa mère ignorait aussi qu'elle ne prenait pas de sucre dans son thé, mais Mary trouvait cela inconvenant de le lui faire remarquer.

— J'aimerais aider, et je sais que vous vous réjouissiez à l'idée de montrer les potagers.

— C'est vrai. Mr Thomson s'est donné beaucoup de mal pour organiser la visite, et le déjeuner sera servi dans la serre à ananas.

— Voilà qui règle la question. Vous ne pouvez pas contrarier votre jardinier en chef, d'autant plus que Mr Thomson est célèbre maintenant qu'il a publié son livre. Vous faites une excellente équipe.

Sa mère sourit avec indulgence.

— Nous avons de la chance de l'avoir.

— Vous avez de grands projets pour l'année prochaine, n'est-ce pas ?

— Effectivement.

La duchesse eut l'air très surprise.

— Nous en avons plusieurs, mais… oh, je ne sais pas, c'est beaucoup te demander.

— Vous ne m'avez rien demandé, maman, c'est moi qui me suis proposée. S'il vous plaît, ne me faites-vous pas confiance ? Je ne vous décevrai pas.

— Me décevoir ? Je pense que toi et moi, nous devrons avoir une conversation plus tard. Mais pour l'instant, merci, Mary, je te suis extrêmement reconnaissante.

Mary avait souvent entendu ses parents décrire les chasses à la grouse à Drumlanrig comme de petits événements informels. C'était effectivement le cas en comparaison des chasses auxquelles ils assistaient en compagnie du duc de Sutherland au château de Dunrobin et à Balmoral, avec le prince Albert de son vivant et, plus tard, avec le prince de Galles. Mary découvrit toutefois, au cours des trois heures agitées qui suivirent, qu'une partie de chasse « petite et informelle » exigeait tout de même des efforts considérables de la part d'une armée de serviteurs.

Elle avait proposé son aide sur un coup de tête, dans le but de se racheter silencieusement auprès de sa mère pour la séance d'équilibrisme, et pour avoir si mal compris les raisons qui avaient poussé celle-ci à l'introduire dans la société. Était-ce à ce propos que sa mère voulait avoir une conversation plus tard ? Une demande plutôt inhabituelle, car elles se parlaient rarement. Pas comme Tre et Mary l'avaient fait la veille en tout cas.

La jeune femme ne s'était jamais confiée de cette manière à personne. Elle y pensait beaucoup. Même si, comme sa mère l'avait fait remarquer, ce n'était pas le moment.

À l'office, la cuisinière présidait à l'assemblage du déjeuner sur la table qui occupait toute la longueur de la pièce. On aurait pu croire qu'il y avait de quoi nourrir une armée. Quatre énormes tourtes refroidissaient, leurs croûtes parfaitement dorées luisaient, chacune arborant un élément des armoiries des Buccleuch. Une série de volailles rôties était disposée par ordre décroissant : une oie en tête, suivie d'un poulet, d'un faisan, d'une grouse, d'un pigeon et d'un lagopède. Des gelées salées aux formes alambiquées, fraîchement sorties de moules en cuivre, contenaient de délicats morceaux suspendus dans leurs profondeurs luisantes. Elles semblaient bien trop fragiles pour survivre au voyage cahoteux jusqu'au lieu du déjeuner. Il y avait un saumon entier avec des écailles de concombre, et une tête de porc avec une pomme entre les mâchoires. Il y avait aussi des cornets à la crème et des tartes aux fraises, une roue de Stilton et plusieurs *crowdies* – de petits fromages crémeux écossais – tout frais sortis de la laiterie de Drumlanrig. Et bien sûr, une tour d'ananas attendant d'être sculptés dans des formes exotiques.

Urquhart, le majordome de son père, comptait les bouteilles de champagne qui étaient maintenues au frais sur les blocs de glace. Le bordeaux était déjà prêt à partir, et il apporterait personnellement le brandy et le whisky pur malt. Dans la cour des cuisines, les boîtes contenant les verres, les assiettes, les plats de service, l'argenterie, les nappes et serviettes en damas étaient empilées dans le premier break, tandis que les tables à tréteaux et les chaises avaient déjà été transportées sur place. Trois valets de pied et trois servantes voyageraient avec le premier convoi.

Mary avait l'impression d'être un général assiégé, mais appréciait étonnamment le défi. Elle quitta en toute hâte les lieux et grimpa l'escalier en colimaçon jusqu'à sa chambre pour se changer rapidement. Bien qu'elle ne prenne pas part à la chasse, elle troqua sa robe de matinée contre une tenue plus appropriée, que sa femme de chambre avait préparée pour l'occasion : une veste en Shetland vert sapin et une jupe assortie, dont l'ourlet était garni de cuir pour le protéger. Elle glissa dans les grandes poches son carnet de notes, plusieurs mouchoirs, son canif, une paire de ciseaux, deux crayons, un petit miroir et un peigne, pendant que Clara, sa femme de chambre, coiffait ses cheveux en un chignon compliqué et y fixait son chapeau.

Mary attrapa ses gants de protection bruns et redescendit les marches quatre à quatre pour superviser le transport. À son grand soulagement, Mr Irvine, le garde-chasse en chef préféré de son père, se chargeait déjà de la distribution des fusils pour ceux qui n'avaient pas apporté les leurs. Elle commença à allouer des places aux invités dans les voitures, en tenant compte de leur statut.

Stuart était avec son père.

— Regardez-moi ça, siffla-t-il à l'oreille de son amie, la maîtresse de maison. Qui l'eût cru !

Mary le regarda d'un air amusé.

— J'auditionne pour un nouveau rôle et je crois que je me débrouille pas mal.

Elle pressa les deux derniers messieurs et leur demanda d'éteindre leurs cigares, puis resta en retrait tandis que Mr Irvine prenait la parole. Il expliqua aux invités les règles concernant le port d'armes pendant le trajet et donna les instructions sur la façon de se comporter sur la lande. Puis ils se mirent en route. La première partie de ses fonctions étant terminée, Mary prit le raccourci par les bureaux sous la terrasse pour une dernière vérification des cuisines avant de sauter dans le break qui transportait les assiettes et les verres.

Mr Irvine avait l'entière responsabilité de la chasse. Les rabatteurs délogeaient les grouses de la bruyère et les dirigeaient vers les positions de tir qu'on appelait des affûts. Les ramasseurs, avec leurs chiens qui récupéraient le gibier, étaient des hommes expérimentés qui participaient chaque année à la chasse. Stuart et d'autres métayers du duc rechargeaient les armes et surveillaient officieusement les affûts afin de s'assurer que les participants ne tiraient ni trop haut ni trop bas, qu'ils ne chipaient pas les cibles des autreset que tout le monde comprenait la règle : on ne tirait jamais sur un oiseau si l'on ne voyait pas le ciel derrière lui.

Mary atteignit la lisière de la lande alors que l'écho du premier coup de feu retentissait. Elle se consacra à la tâche vitale de préparer le déjeuner à temps. La salle à manger était installée dans une clairière à environ un kilomètre cinq cents des positions de tir. Quand midi arriva, elle avait l'impression d'avoir pris part à une bataille… qu'elle était heureusement en train de gagner. Accomplir une tâche aussi concrète était un sentiment nouveau et très satisfaisant. Les tables étaient en place, les chaises disposées, l'argenterie polie, les verres brillants. Le vin avait été décanté, le champagne mis au frais, et une autre longue table était prête pour accueillir la nourriture qui serait servie avant que le groupe affamé revienne de la lande, mais pas trop tôt afin que le temps étouffant et les mouches ne gâtent pas le repas.

Le premier chariot de nourriture apparaissait au loin sur le chemin en provenance du château, et la jeune femme se félicitait de ses exploits lorsqu'elle remarqua que le véhicule transportait deux passagers entassés sur la banquette à côté du conducteur.

Le gentleman fut le premier à sauter à terre et à exécuter sa révérence.

— Capitaine Christopher Beckman. Pardonnez-moi, mais vous ne pouvez pas être la duchesse de Buccleuch.

— Je suis Lady Mary Montagu Douglas Scott, capitaine Beckman, fille benjamine du duc et de la duchesse. Ma mère est occupée par autre chose ce matin. Comment allez-vous ?

— Très bien, Lady Mary, merci. Je suis désolé d'arriver ainsi à l'improviste, mais Sa Grâce m'a assuré que cela ne serait pas un problème que je me joigne à la chasse.

— Vous êtes le bienvenu, capitaine Beckman, et ce n'est effectivement pas un problème du tout. Nous avons assez de nourriture pour rassasier une centaine d'autres invités.

Mary se prit immédiatement de sympathie pour le jeune homme. Ses cheveux blonds tombaient sur un front haut, sous lequel se trouvaient des yeux verts bien espacés, un nez retroussé et une bouche qui donnait l'impression de sourire même quand ce n'était pas le cas. C'était un visage aimable, presque candide, même si elle estimait que le jeune homme devait avoir au moins cinq ou six ans de plus qu'elle.

— Je suppose que mon père ne se joindra pas à nous cet après-midi ?

— Je ne pense pas. J'ai laissé Sa Grâce en compagnie du colonel Trefusis. Oh ! excusez-moi, dit le capitaine en se retournant vers la charrette pour aider la dame qui était assise à côté de lui à descendre. Lady Mary, puis-je vous présenter Mrs Fitzherbert-Smythe ?

— Nous nous connaissons déjà, répondit Mary, identifiant avec un peu de retard et beaucoup de déplaisir la passagère.

Grande et mince, avec des yeux bruns enfoncés et un long nez frémissant, c'était une femme ignoble, du genre qui ne s'intéressait qu'à la compagnie des hommes et n'avait que peu de patience pour son propre sexe. Dépourvue de beauté, elle s'était érigée en arbitre de la mode et avait une langue de vipère qu'elle employait sans distinction ni pitié.

— Comment allez-vous ? lui demanda Mary en tendant la main.

— Très bien, merci, Lady Mary. Je suis venue un jour plus tôt, certaine que cela ne causerait pas de dérangement. Mon mari a été retenu à Londres et il est peu probable qu'il me rejoigne. Je ne vois pas Sa Grâce, votre mère ?

— La duchesse organise une visite guidée des potagers expliqua Mary, choquée par les libertés que s'octroyait cette femme.

Mrs Fitzherbert-Smythe était une simple connaissance, conviée à Drumlanrig parce que son mari prenait part à l'une des activités philanthropiques du duc et en aucun cas une amie proche.

— Mrs Fitzherbert-Smythe est impatiente d'attraper quelques oiseaux cet après-midi, déclara le capitaine Beckman.

— Comme vous le voyez, je suis habillée pour l'occasion, renchérit l'intéressée en accordant au capitaine l'esquisse d'un sourire. Bien que je n'aie pas mes propres armes, ajouta-t-elle en se tournant vers Mary. J'imagine que ce n'est pas un problème ?

— Mr Irvine, le garde-chasse en chef, se chargera de vous en fournir. Je suppose que vous ne serez pas offensée s'il s'enquiert de votre expérience, car...

— Je dois rendre des comptes à un employé du domaine ?

— C'est une pratique courante, Mrs Fitzherbert-Smythe. Il est responsable de la sécurité de tout le monde dans la lande, et je suis sûre...

— Je refuse de rendre des comptes à un domestique.

Elle fixa Mary, s'attendant clairement à ce que celle-ci renonce. Le fait que cette femme odieuse remette en question l'autorité de Mr Irvine lui prouvait qu'elle n'avait aucune expérience dans le domaine de la chasse. Comment la duchesse gérerait-elle la situation, à sa place ?

— Nous sommes fiers de n'avoir jamais eu à déplorer le moindre accident de tir à Drumlanrig pendant la saison des grouses. Pour nos invités moins aguerris, nous pouvons offrir une assistance pour le chargement et la visée.

— J'espère que vous ne me demandez pas de faire mes preuves avant de m'attribuer une arme.

Elle n'en avait pas besoin, Mr Irvine s'en chargerait. Mrs Fitzherbert-Smythe ne serait sûrement pas capable d'atteindre à dix pas la broche ridiculement ostentatoire qu'elle portait au revers de son manteau. Elle ne parviendrait jamais à tirer sur une grouse qui s'envolait à vingt mètres.

— Les fusils sont sous la responsabilité de Mr Irvine, réitéra Mary avec le ton ferme de sa mère. Quant à moi, je me charge du versant domestique de la journée, et je serais ravie de vous offrir une coupe de champagne si vous le souhaitez.

— Ce serait merveilleux, intervint le capitaine Beckman avec un sourire chaleureux. La journée est chaude, n'est-ce pas, Mrs Fitzherbert-Smythe, et un rafraîchissement serait le bienvenu. Puisque nous sommes arrivés tard ensemble, pourquoi ne pas rester ensemble ? Je ne suis pas un mauvais tireur, et je serais très heureux de m'occuper de vous. Considérez que l'affaire est résolue, conclut le capitaine en adressant un sourire complice à Mary. Dites-moi, c'est une broche très inhabituelle que vous avez là, Mrs Fitzherbert-Smythe.

— Merci, capitaine, roucoula celle-ci. Je suis étonnée que vous l'ayez remarquée. Les messieurs s'intéressent généralement peu aux bijoux.

Mary fit signe à Urquhart de servir le champagne en pensant – de façon pas très charitable – qu'il était impossible d'ignorer cette broche. Elle était énorme, avec un gros diamant au centre entouré d'émeraudes et de rubis. C'était un accessoire vulgaire, inapproprié pour une partie de chasse.

— Je n'ai pas pu m'empêcher de le remarquer, répondit le capitaine.

— Je viens de faire réparer le fermoir. Vous voyez, c'est un mécanisme très ingénieux.

Sans un merci, Mrs Fitzherbert-Smythe prit une flûte de champagne sur le plateau d'argent que lui tendait Urquhart.

— C'est un héritage, vous savez, et il vaut une petite fortune. C'est pour cela que je le porte. Je trouve plus sûr de garder des objets de valeur comme ceux-là près de soi, quand on n'est pas à la maison.

Mary laissa échapper un soupir indigné en entendant cette insulte. Urquhart eut l'air mortifié, et le capitaine Beckman rougit.

— Je suis sûr que vous n'aviez pas l'intention de sous-entendre quoi que ce soit, madame.

— Oh. Non. Bien sûr que non. Je ne voudrais pas offenser vos parents, Lady Mary.

Mary ne put se résoudre à prétendre qu'elle ne s'était pas sentie insultée.

— Si vous voulez bien m'excuser, nos invités vont revenir de la lande. Je dois m'occuper du repas, déclara-t-elle, furieuse.

Dieu merci, sa mère n'avait pas entendu l'affront. La remarque ferait le tour des quartiers des domestiques avant le dîner, et il y avait des chances que Mrs Fitzherbert-Smythe n'ait pas d'eau chaude ou de thé dans sa chambre le lendemain matin.

Avec l'arrivée des chasseurs affamés, Mary eut d'autres chats à fouetter que Mrs Fitzherbert-Smythe.

Le capitaine Beckman, prouvant qu'il était un parfait gentleman, continua à se sacrifier pour répondre aux exigences de cette dame, au grand soulagement de Mary, qui fut libre de s'occuper des autres invités, bien que Urquhart – et son équipe bien rodée – lui laissât très peu de choses à faire. Il y eut des murmures approbateurs quand les convives remplirent leurs assiettes des viandes froides et des tourtes qui ornaient la longue table.

— Un peu de tourte au porc, s'il vous plaît, et une tranche de jambon. Peut-être un petit morceau de poulet s'il est en gelée et, oui, je pense que je pourrais prendre aussi un peu de la tourte à la dinde, ordonna Mrs Fitzherbert-Smythe en tendant son verre pour qu'on la resserve de champagne.

Mary grimaça intérieurement, puis se retira pour vérifier que les rabatteurs et les chargeurs, ainsi que Stuart et son père, profitaient également de ce repas bien mérité. Leur table avait été installée à quelques mètres de là, derrière un écran d'ajoncs. Des pichets de bière et de soda au gingembre, de copieuses tourtes au porc, du poulet rôti, un grand fromage, des pains sortis du four le matin et un gâteau aux fruits moelleux reçurent un très bon accueil.

Stuart, remarqua-t-elle sans surprise, donnait à boire aux chiens, dont son précieux Boo, qui, comme chaque fois qu'elle essayait de le caresser, lui tourna le dos.

Boo était vraiment fidèle à son maître.

— Deux nouveaux invités se sont joints à nous pour l'après-midi, expliqua Mary en prenant Mr Irvine à part. Le capitaine Beckman du 15e régiment de hussards a ses propres fusils et est, je pense, un bon tireur.

— Mon Stuart dit que vous êtes la meilleure tireuse qu'il ait jamais vue.

Mary rougit.

— C'était un excellent professeur. Vous devez être très fier de lui.

— Oui, c'est un bon garçon.

— En revanche, j'ai bien peur que Mrs Fitzherbert-Smythe n'ait une trop haute opinion de ses prouesses.

— Elle n'appréciera pas d'être mise à l'épreuve, en d'autres termes, milady ?

— Exactement. Heureusement, le capitaine Beckman a proposé de la surveiller.

Mr Irvine pinça les lèvres.

— Je vais devoir les mettre dans l'Ajonc, alors.

Cet affût était nommé d'après les buissons jaunes et odorants ressemblant à des ajoncs qui l'entouraient. En sécurité, hors de portée des autres affûts, cet emplacement était réservé aux tireurs les moins expérimentés.

— Pauvre capitaine Beckman. Mais on ne peut rien faire d'autre.

— Je vais lui attribuer Stuart comme chargeur, pour avoir une sécurité supplémentaire, milady.

— Oh ! pauvre Stuart. Merci beaucoup, Mr Irvine.

— Pas de problème, milady, et si je peux me permettre, vous faites un excellent travail ici. Je sais que vous n'êtes pas du genre à accepter les compliments, mais vous les méritez. Sa Grâce sera fière de vous.

— Merci, dit Mary, touchée et surprise. En réalité, je n'avais pas grand-chose à faire. Ma mère avait pris toutes les dispositions, il s'agissait simplement de les exécuter.

— Bien sûr…

Mr Irvine se détendit un instant et lui adressa un sourire.

— Comme je disais, vous n'êtes pas du genre à accepter les compliments.

Chapitre 5

Chaos dans la lande

Le secret de la silhouette svelte de sa mère, décida Mary après le déjeuner, résidait dans sa détermination à être une hôtesse attentive. La petite part de tourte à la dinde que la jeune femme s'était servie elle-même était toujours intacte dans son assiette alors qu'elle accompagnait les invités à la séance de tir de l'après-midi. Les tables avaient été débarrassées, la vaisselle sale emportée sur une carriole, et la vaisselle propre pour le goûter arrivait déjà sur le véhicule qui venait de transporter les restes du déjeuner jusqu'à Drumlanrig, conduit par…

— Tre ! Vous espériez vous joindre à la chasse ? Ils sont partis il y a environ une demi-heure.

— Ah, bon, tant pis.

Il sauta à terre et remit les rênes au valet de pied.

— Je vais devoir attendre qu'ils reviennent pour le thé. Qu'est-ce que vous faites ici ? Vous aidez votre mère ? Le duc envoie ses excuses à la duchesse. Il est retenu par ses affaires.

— Ma mère a emmené ces dames visiter ses potagers. Je la remplace… Oh ! c'est vrai, c'était après que mon père vous eut ordonné d'abandonner votre petit déjeuner alors que vous n'aviez pas eu le temps d'y toucher. Avez-vous pu déjeuner au moins ?

— J'ai pris un sandwich au jambon en attendant qu'ils chargent le chariot.

— Pourquoi était-ce vous qui le conduisiez ?

— Parce que le jeune homme censé le faire n'arrivait pas et j'étais impatient de rejoindre le capitaine Beckman. Il est dans la lande ?

Mary fit la moue.

— Avec Mrs Fitzherbert-Smythe qui, j'en suis convaincue, n'a jamais pointé une arme de sa vie. Le capitaine Beckman a très aimablement offert de s'occuper d'elle et nous a épargné, à Mr Irvine et à moi, l'embarras de tester son sang-froid.

— C'est gentil de sa part. Il a la réputation d'être un excellent tireur.

— Il a donc fait preuve d'humilité quand il a dit n'être pas mauvais. Vous le connaissez, alors ?

— De nom jusqu'à aujourd'hui, mais je viens de le rencontrer. Le duc a eu la courtoisie de nous présenter.

Tre baissa les yeux sur un caillou qu'il faisait rouler sous sa botte.

— Il fait partie du 15e régiment de hussards, celui dans lequel sert votre frère. C'est un homme intéressant, issu d'un milieu très modeste. Il a gravi les échelons de manière impressionnante, ce qui est rare, et il est très apprécié par les officiers.

— Je ne suis pas surprise. Je le trouve sympathique. Il me fait penser à un gentil labrador.

Tre rit de bon cœur.

— Je vois ce que vous voulez dire, mais ne laissez pas les apparences vous berner. Il est loin d'être inoffensif.

— Vous semblez en savoir beaucoup sur quelqu'un que vous venez à peine de rencontrer.

— Il en faut beaucoup pour que nos officiers acceptent un homme comme Beckman parmi eux. Leur mess est un club très sélect, et ils tiennent à ce qu'il le reste. On doit s'y comporter comme un gentleman, et, si on n'est pas *né* gentleman, ce n'est pas chose aisée. Il existe des tas de règles tacites, des traditions stupides…

Tre s'interrompit et se mordit la lèvre.

— On dirait que c'est un club sélect auquel vous préférez ne pas appartenir, souligna Mary, intriguée par sa véhémence.

Il ouvrit la bouche pour répondre, mais se ravisa et se contenta de hausser les épaules.

— Ne devriez-vous pas aller superviser le thé ?

Mary jeta un coup d'œil à la table.

— Urquhart semble avoir la situation en main. Merci de ne pas changer de sujet, s'il vous plaît. Je ne me laisse pas aussi facilement distraire. Pourquoi êtes-vous si intéressé par le capitaine Beckman ? Mon père vous a demandé de le fréquenter ?

— Pas du tout. C'était mon idée.

— Vous vous intéressez à lui, alors ? Mais votre intérêt n'est pas lié à ce dont vous discutiez avec le duc ce matin ?

— D'une certaine façon, si.

— Donc, vous n'êtes pas venu à Drumlanrig pour une simple partie de chasse.

— Je suis venu ici pour le duc. Comme vous l'avez déjà deviné, j'ai une… une affaire importante, une proposition à lui soumettre.

— Quel genre de…

— Mary, j'en ai déjà trop dit.

— Très bien ! Gardez votre secret, s'exclama-t-elle, plus vexée qu'elle n'aurait dû l'être. Finalement, je ferais mieux d'aller vérifier que tout se passe bien pour le thé. Le réchaud peut être capricieux.

Alors qu'elle se détournait, Tre lui attrapa le bras et l'entraîna de l'autre côté de la charrette, hors de vue des domestiques.

— N'en prenez pas ombrage. Ce n'est pas que je ne vous fais pas confiance.

— Qu'est-ce que c'est, alors ?

— Je ne peux pas partager ce secret, Mary. Écoutez, il est encore tôt, mais j'espère pouvoir parler au duc d'une de mes initiatives. Quelque chose qui, je crois, sera un énorme atout pour l'armée.

— Grands dieux !

— Eh oui ! sourit Tre. Je ne sais même pas comment nous allons opérer. C'est hautement confidentiel, vous comprenez ?

— Je vous ai livré mes secrets, Tre. Vous pouvez compter sur moi pour garder les vôtres.

— Merci. Vous n'avez pas idée de ce que cette initiative signifie pour moi.

— Une chance de vous sentir utile et d'échapper à ce poste administratif qui vous pèse ?

— Exactement.

Il croisa son regard et rit.

— Je vois bien qu'une centaine de questions vous viennent à l'esprit, mais inutile de les poser.

— Qu'en est-il de mon père ? Puis-je vous demander quel rôle il joue dans cette mystérieuse affaire ?

— Votre père est un homme influent, dont les contacts sont très utiles. Son soutien pourrait être crucial pour réaliser mes plans… Et je ne peux malheureusement pas vous expliquer ce que j'entends par là.

— Ce n'est pas nécessaire ! « Des contacts très utiles » ne peut signifier qu'une seule chose. Allez-vous devenir quelqu'un de très important ?

— Non, mais mon travail le sera. C'est pour cela que je dois, absolument, me montrer à la hauteur.

— Je suis sûre que vous le serez, répliqua Mary, déconcertée par son changement de ton.

— J'aimerais en être aussi sûr que vous. Entre nous, je suis heureux d'avoir manqué la partie de chasse d'aujourd'hui, mais il y en aura une autre dans quelques jours. J'aurais préféré l'éviter aussi, mais mon refus serait considéré comme un camouflet.

— C'est tout à fait vrai. Mon père est convaincu qu'il confère un grand honneur à tout gentleman qu'il invite à tirer sur ses grouses.

— Est-ce que vous chassez, Mary ?

— Oui, plutôt bien en fait, mais je déteste tuer quoi que ce soit. Stuart m'a appris à manier une arme quand j'avais seize ans, en me faisant tirer sur des cibles alignées contre un mur. J'ai l'œil sûr, mon père possède une belle sélection d'armes, et j'ai eu énormément de temps pour m'entraîner. D'après Stuart, on ne peut se considérer comme un tireur d'élite tant qu'on n'a pas abattu un oiseau en plein vol. Mais c'était tellement horrible que je ne l'ai jamais refait. Je suppose, ajouta-t-elle en hésitant, qu'en tant que soldat vous avez eu plus que votre lot de tirs, n'est-ce pas ?

— Les fusils, la flagellation, l'intimidation, les innombrables règles inutiles.

Tre jura dans sa barbe en fixant l'horizon. Puis le son des breaks ramenant les tireurs leur parvint, et il lui lâcha le bras.

— Je crois que vos invités arrivent pour la collation.

Tre resta près de la charrette tandis que Mary se précipitait pour vérifier que tout était prêt. Il était secoué par le désir irrépressible de se confier à elle, non pas au sujet de son nouvel avenir possible, mais du nuage sombre de son passé, qui planait toujours sur lui. Sa maladie, si c'en était une, était honteuse.

« Indigne d'un homme », c'est ce qui avait été murmuré sur un ton choqué ce soir-là, au mess. « Humiliant ! » Il grimaça. Il valait mieux ne pas se souvenir de cet épisode.

Il n'en parlait jamais. Jamais ! Et pourtant, quelques instants plus tôt, il avait été sur le point de le faire. Qu'aurait-il dit ? Comment aurait-il pu décrire à qui que ce soit, et encore moins à une jeune femme innocente comme Mary, un mal sur lequel il ne parvenait même pas lui-même à mettre des mots ?

Bien qu'il n'eût jamais rencontré aucune jeune femme semblable à Mary… Dieu merci, ils avaient été interrompus.

Un cri perçant le fit sursauter, et il se précipita vers les invités réunis pour le goûter.

— Ma broche a disparu ! On m'a volé ma précieuse broche !

La dame au nez pointu tituba quelques instants. Sa chute fut commodément amortie par une chaise.

— Ce bijou est un héritage familial. Il vaut une fortune.

— Allez chercher du brandy, ordonna Tre au majordome médusé.

— Oui, s'il vous plaît, Urquhart, renchérit Mary, du brandy. Mrs Fitzherbert-Smythe, je suis sûre que votre broche…

— Elle a été volée ! Volée, je vous dis.

La femme serrait sa poitrine dans un geste théâtral, comme si elle avait reçu une balle en plein cœur.

— Je vais défaillir.

N'ayant pas réussi à réaliser la prophétie qu'elle venait d'annoncer, elle poussa un gémissement plaintif. Ses narines frémirent, ses yeux bruns globuleux se remplirent de larmes.

Mary, l'air effaré, prit le verre de brandy qu'avait apporté le majordome et le tendit à son invitée prostrée.

— Votre bijou a dû tomber. Je vais faire fouiller l'affût.

Mrs Fitzherbert-Smythe lui arracha le verre de brandy en cristal, en but une grande gorgée et reprit sa complainte :

— Le fermoir était parfaitement sécurisé. Je l'ai fait vérifier pas plus tard que la semaine dernière. Capitaine Beckman !

Elle fit claquer ses doigts.

— Vous me soutiendrez sur ce point. Je me souviens que vous avez admiré ma broche avant le déjeuner. Le fermoir était parfaitement sécurisé, n'est-ce pas ?

— Eh bien, je ne peux pas l'affirmer, répondit le capitaine, l'air très embarrassé. Il est possible qu'il se soit défait pendant que nous marchions vers notre poste de tir.

— C'est absurde ! Elle ne peut pas être tombée par accident. D'ailleurs, je suis certaine qu'elle était encore attachée à mon manteau quand nous sommes arrivés à l'affût. Elle a été volée !

— Ne tirons pas de conclusions hâtives.

Mary avait l'impression que sa journée était en train de se déliter devant ses yeux.

— Je vais m'arranger pour que l'affût de la grouse soit fouillé. Je suis sûre que…

— Elle a été volée ! hurla la dame, faisant reculer Mary. Ma précieuse, précieuse broche a été dérobée, j'en suis absolument certaine.

Mrs Fitzherbert-Smythe lança un regard furieux au cercle des invités, qui paraissaient tous profondément mal à l'aise.

— Quelqu'un l'a prise. Je suis bouleversée.

Avec un gémissement sonore, elle se mit à sangloter dans un mouchoir, les épaules tremblantes.

— Que va dire mon mari ! C'est un héritage.

Tre avait l'impression que Mary était davantage préoccupée par ce que diraient ses parents, car l'agitation incommodait tout le monde, et la femme en pleurs lui semblait déterminée à faire le plus de raffut possible et à repousser les tentatives de Mary pour la calmer.

— Servez le thé, donnez-lui du gâteau, lui conseilla-t-il à voix basse. Laissez-moi parler à Mr Irvine.

— Merci, répondit Mary en lui lançant un regard reconnaissant. Mrs Fitzherbert-Smythe, messieurs, si vous voulez bien vous asseoir ? Il y a encore du champagne pour ceux qui ne veulent pas de thé, et je me porte personnellement garante de la qualité du gâteau écossais de notre cuisinière.

À son grand soulagement et à celui de Tre, l'invitation fut entendue. Le capitaine Beckman s'avança avec un charmant sourire et proposa quelques tranches de gâteau à la dame qui se morfondait toujours. Elle accepta en larmoyant.

Le garde-chasse en chef se tenait près de là avec ses chargeurs et ses rabatteurs.

— Mr Irvine, je voudrais vous parler, s'il vous plaît, dit Tre. Voulez-vous bien faire fouiller l'affût où Mrs Fitzherbert-Smythe tirait ?

— J'y ai déjà envoyé deux hommes, colonel Trefusis. La dame tirait de l'affût où mon fils Stuart était chargeur.

Il indiqua d'un signe de tête l'ami de Mary.

— Ils étaient placés dans l'Ajonc, ce que la dame n'a pas apprécié, bien que je doute qu'elle eût pu toucher une grouse même brandie sous son nez, expliqua tranquillement Mr Irvine. Si le capitaine n'avait pas été là pour garder un œil sur elle, j'aurais refusé de lui donner un fusil.

— Je suis sûr que le bijou sera retrouvé. C'est une broche voyante, si j'ai bien saisi ?

— Oui, on ne peut pas la rater. Je ne comprends pas pourquoi elle la portait pour une partie de chasse. Si on ne la retrouve pas, colonel Trefusis…

— On la retrouvera. En attendant, dites à vos hommes de prendre leur goûter, ils en auront besoin. Je crois qu'il y aura une chasse aux canards à la fin de la journée.

— Effectivement. Allez-vous vous joindre à nous ?

— Pas aujourd'hui, répondit Tre en réprimant un frisson.

Il attendrait que Mary soit libre, puis lui proposerait de rentrer ensemble à pied au château. Il s'en réjouissait déjà en voyant les gâteaux, les pâtisseries et les piles de sandwichs fondre à vue d'œil, quand le garde-chasse principal l'approcha à nouveau, l'air extrêmement ennuyé.

— Je suis désolé, colonel Trefusis, mais il n'y a aucune trace de la broche.

— Vous êtes certain, Mr Irvine ?

Mary, qui avait guetté le retour des hommes, apparut derrière Tre.

— J'en ai bien peur, milady. Le chemin menant à l'affût a été passé au peigne fin, ainsi que le tertre lui-même : les fougères, les lézardes entre les rochers, les herbes hautes. Il n'y avait que des cartouches usagées.

— Que devons-nous faire ?

Mary se tourna vers Tre, l'air paniqué.

— La broche ne peut pas avoir été volée. Elle a dû l'égarer quelque part.

— Eh bien ? fit Mrs Fitzherbert-Smythe.

Fortifiée par de copieuses quantités de brandy, de champagne et de gâteau, elle avait reculé sa chaise. Sa voix était stridente.

— Vous ne l'avez pas trouvée, n'est-ce pas ? J'avais raison : elle a été volée.

— Je suis sûre qu'elle est simplement égarée, déclara Mary. Elle a pu être perdue sur la route de la lande, ou…

— Pas du tout. Je la portais au déjeuner. Tout le monde ici s'en souvient, non ? demanda Mrs Fitzherbert-Smythe en scrutant les invités jusqu'à ce que plusieurs hommes acquiescent. Le capitaine Beckman a déjà confirmé que le fermoir était sécurisé…

— Eh bien, en fait…

— Je ne l'ai donc pas perdue. On a dû me la prendre. C'est un objet de grande valeur, les rubis en particulier sont très rares, c'est…

— Un objet de famille, compléta Mary en serrant les dents, un frémissement de colère dans la voix. Comment diable a-t-il pu être volé sans que vous le remarquiez ?

— Il était attaché à mon manteau, que j'ai retiré avant le début de la chasse.

Mrs Fitzherbert-Smythe désigna Stuart.

— C'était la seule personne présente dans l'affût, en dehors du capitaine Beckman, et je sais que le capitaine n'est pas un voleur.

Le sous-entendu stupéfia tout le monde. La mâchoire de Mary se décrocha, puis son visage vira au rouge vif.

— Vous ne pouvez pas accuser Stuart d'avoir volé votre broche.

— Il me semble évident qu'il l'a prise, répliqua Mrs Fitzherbert-Smythe avec hauteur. Il n'y a *pas* d'autre explication.

Elle pensait visiblement que Mary allait courber l'échine. Mais Tre ne fut pas du tout surpris qu'elle refuse de se laisser impressionner.

— C'est une allégation très grave. Stuart est le fils de Mr Irvine. Sa famille est au service du domaine de Drumlanrig depuis plusieurs générations. Je lui confierais ma vie. Vous ne pouvez pas insinuer que ce soit un vulgaire criminel.

— Clairement, *vous* ne le pouvez pas, mais je pense que nous sommes tous d'accord pour dire que vous êtes partiale, rétorqua Mrs Fitzherbert-Smythe avec un sourire acide. Je dirais même que vous vous montrez extrêmement naïve. Si Sa Grâce, votre mère, était responsable de cette chasse, elle ne serait pas si prompte à prendre la défense de ce jeune homme.

— Je suis certaine que ma mère dirait exactement la même chose que moi. J'ignore où est votre broche, mais je sais que Stuart ne l'a pas volée.

— Qu'il le prouve, alors. Qu'il retourne ses poches !

— Non ! s'exclama Mary, mortifiée, mais Stuart s'exécutait déjà.

— C'est mieux, chuchota Tre. Cela démontrera son innocence.

Mais une fois que la veste de Stuart fut fouillée, ses poches retournées et le contenu de son sac vérifié sans que la broche ne soit découverte, Mrs Fitzherbert-Smythe ne fut pas satisfaite.

— Il a dû la cacher dans la lande pour qu'un complice la récupère pendant que nous prenions le thé.

— C'est absurde, explosa Mary, qui avait manifestement atteint les limites de sa retenue. Si vous aviez fait preuve de raison et laissé ce bijou au château… Oh non, j'avais oublié : vous ne faites pas confiance à nos domestiques.

— Il serait juste que je vide mes poches aussi, intervint le capitaine Beckman, puisque j'étais également présent.

— Ce n'est pas nécessaire, protesta Mrs Fitzherbert-Smythe.

— Au contraire, madame, insista le capitaine, c'est essentiel.

— Voilà !

La dame se tourna à nouveau vers Mary dès que les poches du capitaine s'avérèrent vides.

— Vous ne pouvez plus nier l'évidence. J'exige…

— Je crois, l'interrompit Tre, que nous devrions former une plus grande équipe pour fouiller tout le terrain. Nous devrions rentrer et laisser Mr Irvine organiser une recherche plus méthodique. Qu'en dites-vous ?

Par-dessus le murmure général d'approbation, une voix stridente se fit entendre :

— Irvine est le père du garçon.

— Il a donc tout intérêt à retrouver le bijou, fit remarquer Tre.

— Il n'est pas égaré, insista Mrs Fitzherbert-Smythe d'un ton plus calme.

Du coin de l'œil, le colonel voyait que Mary peinait à se contenir. Il ne savait pas si elle allait perdre son sang-froid ou fondre en larmes, mais il était déterminé à l'épargner.

— Cessez de porter ces accusations, madame. Elles sont sans fondement et, de plus, poursuivit-il lorsqu'elle voulut prendre la parole, elles sont insultantes pour nos hôtes. Vous nous embarrassez tous et vous risquez de causer un scandale inutile.

— En effet, murmura le capitaine Beckman.

— Bien, fit Mrs Fitzherbert-Smythe avec un air contrit qui faisait plaisir à voir, je ne souhaite pas contrarier le duc et la duchesse.

— Je suis soulagé de vous l'entendre dire. Je vais m'entretenir avec Mr Irvine.

— Je vais raccompagner Mrs Fitzherbert-Smythe, proposa vaillamment le capitaine Beckman.

— Merci.

Tre prit Mary à part.

— Vous feriez mieux de retourner au château pour informer votre mère de ce qui s'est passé.

Elle acquiesça, luttant toujours pour recouvrer son calme.

— Il n'a pas volé cette broche.

— Vous êtes une vraie lionne quand il s'agit de défendre les personnes auxquelles vous tenez, pas vrai ?

Elle émit un faible rire.

— Merci d'être intervenu et de l'avoir remise à sa place.

— Vous devriez être fière de vous. Elle imaginait pouvoir vous piétiner comme un paillasson.

— J'ai l'impression d'être une petite souris, admit Mary en rougissant.

Cet aveu toucha le cœur du colonel.

— Il est peut-être temps de revenir sur ce jugement, répondit-il en résistant à l'envie de la serrer dans ses bras.

Chapitre 6

Répercussions

Aujourd'hui, sur ma petite île imaginaire, écrivit Charlotte, duchesse de Buccleuch, dans son journal, *je passe sous une arcade dans un jardin clos. L'air est chargé de senteurs : jasmin, lavande, roses, citronnelle, menthe et verveine. Les sentiers sont délimités par des haies de buis basses. De l'autre côté du mur d'enceinte, j'entends la rivière couler. Je me perche sur les marches de la petite cabane de rempotage montée sur roues. Je suis en sécurité ici. J'ai relevé le pont-levis. Personne ne peut m'atteindre dans cet endroit idyllique…*

Avec un soupir d'impatience, Charlotte posa son stylo. Elle avait eu soixante et un ans en avril, elle ne pouvait plus se permettre ce genre de fantaisies depuis longtemps.

Où étaient passées les années ? Elle avait déjà vécu quatre ans de plus que sa mère. Elle était mariée depuis quarante-trois ans – son mari avait cessé de compter. Il n'avait même pas mentionné leur anniversaire de mariage, deux semaines plus tôt.

Walter était très distant ces derniers temps, trop préoccupé par ses nombreux projets politiques et philanthropiques. La duchesse avait du mal à croire qu'ils avaient un jour formé un couple amoureux. Les enfants et la vie publique n'avaient pas laissé la moindre place aux sentiments. Depuis combien de temps Walter ne lui avait-il pas dit qu'elle était belle ? Depuis combien de temps ne lui avait-il pas adressé le moindre compliment ? La veille au soir, il avait assuré à Lord Provost, le représentant de l'autorité municipale, qu'il pouvait faire confiance à son épouse pour veiller sur les comptes, et le jour précédent il avait fait l'éloge de sa prévoyance et de sa ténacité lors de l'installation de l'éclairage au gaz à Drumlanrig. Mais elle l'avait entendu tenir le même genre de propos au sujet de leur commis aux travaux, la véritable force motrice du projet.

Cependant, elle savait qu'elle avait de la chance, beaucoup de chance même. Elle avait ses enfants et ses petits-enfants, ses œuvres de charité, ses amies et sa foi aussi, désormais. Elle n'avait aucune raison d'avoir l'impression de… s'ennuyer, d'avancer sans but dans la vie, de se sentir invisible. C'était le pire, en réalité. Une femme dans la soixantaine n'aurait pas dû se soucier de son apparence ni du manque d'intérêt de son mari.

Charlotte s'approcha de la fenêtre et l'ouvrit en grand pour profiter de la douce lumière de fin d'après-midi. Dans son esprit, elle se trouvait en ce moment sur son île, baignée par les odeurs fraîches de l'été, de la terre qui reprend vie, prête à s'épanouir. Un coup à la porte la sortit de sa rêverie. Elle avait espéré une demi-heure supplémentaire de paix et de contemplation tranquille.

La personne à la porte n'était pas un domestique, mais sa fille. Son cœur se serra en voyant Mary. Quelque chose avait clairement mal tourné à la chasse.

— Entre, dit-elle en invitant sa fille à s'asseoir.

Mary se tordait les mains, manifestement bouleversée.

— Mère, j'ai bien peur que quelque chose d'affreux ne se soit produit. Personne n'a été tué, ajouta-t-elle précipitamment. Ce n'est pas ça.

— Dieu merci, répondit Charlotte en passant en revue toutes les autres possibilités.

Mary tapait du pied, signe très rare d'une forte agitation. Une chasse aux canards n'était-elle pas prévue plus tard dans la journée ? Elle aurait dû aller voir Mary dès son retour des potagers au lieu de rêvasser dans sa chambre.

— Tant que tout le monde est sain et sauf, ce qui s'est passé ne peut pas être si affreux.

Elle grimaça : on aurait dit l'une de ces femmes condescendantes qui prennent de haut les personnes à qui elles font la charité.

— C'est horrible. Tellement horrible que j'ignore ce que l'on peut faire pour limiter les dégâts. Cette femme ignoble…

— Quelle femme ignoble ? demanda Charlotte, avec un mauvais pressentiment.

Il ne s'agissait pas d'un invité ivre ou d'une dispute au sujet d'une grouse abattue. Mary était blanche comme un linge.

— Mrs Fitzherbert-Smythe. Elle est arrivée après votre départ, et elle a insisté pour participer à la chasse.

Mary s'aperçut qu'elle tapait du pied et cacha le mouvement nerveux sous sa jupe.

— Elle a perdu sa broche. C'est un bijou de famille qui vaut une petite fortune, dit-elle en imitant à la perfection le ton de la dame. Je suis sûre qu'elle l'a égarée, malgré tous ses discours sur le fermoir sécurisé, mais… elle a accusé Stuart de l'avoir volé.

— Tu veux parler de Stuart Irvine ? s'exclama Charlotte.

— C'était son chargeur, mère. Vous connaissez Stuart : c'est un garçon d'une intégrité sans faille. Il ne volerait jamais, jamais... Oh ! vous auriez vu sa tête quand elle l'a accusé. Et Mr Irvine, il était *mortifié* !

— J'imagine. Raconte-moi tout depuis le début, si tu veux bien.

Elle écouta le récit avec un effroi grandissant, maudissant son égoïsme qui l'avait poussée à laisser sa fille la remplacer. Si seulement elle avait été là !

— J'ai tenté de la calmer, mais elle ne voulait rien entendre.

— Quand quelqu'un comme Maria Fitzherbert-Smythe veut provoquer des remous, personne ne peut l'arrêter.

Et certainement pas la pauvre Mary, qui ne ferait pas de mal à une mouche, se dit Charlotte.

— Elle s'obstinait à incriminer Stuart. J'ai insisté sur le fait qu'elle se trompait.

— Tu as insisté ?

— Elle a prétendu que j'étais « partiale » et que vous n'auriez pas défendu Stuart aussi vite.

— Et qu'as-tu répondu à cela ? demanda Charlotte avec un certain étonnement.

— Que j'étais certaine que votre réaction aurait été identique à la mienne. Que Stuart n'avait pas volé sa broche.

Les yeux gris de la jeune femme brillaient de colère.

— Stuart est mon *ami*. Mère, vous n'allez tout de même pas me dire que j'ai eu tort de le défendre ?

— Non.

Charlotte observa sa fille.

— Non, tu as eu tout à fait raison. Stuart n'est pas un voleur.

— Elle l'a obligé à vider ses poches. J'ai essayé de l'en empêcher, mais le colonel Trefusis m'a dit qu'il valait mieux accepter.

— Devant témoins. Une excellente précaution, très sensée, approuva Charlotte en s'efforçant d'imaginer la scène.

— Évidemment, la broche n'y était pas, mais cette femme persistait à accuser Stuart malgré tout.

— Et maintenant ?

— Nous avons interrompu la chasse. Le colonel Trefusis et Mr Irvine fouillent toute la lande. Le capitaine Beckman raccompagne Mrs Fitzherbert-Smythe ici. Je suis venue au plus vite vous avertir. Je suis vraiment désolée, mère. Père va être furieux que vous m'ayez confié la supervision de la séance de tir.

— Le duc est parti pour Balmoral cet après-midi.

Sans prévenir personne, abandonnant ses compagnons de chasse, se rappela Charlotte, momentanément distraite. Il comptait sur elle pour tout arranger derrière lui, comme toujours !

— Il avait des affaires urgentes à discuter avec Sa Majesté. Je ne sais pas du tout de quoi il s'agit.

— Il y a donc de fortes chances pour que tout cela soit oublié quand il reviendra ?

— S'il revient. Une fois que Sa Majesté l'aura à Balmoral… Oh ! peu importe le duc.

— Mais il est si pointilleux, vous l'avez dit vous-même, et il pensera que je n'étais pas capable…

Mary s'interrompit, l'air abattu.

— Je suis vraiment désolée, mère.

— S'il te plaît, arrête de t'excuser. Si quelqu'un est en faute, à part Maria Fitzherbert-Smythe, c'est bien le duc. C'était sa partie de chasse, et il n'était pas présent. Tu as extrêmement bien géré une situation très difficile.

— En réalité, c'est le colonel Trefusis qui a calmé le jeu.

— Tu as bien agi, Mary. Tenir tête ainsi… j'avoue, j'en suis étonnée.

— Moi aussi, mais je ne pouvais pas la laisser accuser Stuart. Mère, et si la broche n'est pas retrouvée ?

L'éventualité était si effrayante que Charlotte grimaça.

— Elle réapparaîtra, j'en suis sûre, affirma-t-elle d'un ton peu convaincant. Sinon, notre invitée devra accepter qu'elle est perdue. Si elle le juge bon, je la dédommagerai avec un objet similaire de ma collection de bijoux. D'après ta description, je suis persuadée d'avoir une broche aussi voyante, que ma tante Lucy m'a offerte à ma majorité.

—Elle imaginera que vous achetez son silence.

— Elle n'aurait pas l'indélicatesse de le souligner, dit Charlotte, mal à l'aise. Tu vois, le problème sera résolu d'une manière ou d'une autre sans avoir à impliquer le duc.

Mary baissa les yeux sur ses mains nouées. Ses jointures avaient blanchi. Elle les dissimula dans les plis de sa jupe.

— Et Stuart ?

— Et Stuart ? répéta Charlotte, le cœur serré. Je sais que vous avez été proches par le passé, mais…

— Il a été mon ami quand je n'avais personne d'autre, mère. Il mérite ma loyauté.

C'était un reproche. Léger, mais c'était le premier que Mary lui eût jamais fait. Et il était justifié.

Charlotte, comme toujours, réagit en gérant le problème le plus immédiat.

— Il n'ira pas en prison, si c'est ce qui t'inquiète. Puisque je vais trouver un arrangement avec Mrs Fitzherbert-Smythe.

À son honteux soulagement, Charlotte constata que sa fille semblait plus préoccupée par le sort de son ami que par des reproches concernant le passé.

— La réputation de Stuart restera entachée, souligna Mary. Cette femme l'a accusé de vol devant vos invités, devant son père et une partie du personnel. La rumeur va circuler, et certaines personnes choisiront d'y croire. Pourquoi Stuart ne serait-il pas mortifié que son nom soit traîné dans la boue, comme l'a été mon père ?

— Oh ! pour l'amour du ciel, Mary, tu sais parfaitement bien que ce n'est pas comparable. Nous sommes peut-être tous égaux aux yeux de Dieu, mais aux yeux du monde…

— Le nom de Buccleuch doit être protégé, alors que celui de Stuart peut supporter les insultes ?! C'est injuste.

Charlotte soupira avec lassitude. Cette conversation était épuisante.

— En effet, mais c'est comme ça. Nous nous occuperons de Stuart. S'il décide qu'il veut changer d'air, je suis sûre que nous pouvons lui trouver un poste à Boughton.

— Cela donnera l'impression qu'il a été envoyé là-bas en disgrâce.

— Mary ! Pour l'amour du ciel, on n'en arrivera pas là.

Bien que ce fût possible, admit mentalement Charlotte, et sa fille avait raison : c'était injuste.

Elle soupira intérieurement.

— Une étape à la fois. Attendons et espérons que la broche soit trouvée. Maintenant, je dois aller m'occuper de notre invitée. Je vais lui suggérer que ce serait mieux pour ses nerfs qu'elle dîne dans sa chambre ce soir.

— Vous feriez mieux de lui suggérer de faire ses bagages et de ne jamais revenir.

— J'avoue que la proposition est tentante, mais…

— Vous ne pouvez pas, compléta Mary, l'air dépité. Je vous demande pardon. Je suis vraiment désolée que l'après-midi se soit déroulée ainsi. Y a-t-il autre chose que je puisse faire pour vous aider ?

— Arrête de t'excuser, je t'en prie. Cet incident n'est en rien ta faute. Espérons que la broche sera retrouvée avant que le dîner ne soit servi. Maintenant, va prendre ton bain.

La porte se referma sur sa fille, et Charlotte se laissa tomber sur sa chaise de bureau. Que diable allait-elle faire de Mary ?

Sa benjamine était une énigme pour elle, ce qui allait horriblement compliquer la tâche de la duchesse, si elle voulait apaiser toute la douleur qu'elle avait entrevue. Une douleur qu'elle avait infligée à Mary, et que celle-ci lui avait dissimulée jusqu'ici.

Qui aurait cru que cette jeune femme si calme, timide et effacée puisse prendre avec autant de ferveur la défense de son ami ? C'était au moins une chose dont elle n'avait pas à s'inquiéter, Dieu merci. Stuart Irvine était son *ami*. Charlotte eut un sourire triste. Encore un message tacite de sa fille : *Ne vous inquiétez pas, mère.*

Il y avait tant de raisons de s'inquiéter, pourtant. Pauvre Mary. Une des leçons les plus douloureuses de la vie était d'accepter l'injustice et l'inégalité dans le monde. C'était une leçon que Margaret avait encore du mal à apprendre… et la duchesse aussi d'ailleurs. Si seulement elle avait vraiment pu s'échapper sur sa petite île, relever le pont-levis et garder le monde à distance.

Hélas ! Charlotte ramassa son journal intime et l'enferma dans un tiroir de son bureau. Mary s'était montrée utile et *voulait* manifestement l'être. Ce serait un soulagement d'avoir quelqu'un sur qui compter, surtout si Walter restait à Balmoral un certain temps, comme elle le soupçonnait. Peut-être que confier certaines responsabilités à Mary pourrait les rapprocher. Elle tira la sonnette pour appeler sa femme de chambre. C'était une bonne idée de récupérer la broche de tante Lucy dans son coffret à bijoux. Par simple précaution.

Chapitre 7

Machinations

Château de Drumlanrig, mardi 29 août 1872

— Merci d'être venu à ma rencontre, Tre, dit Mary en gravissant à toute vitesse les marches de la Maison de la bruyère, le lendemain matin. Et, plus important encore, merci pour hier. Je ne sais pas ce que j'aurais fait sans vous.

— Vous vous seriez parfaitement débrouillée, comme je l'ai assuré à votre mère hier soir. Vous avez grandement exagéré mon rôle et minimisé le vôtre.

— Vous êtes si gentil et modeste.

— Mary, de toute évidence, la duchesse était fière de vous.

— Elle a dit que j'avais bien géré une situation délicate.

Mary fronça les sourcils en fixant ses mains.

— Elle n'a pas dit qu'elle était fière de moi, et je doute qu'elle se soit confiée à vous.

— Elle ne l'a pas formulé ainsi, admit Tre. Elle est d'une génération et d'une classe où on apprend qu'on ne chante pas les louanges des gens.

— Elle chante celles de Margaret. Non, cette remarque est indigne de ma part. Je suis sûre que Mère me chante les louanges de Margaret parce qu'elle ne peut justement pas le faire avec quelqu'un d'autre.

— Si nous nous asseyions ?

Tre attendit qu'elle prenne place sur le banc, avant de s'installer à côté d'elle.

— Vous vouliez discuter des événements d'hier. Il me semble pourtant que la duchesse a la situation bien en main.

— En ce qui concerne Mrs Fitzherbert-Smythe, c'est le cas. Tout le monde au dîner a été soulagé d'admettre que la broche était perdue, et ma mère va la dédommager en lui offrant l'une des siennes. Même si, bien sûr, ajouta la jeune femme avec une moue écœurée, nous devons prétendre que ce n'est pas un pot-de-vin, mais un cadeau.

— C'est un petit prix à payer pour son silence, non ?

— Quel silence, Tre ? s'insurgea Mary. Elle a accusé Stuart de vol devant tout le monde ! Et comme c'est *juste* le fils du garde-chasse en chef, elle ne sera pas inquiétée.

— Il n'arrivera rien à Stuart Irvine. Il n'y a aucune preuve contre lui.

— Mais sa réputation restera entachée. C'est ce que j'ai dit à ma mère hier. Pourquoi personne ne s'en soucie ?

— Vous vous en souciez beaucoup.

— Stuart était mon ami quand je n'avais personne d'autre. Je l'ai dit à ma mère, qui ne l'a pas bien pris.

— Elle aurait dû y penser avant. Elle vous a laissée seule alors que vous n'étiez qu'une enfant. Elle devrait se montrer reconnaissante que vous ayez eu Stuart comme ami.

— Tout ce qu'elle veut, c'est étouffer cette stupide affaire avant le retour de mon père, et moi aussi. Mais…

— Mais ça ne blanchit pas le nom du jeune homme.

Mary poussa un soupir.

— Exactement. Je vous remercie. Je savais que vous comprendriez. Tant que la broche ne sera pas retrouvée, le soupçon pèsera sur lui. Il est le fils du garde-chasse en chef, ce qui fera de lui un bouc émissaire idéal dans certains milieux. Mr Irvine est d'une honnêteté sans faille, mais, en tant que garde-chasse, il doit empêcher le braconnage, et, comme vous pouvez l'imaginer, cela ne le rend pas très populaire dans le coin. La solution de ma mère est d'envoyer Stuart à Boughton.

— Éloigner quelqu'un et l'oublier semble être le modus operandi de votre mère.

— Tre !

Il haussa les épaules.

— C'est la vérité.

— Oui, mais… Vous avez raison, c'est vrai. Cela semble si choquant dit comme ça.

— *C'est* choquant.

Il lui serra brièvement la main.

— Toutefois, ressasser le passé ne nous mènera nulle part.

— À votre avis, qu'est-il vraiment arrivé à cette broche ? Elle était énorme, et les hommes de Mr Irvine ont ratissé la lande et les sentiers sans succès. J'ai du mal à croire qu'elle soit simplement tombée, pas vous ?

— Je suis de votre avis, admit-il à contrecœur. J'ai passé la moitié de la nuit à repasser les événements après avoir parlé à Beckman hier soir. Cela ne va pas vous plaire, mais il m'a confié qu'il s'était absenté pour fumer un cigare pendant la chasse de l'après-midi. Il n'arrivait plus à viser et a pensé que fumer le calmerait. Il est parti environ quinze ou vingt minutes, alors votre ami est resté seul avec Mrs Fitzherbert-Smythe pendant tout ce temps. Si vous êtes déterminée à aller au bout de cette affaire, Mary, sachez qu'il pourrait y avoir des conséquences désagréables.

— Vous voulez dire qu'en attirant l'attention sur le fait que Stuart a eu l'occasion de voler le bijou, je risque d'empirer les choses pour lui ? Je veux blanchir son nom, pas réduire à néant les efforts de ma mère pour arranger cette histoire. Que devons-nous faire ? Y a-t-il quelque chose que nous *puissions* faire sans mettre de l'huile sur le feu et ramener mon père dans la mêlée ?

— Je n'en ai aucune idée. Pourtant, quelque chose cloche dans cette histoire. Pourquoi n'a-t-on pas retrouvé cette satanée broche ? La réponse évidente, c'est parce qu'elle n'est pas censée être retrouvée.

Tre se leva et enfonça les mains dans ses poches.

— Si ce n'était pas Stuart Irvine, alors…

— Alors ça doit être le capitaine Beckman ?

— Mon instinct me dit qu'il est honnête.

— Je suis d'accord, mais peut-on se fier à son instinct ? Nous n'avons fait sa connaissance qu'hier. Il pourrait avoir volé la broche et l'avoir cachée en prétendant sortir fumer. Et il semblait curieusement désireux de démontrer qu'il ne l'avait pas sur lui.

— Une tactique pour faire diversion ? Je ne sais pas.

— Attendez ! Il y a un autre élément. Clara, ma femme de chambre, m'a raconté quelque chose hier soir. Je ne sais pas comment j'ai failli l'oublier. C'est très étrange. Quand une des domestiques est allée, pendant le dîner, préparer le lit du capitaine Beckman pour la nuit, sa porte était fermée à clé.

— Il pourrait y avoir une explication parfaitement logique.

— Oui : par exemple, qu'il ait quelque chose à cacher. Comme une broche volée.

Mary se leva d'un bond.

— Il nous faut vérifier s'il verrouille sa porte quand il descend pour le petit déjeuner et, si c'est le cas, nous devons entrer par effraction.

— Pour l'amour du ciel ! Nous ne pouvons pas…

— Pas nous deux. Moi. Si je parviens à mettre la main sur les clés de la gouvernante, je n'aurai pas besoin de forcer la serrure, bien que cela puisse s'avérer délicat, car elle les garde sur un gros trousseau attaché à sa ceinture.

— Mary ! Vous tirez des conclusions hâtives.

— Pas du tout ! Eh bien, peut-être que si, mais si Stuart n'a pas commis ce vol… Nous savons qu'il est innocent parce que cette horrible femme l'a obligé à vider ses poches. Mais si nous prouvons que ce n'était pas non plus le capitaine Beckman, alors où cela nous mène-t-il ?

— Je ne sais pas. Peut-être que cette fichue broche est vraiment perdue. Concentrons-nous sur l'élimination de Beckman comme suspect avant de nous inquiéter de ça, et agissons le plus discrètement possible.

— Vous n'avez pas besoin de me mettre en garde sur ce point, je vous l'assure. Pour le bien de Stuart et du capitaine Beckman, nous ne pouvons pas risquer que quelqu'un d'autre sache que nous croyons toujours au larcin. Cela signifie-t-il que vous allez m'aider ?

— Je vais vous aider, mais je n'entrerai pas par effraction dans la chambre de Beckman, dit-il. Je lui parlerai plus tard, pour voir si je peux découvrir, sans éveiller ses soupçons, pourquoi il verrouille sa porte.

— Et moi, qu'est-ce que je vais faire ?

— Vous montrer patiente ?

— Le problème, c'est que si nous éliminons Stuart et le capitaine Beckman, cela ne nous laisse que… Oh ! Tre !

Elle lui serra le bras.

— La dame elle-même.

— Pourquoi volerait-elle sa propre broche ?

— « C'est un héritage, qui vaut une petite fortune. Les rubis sont particulièrement rares. »

— Vous avez un vrai talent pour l'imitation, dit Tre en riant. Mon Dieu, vous pensez sérieusement… Elle n'oserait sûrement pas ? Si Stuart Irvine était arrêté… mais sans la broche, les autorités seraient peu enclines à poursuivre l'affaire.

— C'est peu probable, mais ce n'est pas certain !

— Rappelez-vous ce que j'ai dit au sujet des conclusions hâtives.

— Je sais.

Malgré ses efforts pour se contrôler, Mary serra les poings.

— Je sais, je ne dois pas, mais si c'est vrai…

— Le scandale serait inimaginable, dit Tre d'un ton sinistre. Je doute que même quelqu'un d'aussi influent que votre père puisse éviter qu'il ne filtre dans les journaux.

— Oh ! grands dieux ! C'était le plus terrible quand Margaret a rompu ses fiançailles publiquement. C'était dans tous les journaux, et mon père…

Mary se rassit brusquement sur le banc, horrifiée.

— Mrs Fitzherbert-Smythe devait s'y attendre, reprit-elle. Elle devait savoir que ma mère ferait tout pour étouffer l'affaire. Et maintenant elle ne possède pas une mais deux broches !

— Mary, pour l'amour du ciel, ce ne sont que des spéculations. Nous ne savons pas si c'était elle.

Le colonel se rassit à côté d'elle, les sourcils froncés.

— Nous n'avons aucune preuve.

— Le bijou doit être quelque part. Vous l'avez dit vous-même tout à l'heure. Si on ne l'a pas retrouvé, c'est parce que quelqu'un ne le veut pas. Elle a dû le cacher.

— Même si par miracle nous mettions la main dessus, comment agir sans provoquer de scandale ? La bonne opinion que votre père a de moi compte beaucoup pour ceux qui m'attribuerint ce nouveau poste.

— Je n'avais pas pensé à ça. Je n'aurais pas dû vous mêler à cette histoire.

— Je ne vais pas vous abandonner maintenant. Je suis à vos côtés, je vous l'assure.

— Non, non, non, vous ne pouvez pas... Oh ! maudite soit cette femme ! Si ce n'était pas pour Stuart, je les enverrais volontiers promener, elle et son horrible héritage. Évidemment, elle va probablement vendre la broche à la première occasion.

— Je me demande pourquoi elle a besoin d'argent.

— Quelque chose qu'elle veut cacher à son mari, sans doute. Qu'allons-nous faire ?

— Procédons étape par étape. Nous allons éliminer Beckman de notre enquête, ensuite...

— La femme de chambre ! Mais bien sûr ! J'aurais dû y penser. Une femme de chambre sait toujours tout sur sa maîtresse et sur ses vêtements. Si la broche n'a pas été volée, mais cachée… C'est ça !

Mary sauta sur ses pieds.

— Vous discuterez avec le capitaine Beckman, et moi je parlerai à la femme de chambre de Mrs Fitzherbert-Smythe. Discrètement, je vous le promets. Je le ferai à l'heure du petit déjeuner, quand elle remettra la chambre de sa maîtresse en ordre.

— Je ne suis pas sûr que ce soit une bonne idée.

— C'est une *excellente* idée. Je trouverai une excuse, et je serai très, très prudente. Je n'ai pas plus envie que vous de m'attirer la colère de mon père.

— Mais que ferons-nous si nous découvrons que nous avons raison ?

— Rien, si c'est synonyme de scandale, ou si cela met votre avenir en danger. Je ne veux pas être responsable de l'un ou l'autre, pas même pour blanchir Stuart, répondit Mary. Suivons votre propre conseil, et procédons étape par étape, d'accord ?

Chapitre 8

Lady Mary mène l'enquête

Château de Drumlanrig, mercredi 30 août 1872

Mrs Fitzherbert-Smythe n'était pas une lève-tôt. Mary avait eu tout le temps de se demander si elle était capable de mettre son plan à exécution, et plus encore s'il allait fonctionner. Le poids de la responsabilité la rendait malade. Ne serait-il pas préférable d'oublier l'affaire ? Mrs Fitzherbert-Smythe en serait ravie et cela épargnerait à la duchesse des problèmes supplémentaires. Le duc ne serait jamais au courant de rien. Mais la réputation de Stuart resterait entachée. Ce n'était pas juste ! Et ne rien tenter pour disculper son ami aurait été, en quelque sorte, une trahison. Et Tre… non, Tre ne la jugerait pas durement, voire pas du tout. C'était le seul qui ne l'avait pas prise pour une petite souris effrayée. Y avait-il en elle une personne plus courageuse, plus confiante ? Une chose était sûre, elle ne s'était jamais sentie aussi peu à la hauteur de toute sa vie.

Mary triturait avec une tranche de pain tandis que, en bout de table, sa mère menait la conversation du petit déjeuner et s'assurait que tous les invités aient de quoi occuper leur journée. Tre buvait du café noir et mangeait ce qui était pour lui un copieux petit déjeuner – deux œufs durs et un petit pain –, en lui adressant de temps en temps un sourire d'encouragement.

— Bonjour, Votre Grâce. Vous serez heureuse d'apprendre que j'ai bien dormi après notre conversation.

Mrs Fitzherbert-Smythe arriva en trombe dans la salle à manger, et Tre se leva précipitamment pour lui offrir la place qu'il lui avait gardée libre entre le capitaine Beckman et lui. Elle lui adressa un rictus crispé, manifestement encore irritée par le ton qu'il avait employé après la chasse, mais le capitaine eut droit à un large sourire.

— Je vais prendre un café, annonça-t-elle en réponse au regard interrogateur d'Urquhart. Et des petits pains chauds, des œufs, des rognons à la diable, et un hareng saur.

La duchesse détestait l'odeur persistante des poissons et n'en servait jamais, et un autre convive peu prévenant avait déjà terminé les rognons d'agneau. Pendant que le majordome lui proposait à la place du *kedgeree* – un plat à base de poisson, de riz et d'œufs bouillis – des saucisses, et du foie, le capitaine Beckman servit à Mrs Fitzherbert-Smythe une tasse de café, tandis qu'un valet de pied lui tendait les petits pains. La duchesse quant à elle reprenait sa conversation interrompue sur l'efficacité du lait pour éliminer des pucerons sur les roses.

Mary murmura des excuses et quitta la table.

— Bonne chance, articula Tre en silence lorsqu'elle passa près de sa chaise.

Elle avait légèrement le tournis dans l'escalier en colimaçon qui montait vers sa chambre au deuxième étage. Elle y enfila à la hâte une robe de jour en soie bleu ciel, tout en songeant au plan que Tre et elle avaient élaboré avec soin. Pourquoi le colonel tenait-il à l'aider alors qu'il aurait été tellement plus facile et plus sûr pour lui et son avenir de ne rien faire ? « Quelque chose cloche dans cette histoire », avait-il dit. Il partageait son écœurement pour la façon dont Stuart avait été utilisé, mais celui-ci n'était pas son ami. Était-ce pour elle qu'il faisait tout cela ? Qu'est-ce qu'il pouvait bien voir en elle ? Elle n'en avait aucune idée, mais il la regardait comme personne d'autre ne le faisait. Était-il possible qu'il soit attiré par elle ? Sa manière de l'observer parfois ou ces regards qu'elle avait cru imaginer mal interpréter… Oh ! pour l'amour du ciel, pourquoi se posait-elle des questions aussi cruciales en cet instant précis ?

La jupe de sa robe était généreusement ornée d'un ourlet bleu foncé rehaussé de perles. À l'aide de son canif, Mary coupa les premiers points de couture avant d'en arracher impitoyablement une partie, puis elle redescendit l'escalier en colimaçon jusqu'au premier étage, où Mrs Fitzherbert-Smythe occupait l'une des chambres de l'aile ouest.

Elle frappa légèrement au battant et jeta un coup d'œil à l'intérieur. À son grand soulagement, la femme de chambre était là, assise à la coiffeuse sur laquelle étaient éparpillés pléthore de pots et de flacons.

— Excusez-moi.

— Oh !

La domestique se leva d'un bond et fit une révérence. C'était une femme à l'air sévère qui devait avoir entre quarante et cinquante ans, habillée d'une simple robe gris acier assortie à ses cheveux.

— Je crains que ma maîtresse ne soit au petit déjeuner.

— C'est vous que je cherchais en réalité, admit Mary en fermant la porte derrière elle et en souriant timidement. J'espère que vous ne trouverez pas ma démarche inconvenante mais, en essayant cette nouvelle robe, j'ai déchiré le bord en perles. Je me demandais si vous auriez l'amabilité de la raccommoder ?

— Votre femme de chambre pourrait sûrement…

— Je préférerais qu'elle n'en sache rien, l'interrompit Mary en baissant les yeux et en s'excusant silencieusement auprès de Clara. J'aurais dû attendre qu'elle m'aide à m'habiller, mais j'étais trop impatiente d'enfiler ma tenue. Ma mère m'a demandé d'escorter les dames pour une sortie dans les magasins à Dumfries. Je voulais être élégante puisque je serai son adjointe, ce qui est une responsabilité importante. Et maintenant, voyez ce que ma précipitation a causé. Je suis terriblement maladroite, je ne sais pas comment j'ai déchiré ça.

— Laissez-moi regarder.

La femme de chambre fronça les sourcils.

— La couture n'était pas terminée correctement, on dirait. Ce n'est pas du bon travail, si je peux me permettre, mais je peux réparer ça en moins d'une minute.

— Oh merci… vous êtes Smith, n'est-ce pas ? Je suis Lady Mary.

— Oui, milady, je sais.

— On m'a donné le prénom de la Vierge Marie, mais c'est moi qui viens vous prier de m'aider.

— Oh ! milady, je suis là pour ça.

La femme de chambre ne sourit pas. Soit elle n'avait aucun sens de l'humour, soit la blague était vraiment trop mauvaise. La deuxième hypothèse était la plus probable. *Calmez-vous.*

Suivez le plan. Flattez-la. Pas de précipitation. Prenez votre temps. Gagnez sa confiance. Mary entendait la voix de Tre dans sa tête.

— Je n'ai pas pu m'empêcher de remarquer les cheveux de Mrs Fitzherbert-Smythe, reprit-elle. Leur couleur est si belle et si riche pour une femme de son âge. Elle est très chanceuse. Je ne pense pas que je le serai autant. Ma mère a déjà des mèches argentées.

— La duchesse a l'air très distinguée, répondit Smith, les yeux fixés sur l'aiguille qu'elle enfilait.

— Oui, mais l'argenté vieillit, vous ne trouvez pas ? Ma mère et Mrs Fitzherbert-Smythe ont à peu près le même âge, je crois, et pourtant votre maîtresse semble bien plus jeune, poursuivit Mary en implorant mentalement sa mère de l'excuser.

— Sa Grâce possède une beauté naturelle. Ma maîtresse a besoin d'un peu plus d'aide. Maintenant, si vous voulez bien monter sur ce petit tabouret, cela me facilitera la tâche. C'est parfait, merci.

— Mrs Fitzherbert-Smythe a de la chance de vous avoir comme femme de chambre si je vous comprends bien, Smith. Pour améliorer ce que la nature lui a donné, je veux dire.

— Surtout quand la nature n'a pas été très généreuse.

Smith afficha un petit sourire en réparant la robe avec des points réguliers et minuscules.

— Vraiment ? Mon Dieu, vous allez me dire que son teint n'est pas naturellement impeccable ?

— Eh bien, milady, je suis flattée de vous entendre dire cela, car c'est exactement l'impression que nous voulons donner.

— Vous avez de multiples talents. Vous êtes une magicienne doublée d'une couturière. Quel atout vous devez être. Mrs Fitzherbert-Smythe redoute certainement que vous succombiez à l'une des offres que l'on ne doit pas cesser de vous faire.

Smith coupa le fil, et son expression se durcit.

— Voilà, cela devrait tenir correctement maintenant, milady.

— Oh ! merci. Vous avez des doigts de fée. Je suis extrêmement reconnaissante.

Et déçue. Mary glissa sans grand espoir une pièce d'une guinée dans la main de la servante.

Au lieu de l'empocher discrètement, Smith la fixa suffisamment longtemps pour que Mary se mette à paniquer.

— Vous m'avez rendu un immense service, je ne voulais pas vous offenser.

— Non, ce n'est pas ça. C'est très généreux de votre part, dit Smith en rangeant la pièce. C'est que, voyez-vous, je n'ai pas été payée depuis que je suis chez Mrs Fitzherbert-Smythe. Merci mille fois, milady.

— Bonté divine, s'exclama Mary, sincèrement choquée, car sa mère payait scrupuleusement son personnel à date fixe. Cela fait combien de temps ?

— Un an le mois prochain. Je ne reste avec elle que jusqu'à ce qu'elle me donne ce qui m'est dû.

— Elle vous doit une année entière de salaire ?! D'accord, vous avez un toit au-dessus de la tête et de la nourriture sur la table, mais n'avez-vous pas aussi des obligations personnelles ?

— Eh bien, milady, vous avez touché juste, reconnut Smith avec amertume. Je n'ai pas pu envoyer grand-chose à ma mère.

— Voulez-vous que j'en parle discrètement à la duchesse ? proposa Mary.

Émue, elle oubliait le plan qu'elle avait mis au point avec Tre.

— Bien qu'elle soit parfaitement heureuse avec sa propre femme de chambre, la duchesse a un certain nombre d'amies qui, j'en suis sûre, seraient ravies d'employer quelqu'un qui possède vos talents.

— Merci, milady, vous êtes très aimable, mais ce n'est pas nécessaire. J'ai déjà un poste en vue. Je n'aurais pas dû vous parler de mes problèmes, c'était très indélicat de ma part, mais vous m'avez surprise dans une situation difficile.

— Mon Dieu, je comprends bien.

— Ma maîtresse m'a assuré qu'elle me paierait d'ici une semaine environ. Si tout se passe bien, je serai chez mon nouvel employeur le mois prochain, au plus tard en octobre.

— C'est une excellente nouvelle pour vous, et soyez certaine que ceci restera entre nous.

— Merci beaucoup, milady.

— Vous m'avez épargné la colère de Clara en réparant cette robe, Smith. Je vous suis redevable.

— Ce n'est rien, milady. Je suis heureuse d'avoir pu vous aider.

— Je suis sûre que vous remplacer ne sera pas une mince affaire pour Mrs Fitzherbert-Smythe, ajouta Mary pour essayer de gagner un peu de temps.

Smith eut un sourire amer.

— Vous n'imaginez pas à quel point. Je suis la deuxième femme de chambre qu'elle perd en peu de temps.

— Vraiment ? *Vraiment !* Que… puis-je vous demander ce que vous entendez par là ?

Mary retint son souffle pendant que Smith réfléchissait avant de hausser les épaules.

— Je n'ai pas de raison de vous le cacher. La précédente est partie à la suite d'un scandale, d'après ce qu'on m'a rapporté. Elle avait volé un collier à notre maîtresse, apparemment. Ce n'est pas impossible si, comme moi, elle n'avait pas été payée. Bien sûr, je ne l'excuse pas, milady, mais vous comprenez.

Consternée, car elle ne saisissait que trop bien la situation, Mary sentit son estomac se retourner, non pas de nervosité, mais de fureur et d'écœurement.

— Que lui est-il arrivé ? demanda-t-elle, essayant désespérément de dissimuler ses émotions. A-t-elle été envoyée en prison ?

À son grand soulagement, Smith secoua la tête.

— D'après ce que j'ai compris, notre maîtresse a pensé que la renvoyer sans références était une punition suffisante. Ce qui était le cas, si mes suppositions sont justes et qu'on lui devait ses gages.

Et si Mary avait raison, la pauvre femme de chambre n'avait eu ni salaire, ni recommandation, ni collier. Des pas dans le couloir leur firent tourner la tête vers la porte avec anxiété, mais le bruit s'éloigna.

Il était temps de partir.

— Merci encore, Smith, vous avez été d'une aide inestimable.

Vérifiant rapidement que la voie était libre dans le couloir, Mary se glissa dehors et s'enfuit jusqu'à sa chambre.

Chapitre 9

Accusations

Château de Drumlanrig, jeudi 31 août 1872

Au petit déjeuner, la duchesse donna lecture d'un télégramme de son mari. Le duc informait ses invités qu'il était retenu à Balmoral jusqu'au début de la semaine suivante. Malheureusement, Sa Majesté exigeait également que la duchesse le rejoigne dès que possible. Cela signifiait que les invités devraient partir le lendemain, que la partie de chasse du samedi était annulée, ainsi que l'expédition de vendredi dans la petite ville de Moffat. La duchesse était heureuse d'annoncer toutefois que les divertissements de la journée se dérouleraient comme prévu : un jeu de boules et du tennis le matin et une compétition de tir à l'arc l'après-midi.

Une heure plus tard, Mary se tenait à l'abri du long pavillon qui clôturait une extrémité de la roseraie. Elle observait Tre tenter de convaincre Pug de jouer à la balle. Le colonel n'avait pas encore remarqué la présence de la jeune femme. Le chien avait été offert à la duchesse contre son gré quelques années plus tôt et ils se détestaient mutuellement. L'un des palefreniers s'occupait de l'animal, censé vivre dans les écuries, mais celui-ci s'échappait régulièrement pour retrouver Urquhart, le majordome, qui était le seul à trouver attachante cette bête grasse et baveuse.

Tre lança à nouveau la balle, et Pug se mit à courir après, jouant plutôt bien son rôle de chien. « Je suis à vos côtés, je vous l'assure », avait dit Tre quand ils avaient convenu de se rencontrer ici ce matin. Il ne sous-entendait rien par là, si ce n'est qu'ils unissaient leurs efforts pour blanchir Stuart et s'assurer que cette horrible femme n'abuserait plus de personne à l'avenir. *Je suis à vos côtés.* Même s'il ne parlait que de cette affaire, personne n'avait jamais fait ce genre de déclaration à Mary.

Fatigué ou ennuyé par le jeu, Pug s'éloigna pour se rouler dans la terre meuble d'un des massifs de rosiers. Mary fit un signe de la main, et Tre sourit avant de la rejoindre.

— Je ne vous avais pas vue.

— Pug et vous sembliez vous amuser. Je ne voulais pas vous déranger. Tre, je sais que vous m'avez dit hier que nous devions être prudents, mais maintenant que les invités vont partir…

— Je suis d'accord, si nous n'agissons pas rapidement, nous aurons raté notre chance.

— Donc vous pensez toujours que, d'après ce que j'ai appris grâce à Smith, notre conclusion est la bonne ?

— J'en ai bien peur. J'ai parlé à Beckman. Je n'ai pas pu vous le dire avant et je n'ai pas le temps de vous expliquer en détail notre conversation maintenant, mais le fait qu'il verrouille la porte de sa chambre n'a rien à voir avec ce soi-disant vol.

Nous allons devoir parler à Mrs Fitzherbert-Smythe et, si elle nie, trouver un moyen de l'amener à avouer.

— Il y a tellement de choses que nous ignorons, objecta Mary. Pourquoi n'a-t-elle pas simplement fait copier la broche avec des pierres sans valeur avant de vendre l'originale ?

— C'est un héritage familial, lui rappela Tre avec une pointe d'ironie. Je suppose que son mari aurait pu le remarquer. De plus, il est clair, d'après les informations que vous avez obtenues hier, qu'elle se fiche éperdument de calomnier des gens comme votre ami Stuart.

— Ou son ancienne femme de chambre, renchérit sombrement Mary.

— Nous sommes donc d'accord : nous devons l'arrêter, sinon il est fort probable que la prochaine fois qu'elle aura besoin d'argent, elle utilisera le même stratagème sur une autre personne d'une classe inférieure qui ne se doutera de rien. Mais il y a encore une autre possibilité, Mary.

Elle secoua la tête avec véhémence.

— Ma pauvre mère a bien assez de choses à régler en ce moment ; et si nous la mettons au courant, elle sera obligée d'en informer mon père, et… Oh ! nous avons déjà évoqué tout ça.

— Très bien, alors, ce sera une confrontation. Je pense qu'il vaudrait mieux que seul l'un de nous deux s'en charge, suggéra Tre en lui touchant légèrement l'épaule.

Elle posa brièvement la main sur celle du colonel.

— Je sais que cela ne va pas vous plaire, Tre, mais ça doit être moi.

— Non, répondit-il sèchement en retirant sa main.

— Écoutez-moi bien. Nous savons ce qu'elle a fait, mais nous ne pouvons pas le prouver. Nous pouvons prétendre que nous avons des preuves mais, si nous n'arrivons pas à la convaincre et qu'elle s'en tient à son histoire, nous n'aurons pas d'autre choix que de la laisser s'en sortir impunément.

— Je ne vois pas en quoi ça implique que vous vous chargiez seule de la confronter.

— Même si elle nie en bloc, elle voudra se protéger. C'est ce que je ferais, à sa place. Il y a de fortes chances qu'elle dise à ma mère qu'elle a été accusée, et ma mère se sentira obligée d'en informer mon père. Donc, si c'est vous qui interrogez Mrs Fitzherbert-Smythe...

— Le duc se demandera pourquoi j'accuse ses invités sans preuve, alors que le poste que je brigue exige de la discrétion, compléta Tre en blêmissant.

— Exactement. Vous ne pouvez pas courir un tel risque, ça doit donc être moi.

— Je n'aime pas cette idée.

— Moi non plus, mais cette femme a abusé de l'hospitalité de ma mère de la manière la plus sournoise et la plus vile qui soit. Elle a peut-être aussi profité de moi – du fait que j'avais la responsabilité de la chasse – en supposant qu'elle pouvait m'intimider pour que j'accepte ses accusations contre Stuart.

— Elle vous a sous-estimée, c'est certain, fit remarquer Tre d'un air préoccupé, ce qui pourrait jouer en votre faveur.

— Si je peux me permettre, je suis assez douée pour juger les gens. J'ai perfectionné mes compétences en observant le manège des prétendants et des débutantes au cours de la saison londonienne. Je saurai si elle me ment.

— Ne prenez pas cela à la légère, Mary. C'est une affaire extrêmement grave.

— Je le sais. Je la prends très au sérieux.

Ils se tenaient toujours dans l'ombre du pavillon. Il serra la main de la jeune femme entre les siennes et étudia son visage attentivement.

— Ce sera délicat. Nous pouvons élaborer un scénario mais, si elle ne s'en tient pas à son rôle, vous allez devoir improviser. Vous avez prouvé que vous en étiez capable lorsque vous vous êtes entretenue avec la femme de chambre, votre instinct est bon, mais Mrs Fitzherbert-Smythe sera beaucoup plus difficile à affronter.

— Vous croyez qu'elle va essayer de m'intimider ?

— Non seulement de vous intimider, mais de vous menacer et de vous rabrouer.

— Vous pensez que je n'y arriverai pas ?

— J'aimerais qu'il y ait un autre moyen, pour que vous n'ayez pas à subir cette épreuve. Mais je ne doute pas que vous en soyez capable, Mary, pas une seule minute.

Tre porta la main de la jeune lady à ses lèvres.

— La question que vous devez vous poser, c'est si *vous* vous en sentez capable.

Mary avait laissé un message à Mrs Fitzherbert-Smythe lui demandant de la retrouver à midi dans la maison d'été, qui se trouvait à l'extrémité des jardins, derrière le boulingrin.

De l'extérieur, la bâtisse était beaucoup plus sobre que la Maison de la bruyère. En revanche, à l'intérieur, les murs étaient recouverts par une mosaïque en bois censée représenter un panier de fleurs… même si Mary trouvait que cela ressemblait davantage à une couverture en patchwork.

Tre et elle arrivèrent dix minutes avant l'heure convenue et attendirent à l'intérieur. La porte vitrée et les fenêtres de la façade leur permettraient de voir Mrs Fitzherbert-Smythe approcher.

— La voilà, siffla Mary en apercevant la silhouette grande et maigre sur le sentier qui longeait la forêt. Oh ! mon Dieu, la voilà.

— Il est encore temps de changer d'avis.

— Non, je vais le faire. Je peux le faire.

Mary lissa ses gants et redressa le nœud de son bonnet.

— Je saurai très rapidement si nous nous sommes trompés, et je trouverai un moyen de faire marche arrière. Si elle ment ou joue la comédie, je m'en rendrai compte.

— Mettez-vous à sa place. Vous avez déjà prouvé que vous en étiez capable. Essayez de garder une longueur d'avance sur elle.

— Et je ne dois pas oublier le pouvoir du silence. C'est compris. Maintenant vous feriez mieux de vous éclipser avant qu'elle ne vous aperçoive. Non, ne sortez pas par la porte, vous allez devoir escalader…

Mais Tre avait déjà sauté avec une grâce surprenante par la fenêtre.

— Bonne chance.

Il disparut, la laissant seule. Et complètement terrorisée. Mary s'assit sur le banc qui faisait le tour de la maison d'été, se positionnant au centre du mur du fond.

Elle allait devoir jouer le rôle le plus difficile de toute sa vie. Si les choses se passaient mal… Il n'en était pas question, elle ne pouvait pas se permettre de penser de cette façon. Tre l'en croyait capable. Elle aussi était convaincue de pouvoir le faire. Elle y arriverait ! Elle devait garder son calme, et jouer le rôle qu'ils avaient répété, et… De toute façon, il était trop tard maintenant là.

— Mrs Fitzherbert-Smythe, dit Mary en se levant. Merci beaucoup d'être venue.

— Lady Mary. Je dois avouer que j'ai été très surprise de recevoir votre message. Comme vous avez demandé ma discrétion, je suppose que vous ne souhaitez pas que votre mère soit au courant et que cela a donc un rapport avec ce fils de garde-chasse auquel vous tenez tant.

— Je connais Stuart depuis toujours, mais il n'y a rien dans notre amitié que ma mère désapprouverait, souligna Mary, immédiatement mise sur la défensive par cette attaque très directe.

— Ce genre d'amitié doit forcément préoccuper une mère quand sa fille a fait son entrée dans la société. Comme votre mère ne le sait que trop bien, même une fille de duc n'est pas à l'abri d'un scandale. Toutefois, poursuivit Mrs Fitzherbert-Smythe avec un sourire condescendant, votre mère et moi avons convenu d'oublier cette affaire. Soyez rassurée, je ne porterai pas plainte contre votre ami.

— Sans la moindre preuve, je doute que vous y parveniez, même si vous le souhaitiez, lui fit remarquer Mary d'un ton cassant. Pouvons-nous nous asseoir ?

— J'ai été magnanime dans cette affaire, lui rappela son interlocutrice en fronçant les sourcils. Votre mère…

— Comme presque tout le monde, elle se méprend sur la situation.

— Que voulez-vous dire ?

— Elle croit que la broche a été égarée. Alors que vous et moi savons qu'elle a été volée. Vous ne voulez pas vous asseoir ?

Mrs Fitzherbert-Smythe resta debout.

— Vous avez changé de discours, jeune fille. Vous étiez tout à fait catégorique sur le fait que le garçon…

— Oh ! je ne veux pas dire que Stuart l'a volée. Je n'y ai pas pensé un seul instant. Je m'interrogeais sur le capitaine Beckman.

— Un officier de l'armée de Sa Majesté ! Certainement pas !

— Non, j'en suis aussi sûre que vous, mais pour une raison différente et qui ne vous regarde en rien, décréta Mary.

Son assurance grandissait alors que la femme qui la fixait d'un air mauvais semblait de plus en plus sur la défensive.

— Ce n'est ni Stuart ni le capitaine Beckman qui a pris la broche. C'est vous, n'est-ce pas ?

— Moi ?! Comment osez-vous !

Mrs Fitzherbert-Smythe se laissa tomber sur le banc. Si elle avait été innocente, elle serait déjà partie, révoltée par ces accusations, menaçant d'en informer la duchesse, mais elle s'était assise. C'était un aveu de culpabilité.

— J'ose, parce que je sais que c'est la vérité, répliqua Mary, la voix à peine tremblante. Pourquoi diable avez-vous porté cette broche pour la chasse ? C'est la question que je me suis posée d'emblée.

Mrs Fitzherbert-Smythe n'avait pas besoin de se justifier, mais elle le fit quand même.

— Je préfère garder cette broche près de moi. C'est un héritage, et elle signifie beaucoup pour moi. Sa disparition m'a dévastée.

— Et votre mari sera anéanti aussi, j'imagine.

— Cela va de soi. C'est un bijou extrêmement précieux.

— Tellement précieux que, si vous étiez assez négligente pour le perdre, pendant une partie de chasse qui plus est, il serait très en colère contre vous, je suppose.

— Le fermoir tenait très bien. Je l'avais fait vérifier. Je n'ai pas perdu la broche.

— Parce que vous ne vouliez surtout pas risquer de provoquer la colère de votre mari. C'est pour cette raison que vous avez prétendu qu'elle avait été volée et accusé quelqu'un qui n'était pas en mesure de se défendre. Comme le fils d'un garde-chasse.

Ou une servante, ajouta Mary pour elle-même.

— Vous avez dû rester trop longtemps au soleil. Votre ton, vos manières, les folles accusations que vous lancez… Peut-être devrais-je aller voir la duchesse et l'informer de la façon dont sa fille parle à ses invités.

Même si elle avait l'impression d'être au bord d'un précipice, Mary sourit poliment.

— Je vous en prie. Je me ferai un plaisir de vous accompagner.

Mrs Fitzherbert-Smythe retira un de ses gants et étudia son alliance avant de l'enfiler à nouveau.

— Eh bien, ce n'est pas nécessaire. Tout ceci n'est qu'un malentendu, une… une création de votre imagination, même si j'ignore comment vous êtes arrivée à une conclusion pareille. Cependant, fit-elle en se préparant à se lever, je suis sûre que vous n'avez pas voulu me contrarier. Si vous vous excusez, nous considérerons que l'affaire est close.

— Je ne suis pas désolée. Je sais que vous avez simulé le vol de la broche.

Mrs Fitzherbert-Smythe se rassit. Mary croisa les mains en se rappelant le conseil de Tre. Les secondes qui passaient lui paraissaient des heures. Elle crispa les orteils pour se retenir de taper du pied et se mit à compter mentalement.

— Quelle preuve avez-vous pour étayer cette accusation ridicule ?

Mary était arrivée à vingt-six.

— J'ai fouillé votre chambre. Je sais où vous l'avez cachée.

— Ce n'est pas possible. Je sais avec certitude qu'elle est toujours... Je veux dire, comment osez-vous fouiller dans mes affaires personnelles sans ma permission ?

Mary ne répondit rien.

— Vous lancez des hypothèses à tort et à travers.

C'était la première fois que Mrs Fitzherbert-Smythe disait la vérité, bien que ce fût involontaire. La jeune femme se remit à compter. Cette fois, elle n'atteignit que quinze.

— Je n'ai jamais été aussi insultée de ma vie.

Mrs Fitzherbert-Smythe refusait d'admettre quoi que ce soit, mais ne faisait pas mine de partir.

— Je ne vous ai pas fait venir ici pour échanger des insultes, avança Mary avec précaution. Mais parce que je crois qu'il y a un moyen de sortir de cette situation sans que vous perdiez la face.

— Je n'admets rien du tout, loin de là, déclara Mrs Fitzherbert-Smythe, mais je ne veux surtout pas causer de problèmes.

— C'est un peu tard, vous en avez déjà causé beaucoup.

— L'intervention de votre mère a permis de conclure cette affaire au mieux pour tout le monde.

— Non, loin de là.

Vous êtes une voleuse et une menteuse, pensa Mary.

« Ne vous la mettez pas à dos si vous pouvez l'éviter. » C'était le conseil de Tre. Il avait raison.

— Vous avez calomnié un jeune homme innocent, reprit-elle. Tant que votre broche ne sera pas retrouvée, cette accusation mensongère entachera sa réputation.

— Tout tourne donc autour de ce garçon, je l'ai tout de suite remarqué !

— Non, vous avez aussi profité de l'hospitalité de mes parents et accepté un cadeau très précieux de la part de ma mère pour de fausses raisons. Enfin et surtout, si votre ruse fonctionne cette fois, il y a de fortes chances que vous recommenciez, et votre prochaine victime pourrait ne pas avoir autant de chance.

— Vous vous érigez en juge et jury à la fois ?!

— Non, j'essaie simplement de réparer les torts que vous avez causés.

— Et comment diable comptez-vous vous y prendre ?

— Je veux que vous retourniez au château, que vous récupériez la broche dans sa cachette et que vous informiez ma mère que vous venez de remettre la main dessus, expliqua la jeune femme.

— C'est absurde. Où l'aurais-je trouvée ?

— Cela m'est égal. Inventez quelque chose, vous avez une imagination fertile.

— Je passerai pour une idiote.

— Mieux vaut passer pour une idiote que pour une menteuse et une voleuse. Je vous offre l'occasion de conserver votre réputation. Si vous blanchissez Stuart maintenant et lui présentez vos plus plates excuses, vous avez ma parole que l'affaire est close.

Mrs Fitzherbert-Smythe se hérissa.

— Je ferai ce que vous demandez, mais je ne m'excuserai pas auprès de ce garçon !

— J'ai bien peur que ce soit non négociable, et c'est le moins que vous puissiez faire. Je garderai la teneur de cette conversation pour moi, mais je vous préviens : si jamais j'entends que vous avez à nouveau tenté votre odieux stratagème, je raconterai toute l'histoire.

Mary se leva.

— Avons-nous un accord ? demanda-t-elle.

— Lady Mary et l'étrange affaire de la broche disparue, railla Mrs Fitzherbert-Smythe en ignorant sa main tendue. Quel dommage que vous ne puissiez pas vous vanter de votre exploit.

— C'est un secret que je serai ravie de garder, si vous acceptez mes conditions.

Elle n'eut pas besoin de compter cette fois. La coupable acquiesça.

— Vous êtes une jeune femme étonnante. Je vous ai sous-estimée, ce qui m'arrive rarement. Vous avez fait preuve d'un talent qui pourrait vous être utile à l'avenir. Vous devriez l'entretenir.

Dès qu'elle fut partie, Mary s'affala sur le banc en soupirant. Tremblante, il lui fallut plusieurs minutes pour recouvrer le contrôle d'elle-même avant de se lever et de se diriger résolument vers le château.

Chapitre 10

Cœur à cœur

Il aurait été prématuré de se réjouir tant que Mrs Fitzherbert-Smythe n'avait pas rempli sa part du marché. Épuisée par la confrontation et se sentant plus abattue que triomphante, Mary n'eut pas le temps de savourer son succès, car sa mère l'avait chargée d'organiser la compétition de tir à l'arc. Elle se précipita vers le boulingrin, où les cibles étaient déjà en cours d'installation pendant que le déjeuner était servi au château. Les cibles, constituées d'anneaux concentriques avec un « cœur » au centre, étaient installées à des distances réglementaires, comme l'exigeaient les règles officielles de ce sport. Sur une longue table étaient exposés les arcs, les ceintures et les carquois, ainsi que des gantelets et des protège-doigts destinés aux invités qui n'auraient pas apporté leur propre matériel.

La compétition suivrait le modèle bien établi du tir historique du York Round, qui spécifiait le nombre de flèches que chaque participant devait tirer sur les cibles. Pour les messieurs, celles-ci étaient placées à cinquante-cinq mètres, soixante-quinze et quatre-vingt-dix mètres, tandis que les dames tiraient sur des cibles à quarante-cinq et cinquante-cinq mètres. La duchesse remettait les trophées – la traditionnelle flèche plantée dans le blason des Buccleuch, en argent pour la gagnante et en or pour le vainqueur.

Margaret considérait ce sport incroyablement ennuyeux, mais Victoria, leur sœur aînée, excellait au tir à l'arc et possédait une collection de trophées en argent remportés lors de nombreuses compétitions au fil des ans. Bien que Mary visât très bien et qu'elle touchât toujours dans le mille, elle trouvait assommante la nature répétitive du tournoi. Elle était en train d'effectuer ses derniers contrôles des cibles lorsque les premiers concurrents arrivèrent et commencèrent à s'armer. Des tirs d'échauffement furent décochés. Le capitaine Beckman, qui avait apparemment disputé un jour un match serré avec le champion du Grand National, se porta volontaire pour être marqueur. Le reste des invités prit place sur les chaises de jardin en bois, disposées à bonne distance, en bordure du terrain. Mais il n'y avait pas trace de la duchesse. *Ni de Mrs Fitzherbert-Smythe*, nota Mary. Ni de Tre non plus. Des papillons s'agitèrent dans son ventre. Elle les ignora résolument, rassembla tout le monde, et la compétition put commencer.

Sa mère n'arriva que vingt minutes plus tard et, au lieu de se joindre aux spectateurs, se dirigea directement vers elle.

— Puis-je te dire un mot, s'il te plaît ?

La jeune femme sentit son estomac se nouer alors qu'elle suivait la duchesse à l'autre côté du boulingrin. Elle aurait dû savoir que quelque chose allait mal tourner. Son premier réflexe fut de s'excuser immédiatement, mais elle se souvint, juste à temps, du conseil de Tre sur l'importance du silence.

— Je vois que tu as tout en main pour la compétition, constata la duchesse. Tu m'as été d'une grande aide ces derniers jours pendant l'absence de ton père, et pourtant je sais que tu n'aimes pas vraiment attirer l'attention.

— Non, mais j'aime me rendre utile.

— Oui. Plus encore que je ne le pensais, renchérit sa mère d'un ton ironique. Mrs Fitzherbert-Smythe est venue me voir ce matin.

La bouche de Mary devint sèche.

— Ah bon ?

— Aussi incroyable que cela paraisse, sa broche est réapparue. Elle était dans la poche intérieure du manteau qu'elle portait pour la chasse. Elle a affirmé avoir complètement oublié l'y avoir rangée là pour la protéger. Que penses-tu de cela ?

Mary se fit d'abord la réflexion que cette fichue femme aurait pu se donner un peu plus de mal pour trouver une explication plausible. Puis elle soupçonna sa mère d'avoir deviné qu'il y avait anguille sous roche.

— Vraiment ? C'est une merveilleuse nouvelle.

— Tu n'as pas l'air particulièrement surprise. C'est étrange, n'est-ce pas, poursuivit sa mère, que sa femme de chambre n'ait pas découvert la broche plus tôt.

— L'essentiel, c'est qu'elle ait été retrouvée. Cela signifie que Stuart est tiré d'affaire.

— Mrs Fitzherbert-Smythe m'a informée qu'elle lui devait des excuses. Elle est à sa recherche.

— J'aimerais assister à cette scène.

Les lèvres de sa mère frémirent.

— Je ne sais pas comment tu as réussi à la persuader d'agir de la sorte. C'était toi, n'est-ce pas ?

Mary ouvrit la bouche pour nier, puis la referma. Elle avait réussi. *Ils* avaient réussi, Tre et elle. Sa mère n'avait deviné que la moitié de la vérité.

— Ton silence en dit long, conclut la duchesse. Notre invitée part pour la gare dans une heure. Une convocation urgente de son mari, m'a-t-elle dit, même si, à ma connaissance, aucun télégramme ne lui a été transmis. Ne t'en fais pas, je ne ferai rien pour anéantir tes efforts. Je lui ai proposé de garder la broche que je lui ai donnée et de la considérer comme un cadeau. Comme cela, personne ne saura rien. Pas même le duc. Ou surtout pas le duc, devrais-je dire, car c'est lui que tu voulais épargner, je suppose.

Au grand étonnement de Mary, sa mère la serra dans ses bras.

— Je suis très fière de toi. Et, ajouta-t-elle en la lâchant, je dois admettre que je suis... quelque peu déconcertée.

Deux personnes déconcertées en l'espace de quelques jours, se dit Mary en pensant à Tre.

— J'ai bien aimé régler cette affaire, même si c'était un terrain inconnu pour moi. Je peux le dire maintenant que tout est pour le mieux. Je ne m'attendais pas à ce que vous deviniez que j'étais intervenue. J'ai l'impression d'avoir accompli quelque chose d'utile. Pas comme superviser la chasse ou cette compétition, mais quelque chose d'important. Oh ! je ne veux pas dire que le reste ne l'est pas...

— Tu as raison, l'interrompit sa mère. Ces activités ne comptent pas, pas de manière significative.

— Mère ! C'est pratiquement une hérésie !

— Oui, je suppose que tu as raison. Ne me regarde pas comme ça, Mary. Je ne suis pas en train de perdre le sens commun, mais plutôt de le retrouver. Cette journée a prouvé que je te connais à peine et que je te comprends encore moins. Nous ne sommes pas proches, et c'est ma faute. Ce n'est pas le moment d'avoir ce genre de conversation, mais il semble ne jamais y avoir de bon moment. Je t'ai abandonnée ici, je t'ai négligée à cause de Margaret, et maintenant je suis convoquée à Balmoral et je dois te quitter à nouveau.

— Je serai encore ici à votre retour.

— Oui, mais que se passera-t-il ensuite ? Voilà la question. Je pensais que tu apprécierais Londres, mais tu as détesté, n'est-ce pas ?

— Je ne souhaite pas que l'on me trouve un mari.

— Et je n'ai pas l'intention de t'en imposer un. Je pensais que c'était tellement évident que ça n'avait pas besoin d'être précisé. Encore une chose que j'ai mal comprise, dirait-on.

Un cri de joie et une salve d'applaudissements les firent se retourner. La conversation était si étrange qu'elle leur avait fait oublier la compétition, qui semblait n'être qu'un simple décor en arrière-plan.

— Et mon père est du même avis ? demanda Mary.

— Je ne sais pas. Je ferais mieux d'aller regarder le tir à l'arc, répondit la duchesse. Je me demande si je ne pourrais pas m'inspirer de l'exemple de Sa Majesté et dire au duc que j'aimerais te garder à mes côtés, comme compagne, pendant l'automne de ma vie.

— Comme la pauvre princesse Beatrice, vous voulez dire ? Vous n'êtes pourtant pas vieille, mère.

— Les jours comme aujourd'hui, je ressens le poids des ans. Je dois vraiment aller rejoindre les invités maintenant. Je suis désolée que nous n'ayons pas le temps de discuter plus longtemps. Nous nous rattraperons à mon retour de Balmoral.

— Je serai là.

L'impression d'un changement entre elles éclata comme une bulle. Attendre encore ? Tandis que sa mère foulait l'herbe à la hâte, Mary remarqua Tre, en retrait des concurrents. Ils avaient réussi ! Ils avaient redressé plusieurs torts, et ils avaient peut-être même empêché qu'un autre soit commis à l'avenir. Peu importe ce qui allait se passer maintenant, elle n'attendrait plus.

Chapitre 11

La fronde et les flèches de la fortune outrageante

Il avait l'impression de sentir un brouillard épais tomber sur lui, une brume grise qui enveloppait insidieusement son cerveau, le comprimait si douloureusement que le fond de ses yeux lui faisait mal. Il n'arrivait pas à savoir quand cela avait commencé. En quittant Mary pour qu'elle affronte seule cette femme dans la maison d'été ? Alors qu'il attendait, il se demanda comment la confrontation s'était déroulée. Il douta de la confiance qu'il avait placée en Mary. Il se persuada qu'elle avait dû surmonter son trac et fournir une performance impeccable, comme sur le rebord du toit lorsqu'il l'avait vue pour la première fois. Il s'en voulait d'avoir douté d'elle. Il avait l'impression de l'avoir trahie.

Mary n'échouerait pas. Elle lui rappelait les plus réservés de ses hommes, ceux qui ne fanfaronnaient pas comme d'autres au moment d'aller au combat. Ceux qui restaient calmes, même terrifiés, qui comprenaient exactement ce qu'ils affrontaient, qui se préparaient à l'épreuve et qui, au moment où la charge était lancée, se montraient toujours à la hauteur. C'étaient les hommes sur lesquels il pouvait le plus compter sous le feu de l'ennemi. Les courageux silencieux. Les héros jamais récompensés. Tous ceux qui avaient la trempe de Mary.

Aurait-il dû refuser dès le départ de se laisser entraîner dans une situation si délicate et essentiellement domestique ? C'était trop tard désormais. À mesure que les événements s'étaient enchaînés, l'injustice qu'ils avaient découverte l'avait rendu aussi furieux qu'elle, et encore plus l'abus de pouvoir qui avait permis ce méfait possible. Mais c'est Mary qui l'avait entraîné dans cette histoire.

Depuis la première fois qu'il l'avait aperçue sur le rebord du toit et, juste après, transformée en jeune femme discrète lors du dîner, il avait été… fasciné ? Intrigué ? Enthousiasmé ? Même si elle n'était qu'une petite souris aux yeux des autres, son esprit subversif, rebelle et combatif résonnait fortement en lui. Elle le faisait rire, le poussait à abandonner les contraintes qu'il s'était imposées, à redevenir l'homme qu'il avait été et dont il avait presque occulté l'existence. Elle lui faisait oublier qu'il était abîmé. Brisé. Il avait déclaré avec désinvolture qu'elle était un baume pour son front fiévreux, puisque ses acrobaties avaient fait disparaître son mal de tête. Il réalisait maintenant combien c'était vrai. Elle apaisait son âme. Il ne s'était pas autorisé à envisager qu'elle pût être plus que cela, mais il s'était approché, dangereusement, des limites de la bienséance en éprouvant la tentation de l'embrasser. Heureusement, il n'y avait pas cédé.

Et il n'y céderait jamais. Maintenant que sa malédiction était de retour, prenant vicieusement racine, s'aggravant à chaque flèche qui fendait l'air en sifflant pour se ficher avec un bruit sourd dans les cibles de la compétition de tir à l'arc. Comme une balle qui transperce la chair humaine, ce son écœurant qu'il n'oublierait plus. Pire encore était le silence bref et obsédant qui suivait, juste avant qu'un cri ne le brise.

Qu'est-ce qui avait provoqué sa migraine cette fois ? Il n'en avait aucune idée. Pas la moindre.

Tre jura dans sa barbe. La vérité, c'est qu'il ne le savait jamais. À chaque fois qu'il pensait avoir trouvé la racine du problème, il découvrait qu'il avait tort. Était-ce le son des flèches qui s'écrasaient sur le sol ? Non, sa crise avait commencé plus tôt. Il ne savait pas.

« Battez en retraite ! » Il devait obéir à l'appel du clairon. Partir, retourner dans sa chambre, verrouiller la porte, se cacher jusqu'à ce que ça passe. Mais de l'autre côté du boulingrin se trouvait Mary, en pleine conversation avec sa mère, et il n'avait pas envie de s'enfuir. Il s'était senti apaisé en sa compagnie dès son premier soir à Drumlanrig. S'il pouvait lui parler, marcher avec elle, le brouillard se dissiperait et lui épargnerait l'embarras de s'enfermer dans sa chambre comme un enfant effrayé. Lui épargnerait les mensonges qu'il aurait dû proférer, les excuses qu'il aurait dû inventer et la honte brûlante.

La duchesse et sa fille avaient enfin mis fin à leur tête-à-tête.

Si la conversation avec Mrs Fitzherbert-Smythe s'était mal passée ou s'ils s'étaient simplement trompés sur toute la ligne, Mary aurait passé un mauvais quart d'heure. Mais les deux femmes étaient souriantes. Et Mary, à son plus grand soulagement, se dirigeait vers lui.

— Nous avons réussi, chuchota-t-elle joyeusement. C'était l'expérience la plus éprouvante pour les nerfs et la plus difficile que j'aie jamais vécue, mais cette horrible femme est en train de s'excuser auprès de Stuart en ce moment, et sa femme de chambre emballe ses affaires. Elles partent dans l'heure. Oh ! bravo !

Elle se joignit aux applaudissements alors que la dernière concurrente mettait dans le mille deux fois de suite.

Il ne restait plus qu'un joueur, le dernier des messieurs, et la compétition serait terminée. Tre détourna les yeux de la cible, mais chaque flèche qu'il entendait s'enfoncer dans le bois lui faisait l'effet d'une aiguille brûlante dans la nuque.

— Votre mère... vous lui avez parlé pendant un bon moment.

— Effectivement. Est-ce que vous allez bien, Tre ? Vous êtes très pâle.

— Un de mes maux de tête. Ça va passer, lui assura-t-il d'un ton sinistre mais déterminé. La duchesse a-t-elle été surprise que la broche ait réapparu ?

— En fait, elle a deviné que j'avais quelque chose à y voir, je crois qu'elle a fait le lien à cause de Stuart. Ne vous en faites pas, elle ignore tout de votre participation et s'en tient à l'histoire que nous avons inventée.

— Bien joué.

— Elle a conclu en disant qu'elle était fière de moi, qu'elle m'avait négligée, et qu'elle parlerait à mon père pour me mettre à l'abri de ses tentatives de me marier.

— Vraiment ? Ça semble bien sérieux pour une conversation à deux pas d'un tournoi de tir à l'arc.

— Nous n'avions pas le temps de parler de ça à un autre moment, répliqua Mary avec un sourire narquois. Elle va partir pour Balmoral, vous vous souvenez ? J'ai été d'une grande aide mais, comme mon père et notre reine ont besoin d'elle, c'est le retour à l'hibernation pour moi.

— Mary...

— Sauf que j'ai décidé que c'était terminé, Tre. Je ne sais pas encore ce que je vais faire, ne me posez pas la question, mais je dois agir. Je comprends ce que vous vouliez dire à propos de votre nouvelle opportunité et du besoin d'avoir un but dans la vie. C'est un sentiment merveilleux, vous ne trouvez pas ? Je suis tellement heureuse de vous avoir rencontré.

Elle lui sourit et, pendant un moment, il oublia tout, pris d'une envie irrépressible de la serrer dans ses bras et d'embrasser ses lèvres douces et généreuses, de se perdre en elle. Un pincement au cœur le fit grimacer. Mary n'était pas un substitut de laudanum ! C'était égoïste de sa part, et une grossière erreur, de la laisser croire qu'elle pouvait être quoi que ce soit pour lui.

— Il faut que je vous parle.

— Vous avez l'air bien secoué. Le temps est horriblement étouffant, et je sais que ce n'est pas bon pour les personnes qui souffrent régulièrement de migraines comme vous.

— Je n'ai jamais dit…

— Non, mais j'ai deviné. Je pense que vous feriez mieux de rentrer.

— Une promenade, voilà ce qu'il me faut. Je devrais aller me promener. Je ne veux pas qu'on me prenne pour un invalide.

— Un invalide ?! C'est un simple mal de tête, non ? Tre, êtes-vous malade ?

« Walter, êtes-vous malade ? » La voix de Sibilla résonna si clairement dans sa tête qu'il sursauta. Elle n'était pas là. C'était Mary, avec ses grands yeux gris, qui l'observait avec inquiétude.

— Je ne suis pas malade. J'ai juste besoin de prendre l'air.

— Eh bien, si vous en êtes sûr…

— Certain.

La compétition de tir à l'arc était terminée. Les spectateurs applaudissaient à tout rompre. Il esquissa un sourire.

— Ça se calme déjà, assura-t-il à Mary, ordonnant silencieusement à sa tête de coopérer. Une promenade me remettra d'aplomb.

— J'aimerais également faire un tour. Je vous accompagne, décida-t-elle en souriant et en lui prenant le bras.

Elle était visiblement aussi peu convaincue que lui que cela le remettrait d'aplomb, mais déterminée à faire semblant d'y croire.

— Si nous partons maintenant, pendant que ma mère remet les prix, personne ne s'en apercevra. En suivant ce chemin, nous finirons dans le potager, et je pourrai vous montrer la précieuse serre à ananas de la duchesse, bien que je ne sois pas sûre que ce soit bon pour vous de marcher si loin.

— J'aimerais voir la plantation d'ananas, déclara Tre.

Un but, une destination, c'est ce dont il avait besoin pour se vider la tête. Ensuite, il pourrait prendre congé.

— Lady Rolle, ma tante Louisa, aimerait en entendre parler. C'est une passionnée de jardinage. Sa spécialité, ce sont les palmiers en serre, mais elle possède aussi une petite serre à ananas, et celle de Drumlanrig est célèbre.

— C'est pour nous une mauvaise année si nous produisons moins de cent ananas pour notre consommation.

Mary cessa de marcher, le forçant à s'arrêter.

— Arrêtez de faire semblant que tout va bien, Tre, je devine au pli entre vos yeux que votre crâne doit vous faire souffrir.

— Parlez-moi, la supplia-t-il d'un ton désespéré. Ça m'aidera à oublier ça.

— Ne pensez-vous pas que vous feriez mieux de prendre un peu de laudanum et de vous reposer ?

— Inutile. J'ai essayé, croyez-moi. Ce n'est pas ce genre de mal de tête.

Il lui prit le bras, la poussant à se remettre en route.

— Marchez et parlez. Voilà ce dont j'ai besoin.

— Si vous en êtes sûr.

Elle lui jeta un regard inquiet, mais s'exécuta. Il envisagea de s'agripper à son bras, mais il ne voulait pas se cramponner à elle comme un homme qui se noie ou un enfant perdu. Il ne voulait pas l'entraîner dans sa chute.

— L'ananeraie, l'encouragea-t-il.

— L'ananeraie, répéta-t-elle.

Mary parlait et il écoutait surtout le ton de sa voix. Il laissait ses paroles couler sur lui, se persuadant que c'était un courant d'eau fraîche et apaisante. Elle portait un petit chapeau avec un nœud vert émeraude assorti au liseré de sa robe. Celle-ci était cousue dans un tissu doux, flottant, de couleur crème, et brodé de brins de plante : de la menthe ? Le parfum qu'elle portait était discret. Une senteur d'agrumes. Mais pas le citron ni le citron vert.

— Orange ? Votre parfum, qu'est-ce que c'est ?

— C'est *Bouquet d'opoponax*. De la bergamote, avec d'autres agrumes et de la vanille parmi bien d'autres senteurs, je crois.

— C'est votre odeur.

Il trébucha, et Mary le rattrapa. Hébété, il contempla autour de lui la rangée de cottages et de dépendances. Le haut mur qui devait protéger les fameux jardins potagers. Des serres. L'une d'elles devait être l'ananeraie. S'il parvenait à l'atteindre, tout irait bien. Il savait que c'était une pensée irrationnelle, mais il n'était plus en mesure de réfléchir autrement. Sa tête lui faisait mal. Il se pinça le nez. Quand il baissait les yeux, il voyait des étoiles.

— Tre, dit Mary en lui pressant le bras.

— L'ananeraie. Par où ?

— Tre, vous n'allez pas bien.

— Amenez-moi là-bas, l'implora-t-il, les dents serrées. Si vous pouvez juste m'y emmener…

— Par ici. Venez.

Il n'avait plus d'autre choix que de s'accrocher à elle, la faisant ployer sous son poids alors qu'elle le traînait vers la serre la plus proche et en ouvrait la porte. L'odeur de la terre chaude et humide lui frappa les narines, le parfum luxuriant des plantes tropicales fit remonter des souvenirs.

— C'est comme Bicton. Une erreur, dit-il, pris de tournis.

Le brouillard l'enveloppa, il sentit le sang pulser dans ses oreilles et il s'abandonna à la syncope.

Chapitre 12

Seule à nouveau, naturellement

Mary paniquait. Elle hésitait à le laisser pour aller chercher de l'aide quand Tre ouvrit enfin les yeux.

— Oh ! Dieu merci. Restez immobile, n'essayez pas de bouger.

Il ignora sa demande, se redressa et délogea le mouchoir humide qu'elle avait posé sur son front.

— Où…

— Vous êtes dans l'ananeraie. Vous vous êtes évanoui.

Il était pâle comme un linge, et ses yeux étaient vitreux. Mary lui tendit un verre d'eau.

— De la fontaine. Elle est parfaitement fraîche.

Elle l'examina avec anxiété tandis qu'il buvait.

— J'étais sur le point d'appeler à l'aide, mais j'ai pensé que vous ne voudriez pas…

— Non. Merci.

Il prit le mouchoir humide et tamponna la sueur qui perlait son front.

— Acceptez mes excuses les plus sincères.

Il se releva en titubant et dut s'agripper au mur de brique, la repoussant lorsqu'elle tenta de le soutenir.

— Je vais parfaitement bien maintenant.

— Vous avez une mine épouvantable, avoua franchement Mary. Il y a un banc ici.

Elle lui saisit le bras et le traîna presque jusqu'au siège.

— Asseyez-vous avant de tomber.

— Je vais bien, protesta-t-il alors que ses genoux cédaient et qu'il tombait sur le banc. La chaleur dans la serre a dû me faire tourner la tête.

Il se tamponna de nouveau le front, déjà trempé de sueur. Bien qu'il soit assis, il se balançait légèrement, et ses pupilles étaient des têtes d'épingle. Il semblait sur le point de s'évanouir une deuxième fois.

— Dois-je rincer votre mouchoir dans la fontaine ? proposa Mary en le prenant.

Tre le lui arracha brusquement.

— J'aimerais vraiment que vous… j'apprécierais que vous me laissiez seul pour me remettre.

Son ton était étrange. Guindé et formel. En colère. Non, il était embarrassé, bien sûr, mortifié de s'être évanoui devant elle. Comme si elle s'en souciait ! Elle était sur le point de le dire, mais elle se ravisa juste à temps. Il avait besoin de penser à autre chose, pas que l'on attire l'attention sur ce qui venait de se passer.

— Où est Bicton ? demanda Mary en détournant ostensiblement le regard tandis qu'il continuait de se tamponner le front. Vous avez murmuré quelque chose à propos de Bicton.

— Bicton ? Bicton House est la maison de ma tante Louisa dans le Devon.

Il ne se souvenait manifestement pas d'avoir prononcé ce mot. Elle renonça à lui demander ce qu'il avait voulu dire en parlant d'*erreur*.

— Lady Rolle est un nom merveilleux, louvoya Mary. J'imagine une femme ronde, joviale, avec au moins vingt mentons et qui sent le sucre d'orge. Ai-je raison ?

Du coin de l'œil, elle vit Tre esquisser un très faible sourire en coin.

— Quatre mentons seulement, et elle préfère les bonbons à la menthe.

— Vous êtes proche de votre tante ?

— Oui, fit-il en fronçant les sourcils comme s'il devait se concentrer très fort. Bien qu'elle soit beaucoup plus âgée que moi. Elle doit avoir dans les soixante-dix ans.

— Et y a-t-il un Lord Rolle ?

Il secoua la tête en grimaçant de douleur.

— Elle est veuve depuis une trentaine d'années. Si j'ai rencontré son mari, je ne m'en souviens pas.

— Mon Dieu, est-il mort jeune ?

— Il s'est marié très vieux. Je pense qu'il avait presque soixante-dix ans, et ma tante pas tout à fait trente ans. Quelque chose comme ça.

— Ce n'est pas ordinaire.

— Ma tante n'est pas une personne ordinaire, répondit Tre, qui semblait aller un peu mieux. C'est la femme la moins conventionnelle que j'aie jamais rencontrée, jusqu'à ce que je fasse votre connaissance.

— Elle semble sympathique.

Mary lui prit le mouchoir humide des mains.

— Vous l'aimeriez bien, et ce serait réciproque, je pense.

Le colonel ferma les paupières et s'adossa au banc, ce qui permit à la jeune femme de rafraîchir rapidement le tissu à l'eau fraîche de la fontaine. Il le lui reprit quand elle se rassit, et se tamponna le front.

— Ça fait du bien. Merci.

Son visage regagnait progressivement des couleurs. Mary décida de le faire parler.

— Rendez-vous souvent visite à Lady Rolle ?

Tre secoua la tête, puis grimaça à nouveau.

— Je ne suis pas allé à Bicton depuis… depuis que j'y suis allé pour… Depuis un moment.

Il se redressa et ouvrit les yeux.

— L'odeur ici me rappelle…

Il s'interrompit.

— Je la vois assez souvent, à Londres. Elle a une maison dans Upper Grosvenor Street. Tante Louisa est une épicurienne et, heureusement pour moi, elle n'aime pas manger seule.

— Ah, mais le vrai test de son affection pour vous est sûrement de savoir si elle partage ses bonbons à la menthe, non ?

Au grand soulagement de Mary, cette plaisanterie arracha un petit rire à Tre.

— Elle ne les partage avec personne.

— Tre !

Il était à nouveau livide.

— Tre, répéta Mary alors que la tête du colonel commençait à pencher en arrière, je vous en prie, ne perdez pas encore une fois connaissance.

Il se redressa aussitôt.

— Je ne m'évanouirai pas. Je vais parfaitement bien.

— Vous n'allez pas bien du tout.

Elle ne pouvait plus faire semblant ni contenir sa panique.

— Je vais aller chercher de l'aide.

— Non !

Son visage était déformé par la douleur.

— Je ne veux pas… c'est déjà assez grave que vous soyez là. J'aimerais que vous vous en alliez.

— Je ne peux pas vous abandonner comme ça mais, si vous préférez que je fasse venir quelqu'un d'autre, je peux appeler le capitaine Beckman, peut-être ?

— Non ! Pour l'amour du ciel, avez-vous la moindre idée… Non, pourquoi le sauriez-vous ?

Il laissa tomber sa tête dans ses mains.

— Écoutez, je n'ai pas besoin d'aide. Si je pouvais juste rester ici. Laissez-moi tranquille, je vous en supplie.

— Je ne peux pas.

Il marmonna un juron, puis se redressa et s'épongea le front.

— Alors, parlez-moi.

Elle le fixa, se sentant complètement impuissante, terrifiée à l'idée qu'il pourrait s'évanouir encore et qu'elle le mette en danger en accédant à sa demande.

— Seulement si vous promettez de ne pas mourir.

— Je vous en fais le serment.

— Comment puis-je être sûre que vous êtes sincère ?

— Ça va passer. Comme toujours.

— N'y a-t-il rien que vous puissiez prendre pour combattre ce mal ?

— J'ai tout essayé, mais rien ne marche, à part attendre. Je suis désolé.

Mary lui saisit la main et la serra fort.

— Vous le serez, si vous vous excusez une fois de plus. Vous êtes malade, il n'y a pas de quoi être désolé ou avoir honte.

— J'aimerais que ce soit vrai.

Il pressa sa main en retour avant de se dégager et de s'écarter d'elle sur le banc.

— Vous devez être ravie de ce que vous avez accompli ce matin.

— Pardon ? Oh ! vous voulez parler de Mrs Fitzherbert-Smythe ? J'avais presque oublié. Ce que *nous avons* accompli. Ma mère est contente, et mon père ne sera jamais au courant, c'est tout ce que je souhaitais. Je n'aurais pas pu arriver à ce résultat sans vous.

— Ne dites pas de bêtises. J'ai agi comme une caisse de résonance. C'est vous qui avez fait parler la femme de chambre, vous qui avez deviné la vérité, et vous qui avez interrogé la coupable de façon magistrale.

— Vos recommandations de laisser le silence agir ont fait des merveilles.

— Vous devriez être très fière de vous.

— J'étais terrifiée, mais merci.

Déconcertée par son changement d'attitude, elle retira distraitement ses gants et les enroula autour de ses doigts. Tre se leva en tremblant pour rafraîchir son mouchoir à la fontaine.

Elle le regardait à travers ses cils, ne sachant pas du tout de quel mal il souffrait ni ce qu'il fallait faire.

— Je me sens beaucoup mieux, annonça-t-il.

À son grand soulagement, il semblait effectivement aller mieux.

— Vous ne ressemblez plus à un fantôme, en tout cas.

— Mon état s'est considérablement amélioré. Vous allez les abîmer, prévint Tre, en indiquant ses gants.

Mary les lissa sur ses genoux. L'atmosphère entre eux avait changé de façon subtile. Elle se sentait mal à l'aise. Nerveuse.

— Vous ne m'avez pas dit pourquoi le capitaine Beckman verrouille la porte de sa chambre.

Tre replia son mouchoir et le glissa dans la poche de son manteau.

— Il fume de l'opium.

— De l'opium ?!

— Tous ceux qui en fument ne sont pas des drogués, tempéra Tre. Utilisé avec précaution, cela peut aider à s'endormir, c'est tout. Beckman ne souhaitait pas qu'un membre du personnel trouve sa pipe et son matériel. C'est pour cela que sa chambre était fermée à clé. Il ne voulait pas qu'ils tirent les mêmes conclusions que vous. Beaucoup de gens prennent des gouttes de laudanum, qui est la même substance mais sous une forme différente.

— Je l'ignorais.

Il était encore une fois en colère, mais était-ce de la colère ?

— Vous avez essayé ? De fumer de l'opium, je veux dire ? demanda Mary.

Tre haussa les épaules.

— J'ai essayé, mais ça ne m'a pas plu.

Il évitait à nouveau son regard, les yeux fixés sur des ananas empilés dans un coin. Mary était complètement hors de son élément et, pour une fois, incapable de comprendre ce qui se passait dans la tête du colonel. Quelque chose lui échappait, mais quoi ? Sa pomme d'Adam montait et descendait, il contractait les doigts. Il ne voulait pas qu'elle le presse de questions, pourtant elle ne pouvait pas faire comme si tout allait bien alors que ce n'était manifestement pas le cas.

— Tre ?

Elle posa une main prudente sur son bras.

— Vous ne pourriez pas me dire ce qui ne va pas ? C'est plus qu'un simple mal de tête, n'est-ce pas ?

Il repoussa sa main et se détourna.

— C'est une malédiction, voilà ce que c'est.

En observant son dos droit, ses épaules rigides, Mary se sentit plus impuissante et désespérée que jamais. Quelque chose entre eux était brisé, et elle n'avait aucune idée de comment le réparer.

— Je suis vraiment désolée, déclara-t-elle avec raideur. J'ai été horriblement présomptueuse de rester ici avec vous alors que vous souhaitiez être seul.

Il laissa échapper un long soupir frissonnant et se retourna vers elle.

— Comme vous pouvez le voir, je me maîtrise parfaitement maintenant.

Au prix d'un effort suprême, pensa-t-elle en se forçant à sourire.

— Oui, je le vois.

Ils savaient tous les deux que c'était un mensonge. Il attendait qu'elle s'en aille, mais cela ne semblait pas correct de se séparer en des termes aussi tendus, surtout après avoir accompli ensemble un tel exploit.

— Je me suis sentie utile aujourd'hui, lui confia Mary. J'avais l'impression d'avoir un objectif. J'aimerais ressentir cela plus souvent. Vous au moins, vous avez un travail de la plus haute importance, même si vous ne pouvez pas en parler. Ma seule responsabilité, ces derniers temps, consistait à afficher un sourire insipide et à danser sagement pendant que d'autres discutaient de mon pedigree et de ma lignée. Honnêtement, il y a eu des moments où j'ai eu l'impression d'être une jument poulinière que l'on fait sortir dans les soirées pour l'inspecter.

— Je n'ai jamais rencontré de jument poulinière à une soirée. Est-ce qu'elles dansent ?

Il se moquait d'elle, mais cela signifiait sûrement qu'il ne voulait pas qu'elle s'en aille. Qu'il se souciait d'elle. Oh ! mon Dieu, était-elle vraiment si désespérée ?

— Bien sûr qu'elles dansent, sur leurs pattes arrière, comme des chevaux de cirque, vêtues d'une tournure et de pans de soie. D'ailleurs un cheval de cirque a autant de conversation qu'une jeune femme à marier.

Elle quitta le banc, consciente qu'elle faisait la sotte, mais sans pouvoir s'en empêcher.

— Pas question d'exprimer une opinion personnelle, nous devons nous contenter de répondre aux ordres et aux observations. Nous ne devons jamais marcher, mais glisser comme si nous avions des roulettes sous nos robes. La tête droite, les épaules en arrière.

Elle ramassa un des ananas, qui étaient sans doute destinés à la table du dîner de ce soir, retira son chapeau et posa le fruit en équilibre sur le sommet de son crâne. Elle avança les bras écartés, comme si elle se trouvait à nouveau sur le rebord du toit, et fit dix pas avant que l'ananas ne bascule. Elle le rattrapa juste à temps.

— Très impressionnant.

Tre lui prit le fruit des mains et le replaça sur la pile.

— Il faut qu'on parle, Mary.

Elle ressentit un pincement au cœur.

— D'accord.

Des larmes perlèrent à ses paupières. Elle baissa la tête pour les cacher.

Le contact du doigt de Tre, léger comme une plume sur sa joue, lui fit lever les yeux. Quelque chose dans son regard lui coupa le souffle. Pendant un instant fou, elle crut qu'il allait l'embrasser, et elle resta figée, fascinée, attendant que cela se produise. Puis il la lâcha et recula.

— Maintenant que la question de la broche est résolue, j'ai décidé de prendre exemple sur Mrs Fitzherbert-Smythe et de retourner à Londres le plus tôt possible. Il est impératif que je me consacre à mon nouveau poste, en supposant que l'affaire se concrétise. Je ne peux me permettre aucune distraction. Les invités doivent partir demain de toute façon.

— Vous partez, répondit Mary platement.

Bien sûr qu'il partait, et il était clair que leurs chemins ne se croiseraient plus. Tout le monde finissait toujours par la quitter. Elle avait été idiote, stupide – non, plus que stupide – de s'imaginer que Tre était différent. Elle n'avait pas pensé à l'avenir, ne s'était pas demandé si le colonel y aurait une place, mais elle n'avait pas envisagé qu'il pouvait disparaître à tout jamais. C'était le cas à présent, et elle ne savait pas comment elle en était arrivée là.

— C'est mieux comme ça, décréta Tre.

Son ton était sec, mais il lui sembla distinguer une lueur de regret ou de tristesse dans ses yeux. Non. C'était elle qui éprouvait du regret. C'était elle qui était malheureuse et il n'était pas *question* qu'elle le montre.

— Je comprends.

Il grimaça encore.

— J'en doute.

Et à qui la faute ? pensa Mary, avec une pointe de colère. Une « malédiction », avait-il dit, et c'était tout. Cette retenue britannique. Ne jamais montrer sa souffrance. Le colonel Trefusis avait repris le contrôle sur Tre. Eh bien, il n'était pas le seul à maîtriser l'art de garder la tête haute. Mary se concentra pour dissimuler ses sentiments. Pas question de pleurer. Elle ne devait pas le laisser voir à quel point ses adieux lui causaient de la peine. Il n'avait jamais dit qu'ils resteraient en lien. Il ne lui avait pas donné la moindre raison de croire qu'il pourrait souhaiter poursuivre leur relation. Ils étaient de simples connaissances.

Si elle était blessée, c'était sa faute à elle, pas celle de Tre. Sa faute d'avoir pensé, d'avoir osé imaginer qu'un homme comme lui puisse être intéressé par une petite souris. Il s'ennuyait, et elle l'avait distrait un moment. C'était terminé, et il avait des choses plus stimulantes et beaucoup plus importantes à gérer.

— Eh bien, conclut Mary d'un ton cassant, je vous souhaite bonne chance dans votre nouveau projet.

— Merci. Et vous, Lady Mary, je vous souhaite bonne chance, quelle que soit la façon dont vous décidez de vous occuper à l'avenir.

Lady Mary !

— Je pense que je vais rejoindre un cirque et marcher sur la corde raide, contrecarrant ainsi les attentes de tous, et pas seulement les vôtres, colonel Trefusis.

Il tressaillit lorsqu'elle utilisa son titre, comme elle le prévoyait, mais, au lieu de se sentir mieux, elle se sentit encore plus mal. Elle plaça les mains derrière son dos.

— Au revoir, colonel.

— Au revoir, Lady Mary.

Il se détourna, et elle se mordit la lèvre, s'accrochant à ce qui lui restait de dignité. Elle le regarda sortir de la serre d'un pas ferme.

La porte se referma derrière lui.

— Au revoir, Tre, chuchota-t-elle.

Une fois de plus, elle restait seule à Drumlanrig. Elle avait encore été abandonnée, et bientôt elle serait oubliée. Ce n'était pas une première mais, cette fois, la douleur était bien pire. Elle pensait avoir trouvé une âme sœur. Elle croyait avoir rencontré quelqu'un qui la comprenait. Qui se souciait assez d'elle pour souhaiter mieux la connaître. Elle avait eu tort.

Tort, tort, tort, et cela faisait si mal !

Elle ne laisserait pas cela se reproduire. Plus jamais. Les genoux de Mary cédèrent. Elle se laissa tomber sur le banc et, comme une misérable, éclata en sanglots.

DEUXIÈME PARTIE

Prieuré de Newburgh, Yorkshire
1875

CHAPITRE 13

NOUS NOUS REVERRONS

Prieuré de Newburgh, landes du North Yorkshire, mardi 9 février 1875

Le salon blanc était une pièce élégante, avec de hauts plafonds aux corniches ouvragées et une large baie vitrée arrondie flanquée de deux colonnes, donnant sur le versant sud du parc. Comme c'était le soir, les rideaux étaient tirés, masquant la vue. De l'autre côté de la pièce, deux miroirs sertis dans des cadres dorés très travaillés étaient suspendus de part et d'autre d'une imposante alcôve arquée. Le salon était une course d'obstacles composée de tables d'appoint garnies de porcelaine fine, de chaises dorées et de repose-pieds.

Sir George Orby Wombwell, quatrième baronnet, propriétaire du prieuré et hôte de cette réunion, discourait près de la baie vitrée.

— J'ai eu non pas un, mais deux chevaux abattus sous mes pieds, expliquait-il. J'ai tout de même réussi à atteindre les canons russes, puis les scélérats m'ont capturé. Ils étaient cinq, sabres au clair, mais ils ne m'ont pas retenu longtemps. Au milieu de la bataille et de la confusion, c'est Lord Cardigan lui-même qui m'a donné l'idée de me sauver. « Attrapez un cheval, jeune imbécile, et venez avec nous ! » m'a-t-il crié. C'est ce que j'ai fait. J'ai échappé à leurs griffes et j'ai réussi à sauter sur un de nos chevaux sans cavalier, et nous avons galopé jusqu'à nos propres lignes. Je ne sais toujours pas aujourd'hui comment je m'en suis sorti, car on ne voyait pas à plus de trente centimètres dans le chaos et la fumée, avec des chevaux qui galopaient dans toutes les directions. Mais je m'en suis sorti, et j'ai survécu pour raconter l'histoire, comme vous le voyez.

Le baronnet, un homme corpulent avec une chevelure fournie, d'impressionnants favoris et une grosse moustache tombante, marqua une pause pour permettre à son petit cercle d'invités d'émettre les bruits d'admiration et d'encouragement appropriés avant de poursuivre avec ce qui était clairement un récit bien répété.

— Le meilleur ami de l'homme est son cheval. Je le savais avant mais, ce jour-là, alors que je m'échappais de cette vallée de la mort, ce fait m'a été rappelé et je ne l'ai jamais oublié. Quand je suis revenu de Crimée, j'ai ramené le cheval qui m'a sauvé la peau, vous savez. Je l'ai gardé ici à Newburgh, je lui ai offert une retraite bien méritée, à respirer le bon air du Yorkshire, à manger notre bonne herbe. C'était le moins que je puisse faire. Il est toujours là, enterré dans le parc, sous un mémorial que vous pourrez voir si vous vous aventurez dans la neige demain. Je me souviens que Lord Cardigan m'a dit – j'étais son aide de camp, vous savez –, je me souviens que Sa Seigneurie m'a dit…

Tre s'éloigna du groupe et se dirigea vers l'autre côté du salon, où il s'arrêta devant la cheminée pour faire semblant d'étudier l'immense portrait de son hôte, qui y était accroché. L'inscription sur la petite plaque en laiton l'informait que l'œuvre avait été offerte à Sir George par ses métayers en 1859, en reconnaissance de sa bravoure en Crimée. Sir George était représenté en uniforme militaire, un pied posé sur un canon, à côté de son fidèle cheval noir, probablement celui qui était enterré dans le parc. Bien que la scène fût censée montrer les suites d'une bataille, l'officier et son destrier étaient tous deux impeccables, les cuivres du cheval, comme les médailles, brillaient.

Les six cents hommes qui avaient pris part à la charge de la brigade légère étaient-ils courageux, s'étaient-ils fourvoyés ou avaient-ils simplement obéi aux ordres ?

L'année suivante, lorsque Tre avait été affecté à Sébastopol, Lord Cardigan était déjà parti sur son yacht, prétextant une mauvaise santé. Sir George avait survécu pour raconter l'histoire. Quelle importance si son récit était la vérité ou la légende que Tennyson avait contribué à créer à travers son poème ? Le problème, pensa Tre ironiquement, n'était pas qu'il doutait que son hôte, comme sa précieuse monture, ait mérité ses félicitations et son chapelet de médailles. Le problème était que ceux qui méritaient le plus d'éloges n'en recevaient souvent aucun.

Mais ce n'était pas là l'essentiel, se rappela Tre. L'essentiel, c'était que Sir George, cet homme franc, voulait à nouveau rendre service à son pays et qu'il jouissait des contacts et de l'influence nécessaires pour que Tre doive tout faire pour le satisfaire. Même si, quand le colonel avait été informé de sa tâche, son instinct l'avait averti que ce serait en pure perte. « On a insisté en haut lieu pour que Sir George ait droit à un entretien, lui avait expliqué son supérieur. Si je dois refuser, il me faudra de très bonnes raisons. »

Tre avait déjà identifié le candidat idéal pour cette mission, un homme qui convenait parfaitement au poste, malgré son absence de sang bleu, de rang d'officier et de lignée. Lui attribuer la tâche serait désormais impossible. Les galons dorés l'emportaient toujours sur les capacités, malheureusement.

— Votre Grâce ! s'exclama Sir George, arrachant Tre à ses réflexions.

— Sir George, lança une voix féminine. Veuillez excuser notre arrivée tardive.

Cette voix ! Il était sûr de la reconnaître. Tre se retourna si vite qu'il se prit le pied dans le garde-feu. Alors qu'il s'accrochait à la cheminée pour reprendre son équilibre, son hôte et son hôtesse se précipitèrent pour saluer la dame qui se tenait dans l'embrasure de la porte.

La duchesse de Buccleuch était vêtue avec son élégance habituelle d'une robe de soirée en soie mauve.

— Nous avons raté notre correspondance pour York, expliqua-t-elle alors que Sir George et son épouse exécutaient saluts et révérences. J'ai envoyé un télégramme, mais votre majordome m'a informée qu'il n'était arrivé que cinq minutes avant nous ; et comme je ne souhaitais pas retarder le dîner, j'ai demandé qu'on nous conduise directement à nos chambres pour nous changer.

Nos chambres ? La duchesse était coincée dans l'embrasure de la porte par la file d'invités qui se pressaient pour être présentés et faire leur révérence. Derrière elle, dans l'ombre, se trouvait une autre silhouette. Bien qu'il ne distinguât pas de qui il s'agissait, Tre sentit les poils de sa nuque se hérisser.

Il savait que c'était elle, avant même que la duchesse ne la fasse avancer.

— Ma plus jeune fille, Sir George. Je sais que vous serez ravi de faire sa connaissance.

— En effet, oui. Bienvenue au prieuré de Newburgh, Lady Mary. Laissez-moi vous présenter…

Mary. Presque trois ans s'étaient écoulés depuis la scène gênante dans l'ananeraie de Drumlanrig. En la voyant dans l'ombre de sa mère, il se rappela la première fois qu'il l'avait aperçue, gambadant sur le rebord du toit dans sa tunique, le visage rayonnant, emplie de la joie la plus pure. Il se souvenait de son visage assombri par la colère et illuminé par le rire, du contact de sa main sur son bras, des gants qu'elle n'arrêtait pas d'enlever et d'enrouler autour de ses doigts, de l'inclinaison de sa tête, de cet air féroce qu'elle prenait quand elle pensait qu'il essayait de se débarrasser d'elle. Il se souvenait qu'elle avait marché avec un ananas sur la tête le dernier jour pour tenter de le dérider. Il se souvenait de son regard quand il lui avait annoncé son départ, de la peine rapidement dissimulée. Il se souvenait de l'effort que cela lui avait demandé de s'en aller, de ne pas se retourner, se forçant à se rappeler pourquoi il n'avait pas le choix.

Leurs chemins ne s'étaient pas croisés depuis. Il l'aurait appris par la presse si elle s'était mariée. Qu'elle ne l'ait pas fait était tout qu'il savait d'elle. Il ne s'était jamais permis de se renseigner, même s'il avait souvent pensé à elle. Au cours des trois années qui s'étaient écoulées depuis qu'il avait fait si piètre figure lors de leur dernière rencontre, il avait aidé à lancer le nouveau département, et avait largement contribué à son importance croissante. Il avait regagné une grande partie du respect qu'il avait perdu précédemment. Il avait trouvé la stabilité. Il ne voulait pas être déstabilisé.

Déstabilisé ! Tre traversa le salon. Pour l'amour du ciel, cela faisait presque trois ans, et leur rencontre n'avait duré que quelques jours.

— Colonel Trefusis ! Comment allez-vous ?

— Votre Grâce.

Il s'inclina devant la main tendue de la duchesse, mais ses yeux étaient fixés sur Mary.

— C'est une plaisante surprise.

— Vous vous souvenez de ma fille, colonel ?

Leurs regards se croisèrent pendant quelques instants, et le plaisir de la revoir submergea tous ses autres sentiments.

— Lady Mary.

Tre s'inclina.

— Colonel Trefusis.

Elle était élégamment vêtue d'une robe de soirée bleu foncé dont le corsage soulignait sa silhouette. Ses cheveux étaient ramenés sur sa tête, mettant en valeur son long cou et ses pommettes hautes. Elle était gracieuse, sophistiquée, et distante.

— J'espère que vous allez bien.

— Je vais bien, merci, répondit Tre, perplexe. Et vous ? Vous semblez en pleine forme.

— Merci.

Mary s'écarta pour permettre à Sir George de présenter un autre invité à sa mère, lui adressant un léger sourire.

— Accepter les compliments avec grâce est l'une des nombreuses choses que j'ai apprises depuis notre dernière rencontre.

— Moi, en revanche, je n'ai pas changé, répliqua le colonel.

Il était blessé par le ton de la jeune femme, même s'il n'avait pas le droit de l'être.

— Ce n'était pas un compliment, c'était la vérité, ajouta-t-il.

Le sourire de la jeune femme vacilla.

— Et votre mystérieuse mission a-t-elle été couronnée de succès ? Vous n'avez qu'à hocher la tête, colonel, je sais que vous n'avez pas la liberté de faire davantage.

La pique lui fit mal, mais il souffrait encore plus de penser qu'elle éprouvait du ressentiment à son égard.

— C'est encore tôt pour le dire, mais c'est un succès, oui.

— Je suis contente pour vous, Tre… colonel Trefusis.

Tre. Personne d'autre ne l'appelait comme ça, même si c'est ainsi qu'il pensait à lui-même désormais.

— Et vous, Lady Mary ? Comme je n'ai vu aucune mention dans la presse au sujet d'une célèbre « funambule aristocrate », je suppose que vous avez décidé de ne pas vous engager dans un cirque.

Son visage resta de marbre.

— Je n'ai pas perdu mon temps.

La voix de leur hôte s'éleva :

— Puis-je vous présenter Mr Glover, le cousin de mon épouse, Votre Grâce, Lady Mary.

— Je n'ai jamais pensé que vous le feriez, répondit Tre à voix basse avant de s'écarter poliment.

Chapitre 14

Le jardin du chenil

Prieuré de Newburgh, mercredi 10 février 1875

Le petit déjeuner ne serait pas servi avant 10 heures. Mary prit le thé dans sa chambre, attendant impatiemment le lever du jour. Alors que sa mère bénéficiait d'une vaste chambre d'apparat avec vue au nord sur un lac qu'on appelait le « bassin à poissons », sa propre chambre, beaucoup plus petite mais très confortable, donnait sur le parc au sud de la demeure.

Elle avait eu amplement le temps de s'habiller sans l'aide de Clara et de coiffer son épaisse chevelure en chignon comme elle l'aimait. La robe qu'elle avait choisie était en velours bleu pâle avec une jupe double polonaise, garnie d'un ruché en satin bleu foncé. Sa silhouette avait changé de façon subtile au cours des dernières années. Elle avait désormais, tout à fait involontairement, les courbes qu'exigeait la mode, même si, quand elle se regardait dans le miroir, elle était toujours aussi frappée par le contraste absurde entre l'étroitesse de sa taille et l'opulence de sa poitrine, qu'elle avait couverte d'un foulard en dentelle sous le corsage de sa robe.

Il était un peu plus de sept heures et demie lorsque l'aube commença à poindre.

Mary attacha ses bottines à l'aide du tire-bouton en essayant d'ignorer les papillons qui frémissaient déjà dans son estomac. Elle n'avait aucune raison d'être nerveuse. Elle s'apprêtait simplement à effectuer sa promenade matinale habituelle. Si elle rencontrait par hasard le colonel Trefusis, ce serait une excellente occasion pour elle d'affirmer qu'ils n'étaient rien de plus que de vagues connaissances. Elle était venue ici dans un but précis, et ne pouvait pas se laisser distraire par sa présence. La veille, il y avait eu entre eux une gêne qu'elle préférait dissiper puisque, au cours des prochains jours, ils résideraient sous le même toit, mangeraient à la même table et prendraient part ensemble aux divertissements prévus par leurs hôtes.

Bon ! Mary vérifia son reflet dans le miroir et planta une épingle de plus dans ses cheveux. Si elle tombait sur Tre – *le colonel Trefusis* –, ce serait une chose de moins à redouter. Bien que les chances qu'elle le croise fussent minces. Même s'il se souvenait de son goût pour les promenades matinales, il déciderait selon toute vraisemblance de ne pas en faire une lui-même, et elle saurait alors avec certitude qu'elle avait mal interprété son expression la veille au soir, quand il lui avait semblé qu'il était heureux de la revoir. Jusqu'à ce qu'elle lui fasse comprendre que ce n'était pas réciproque. C'était vrai : elle n'était pas contente de le voir. Elle ne ressentait rien pour lui, pas après la façon dont il avait brutalement rompu tout contact avec elle.

Mary enroula autour de son cou la longue écharpe bleue que sa nièce Cecil lui avait tricotée et enfila sa cape et ses gants. La neige avait fondu pendant la nuit et le soleil tentait vaillamment de briller. Elle quitta sa chambre et descendit l'escalier de pierre.

Très peu de lumière y pénétrait et, dans la pénombre, Mary avait l'impression que les yeux des nombreux portraits encadrés de dorures la suivaient.

Une tapisserie ondula sur son passage. *Un courant d'air, c'est tout*, pensa-t-elle, se sentant idiote, mais hâtant tout de même le pas.

Un vestibule lambrissé, avec des dalles en pierre au sol, reliait deux entrées séparées : la porte principale, où leur voiture les avait déposées la veille, et le fameux porche du roi Jacques où, par les panneaux vitrés de la porte, elle apercevait une silhouette masculine. Elle savait que c'était lui. L'attendait-il ? Il n'y avait qu'une seule façon de le découvrir.

— Oh ! s'exclama Mary en ouvrant la porte et en feignant la surprise. Colonel Trefusis.

— Lady Mary, bonjour.

Le sourire du colonel était hésitant. Il n'était manifestement pas sûr de l'accueil qu'elle allait lui réserver. Cela la réconforta.

— J'envisageais de faire une promenade vers le lac, dit-elle. Ou le « bassin à poissons », si c'est bien comme cela qu'on l'appelle.

— Puis-je me promener avec vous ? Vous revoir hier soir a été un choc… agréable pour moi, en tout cas, mais je sens en vous… Ce que j'essaie de dire, Mary… Lady Mary, c'est que je vous dois des excuses pour les circonstances dans lesquelles nous nous sommes séparés. Votre remarque sur ma réticence féroce à parler de mon travail est un autre malentendu que je voudrais rectifier, mais si vous préférez être seule…

— Non. Il me semble raisonnable que nous saisissions l'opportunité qui se présente à nous.

Elle savait que son attitude était étrange, guindée, et qu'il l'avait relevée, mais elle n'y pouvait rien.

— En route ? suggéra-t-elle.

Toutefois, à peine eurent-ils quitté l'abri du porche qu'un vent glacial les assaillit.

— Si nous nous passons de la vue, cria Tre en s'accrochant à son chapeau, je crois qu'il y a un jardin clos qui nous fournira un refuge. Pour une raison étrange, on l'appelle le « jardin du chenil ». C'est par là, je crois.

Mary, la tête baissée, le suivit. Le temps qu'ils dénichent l'entrée du jardin protégé par de hauts murs, son chignon assemblé avec soin n'était plus qu'un enchevêtrement de mèches folles, ses joues étaient rouges et ses yeux larmoyaient.

Tre poussa le portail, et le vent se calma immédiatement. Elle retira ses gants pour s'essuyer les yeux et les joues tandis qu'il chassait les cheveux tombés sur son front et rajustait son chapeau. Sa peau brillait à cause du froid, ses yeux étincelaient, mais, contrairement à ceux de la jeune femme, restaient secs.

— Je dois faire peur à voir, déclara Mary en replaçant plusieurs mèches derrière ses oreilles.

— Vous avez l'air d'avoir été balayée par le vent. Cela vous va bien.

— Je vois que vous aimez toujours les compliments étranges.

— Ce n'était pas un compliment. Ce n'était pas non plus un hasard si je vous ai rencontrée sous le porche. Je vous attendais.

Elle ne s'autorisa pas à savourer cet aveu.

— Vous m'auriez facilement ratée si j'étais sortie par une autre porte.

— Je vous aurais vue arriver dans le couloir si vous aviez emprunté l'entrée principale. Si vous étiez sortie par l'autre porte, côté sud, je vous aurais aperçue sur le chemin.

— Qu'auriez-vous fait si j'avais décidé de ne pas faire de promenade ?

— J'aurais été obligé de conclure que vous aviez changé encore plus que je ne le pensais, ou que vous m'évitiez.

— Pourquoi vous éviterais-je ?

Il l'examina pendant un moment, ses yeux bruns rivés sur les siens. Personne ne la regardait comme ça, comme s'il essayait de lire dans ses pensées. Elle baissa la tête.

— Il fait étonnamment doux ici, maintenant que le soleil est levé.

— Mary… Lady Mary, je suis sûr que vous n'avez pas oublié les circonstances de notre dernière rencontre. Je me suis comporté… ma conduite… mon absence de maîtrise de mon état… c'était profondément embarrassant. Cela a été une source de mortification pour moi que vous en soyez témoin. Veuillez accepter mes plus plates excuses.

C'est ce qu'il entendait par les circonstances de son départ ! Sa maladie, pas la fin abrupte de leur relation.

— Vous n'étiez pas bien. Vous n'avez pas besoin de vous excuser.

— Je vous ai mise dans une position très difficile et gênante.

— Quand vous vous êtes évanoui, vous voulez dire ? l'interrompit-elle. J'étais inquiète – terrifiée, en réalité – à l'idée que vous alliez mourir près de moi, mais gênée ? Si c'est pour ça que vous vous excusez, ce n'est absolument pas nécessaire.

— J'aurais dû me retirer dans ma chambre jusqu'à ce que ça passe, comme vous l'aviez suggéré alors.

— Pourtant, vous avez insisté pour prendre l'air, Tre… colonel Trefusis. Si je me souviens bien, vous étiez même ravi d'être en ma compagnie au début.

— Je pensais que ça passerait. Je pensais que si nous parlions… mais j'aurais dû savoir que cela ne s'arrangerait pas.

— Et si vous vous étiez retiré dans votre chambre pour souffrir seul, une fois que ce serait *passé*, vous seriez-vous excusé et auriez-vous fui à la hâte comme vous l'avez fait ?

— Ma raison pour rentrer à Londres était sincère. Les festivités se terminaient.

— Oui, je me souviens. Ne vous inquiétez pas. Puisque vous paraissez penser que c'est important, alors j'accepte vos excuses et je considère que l'affaire est close. Il me semble que c'est un étang au bout du chemin. Si nous allions voir ?

Elle se remit à marcher sans l'attendre, blessée et en colère, furieuse contre elle-même de lui avoir montré qu'elle ressentait encore quelque chose après trois ans. Lorsqu'il la rattrapa un moment plus tard, elle s'était reprise. Le sentier menant à l'étang passait entre deux bordures de treillis en bois sur lesquels s'enroulaient des glycines.

— Cela doit être magnifique en été, observa Mary en adoptant le ton de sa mère. La duchesse aurait planté des rosiers grimpants, cependant.

— La duchesse est toujours une fervente amatrice de jardinage, alors ?

— Le jardinage, Sa Majesté, ses œuvres de charité, et bien sûr le duc, l'occupent toujours autant. Elle divise ce qui lui reste de temps entre ma sœur et son dernier projet, qui est sa santé.

— Votre sœur… vous voulez dire Margaret, je suppose ?

— Elle vit actuellement seule dans une petite maison mitoyenne à Édimbourg, au grand dam de mon père. Le duc ne peut plus ignorer son existence, car non seulement elle a osé s'installer toute seule à seulement sept miles du palais de Dalkeith, mais elle a aussi le culot de publier ses écrits sous son propre nom. Heureusement, elle s'est légèrement rachetée en se fiançant à un homme très respectable qui a l'approbation de notre père.

— Et vous ? Qu'est-ce que cela vous fait de retrouver votre sœur ?

Ils avaient atteint un grand bassin rond rempli de nénuphars au bout de la promenade.

Mary fixa Tre, décontenancée par sa question. Personne ne la lui avait jamais posée. Elle aurait préféré qu'il ne le fasse pas, car cela lui rappelait que c'était l'une des choses qui l'avait d'abord attirée vers lui. « Comment vous sentez-*vous* ? Qu'en pensez-*vous* ? » Il voulait toujours tout savoir, sauf quand la question le concernait lui. Les feuilles dans l'étang étaient teintées de brun. Elle compta trois gros poissons aux écailles argentées qui nageaient paresseusement dans l'eau froide.

— Je ne la vois pas beaucoup, répondit-elle, mais je suis évidemment fière d'elle. Ma mère l'est aussi.

— Vous avez évoqué la santé de la duchesse ?

— Cela ne vous concerne pas plus que ma relation avec ma sœur, décréta Mary avec véhémence.

Peut-être trop de véhémence.

— Vous m'avez présenté des excuses tout à fait inutiles, reprit-elle plus doucement. Si vous ne souhaitez plus remédier à votre – qu'avez-vous dit ? – ah oui, votre réticence concernant votre travail, alors dites-le, s'il vous plaît, et ne tergiversez pas en me posant des questions. Si vous étiez intéressé par mon bien-être ou celui de ma mère, vous auriez pu vous en enquérir lors du dîner, hier soir.

Elle était consciente qu'il l'étudiait à nouveau, mais elle gardait les yeux rivés sur les poissons, se reprochant en silence cet éclat de colère. À côté d'elle, Tre avait enlevé son chapeau et lissait ses cheveux déjà lissés. C'était l'une de ses habitudes, surtout quand il réfléchissait.

Il la surprit en train de le regarder, eut un sourire ironique et remit son couvre-chef.

— Je suis désolé. J'usais de faux-fuyants, vous avez raison. Hier soir, quand je me suis imaginé cette conversation, c'était avec une autre personne. J'ai pensé à vous pendant toutes ces années, et je me suis souvent demandé ce que vous faisiez ; mais je n'ai jamais tenu compte du fait que vous aviez pu changer, ce qui était stupide de ma part. Et condescendant. Vous avez beaucoup changé, c'est ce que j'essaie de dire. À tel point qu'il est clair que je ne vous connais pas.

Et ne souhaitait pas la connaître ? Autour de l'étang poussaient des topiaires étranges qui ressemblaient à des pierres dressées. Ne comprenant pas ses propres émotions en dents de scie, Mary se dirigea vers les haies taillées.

— Attendez !

Tre lui attrapa le bras.

— On dirait que j'ai acquis le don de dire exactement ce qu'il ne faut pas, et vous semblez déterminée à tout prendre de travers. Pourrions-nous repartir à zéro ?

— Dans quel but ?

Tre soupira.

— Me permettez-vous au moins de m'expliquer sur mon travail et sur le motif de ma réserve à Drumlanrig ?

Elle ne répondit pas, mais le suivit jusqu'à un banc en bois placé contre le mur, à côté d'une petite serre en plein soleil, et s'assit en prenant soin de se tenir le plus loin possible de lui. Il avait encore retiré son chapeau. Elle l'avait trouvé inchangé mais, dans la lumière du soleil, il lui sembla qu'il était moins cerné et que l'éventail de lignes au coin de ses yeux était moins profond.

— Vous avez l'air en forme, Tre… colonel Trefusis, dit-elle en se radoucissant. Visiblement, votre travail, quel qu'il soit, vous épanouit.

— En effet. Je suis à nouveau utile. J'aide à ce que les choses changent.

Il enfonça les mains dans les poches de son pardessus et allongea les jambes, un autre signe, elle s'en souvenait, qu'il réfléchissait.

— Cela faisait longtemps que je n'avais pas ressenti cela. Bien avant que j'obtienne le grade de lieutenant-colonel, en 1865, et mon transfert au département de la topographie et des statistiques.

— Le poste administratif ? s'enquit Mary, le soupçonnant de gagner du temps. Je ne savais pas que c'était vous qui l'aviez choisi.

L'expression de Tre s'assombrit.

— Cela paraissait être la meilleure option à l'époque. Le département a été mis en place après la débâcle de la guerre de Crimée pour s'assurer que si… ou plutôt *quand* nous entrerions dans le prochain conflit, nous serions mieux armés. Que nous aurions des cartes et des informations, je veux dire, en plus des fusils.

— Cela semble une bonne idée.

Il rit brièvement.

— Mais très loin de ce dont nous aurions réellement besoin. Il y a d'énormes lacunes dans les connaissances que nous avons des autres pays : leurs armées, leurs dirigeants, le paysage politique, et même le climat. Nous ne savons presque rien, par exemple, de la Russie.

— Devrions-nous en savoir plus ? l'interrogea Mary, se sentant à la fois terriblement ignorante et totalement déconcertée.

— Si nous voulons garder le tsar hors d'Afghanistan et nous assurer que l'Inde reste dans l'Empire britannique, alors, oui, c'est important.

— Ne pourriez-vous pas simplement demander au prince Alfred ? Puisqu'il est marié à la fille du tsar...

— Mary, je ne parle pas du genre d'information qui peut être obtenue dans un dîner entre Son Altesse Royale et l'un des courtisans de son beau-père. Enfin, si, mais pas seulement.

Mary. Il ne s'était pas corrigé cette fois. Elle avait du mal à penser à lui en tant que colonel Trefusis. *Une minute !*

— Qu'avez-vous dit ? Bonté divine, Tre, êtes-vous un espion ?

— Pas exactement.

— Alors qu'êtes-vous, précisément ? demanda Mary en se tournant vers lui avec stupéfaction.

— C'est difficile d'être précis. Je ne suis pas censé parler de ce que je fais mais, à condition que je ne vous livre aucun détail, je ne pense pas qu'on puisse m'accuser de trahison.

— Trahison ?! Je ne peux pas imaginer une personne moins susceptible de s'en rendre coupable.

— Je serais tout de même considéré comme un traître si je laissais échapper des noms, par exemple. Mon ancien département est devenu la Direction du renseignement du Bureau de la guerre. Notre existence est connue, mais ce que nous faisons et comment nous le faisons restent secrets. Je suis responsable du recrutement des agents de renseignements. Ou plutôt, je décide si un individu est digne d'être recruté.

— Bon sang ! Ne me dites pas que vous êtes ici pour recruter Sir George ?

— Mary ! Je viens de vous dire que je ne pouvais pas donner de détails.

— Sir George ! Pas étonnant qu'il souhaite…

Mary s'interrompit brusquement.

— Et à Drumlanrig aussi. Le capitaine Beckman ?

— Mary !

— Désolée. Je suis désolée, mais… Dieu du ciel, Tre, quel rôle mon père joue-t-il dans tout ça ?

— Il a utilisé son influence au Parlement et auprès de Sa Majesté pour défendre l'importance de la collecte de renseignements. C'est pour cette raison que j'étais à Drumlanrig, pour convaincre votre père de soutenir notre idée. Il s'avère que la reine était déjà d'accord, et ils ont finalement persuadé le gouvernement de nous prendre au sérieux. Et c'est ainsi que le nouveau département est né.

— Donc, quand mon père est parti à Balmoral, c'était à *votre* demande ?

— Pas uniquement. Mais le moment était très opportun pour moi.

— Je n'arrive pas à imaginer Sir George en espion, déclara Mary, distraite.

— Je n'ai pas dit que c'était la raison de ma présence ici. Je suis simplement invité à une fête dans une maison.

— Bien sûr ! Je suis la discrétion incarnée… Vous devez au moins vous souvenir de cela à mon sujet, et cela n'a pas changé. Mais Sir George ! Il est si droit et honnête.

— Vous croyez ?

— Il était officier dans l'armée de Sa Majesté. Certains standards sont exigés.

— Oui, évidemment. Je pensais que vous parliez d'expérience personnelle.

C'était le cas, dans une certaine mesure, mais elle n'allait pas l'expliquer à Tre.

— Oliver Cromwell est censé être enterré ici, au prieuré de Newburgh, l'informa Mary. N'était-il pas connu pour avoir des espions à sa solde ?

— Il avait un bras droit – John Thurloe, un avocat – qui gérait un réseau d'espions pour lui. Je ne fais rien de tel. J'évalue si un homme est apte à l'emploi, c'est tout.

— Il n'y a donc pas d'espionnes ? Vous passez à côté de quelque chose, Tre ! Ce sont tous des officiers ?

Il émit un petit rire moqueur.

— La plupart des officiers se targuent d'être des gentlemen et considéreraient l'espionnage comme déshonorant. Nous faisons appel à quelques militaires, mais nous employons aussi des explorateurs, des archéologues, des commerçants, des universitaires. Les botanistes sont également une excellente ressource. Ils parcourent le monde pour récolter des spécimens exotiques et, au passage, ils peuvent glaner toutes sortes d'informations cruciales.

— De quelle nature ?

— Tout et n'importe quoi. Sur les réseaux ferroviaires, les cartes, les mouvements de troupes, l'agitation politique… Il n'y a pas de limites à la quantité d'informations qui nous arrivent sous forme de lettres, de journaux intimes, de rapports et de journaux, de cartes, de dessins. Bref, une montagne de paperasse.

— Qu'en faites-vous ?

— C'est passé au crible, trié, résumé, et envoyé aux militaires concernés, si c'est pertinent pour l'armée, et ensuite… oh, certains utilisent ces informations, d'autres les classent, d'autres encore les brûlent.

— Et mon père ? Joue-t-il un rôle dans tout cela ? J'ai beaucoup de mal à croire qu'il puisse être impliqué dans un projet aussi intéressant.

— La moitié du temps, ce n'est pas intéressant du tout. Comme je l'ai dit, nous passons les informations au crible. C'est un travail très administratif, en d'autres termes.

Il ne mentait pas, mais il restait évasif, elle en était sûre, et il n'avait pas répondu à sa question concernant le duc. En revanche, il lui avait révélé bien plus qu'il n'aurait dû le faire.

— Pourquoi me racontez-vous tout cela maintenant ?

Tre se redressa sur le banc et se pencha vers elle.

— Je n'ai jamais manqué de confiance en vous, Mary. Au mois d'août 1872, quand nous nous sommes rencontrés, il y avait encore de fortes chances pour que l'idée parte en fumée. Ce n'était pas une proposition qui venait uniquement de moi, mais j'étais essentiel à sa réussite. J'avais *besoin* qu'elle aboutisse.

Pour la première fois ce matin-là, elle avait l'impression qu'il était honnête avec elle. Qu'il voulait qu'elle comprenne. Que cela comptait pour lui. Mais elle ne comprenait pas ; quelque chose lui échappait.

— Pour vous sentir utile ? demanda-t-elle, se rappelant ses propres mots ce jour-là.

— Et pour prouver ma valeur et démontrer que mon idée fonctionnerait.

— Cela a marché ? Êtes-vous terriblement important maintenant ?

Il rit.

— D'une manière tout ce qu'il y a de plus calme et discrète, et c'est ce qui me convient.

— C'est pour ça que vous avez décidé de ne pas regagner votre régiment et de ne pas reprendre du service ? Si vous vous ennuyiez tellement dans votre poste administratif, pourquoi n'avez-vous pas envisagé cette option ?

Mary pensait que c'était une question évidente, mais l'expression de Tre s'assombrit.

— On peut s'ennuyer dans l'armée en temps de paix.

Elle avait entendu son frère Walter le dire aussi, mais elle avait l'impression, une fois de plus, de n'avoir que la moitié de la vérité. Toutefois, elle en avait appris beaucoup plus que ce à quoi elle s'attendait.

— Merci, Tre. Inutile de préciser que vous pouvez me faire confiance : je n'en soufflerai mot à âme qui vive.

— Je vous l'ai dit, cela n'a jamais été le problème. J'étais… je ne suis pas superstitieux d'habitude mais, pour cette affaire, je l'étais.

— Vous pensiez que si vous en parliez à haute voix, elle aurait pu ne pas aboutir ?

— Quelque chose comme ça, admit-il d'un air penaud. Suis-je pardonné ?

— D'avoir été discret ? Bien sûr.

S'il comprit qu'elle détournait la question, il choisit de ne pas le souligner.

— Puis-je vous demander ce que vous faites avec la duchesse au prieuré de Newburgh ?

— Je suis désolée, répondit Mary d'un ton guindé, je n'ai pas la liberté de divulguer le moindre aspect de ma mission top secrète et extrêmement mystérieuse.

Tre éclata de rire.

— Vous avez attendu longtemps avant de vous moquer de moi.

— Ça en valait la peine, non ?

Il vérifia sa montre et grimaça.

— Nous ferions mieux de rentrer, le petit déjeuner sera bientôt servi.

Elle hésita, puis prit la main qu'il lui tendait pour l'aider à se relever.

— C'est bon de vous revoir, Mary.

Les doigts de la jeune femme s'enroulèrent involontairement dans les siens. Elle retira vivement sa main.

— Le ciel s'est couvert. Je pense qu'il fait assez froid pour qu'il neige à nouveau.

CHAPITRE 15

RELIQUES

Prieuré de Newburgh, jeudi 11 février 1875

Sir George Wombwell et son épouse étaient des hôtes extrêmement attentifs et prévenants. Ils offraient à leurs invités un large éventail de divertissements, mais étaient aussi heureux de les voir passer des heures au coin du feu à échanger des potins ou à lire dans la bibliothèque. Depuis la veille, Mary avait été accaparée par la raison très particulière de sa visite au prieuré, un motif qui ne concernait que Sir George et, dans une certaine mesure, sa mère.

Elle devait beaucoup réfléchir, car l'énigme qu'elle avait à résoudre était extrêmement difficile. Toutefois, le problème qui occupait son esprit alors qu'elle était assise dans le bureau de Sir George était Tre. S'il avait fait sa promenade matinale comme à son habitude aujourd'hui, il avait pris soin de ne pas la croiser. Elle ne s'y attendait pas. Il l'avait évitée la veille au soir aussi, dans le salon avant le dîner ; et après le repas, il s'était rapproché de leur hôte, ce qui avait renforcé les soupçons de Mary : il était là pour décider si Sir George avait l'étoffe d'un agent de renseignements.

Mary se complaisait à imaginer Sir George, cet homme corpulent et direct, en action.

Il était d'une honnêteté à toute épreuve. Lorsqu'il lui avait expliqué la situation qui l'avait amenée ici, son visage s'était empourpré et il avait balbutié d'indignation. C'était aussi un mari et un père extrêmement aimant : son bureau était rempli de photos informelles de sa famille : sa femme et ses enfants à la plage, dans le jardin avec les chiens, ou à cheval. La jeune femme essaya de l'imaginer à, disons... Saint-Pétersbourg ? Oui, ses aventures guerrières en feraient une destination tout indiquée pour lui, et il avait déjà échappé aux griffes des Russes, ce qui lui serait utile quand il serait forcé de fuir, emportant une poignée de lettres compromettantes dérobées à une belle comtesse dont l'amant était le chef de l'armée du tsar. Elle s'imagina Tre demander à Sir George : *Projetez-vous dans cette situation. Que feriez-vous ?* Manger les lettres serait la réponse la plus probable. Mary gloussa. Tre dirait...

Assez ! Elle ne partagerait pas cette petite fantaisie stupide avec Tre. Elle ne commettrait pas l'erreur de penser qu'il représentait plus à ses yeux que les autres invités. Oui, il avait enfin expliqué quel était ce mystérieux travail qui lui tenait tant à cœur, et, oui, elle comprenait pourquoi cela comptait tant pour lui. Mais plus elle se repassait leur conversation de la veille, plus elle y trouvait de pans mystérieux. Il y avait les questions qu'il avait soigneusement – et astucieusement – évitées, comme quand Mary lui avait demandé si son père était impliqué dans ce nouveau département. Ce qui était plus intéressant que le qui et le quoi, c'était le pourquoi. *Pourquoi*

Tre avait-il l'impression de devoir faire ses preuves ? *Pourquoi* avait-il été transféré d'un régiment aussi prestigieux que les Fusiliers royaux écossais à un département de cartographie ? *Pourquoi* avait-il qualifié sa maladie de « malédiction » ? Pourquoi était-il si déterminé à consacrer sa vie uniquement à sa carrière ? Et *pourquoi*, si cette carrière était si cruciale pour lui, s'était-il laissé distraire, au point de peut-être compromettre ses chances d'obtenir ce poste, en l'aidant à résoudre l'affaire de la broche de Mrs Fitzherbert-Smythe ?

Et puis, *pourquoi* un homme aussi séduisant n'était-il pas marié à l'âge de trente-sept ans ?

Mary referma son cahier, puis enferma les papiers qu'elle avait étudiés dans le bureau de Sir George. Tre était bel homme. Il n'y avait aucun mal à se l'avouer. Il était plaisant à regarder et il avait du succès. De plus, il était intéressant, comme une énigme pouvait l'être. Et Mary était très douée pour les résoudre. C'était d'ailleurs la raison de sa présence ici.

Tre l'évitait probablement parce qu'il pensait que c'était ce qu'elle souhaitait. Le souhaitait-elle ? Elle n'était plus la petite souris naïve qui rêvait d'être comprise et qui avait cru que cela améliorerait sa situation. Elle n'était pas le moins du monde intéressée par une relation sérieuse avec un homme. Elle appréciait la compagnie de Tre, certes, mais elle n'en avait pas *besoin*. Ils avaient beaucoup de points communs, et il y avait peu de gens dont elle pouvait dire la même chose. Voire personne. Il avait un sens de l'humour qui lui plaisait et une façon subversive de regarder les gens et les situations qu'elle partageait. Elle l'aimait bien. Il n'y avait rien de mal à l'admettre. Elle aimait les défis, aussi. Et Tre… oui, elle aimait plutôt bien avoir piqué son intérêt. Cela pourrait être amusant de continuer à le faire. Ce qui valait pour l'un valait pour l'autre, et cela amènerait le colonel à se dévoiler davantage. À laisser voir le vrai Tre qu'il gardait bien caché. Se souriant à elle-même, Mary quitta le bureau de Sir George. Elle avait maintenant deux affaires à résoudre au lieu d'une.

L'après-midi, les invités avaient le choix entre plusieurs activités. Sir George guidait une promenade dans le parc pour aller admirer le mémorial érigé en l'honneur de son cheval de bataille. Pour les plus aventureux, la balade se poursuivait pendant quelques miles jusqu'au petit village de Kilburn pour voir le célèbre cheval blanc sculpté dans la colline de craie. Une voiture était prévue pour le retour. Son épouse devait commenter une visite des œuvres les plus macabres et intéressantes du prieuré ; malheureusement, elle s'était tordu la cheville dans l'escalier en pierre ce matin-là et, à la place, elle offrait le plaisir de sa compagnie dans la bibliothèque à ceux qui préféraient rester à l'intérieur. La duchesse de Buccleuch avait choisi de se joindre à elle, après avoir découvert à sa grande joie que les étagères contenaient quelques rares dessins des parterres réalisés par André Le Nôtre pour les jardins de Louis XIV à Versailles.

Mr Dacre Glover, le cousin de Lady Wombwell, s'était proposé pour diriger la visite de la maison, et Mary avec deux des autres invités, Mr et Mrs St. John Aubyn, manifestèrent immédiatement leur intérêt. Tre, qui avait raté sa promenade matinale, s'apprêtait à se joindre à l'équipe de Sir George quand Mary, à sa grande surprise, apparut à ses côtés.

— Je me disais que vous pourriez trouver la visite de la maison intéressante, dit-elle.

Il la regarda d'un air méfiant. La veille, dans le jardin, même s'il y avait eu des moments où elle avait baissé sa garde, elle s'était montrée distante la plupart du temps. Sa tentative de cautériser les blessures qu'il avait créées entre eux avait échoué, et il avait presque réussi à se convaincre que c'était mieux comme cela. Presque. Les efforts de Mary pour l'intriguer avaient été efficaces, mais ce qui le fascinait, c'était les changements qu'il avait remarqués en elle. Il ne la reconnaissait pas, mais il lui avait semblé entrevoir la jeune femme qu'il pensait connaître, comme si un rideau avait été écarté un instant avant d'être à nouveau tiré.

— Tre ?

Tre. Un pas en avant, un pas en arrière, un stratagème délibéré ou un lapsus ? Cela pouvait aussi bien être l'un que l'autre.

— Je comptais rejoindre le groupe de marcheurs. Je n'ai pas eu l'occasion d'effectuer ma promenade ce matin.

— Par ma faute ?

— Vous avez clairement manifesté que vous en aviez eu plus qu'assez de ma compagnie.

— Je… c'était un choc de vous revoir après tout ce temps. Et j'ai été très occupée.

— Avec Sir George ?

— Il m'a permis d'utiliser son bureau. J'avais de la correspondance à écrire, et il n'y a pas de bureau dans ma chambre. Je ne voulais pas être dérangée.

— Une raison aurait été suffisante, Mary. Deux éveillent les soupçons. Mais trois ?

Tre secoua la tête.

— Ça signifie que vous avez quelque chose à cacher, poursuivit-il.

— Est-ce le genre de conseil que vous donnez à vos recrues ?

— Tout à fait. C'est la règle numéro cinq dans le manuel de l'espion.

Elle pouffa.

— Venez faire la visite, Tre. Il y a une pièce qui, je pense, sera d'un intérêt particulier pour vous.

Ses grands yeux gris s'illuminaient quand elle riait. Encore une chose qui n'avait pas changé.

— Comment pourrais-je résister ? répondit-il en se demandant s'il aurait dû le faire.

Ils rejoignirent le petit groupe, qui avait entamé la visite par une des salles de réception du rez-de-chaussée. Mr Dacre Glover était un bel homme, rasé de près, avec des cheveux un peu trop longs, dorés comme une pièce d'une guinée, et des yeux marron foncé ourlés de cils épais. Son manteau était taillé pour mettre en valeur des épaules bien développées, même si Tre jugea le vêtement trop serré. Il lui donnait une trentaine d'années environ. « Charmant » était, selon lui, le qualificatif que Glover aurait souhaité qu'on lui attribue, il était le genre de personne qui aimait être appréciée.

Mrs St John Aubyn semblait succomber aux charmes de Glover. Elle était suspendue à ses lèvres, et à la surprise de Tre, Mary aussi. Comme il savait qu'elle analysait très bien les gens, il se méfia immédiatement. Tandis que Glover les conduisait de pièce en pièce, de tableaux en tapisseries, Mary l'encourageait à s'étendre, posant une question après l'autre. Glover ne manquait jamais de répondre, il fallait le reconnaître.

Le service à thé Worcester était un cadeau du roi George III à Henry, le dernier comte de Fauconberg et arrière-grand-père de Sir George. La plume d'oie exposée dans le petit salon avait appartenu à Oliver Cromwell. Glover semblait avoir une véritable vénération pour l'histoire du prieuré. C'était dans la salle à manger, lorsque leur guide s'écarta pour permettre aux St John Aubyn d'examiner la sculpture au-dessus de la cheminée, que Tre remarqua pour la première fois le changement dans son expression. Croyant que personne ne le regardait, Glover pinça les lèvres. Le colonel ne fut pas le seul à le relever. Il croisa le regard de Mary et il haussa les sourcils d'un air interrogateur.

Elle le fixa avec un visage impassible.

La visite se poursuivit à l'étage, dans les trois chambres d'apparat inoccupées, puis dans les greniers. Étant donné que Mary ne prêtait plus aucune attention à Glover, Tre supposa qu'il s'agissait du lieu qu'elle jugeait particulièrement intéressant pour lui-même.

— Mesdames et messieurs, annonça leur guide, nous sommes sur le point de pénétrer dans un sanctuaire. Je vous prie de le traiter avec le respect qui lui est dû.

La porte grinça sur ses gonds lorsqu'il la poussa. Une bouffée d'air froid arracha une exclamation de surprise à Mrs St John Aubyn, qui s'accrocha au bras de son mari. La pièce était petite et très austère, comme il convenait à son unique occupant. Les murs de brique nus étaient peints en blanc et le seul meuble était une vieille malle.

— Ici, proclama Mr Glover sur un ton sépulcral, repose la dépouille d'Oliver Cromwell, qui a fondé lors de la première révolution anglaise la *New Model Army*, ou Nouvelle armée idéale, qui a vaincu les royalistes et qui, de façon célèbre ou tristement célèbre, a été responsable de l'exécution du roi Charles Ier.

La sépulture était construite dans le mur, sous une arche, qui, supposa Tre, devait faire partie du prieuré d'origine, et était désignée d'une simple plaque. La petite pièce dégageait une forte odeur de moisissure et était glaciale bien que l'unique fenêtre fût fermée. Tre s'approcha du coffre pour permettre à Mr et Mrs St John Aubyn d'inspecter la tombe de plus près.

— Quand vous m'avez dit que Cromwell était enterré ici, chuchota-t-il à Mary, je n'avais pas compris que vous vouliez dire à l'intérieur du château. Quel lieu macabre.

— Je pensais que ça vous plairait, répondit-elle avec un sourire suffisant.

— Comment le corps de Cromwell s'est-il retrouvé enterré ici ? s'enquit Mr St John Aubyn en passant la main sur la sépulture.

— Monsieur, dit Mr Glover en lui saisissant le poignet, je vous prie de ne pas toucher. La famille a juré de ne jamais, jamais ouvrir cette tombe.

— J'espère bien ! Pourquoi voudraient-ils faire une chose pareille ?

— Le contenu a été contesté, expliqua leur guide en croisant les bras. Bien que nous soyons certains qu'Oliver Cromwell repose ici, d'autres remettent ce fait en question.

— Vraiment ? Pourquoi ?

— Le corps enterré ici n'a pas de tête, déclara Mr Glover en se dirigeant vers la porte.

— Un cadavre sans tête ?! s'exclama Mrs St John Aubyn. Grands dieux, mon cher, éloignez-vous de là.

— Ne soyez pas stupide, ma bien-aimée, répondit son mari. Il ne va pas me sauter dessus. N'est-ce pas, Mr Glover ? Il n'y a pas de fantôme ici, tout de même ?

— Pas ici, non.

— Oh ! mon Dieu, fit Mrs St John Aubyn en se recroquevillant contre son époux. Vous voulez dire qu'il rôde ailleurs ?

— Non, il n'y a pas de fantôme de Cromwell au prieuré, pour autant que je sache. Juste son cadavre.

— La plus grande partie du cadavre, corrigea Tre. Comment *s'est-il* retrouvé enterré ici ?

— Eh bien, la légende veut que sa fille, comtesse de Fauconberg et dame de ce manoir, se soit fait voler la dépouille de son père alors qu'elle était exposée sur les murs de la Tour de Londres, par ordre de Charles II.

— Ah oui, je me souviens maintenant, intervint Mr St John Aubyn. Charles a fait déterrer le corps après sa restauration sur le trône, non ? Le corps a été exhumé et décapité. C'est bien cela ?

Glover frissonna.

— C'est ce que je crois. Et puis le, euh, le cadavre a été exposé sur les murs de la Tour.

— Quelle horreur ! s'exclama Mrs St John Aubyn.

— Il ne faut pas oublier que cet homme était responsable de la décapitation du père de Charles, souligna son mari.

— Tout de même. On s'attendrait à un comportement plus noble de la part d'un roi. C'est une vengeance mesquine : ce n'est pas un bon exemple à donner. Je ne suis pas surprise que la comtesse ait souhaité retrouver son père.

— En tout cas, j'espère qu'elle avait pensé à emporter ses sels, plaisanta Mary.

— Elle ne s'en est pas occupée personnellement, répondit Mr Glover en fronçant légèrement les sourcils.

— Lady Mary, dit Tre en secouant gravement la tête, imaginez la scène. Le corps devait être exposé en haut de la Tour, pour montrer à tous ceux qui passaient par là ce qui arrive lorsqu'on défie la monarchie. La personne qui l'a récupéré a dû être assez courageuse pour marcher hardiment le long du rebord du toit, alors que la Tamise coulait tout en bas.

— Et cette personne a dû se répéter : *ne regarde pas en bas*, continua Mary en baissant la voix, *ne regarde pas en bas*, car cela aurait signifié plonger vers une mort certaine dans le fleuve glacé, pestilentiel et agité.

— Ah, mais notre audacieux coupable n'a pas dû baisser les yeux. Elle – je veux dire *il* – devait savourer le danger. Sachant que son complice l'observait, le cœur battant…

— Il avait un complice ?

— Il n'aurait pas pu transporter le corps tout seul, fit remarquer Tre.

— Je n'avais pas pensé à ça. Et les gardes ?

— Endormis dans la salle des gardes ?

— Ou ivres à cause du brandy que notre homme intrépide s'était arrangé pour leur fournir ? suggéra Mary, dont les yeux pétillaient à nouveau d'amusement.

— Oh oui, c'est excellent, approuva Tre. Cette version me plaît.

— Et le cadavre, colonel Trefusis ? demanda Mr St John Aubyn. Comment a-t-il été… euh… récupéré ? Il faut être très fort pour le hisser jusqu'au toit.

— Par les chaînes auxquelles il était suspendu, avança Tre.

— Et placé dans le grand sac de jute que le coupable avait apporté, ajouta Mary. Je pense qu'il devait y avoir un sac, non ?

— Vous avez raison, Lady Mary. Un sac aurait été nécessaire étant donné la durée d'inhumation du corps, approuva Mr St John Aubyn en grimaçant. La putréfaction, voyez-vous. La puanteur devait être insupportable. En réalité, il n'est pas étonnant qu'on ait oublié la tête.

— Oui mais, sans la tête, comment pouvait-on être sûr qu'il s'agissait du bon corps ? objecta son épouse.

— Excellente remarque, ma chère. *Maintenant,* je comprends pourquoi il y a eu pression pour ouvrir cette sépulture, décréta Mr St John Aubyn en passant les mains sur le couvercle. C'est tentant, n'est-ce pas ? Que pourrions-nous trouver ici, pensez-vous, après tout ce temps ? Des os ou de la poussière.

— Mon cher, je vous en prie, ne…

— Monsieur ! Ne…

Un grincement, tel celui d'une charnière rouillée, fut suivi par le bruit sourd du bois tombant sur du bois. Mary sursauta. Mrs St John Aubyn poussa un cri. Son mari bondit en arrière. Mr Glover devint pâle comme un linge et s'effondra contre le mur.

— Je vous demande pardon, dit Tre. J'étais curieux de connaître le contenu de cette malle. Je pensais que cela pouvait être important, comme il n'y a rien d'autre dans la pièce en dehors de la sépulture. Le couvercle était si lourd qu'il m'a échappé. Je ne voulais pas vous faire peur.

— Qu'imaginiez-vous trouver ? demanda Mary. La tête de Cromwell ?

— Le coffre est vide, à part quelques araignées. Comme je l'ai dit, je vous présente mes excuses.

— Je pense… je pense que nous devrions terminer la visite ici, décréta Glover en se redressant et en s'épongeant le front.

Le portrait de Lady Mary est accroché dans la galerie : la fille de Cromwell, et pas Lady Mary ici présente. J'avais prévu que ce soit le prochain arrêt de notre visite, mais je pense… oui, je pense vraiment que c'est l'heure du thé.

— Bon Dieu ! s'exclama Mr St John Aubyn. Vous êtes livide, Mr Glover.

— Pauvre homme.

Mrs St John Aubyn se précipita vers le guide en lançant un regard noir à Mary.

— Cette histoire macabre a été trop dure pour votre tempérament sensible. Laissez-moi vous aider.

— Non, non.

Glover se ressaisit.

— Je vais très bien. Il me faut juste une tasse de thé.

— C'est ce dont nous avons tous besoin. Une tasse de thé, et peut-être une part de gâteau. Ou même deux.

Mrs St John Aubyn glissa sa main sous le bras de Glover et le poussa vers la porte.

— J'ai entendu dire, commença Mary, que Mrs Hare, la cuisinière, est réputée pour son gâteau au chocolat.

— Du gâteau au chocolat ! Voilà une offre que je n'ai pas envie de refuser, répondit Mrs St John Aubyn.

Les trois personnes partirent, et Mary voulut les suivre, mais Tre lui attrapa le bras.

— Je voudrais vous parler quelques instants, s'il vous plaît.

— Je comptais aller manger du gâteau au chocolat.

— Vous n'aimez pas les pâtisseries.

Tre attendit que les bruits de pas se soient éloignés.

— Pourquoi vous intéressez-vous tant à Glover ?

— Que voulez-vous dire ?

— Vous venez de commettre une autre erreur classique, Mary. Vous êtes trop sur la défensive et votre réponse ne fait qu'éveiller les soupçons. Vous auriez dû dire : *Oh. Glover ?! N'avez-vous pas trouvé l'étendue de ses connaissances impressionnante ?*

— C'était étrange, vous ne trouvez pas ? On aurait dit qu'il avait avalé tout un catalogue. Ou qu'il le passait en revue pour lui-même. Mais les objets qu'il traitait avec le plus de dévotion étaient loin d'être les plus précieux.

— Le lord-protecteur enterré ici, par exemple, répondit Tre en indiquant la sépulture.

Mary frissonna.

— Vous avez effrayé la pauvre Mrs St John Aubyn.

— Ce n'était pas mon intention.

— J'ai cru que Mr Glover allait s'évanouir, fit Mary.

— Il est nerveux.

— Vous l'avez noté aussi ! Mais bon, n'importe qui l'aurait remarqué. Ce n'est pas que j'étais particulièrement…

Elle s'interrompit en rougissant et mit un point d'honneur à lire la plaque sur la tombe.

— Glover a tout faux au sujet de cette histoire, vous savez, révéla Tre en décidant de ne pas insister. Le corps de Cromwell a été déterré et pendu à Tyburn. Puis il a été décapité, et la tête a été exposée sur un pieu à l'abbaye de Westminster, pas à la Tour. Finalement, le pieu s'est cassé, et la tête a été récupérée et vendue, croyez-le ou non. Le reste du corps a été jeté dans une fosse à Tyburn, et personne ne sait avec certitude ce qu'il est devenu.

Mary s'éloigna de la sépulture en grimaçant.

— Quoi qu'il y ait là-dedans, c'est quelque chose d'horrible à conserver au grenier. Je ferais mieux d'y aller : ma mère va se demander où je suis.

— Vous n'avez pas répondu à ma question.

— Je ne suis pas une de vos recrues potentielles, Tre. Je ne suis pas obligée de répondre quand vous m'interrogez.

— J'aimerais que nous recrutions des femmes. Vous feriez une excellente espionne.

Mary laissa échapper un petit rire.

— Est-ce encore un de vos compliments étranges ?

— Vous avez toutes les qualités requises, et une rare capacité à vous mettre à la place des autres pour deviner ce qui se passe dans leurs têtes.

Le sourire de la jeune femme s'effaça.

— Je ne suis pas infaillible, déclara-t-elle sèchement. Par exemple, quand il s'agit de vous et de votre malédiction, comme vous l'avez appelée. Je n'ai jamais compris.

Tre tressaillit, non seulement à cause de la référence directe à son secret le plus honteux, mais aussi parce qu'elle avait délibérément brisé l'ambiance en le repoussant. Son instinct lui conseillait de changer de sujet, de se protéger, mais elle était si ombrageuse qu'elle ne lui donnerait peut-être pas de seconde chance. En voulait-il une autre ? Il ignorait ce qu'elle faisait ici, ni quel lien sa présence avait avec Glover, mais Sir George devait être impliqué d'une manière ou d'une autre. Pour bien faire son propre travail, il était obligé de découvrir ce que trafiquait Mary.

— Peu importe, conclut-elle. Je n'aurais pas dû en parler.

— Ce n'est pas que je ne veuille pas m'expliquer. Je ne peux tout simplement pas. Je ne le sais pas moi-même.

Les mots étaient factuels mais, à sa grande horreur, sa voix tremblait.

— Oh ! Tre.

Mary posa la main sur la sienne.

— Je suis vraiment désolée, ce n'était pas gentil de ma part. Je déteste être méchante.

— Si je me souviens bien, vous faites tout votre possible pour ne jamais l'être. C'était pour épargner vos parents que vous vous êtes donné tant de peine avec Mrs Fitzherbert-Smythe.

— Et vous m'avez aidée, à un moment critique de votre carrière en plus, à prendre un tel risque…

— Justice devait être rendue.– Vous étiez de cet avis aussi, je m'en souviens.

— Comment va votre ami Stuart ?

— Oh ! il a décidé qu'il souhaitait changer d'air, même si son nom a été blanchi. Il a déménagé à Boughton à la fin de cet été-là. Il est marié maintenant, et très heureux.

Mary avait donc été une fois de plus abandonnée à Drumlanrig. Elle avait perdu ses parents au profit de la reine et son seul ami au profit d'un autre foyer. Et il l'avait abandonnée, lui aussi. Elle lui avait manqué. La regarder dans les yeux, sentir sa main dans la sienne l'emplissait de nostalgie. Elle portait toujours le même parfum d'agrumes. Orange, se souvint-il d'un coup, et bergamote.

— Vous m'avez manqué, ne put-il s'empêcher de lui avouer.

L'expression de la jeune femme se durcit. Elle dégagea sa main de la sienne.

— C'est vous qui avez décidé de mettre fin à nos rapports, pas moi. Je dois y aller… ma mère va se demander où je suis passée.

CHAPITRE 16

LADY MARY, LA SURPRENANTE

Prieuré de Newburgh, vendredi 12 février 1875

La galerie se trouvait dans l'aile est du prieuré de Newburgh. C'était une pièce longue et étroite, le parquet et les lambris en chêne étaient complétés par de lourds coffres et coffrets confectionnés dans le même bois. Malgré les fenêtres à vitraux qui couraient le long d'un mur, la galerie était très peu lumineuse : un cadre idéal pour les portraits sombres et austères qui y étaient exposés. Le plancher grinçait tandis que Mary cherchait la représentation de son homonyme. Les épais rideaux de brocart de l'une des fenêtres se balancèrent doucement sur son passage. Les battants devaient être mal fermés, se dit-elle. Il flottait une odeur de moisi qui lui rappelait les greniers de Drumlanrig. Le portrait de Mary, comtesse de Fauconberg, était placé à mi-chemin de la galerie. La fille d'Oliver Cromwell semblait plutôt terrifiante. Elle avait l'air parfaitement capable d'escalader un bâtiment et de voler un corps desséché s'il le fallait.

Mary frissonna, regrettant de ne pas avoir emporté un châle. Une planche craqua derrière elle, et elle fit volte-face.

— Tre ! Vous m'avez fait peur. Que faites-vous ici ?

Il haussa les épaules, la conduisit plus loin et s'arrêta devant une grande vitrine. À l'intérieur se trouvait une tunique bleu foncé avec des manchettes blanches, un pantalon gris clair et une casquette.

— « L'uniforme porté par Sir George Wombwell, du 17e régiment de lanciers, lors de la bataille de Balaklava, le 25 octobre 1854 », lut-il. Et d'après ce que je vois, il n'a pas été nettoyé depuis.

— Est-ce encore un chapitre de votre manuel ? Celui qui s'intitule *Tactiques de diversion* ?

— Vous pourriez l'écrire vous-même. « Changez de sujet. Faites semblant d'avoir mal compris. Éloignez-vous. »

— Vous voulez parler d'hier dans le grenier ? Pourquoi diable devrais-je croire que je vous ai manqué, alors que vous n'avez fait aucune tentative pour me contacter et que vous m'avez fait comprendre lors de votre départ de Drumlanrig que vous vous arrangeriez pour que nos chemins ne se croisent plus ?

Il tressaillit, puis poussa un lourd soupir.

— Vous préférez que je quitte le prieuré et que je revienne une autre fois pour conclure mes affaires ?

Ses affaires secrètes, faillit-elle lui lancer, se rappelant juste à temps qu'elle avait été encore plus cachottière que lui. La suggestion de Tre était bonne, car il s'avérait être une distraction pour elle.

— Vos affaires sont d'une importance nationale, répondit Mary. Ce serait injuste de ma part d'y faire obstacle.

— Ce n'est pas une question de vie ou de mort non plus. Ça peut attendre. Pour être honnête, je pense d'ailleurs que ça devra attendre. Sir George n'a pas assez de temps à me consacrer, il a trop de préoccupations en ce moment. Tant que vous n'aurez pas résolu son problème, j'aurai du mal à gagner son attention. Si je dis que je suis rappelé à Londres pour le travail, il sera soulagé. Et vous le serez aussi, à moins que je ne puisse vous aider, comme la dernière fois ? suggéra Tre d'un ton hésitant. En supposant que vous êtes ici pour une énigme à peu près similaire ? Je sais que vous n'avez pas besoin de moi, mais…

— Non, effectivement. Je me débrouille seule depuis presque trois ans maintenant.

— Bonté divine, je suis en présence d'une lady détective ?

— Non, absolument pas, dit Mary, troublée. Je résous des problèmes que vous considérez futiles. C'est insignifiant, comparé à ce que vous accomplissez mais, à ma façon, je contribue aussi. De plus, la discrétion est vitale pour le succès de mes services. Même ma mère en ignore les détails.

— La discrétion est tout aussi essentielle pour mes activités, Mary. En fait, il me semble que ce que nous faisons requiert le même genre de compétences. Nous avons très bien collaboré la dernière fois, non ?

Elle croisa puis décroisa les bras, sans cesser de le fixer des yeux.

— Votre temps est bien trop important pour que vous vous embarquiez dans cette entreprise de nature domestique.

— Sir George considère manifestement cette affaire, quelle qu'elle soit, de la plus haute importance. Mais en ce qui me concerne, déclara Tre d'un ton sardonique, vous avez raison, je suis bien trop haut placé pour me salir les mains.

— Je voulais juste dire...

— Que vous préférez travailler seule. Ou avec quelqu'un d'autre que moi ?

Les deux, pensa-t-elle. Mal à l'aise sous son regard inquisiteur, elle se détourna en feignant d'étudier l'un des tableaux, une nature morte particulièrement répugnante représentant de la viande crue et du poisson à peine mort. Elle se comportait de façon illogique et contre-productive. Elle n'avait pas besoin de Tre, mais lui avait besoin qu'elle termine son travail pour conclure le sien. Rien ne s'opposait à ce qu'ils puissent collaborer une dernière fois, pour le bien de Sir George, pour celui de Tre et du pays. Ensuite, ils pourraient repartir chacun de leur côté et, s'ils ne se rencontraient plus jamais – ce qui était fort probable –, aucun mal n'aurait été fait.

— Vous trouvez que c'est une mauvaise idée, reprit Tre en s'avançant à sa hauteur. Oubliez que je l'ai suggérée. Je me disais que nous pourrions repartir sur de nouvelles bases, mais si vous ne me faites pas confiance...

— Ce n'est pas ça.

— Alors qu'est-ce que c'est ?

Bonne question. Cela n'avait jamais été un problème de confiance. Elle s'était livrée à lui plus qu'à quiconque. Elle avait honte de se rappeler à quel point elle avait été sincère. *Pauvre petite Mary solitaire et en manque d'affection*, avait-il dû penser. Mais trois ans avaient passé, et elle n'était plus la même. La proposition de Tre était parfaitement sensée. La jeune femme était sur le point de le reconnaître quand il déclara :

— Je vous ai mis dans une position très embarrassante. Pardonnez-moi. Je vais aller prendre congé de Sir George.

— Quoi ?! Que voulez-vous dire par « embarrassante » ? Tre, attendez, je ne comprends vraiment pas.

— Vous ne me trouvez pas assez fiable.

Quand elle saisit enfin à quoi il faisait allusion, elle fut consternée.

— Votre… votre maladie. Cela ne m'a jamais traversé l'esprit.

— Vous avez toujours fait preuve de beaucoup de tact, de gentillesse, mais je comprends très bien…

— Cela vous a-t-il empêché d'accomplir votre travail ces trois dernières années ?

— Non.

— Si vous pensiez qu'il y avait un risque, auriez-vous proposé de m'aider ?

— Non, mais…

— Cela ne m'a pas traversé l'esprit, Tre, répéta Mary en lui serrant le bras, pas une seconde. De plus, je croyais que vous étiez guéri.

— C'est maîtrisé, ce n'est pas la même chose.

Il se dégagea, époussetant une peluche imaginaire de la manche de son manteau.

— Cependant, étant donné les circonstances de notre dernière rencontre, ma condition… je comprendrais parfaitement si vous considériez que c'est un risque que vous ne voulez pas courir.

Ce qu'elle voulait, c'était lui demander ce qu'il entendait par « maîtrisé ». Ce qu'elle voulait, c'était lui assurer qu'elle ne le trouvait ni faible ni diminué par son problème de santé. Elle avait par ailleurs noté qu'il ne le qualifiait plus de « malédiction ». Hélas, il était impossible pour elle de faire l'un ou l'autre. Elle ne souhaitait pas l'embarrasser davantage ni qu'il s'imagine qu'elle était trop soucieuse.

— Ma seule inquiétude, c'est que vous me voliez la vedette en résolvant mon affaire, expliqua Mary pour détendre l'atmosphère.

Il sourit faiblement.

— C'est vrai, j'avais oublié que vous adorez qu'on vous couvre d'éloges. Si je promets de rester en coulisses et de vous laisser la vedette, seriez-vous d'accord ?

— Peut-être. Si vous m'apprenez quelques trucs du métier. Je suis une amatrice douée pour résoudre les énigmes et sentir les gens. Je suis plus habile qu'il y a trois ans pour obtenir des réponses sans poser de questions, mais je ne suis pas une experte. J'aimerais beaucoup voir un exemplaire de votre manuel.

Tre rit.

— Il n'existe pas.

— Vous ne pensez pas qu'il devrait ?

— J'imagine le scandale s'il tombait entre de mauvaises mains. Je ne parle pas de l'ennemi, je parle de notre gouvernement. Recueillir des informations en cachette n'est vraiment pas acceptable, vous savez.

— Ah oui, ce n'est pas digne d'un gentleman. C'est un argument de plus en faveur de l'emploi des femmes.

Mary avança dans la galerie, et Tre la suivit.

— Allons-nous être complices, alors ? s'enquit-il.

— Seulement pour cette affaire. Après cela, vous retournerez vous assurer que le pays est plus sûr, et je continuerai à contribuer modestement à la bonne marche du monde.

Elle prit place sous la fenêtre, sur l'une des deux chaises en chêne qui semblaient très inconfortables.

— Puis-je avoir un aperçu de la façon dont vous avez passé les trois dernières années ? demanda Tre en s'asseyant sur l'autre chaise. Quelle est votre méthode pour contribuer à la bonne marche du monde, comme vous dites ?

— Ce n'est rien comparé à ce que vous faites. De petites affaires, même si elles sont capitales pour les personnes concernées. L'un de mes premiers succès a été de retrouver des fonds mal employés au sein d'une association caritative dont ma mère est proche. Le genre de malversation qui est de toute façon étouffée.

Mary fit la grimace.

— D'une certaine manière, je suis complice de ces silences. Je rétablis la justice mais, en garantissant que toutes les personnes impliquées puissent prétendre que rien de fâcheux ne s'est produit.

— Vous êtes toujours aussi modeste. En résumé, vous évitez les scandales et redressez les torts, c'est ça ? Et vous pouvez le faire discrètement parce que vous êtes Lady Mary Montagu Douglas Scott. Vous agissez de l'intérieur de la haute société.

— Oui, reconnut Mary, secrètement impressionnée, c'est exactement ça.

— Comment les gens font-ils appel à vos services ? Vous ne pouvez pas mettre une annonce dans le *Times*, et ceux que vous avez aidés ne peuvent pas l'ébruiter.

— Les personnes que j'ai aidées me recommandent parfois, mais le bouche-à-oreille passe plutôt par le réseau de domestiques qui gèrent les grandes maisons. Vous savez comment les choses fonctionnent : le personnel derrière la porte capitonnée n'ignore rien de ce qui se passe de l'autre côté. La plupart des domestiques de haut rang voyagent de maison en maison avec leurs employeurs, et ils parlent, inévitablement. Personne à Drumlanrig ne connaît toute l'histoire de Mrs Fitzherbert-Smythe et de sa précieuse broche, mais le fait que j'ai contribué à sauver la situation a fini par se savoir.

— Des échanges secrets d'informations, conclut Tre en souriant. Notre travail est beaucoup plus similaire que nous ne l'aurions imaginé. Nous œuvrons tous les deux seuls, nous devons tous les deux rester invisibles. Nous étudions les gens. Nous prenons des décisions. Puis-je vous demander comment Sir George vous a engagée ?

— Son homme d'affaires a travaillé dans les bureaux de mon père à Drumlanrig et il est toujours ami avec Mr Irvine.

— Le garde-chasse en chef, le père de votre ami Stuart. Vous avez votre propre petit réseau de contacts. J'ai du mal à croire que personne dans votre famille en dehors de la duchesse ne soupçonne ce que vous faites. N'est-ce pas exaspérant, parfois, d'être constamment sous-estimée ?

— Cela m'arrange qu'ils me prennent pour la sœur timide, ennuyeuse et sans intérêt.

— Et, bien sûr, maintenant que la sœur extravertie, scandaleuse et gênante est rentrée d'Amérique, vous vous sentez obligée de jouer les petites souris, même si cela ne vous ressemble plus du tout.

C'était précisément ce qui la dérangeait chez Tre : sa capacité à lire entre les lignes dès qu'elle lui parlait.

— Nous sommes tous très fiers de Margaret.

— Vous l'avez dit l'autre jour. Vous dispense-t-elle de jouer pour votre mère le rôle que la princesse Beatrice tient auprès de la reine Victoria ?

— Ma mère a beaucoup de responsabilités, notamment vis-à-vis de Sa Majesté. Mon père ne s'intéresse ni à l'endroit où je suis ni à ce que je fais. Pour être honnête, il semble ne pas s'intéresser davantage à ma mère ces derniers temps, tant qu'elle est là quand il a besoin d'elle. C'est Annie, la femme de mon frère Walter, qui m'accompagne habituellement ; cela me convient très bien, car elle a peu d'esprit et manque totalement de curiosité. Ma mère est venue avec moi dans le Yorkshire parce qu'elle souhaite profiter des eaux à Harrogate. Elle me laissera demain à la charge de Lady Julia, pour quelques jours, et je crois que deux des autres dames du groupe se joindront à elle.

— La duchesse est-elle malade ?

— Elle s'imagine que c'est le cas. Elle adore les cures thermales. L'homéopathie, l'hydrothérapie, le galvanisme. Tout ce qui implique d'être immergée dans un bain de boue ou de se faire asperger d'eau glacée. Le traitement le plus récent qu'elle a l'intention d'essayer s'appelle la « douche en cercle ». On se tient au milieu d'un ensemble de tuyaux projetant des jets d'eau qui font l'effet d'aiguilles.

— Grands dieux, votre description est saisissante, j'aurais préféré ne pas visualiser la scène.

Mary gloussa.

— Nous ferions mieux de partir, il est temps de se changer pour le dîner. Voulez-vous que nous nous retrouvions dans la matinée pour discuter de mes attributions ? Si vous souhaitez toujours que nous collaborions, bien sûr.

— Cela me semble une bonne idée. C'est dans notre intérêt à tous les deux après tout, souligna Tre en portant la main de Mary à ses lèvres et en déposant le plus léger des baisers au bout de ses doigts. Vous m'avez donné le nom de votre parfum d'agrumes, mais il m'échappe.

— *Bouquet d'opoponax.*

Elle se souvenait de cette fois-là. Ce fameux dernier jour. La promenade jusqu'à l'ananeraie. Tre avait été au bord de l'évanouissement, il s'était accroché à son bras, suspendu à ses lèvres comme si elle allait le sauver.

— Bergamote, orange, vanille, résuma-t-elle.

— C'est votre odeur, commenta Tre.

C'étaient exactement les mots qu'il avait prononcés ce jour d'août, près de trois ans plus tôt. Une boule se forma dans la gorge de Mary.

— Nous ne pouvons pas arriver en retard pour le dîner, lui rappela-t-elle en se dépêchant de partir.

CHAPITRE 17

JE M'AMUSE AVEC VOUS

Prieuré de Newburgh, samedi 13 février 1875

Tre attendait déjà sous le porche du roi Jacques quand Mary arriva le lendemain matin. Elle était vêtue d'un manteau et, au lieu de porter un chapeau, elle avait couvert ses cheveux de l'écharpe bleue qu'elle avait autour du cou lors de leur dernière promenade. Les points de l'écharpe étaient irréguliers, et Tre y apercevait au moins un trou. L'avait-elle tricotée elle-même ? La dénigrait-il en l'imaginant tricoter distraitement et sauter des mailles alors que son esprit était concentré sur une énigme ? Non, si c'était son ouvrage, elle ne l'aurait pas porté, elle l'aurait caché dans un tiroir, ce qui signifiait que le cache-nez devait avoir une valeur sentimentale. Un cadeau fabriqué par l'une de ses nombreuses nièces, probablement.

— Si nous faisions le tour du bassin à poissons ? proposa Mary en se mettant en route sans l'attendre.

Elle était de nouveau sur ses gardes, professionnelle, et se mit aussitôt à expliquer les circonstances dans lesquelles elle avait été invitée à enquêter.

Tre commençait à s'habituer à ces changements d'humeur, à sa réserve suivie d'un lent dégel. Les moments où elle s'oubliait, où leurs yeux se croisaient pour échanger une blague ou un souvenir. Ou quand elle s'autorisait à reconnaître ce qui existait depuis le début entre eux : une affinité. Ils partageaient les mêmes centres d'intérêt. Puis elle se reprenait en faisant une remarque sardonique, consultait sa montre et annonçait que sa mère allait se demander où elle était.

Elle était différente, plus raffinée, plus confiante en elle et parfois un peu hautaine.

Pourtant, derrière ce vernis – en était-ce un ? –, son essence était la même. Son délicieux sens de l'humour ; sa compréhension instinctive des gens, qui lui permettait de se mettre à leur place ; sa facilité à se fondre dans le décor, à se rendre invisible. L'une des raisons du succès de Tre à son nouveau poste était sa propre capacité à déchiffrer les gens avec précision, à les évaluer et à les soupeser ; mais cette nouvelle Mary était un défi. C'était dans son intérêt de l'aider, comme il l'avait dit la veille, mais ce n'était pas le moins du monde une corvée. Il était fasciné par Mary et – de façon déconcertante, persistante – très attiré par elle. Il était sûr qu'elle ressentait la même chose bien qu'elle insistât pour cadrer leur relation. Elle l'avait répété de différentes manières la veille : ils collaboreraient sur cette affaire, et puis ce serait terminé. Il n'avait pas d'arguments à lui opposer. Sa nouvelle carrière l'avait entièrement accaparé au cours des trois dernières années. Son travail ne l'avait pas guéri, mais son mal était maîtrisé. Il était raisonnable que leur relation se limite à cette collaboration. Pourtant, chaque fois qu'il tournait les yeux vers Mary, que leurs regards se croisaient, qu'elle l'appelait « Tre », il rêvait de plus que cette simple coopération.

— Je crois que vous n'avez pas écouté un seul mot de ce que j'ai dit, déclara Mary en l'arrachant à ses pensées.

— Il aurait dû s'attendre à ce qu'il y ait une vérification à un moment donné, répondit Tre. C'est une des raisons pour lesquelles Sir George n'est pas sûr de sa culpabilité.

Le temps était froid et très couvert. Le ciel d'un gris ardoise terne semblait s'être rapproché de l'étang couleur d'étain, obscurcissant complètement la vue sur les collines et la silhouette sculptée dans la craie du Cheval blanc de Kilburn. Une bruine lente mais persistante tombait.

— Allons trouver un abri avant d'être trempés.

Mary marchait en tête, remontant d'un pas vif la pente menant au jardin du chenil, et se précipita dans la petite serre juste à temps. Elle se percha sur le tabouret du jardinier, et Tre écarta une pile de pots en terre cuite qui avaient été lavés pour le printemps pour s'appuyer un instant sur la table de rempotage avant d'enlever son chapeau, de lisser ses cheveux et de plonger les mains dans les poches de son pardessus.

Mary ne savait pas à quoi il pensait près du bassin à poissons, mais il était clair qu'il comptait le garder pour lui. Cela n'avait pas d'importance. Tout ce qui l'intéressait, c'était le sujet qui les occupait.

— Donc, si je comprends bien, reprit Tre, au cours des deux derniers mois, deux cents livres ont été détournées de l'association caritative créée par Sir George au profit des vétérans de la guerre de Crimée et de leurs familles. Et quand il a contrôlé les comptes, l'homme d'affaires de Sir George a découvert que cette somme avait été versée à une personne fictive.

— Et c'est lui qui a travaillé pour mon père à Drumlanrig et est resté ami avec Mr Irvine, le père de Stuart. Voilà comment je me suis retrouvée impliquée.

— Et Dacre Glover, qui est le cousin de Lady Wombwell, est le principal suspect. Dites-moi ce que vous savez de lui.

— Mr Glover séjourne dans l'un des cottages de la propriété depuis six mois environ. « Il a eu un peu de malchance dans une affaire », dit Mary, contente de son imitation du ton bourru de Sir George. « Ce n'est pas sa faute, m'a assuré ma femme. Le pauvre bougre a été mal conseillé, ses partenaires en ont profité. » En gros, Mr Glover a perdu son capital et sa réputation. Sir George a eu pitié de lui, alors que le reste de sa famille ne voulait rien savoir, et l'a invité au prieuré. Pensant que la meilleure chose pour restaurer son estime de soi serait qu'il se sente utile, Sir George lui a cédé la présidence du conseil d'administration de son association caritative. Mr Glover est désormais chargé d'évaluer les nouvelles demandes et, s'il les juge légitimes, d'accorder une aide financière.

— Et Mr Glover semble se considérer comme une cause légitime, conclut Tre. Vous avez raison en tout cas, il y a quelque chose qui ne colle pas. Il devait savoir qu'il y aurait un contrôle, et c'est un abus de confiance flagrant. Cela revient à mordre la main qui le nourrit.

— Cependant Mr Glover est préoccupé, vous l'avez remarqué vous-même. Il est très élégant, je dirais qu'il est plutôt vaniteux. Pourtant, ses ongles sont rongés jusqu'au sang. S'il a pris l'argent, pourquoi ne s'est-il pas enfui avec ?

— Je suppose qu'il ne sait pas encore qu'il a été découvert. Il se peut qu'il ait prévu d'en dérober plus. Sir George ne l'a pas accusé, j'imagine ?

— Non. Pauvre Sir George.

Mary retira un de ses gants et se mit à l'enrouler autour de ses doigts.

— C'est un homme très honnête, et particulièrement généreux. Il a caché ses soupçons à Lady Wombwell ; mais même ce simple silence, dont les raisons sont tout à fait honorables, le déchire. Si vous avez l'intention de lui demander de rapporter des informations secrètes, Tre, je ne suis pas sûre que sa conscience pourra l'accepter. Mais après tout, ce n'est peut-être pas ce que vous attendez de lui. Si cela se trouve, vous ne voulez rien obtenir de sa part.

— Mary…

— Je vous taquine, c'est tout, lui assura-t-elle avec un sourire moqueur. Vous avez déjà admis que vous aviez une affaire à régler avec Sir George. Hier, dans la galerie, vous vous souvenez ?

— J'avais oublié, en fait. Maintenant, je vais devoir découvrir l'un de vos secrets les plus sombres et les mieux gardés afin de vous réduire au silence.

Tre se leva et lui prit des mains le gant qu'elle tortillait.

— À moins que je n'exige une rançon pour ce gant. Notez qu'en même temps je le sauve de la destruction.

— Rendez-le-moi !

Il le glissa dans la poche de son manteau.

— Donc, Mr Glover est le principal suspect parce qu'il a l'air coupable.

— Il est coupable de quelque chose, c'est sûr, mais je préfère avoir une preuve pour confirmer ce que me chuchote mon instinct ; et Sir George préférerait que j'identifie un autre délinquant. Il a accordé sa confiance au cousin de son épouse quand tous les autres la lui refusaient, et il n'a pas envie de passer pour un imbécile. Il est furieux pour l'argent : c'est « de la nourriture retirée de la bouche de veuves et d'orphelins », pour reprendre ses propres termes, et si c'est Mr Glover qui l'a volé, Sir George ne laissera pas le crime impuni, mais il a besoin d'en être sûr.

— C'est compréhensible. Mais il n'y a pas d'autre suspect potentiel, si ?

— Malheureusement non, mais le dossier contre Mr Glover n'est pas aussi solide qu'il y paraît. Rappelez-vous, il a déjà été dupé dans ses affaires. Il se pourrait que l'histoire se répète. D'après Sir George, il essaie de faire ses preuves, mais il n'est pas vraiment brillant pour gérer les comptes. C'est pour cela qu'il y a eu un contrôle, pour s'assurer qu'il n'avait pas commis d'erreurs stupides. Mais deux cents livres constituent plus qu'une erreur. Ensuite, il y a le fait que le bénéficiaire est fictif. C'est donc une fraude préméditée.

— Quelle est notre stratégie alors, à part attendre et surveiller Mr Glover ? S'il n'a pas volé l'argent, quelqu'un d'autre l'a fait pour le faire accuser ou par avidité. Nous pourrions tenter de découvrir s'il a des ennemis.

— J'ai questionné Sir George à ce sujet mais, à sa connaissance, le cousin de son épouse n'a contrarié personne. Donc, la façon la plus évidente d'enquêter là-dessus…

Tre leva les yeux au ciel.

— Je crois que je devine ce que vous allez dire.

— Eh bien oui ! Interroger les domestiques, qui voient et entendent tout, mais le problème, c'est de savoir lesquels questionner et comment s'y prendre sans éveiller les soupçons. Je peux difficilement faire irruption chez Mr Glover et demander à parler à son valet. Et il n'a pas d'autres serviteurs.

— Comment fait-il pour manger ?

— Il dîne au prieuré presque tous les soirs, expliqua Mary.

— Le dîner n'est pas le seul repas de la journée, et un valet qui se respecte ne daignera pas préparer plus que du café.

— Vous avez raison. Il y a le nettoyage, aussi, qui doit être effectué par l'une des femmes de chambre. J'aurais dû y penser, déclara Mary en se mettant debout.

Son écharpe était trempée. Elle l'enleva pour la secouer.

— Un cadeau d'une de vos nièces ? demanda Tre.

— Oui, de Cecil, la fille de Victoria. Elle me l'a tricotée pour Noël. Comment avez-vous deviné ?

Tre haussa les épaules.

— Un coup de chance.

Mary disposa le cache-nez autour de son cou pendant que Tre réarrangeait les piles de pots en terre cuite en un carré bien ordonné sur la table de rempotage.

— Le résultat d'une observation attentive, plutôt, rétorqua-t-elle. J'ai l'impression que vous m'évaluez. Pourquoi ?

Il se retourna avec un sourire triste.

— Parce que vous m'intriguez.

— Je suis une énigme que vous ne parvenez pas à élucider. Concentrez-vous sur celle de l'argent détourné, s'il vous plaît, Tre. Et rendez-moi mon gant.

— Il ne s'agit pas de vous élucider comme une énigme. J'aimerais mieux vous comprendre, c'est tout.

Mary le fixa d'un regard noir. Ses cheveux étaient retombés sur son front. Il lui adressa un faible sourire, la bouche légèrement plissée. Cette expression la hérissait, mais accélérait également son pouls.

— Dans quel but ? demanda-t-elle. Dès que nous aurons résolu cette affaire, je partirai pour…

Où ça ? Drumlanrig, où elle attendrait qu'un autre appel à l'aide lui parvienne ? Sinon, elle pourrait accepter l'invitation de Victoria à passer un long séjour chez elle.

— L'endroit n'a pas d'importance, conclut-elle. Cela n'a aucun intérêt pour vous, puisque nous ne nous reverrons pas.

— À moins que nous ne décidions de le faire.

— Pourquoi le ferions-nous ? Vous avez votre travail. Et j'ai le mien, ajouta-t-elle avec un peu moins de conviction.

— En effet, reconnut Tre en retirant quelques fragments de compost de son pardessus. Il n'y a aucune raison pour que nous nous retrouvions. La nature de mon métier m'oblige à travailler seul. Cela me plaît, je suis solitaire, mais c'est… c'est agréable de collaborer avec quelqu'un qui partage les mêmes affinités.

— C'est agréable, approuva Mary. Juste pour cette fois, je veux dire.

Il n'y avait aucun mal à l'admettre. C'était la vérité. Tant qu'elle gardait à l'esprit qu'une fois leur collaboration terminée, elle ne le reverrait plus.

— Nous ferions mieux de rentrer, suggéra Tre.

— Oui. Puis-je récupérer mon gant ?

Il le sortit de sa poche. Elle l'attrapa, et ses doigts se refermèrent sur ceux de Tre. Elle aurait pu se dégager, mais elle le laissa l'attirer à lui, ses yeux rivés sur ceux de Tre. Le cœur de la jeune femme se mit à battre à tout rompre. Elle était assez proche pour percevoir l'odeur de son savon à raser. Il murmura son prénom. Il hésita un bref instant. Elle le sentit inspirer brusquement. Il la rapprocha encore de lui et leva la main vers sa joue.

Puis ils retrouvèrent tous les deux leurs esprits. Le gant tomba sur le sol de la serre. Tre se baissa pour le ramasser. Mary se détourna.

— Comme vous l'avez dit, nous ferions mieux de rentrer, déclara-t-elle.

Il récupéra son chapeau.

— Oui, en effet. Votre mère va sans doute se demander où vous êtes passée.

Charlotte n'avait jamais aimé prendre le petit déjeuner en compagnie d'autres personnes, mais sa mère lui avait appris que c'était impoli et inconvenant de prendre autre chose que du thé dans sa chambre, qu'elle soit invitée ou hôtesse. Elle n'avait jamais eu non plus un grand appétit avant midi mais, une fois de plus, son éducation muselait ses envies. Assise à une table, elle était tenue de manger, ou du moins de faire semblant, afin de ne pas vexer la maîtresse de maison et de ne pas susciter d'interrogations sur sa santé. Même si de telles questions auraient été pertinentes. Elle ne se sentait vraiment pas en forme ce matin. Elle était fatiguée, extrêmement fatiguée, bien qu'elle fût tombée dans un profond sommeil dès que sa tête avait touché l'oreiller la veille au soir.

Elle sirota son thé et coupa un petit morceau de sa tranche de pain beurrée. Était-elle malade ? Cet état de léthargie perpétuelle était un symptôme relativement nouveau. Peut-être était-elle simplement en train de vieillir. Elle avala une petite bouchée, mais son estomac lui fit comprendre qu'il n'en accepterait pas davantage. Si Mary avait été là, elle aurait pu glisser le reste dans son assiette. Où était-elle d'ailleurs ? Sûrement pas dehors par ce temps ? Cette bruine du Yorkshire était encore plus insidieuse que celle des Highlands, imprégnant jusqu'au plus lourd des vêtements d'extérieur. Mary rejetait toujours les préoccupations de Charlotte concernant sa santé, mais elle avait été la moins robuste de ses bébés. Non, pas la moins robuste, car il y avait eu le pauvre petit Francis chéri. Il était difficile de croire qu'il aurait eu trente-cinq ans s'il avait survécu. La duchesse s'estimait chanceuse de n'avoir perdu qu'un seul de ses enfants en bas âge, mais, même après toutes ces années, sa peine restait vive. Quand le petit de Victoria s'était éteint, la souffrance de sa fille lui avait tout rappelé. Et l'année précédente, Henry avait perdu un enfant à son tour. Était-il plus facile pour les hommes de supporter de tels deuils, ou leur était-il simplement plus difficile d'exprimer leur chagrin ?

Charlotte attira l'attention du valet de pied et, sans avoir à demander, se fit servir une deuxième tasse de thé. Les domestiques de Lady Wombwell étaient très bien formés.

Seule la moitié des invités étaient assis autour de la table ce matin. Au moins, Charlotte n'avait pas à faire la conversation.

Elle versa plus de lait dans son thé. Elle avait auparavant l'habitude de le prendre avec un nuage de lait mais, désormais, elle ne pouvait plus le boire s'il était trop chaud. Elle n'imiterait jamais Sa Majesté, qui avait deux tasses pour verser le thé de l'une à l'autre jusqu'à ce qu'il soit assez refroidi. Chez toute autre personne qu'une reine, ce serait considéré comme extrêmement vulgaire. Le thé était encore trop chaud. La duchesse le remua dans l'espoir de le refroidir. Le tintement de la cuillère contre la porcelaine lui donna mal à la tête.

Était-elle malade ou vieillissait-elle ? Elle allait avoir soixante-quatre ans. Quand elle se regardait dans le miroir, elle se reconnaissait à peine. Elle avait beau manger comme un moineau, elle prenait du poids. Ses deux sœurs étaient mortes, et quatre de ses huit frères. Serait-elle regrettée si son tour venait bientôt ? Quelle idée de penser ainsi ! Elle était encore utile. Si elle n'était pas intervenue pour soulager Walter de ce fardeau, le projet de rénovation de tous les cottages du domaine n'aurait pas abouti. Les jardins de Drumlanrig n'auraient jamais été terminés. Ensuite, il y avait le Fonds de bienfaisance pour les réfugiés, Les Pauvres Servantes de la Mère de Dieu, et toutes les autres œuvres de charité.

Ses enfants n'avaient plus besoin d'elle, même si ses petits-enfants semblaient aimer « mamie B ». C'était une telle joie que Margaret soit de retour. Sa deuxième fille avait un cœur si généreux, et elle partageait si ouvertement son affection. Elle avait facilité la guérison des anciennes blessures et installé de nouveaux rapports chaleureux et une proximité inédite. Charlotte était ravie de voir Margaret heureuse – celle-ci attendait son mariage avec impatience et profitait de la vie avec enthousiasme –, mais son plaisir était doux-amer, car elle savait qu'elle allait encore perdre sa cadette.

Mary arriva enfin. Elle s'excusa auprès de Lady Wombwell en prenant place à côté de Charlotte.

— Tes cheveux sont mouillés.

— J'étais sortie me promener, mère.

Mary accepta en souriant une tasse de thé et un petit pain chaud.

— Avec le colonel Trefusis ? demanda la duchesse comme le gentleman venait d'entrer dans la salle à manger pour s'installer à l'autre bout de la table.

— Vous ne vous sentez pas bien ? s'enquit Mary. Vous n'avez pas touché à votre pain beurré.

— Je t'attendais.

Charlotte reprit un minuscule morceau de son petit déjeuner et se força à l'avaler. Elle regarda sa fille se diriger vers le buffet, où se trouvait un ensemble de plateaux couverts. Charlotte savait que Mary choisirait des œufs s'ils étaient brouillés, mais pas au plat, et des champignons, quelle que soit leur cuisson. Elle pourrait prendre une saucisse si elle était de porc, mais pas de bœuf. Elle ne toucherait pas au *kedgeree* ni au foie. Elle boirait trois tasses de thé, mais elle n'ajouterait du lait qu'à la première.

Charlotte plaça sa serviette sur son assiette tandis que sa fille se rasseyait. Comment se faisait-il qu'elle connût tous ces détails sur sa benjamine, mais si peu sur la femme qu'elle était devenue ? Y avait-il quelque chose qui naissait entre le colonel Trefusis et elle ? Il était inutile d'interroger Mary : elle changerait de sujet ou lui donnerait une réponse plate et sans intérêt. Elle ne mentait pas, mais ne partageait jamais la moindre information, encore moins si cela la concernait personnellement.

Charlotte se fustigea : c'était sa faute. Le mal avait été fait bien des années plus tôt, quand Mary avait été pratiquement abandonnée à Drumlanrig pendant que Walter, Charlotte et le reste de la famille ne se souciaient que de Margaret et de leurs propres devoirs. La duchesse n'avait pas le droit d'attendre de Mary qu'elle se confie, ni même qu'elle l'apprécie particulièrement.

Elles étaient retranchées dans leurs positions maintenant, et elle ignorait comment changer cela. Et elle manquait d'énergie, ces derniers temps, pour essayer.

Mary prenait son petit déjeuner, les yeux rivés sur son assiette, mais, de temps en temps, le colonel Trefusis lui lançait un regard. Que signifiaient ces coups d'œil furtifs ? Ils semblaient bien trop intimes pour deux personnes qui se connaissaient à peine. Que faisait Trefusis ? Il occupait un poste administratif ? Ou cela avait-il changé ? Oui, se souvint-elle, Walter avait mentionné une nouvelle affectation, même s'il avait été très peu disert à ce sujet. Comme Walter aimait être important ! Et ces derniers temps, il aimait aussi lui faire sentir qu'elle était insignifiante, ou du moins inutile à son bien-être. Il ignorait que Mary et elle se trouvaient dans le Yorkshire.

Trefusis avait-il des intentions ? Mary n'avait jamais montré aucune preuve d'intérêt pour un homme, bien qu'elle eût eu de nombreux prétendants au cours des deux dernières années, depuis qu'elle était sortie de sa coquille. Elle n'avait donné à personne le moindre signe d'encouragement. Walter en revanche avait commencé à évoquer l'idée de lui trouver un mari. Que Dieu la préserve ! S'il découvrait ce qu'elle faisait derrière son dos… Leur mariage avait survécu à une première rupture entre eux, causée par Margaret, mais une deuxième fille rebelle, aidée et soutenue par sa mère… C'est ainsi que le duc verrait les choses, en tout cas. Bonté divine, il valait mieux ne pas y penser.

La salle à manger était étouffante à cause de l'énorme feu qui brûlait dans la cheminée en marbre. Diane et Apollon se tenaient de part et d'autre du trumeau sculpté, et Vénus trônait au centre. Les dieux étaient nus, et bien que leurs mains et des draps fussent placés stratégiquement, il était clair qu'ils étaient très impatients de les enlever. Charlotte se souvenait à peine que Walter l'eût regardée de cette façon, pourtant il l'avait fait. Au début de leur mariage…

— Mère ?

Charlotte ouvrit les yeux et s'aperçut que Mary l'observait avec anxiété.

— En 1829, dit-elle.

— Mère, nous sommes en 1875. Je ne pense pas que vous soyez en état d'aller à Harrogate.

— C'est absurde, voyons.

Charlotte but une gorgée de son thé. Il était froid comme une pierre. L'assiette de Mary était vide.

— Balivernes, poursuivit-elle d'un ton ferme. *Le spectacle doit continuer.* J'ai pris des engagements, je ne peux pas laisser tomber les autres ladies.

Chapitre 18

Le jardin aquatique

Prieuré de Newburgh, lundi 15 février 1875

Mary s'était excusée de ne pas participer à l'excursion programmée par Lady Wombwell pour admirer un joli lieu non loin de là, feignant un mal de tête. Une nouvelle matinée passée à éplucher les livres de comptes de l'organisation caritative avait rendu son mensonge crédible. Elle profitait à présent du faible soleil d'hiver sur un banc en bois, sous une fenêtre du côté sud du prieuré, quand Tre la trouva.

— Je viens de passer une heure avec Sir George.

Le colonel s'assit à côté d'elle.

— Il pensait que je voulais lui proposer un poste d'attaché militaire et, après réflexion, a décidé que ce n'était pas pour lui. Il souhaitait m'en informer, afin de ne pas me faire perdre davantage de mon précieux temps.

— Oh.

Mary se mordit durement la lèvre. *Oh* ! Elle placarda un sourire sur son visage.

— Donc, vous partez ?

— Non, répondit Tre. Non, je ne pars pas. Il n'a jamais été question de lui offrir ce type de poste. Mais j'ai beaucoup apprécié son point de vue sur les raisons de son refus. Moscou, m'a-t-il expliqué, est trop loin de chez lui et il ne parle pas la langue. Il aime Paris, il aime la nourriture…

— Mais il ne parle pas la langue ? compléta Mary, qui s'était remise de son choc.

— Berlin…

— Oh ! laissez-moi deviner. C'est un grand admirateur de la discipline prussienne, mais il ne parle malheureusement pas la langue ? Pauvre Sir George. A-t-il été déçu quand vous lui avez révélé ce que vous attendiez de lui ?

— Je ne sais pas qui a eu l'idée de l'envoyer en Crimée avec un cartographe, mais, comme vous pouvez l'imaginer, il a été consterné par cette perspective.

Mary plissa les yeux.

— Est-ce une plaisanterie ?

— Malheureusement, non.

— Sir George est père de famille, très investi localement. Il est juge de paix, pour l'amour du ciel ! Vous m'étonnez, Tre. Vous auriez dû savoir tout de suite qu'il n'aurait jamais accepté, même s'il convenait.

— Je le savais, bien sûr, mais ce n'était pas si simple, se justifia Tre en fronçant les sourcils. Je subis énormément de pressions pour recruter de préférence des gradés, même à la retraite, qu'ils soient ou non les mieux adaptés aux besoins. Je rencontre beaucoup de résistance si je propose un sous-officier, par exemple.

— Alors que Sir George est un héros qui a été aider de camp de Lord Cardigan ?

— Lord Cardigan ! Que certains persistent à considérer comme un héros malgré les preuves du contraire.

— Donc, si un homme comme Sir George souhaite servir son pays, vous subissez des pressions pour lui offrir ce qu'il demande ? Même s'il ne convient pas ?

— C'est ça. Mais ironiquement, maintenant que je le connais mieux, je pense que je pourrais offrir à Sir George un rôle différent. Qu'il l'accepte ou non est une autre question. Si Mr Glover est coupable, Sir George devra assumer la gestion de son œuvre de bienfaisance, et c'est une lourde tâche.

— La fraude est grossière, déclara Mary. Si grossière qu'on dirait que le coupable voulait qu'elle soit découverte. Ce qui signifie qu'il se pourrait que Mr Glover ait été dupé, mais il se peut aussi qu'il soit complètement incompétent.

— Vous ne l'aimez pas, n'est-ce pas ?

— Non, mais ça ne fait pas de lui un coupable.

— Il n'est pas apprécié des serviteurs non plus, d'après mon valet, signala Tre. Il est autoritaire et il les prend de haut.

— Oui, Clara, ma femme de chambre, a dit la même chose, mais, encore une fois, ça ne signifie pas qu'il est coupable. Il est dans une drôle de position : c'est le cousin de Lady Wombwell, mais il vit dans un cottage sur le domaine.

— Et il doit être bien conscient que le personnel est au courant de son histoire, même s'ils en ignorent les détails. Je ne l'aime pas non plus, avoua Tre, mais je ne sais pas où cela nous mène.

— Je vais trouver un moyen de parler à la femme de chambre qui nettoie chez lui, annonça Mary. Je pensais m'arranger pour la croiser demain si possible. Sinon, je serai dans l'impasse, et Sir George devra s'expliquer avec Mr Glover.

— Ne désespérez pas. Ce qu'il vous faut, c'est une promenade et un peu d'air frais.

Mary sourit.

— Votre remède pour tout. Vous avez peut-être raison. Il y a un jardin aquatique dans les bois là-bas, je crois. Si vous n'avez rien d'autre à faire...

— Je n'ai rien d'autre à faire, lui assura Tre. On y va ?

Ils marchèrent en silence, s'éloignant du manoir en traversant le parc. Tre s'adaptait à son pas. À Drumlanrig, elle aurait posé la main sur son bras. Pendant leur dernière promenade, jusqu'à l'ananeraie, il s'était accroché à elle comme s'il était en train de se noyer. Il avait dit que son état était maîtrisé désormais. Est-ce que cela signifiait qu'il ne souffrait plus ? Que les symptômes de son mal n'étaient plus aussi extrêmes ? Savait-il ce qui le provoquait ? Les armes à feu, comme elle l'avait supposé, ou bien les armes tout court ? Les flèches du tournoi, le dernier jour ?

Tre l'arracha à ses pensées.

— Que ferez-vous après ? Je veux dire après avoir résolu ce mystère ? Avez-vous une autre mission en vue ?

— *Si* ce mystère est résolu et, non, je n'en ai pas, répondit laconiquement Mary. Je n'ai pas le privilège comme vous d'être occupée à plein temps.

Tre afficha un faible sourire.

— Alors que ferez-vous, Mary ?

— Je ne sais pas, Tre.

Ils avaient atteint la lisière de la forêt. Il lui attrapa le bras, la forçant à s'arrêter de marcher.

— Qu'est-ce qui ne va pas ? dit-il. Vous ai-je offensée de quelque manière ?

— Non. Ce n'est rien. Je ne sais pas ce que je ferai après, mais cela ne vous regarde pas. J'aime beaucoup ce que je fais quand je le fais, mais ce n'est pas une carrière. Si j'étais un fils et non une fille, ce serait différent.

— Effectivement, vous pourriez être envoyée à l'armée.

— C'est ce qui vous est arrivé ?

— Mon père a payé un peu plus de deux mille livres pour mon rang de lieutenant quand j'ai quitté l'académie de Sandhurst et que j'ai été envoyé en Crimée à dix-sept ans. Je suis un fils cadet. J'avais le choix, mais seulement entre servir la reine et le pays… ou Dieu.

— Dix-sept ans, et vous avez été expédié au front ?!

— Le siège de Sébastopol a été mon… mon baptême du feu. Devrions-nous continuer à avancer ? Le chemin est assez étroit. Vous voulez passer en premier ou je le fais ?

— Je ne peux pas imaginer ce que ça a dû être, dit Mary, sans bouger.

— Il vaut mieux que vous n'essayiez pas.

Pourtant, elle en avait envie. Elle voulait vraiment savoir ce qu'il avait enduré.

— D'après Sir George, les chevaux étaient mieux traités que les hommes.

— Il a dit ça ?

— Son récit de la charge est tellement… aseptisé. Comme le portrait dans le salon blanc : il a l'air de sortir d'un défilé, pas du danger et du chaos de la bataille.

— Ce tableau ne représente pas la réalité de la guerre, je peux vous l'assurer.

— L'autre jour, quand nous discutions de l'affaire, reprit Mary, je lui ai demandé de me raconter la véritable histoire. Il a refusé. Il a dit qu'il valait mieux oublier ce genre de choses.

— Il a raison.

— Oui, mais si vous ne parvenez pas à oublier, Tre ?

Il évitait son regard, fixant un point par-dessus son épaule. Elle lui tira le bras.

— C'est ce qui vous arrive ? Le bruit des armes à feu vous rappelle la guerre ?

— Non.

Il se dégagea et lui tourna le dos. Il enleva son chapeau et lissa ses cheveux.

— Je sais que vous aimeriez avoir une explication. Et moi aussi, mais il n'y en a pas, déclara-t-il en lui faisant face à nouveau.

Son expression était tendue, ses lèvres pincées, les doigts de sa main gauche serraient si fort le bord de son chapeau que ses articulations avaient blanchi. Tre était un homme qui aimait les réponses, comme elle. Comment supportait-il de subir un mal dont il ignorait l'origine ?

Complètement désemparée, elle passa la main sur la manche de son manteau, cherchant à le réconforter.

— Je vis avec, expliqua Tre. J'ai trouvé un moyen de le faire. Mon travail…

Il s'interrompit et secoua la tête.

— Comme je vous l'ai dit, il me donne un but.

— Je comprends, Tre. Je comprends.

— Oui, je le sais.

Sa bouche s'adoucit. Il passa un doigt le long de la joue de Mary et replaça derrière son oreille une mèche de cheveux qui s'était échappée.

— Je n'ai jamais rencontré quelqu'un comme vous, avoua-t-il à voix basse. Vous êtes si…

Il portait des gants, mais son contact la fit frissonner d'excitation. Leurs regards se croisèrent.

— Si ? insista Mary.

— Ceci.

Leurs lèvres se rejoignirent. Les yeux de la jeune femme se fermèrent. Pendant un moment, ils restèrent immobiles, puis elle se rapprocha, et il glissa son bras sous sa cape, autour de sa taille, et il l'embrassa. Elle avait déjà été embrassée auparavant. Des baisers chastes et hésitants. Elle s'était laissé embrasser précédemment, parce qu'elle avait voulu savoir ce qu'était un baiser. Cela n'avait rien à voir avec celui-ci.

Elle posa la main sur l'épaule de Tre. Ses lèvres se pressaient doucement contre les siennes, et quand elle ouvrit la bouche, il soupira, son bras se resserra autour de sa taille, et il l'attira plus près. Elle lui rendit son baiser et passa sa main gantée sur sa joue. Son cœur battait la chamade.

Elle rayonnait de l'intérieur.

Puis, avec un gémissement étouffé, Tre releva la tête, et ce fut fini. Il la fixa, l'air aussi hébété qu'elle.

— Ai-je eu tort ?

Mary fit non de la tête.

— Vous en êtes sûre ?

Rien dans ce baiser n'était mal. Il lui faisait réaliser que tous les autres – non pas qu'il y en eût eu beaucoup – avaient été une erreur. Mais il lui faisait réaliser aussi en quoi un baiser pouvait être si dangereux. Encore incapable de parler, Mary acquiesça en silence et bifurqua vers le chemin menant au jardin aquatique. Le sentier était étroit, les obligeant à marcher en file indienne. Tre ouvrait la marche, et elle suivait.

Elle se souciait rarement des règles de bienséance. Elle les enfreignait régulièrement mais, comme elle prenait soin d'être discrète, cela ne la tracassait pas trop. Être déshonorée était la pire offense pour une jeune femme célibataire. À son prochain anniversaire, Mary aurait vingt-quatre ans mais, aux yeux du monde, elle était encore innocente.

S'était-elle *déshonorée* en embrassant Tre ? Elle avait savouré chaque instant de ce baiser. Elle en ressentait toujours l'effet, le frisson, la façon dont son corps semblait chanter en réaction. Le seul fait d'y repenser lui coupait à nouveau le souffle. Elle l'embrasserait volontiers – très volontiers – encore. Et encore. Était-ce mal ?

C'était mal aux yeux du monde, car ils n'étaient pas fiancés, et ils n'avaient pas l'intention de l'être. Mais personne ne le saurait jamais. Une jeune femme ne pouvait être déshonorée si personne n'était au courant, et la discrétion dirigeait sa ligne de conduite depuis ses quinze ans. De plus, Mary se rappela que ce n'était pas comme si sa famille se souciait vraiment d'elle, sauf en tant que… marchandise ! Une monnaie d'échange dans un éternel jeu de pouvoir et d'influence.

Oh ! mon Dieu, il était là, l'énorme mur insurmontable auquel elle se heurtait toujours au petit matin quand elle se réveillait en se demandant, de plus en plus souvent, ce qu'elle allait devenir. Sa mère vieillissait. Et elle était peut-être malade. Même Margaret, la rebelle de la famille, se rangeait et se mariait. Le duc allait bientôt réaliser qu'il avait encore une fille à utiliser. Si son père découvrait qu'elle se trouvait ici, seule, avec Tre, qu'elle l'avait embrassé… Mary ne serait pas la seule à avoir des problèmes. Le duc avait contribué à la nomination de Tre à la Direction du renseignement. Il n'aurait aucun scrupule à le faire renvoyer. Ou pire, il essaierait de forcer Tre à épouser Mary, en écho à ses impitoyables tentatives pour obliger Margaret à se marier avec son premier prétendant qu'elle détestait tant.

Pour l'amour du ciel ! Elle se laissait emporter par son imagination. Son père était à Londres. Tre et elle s'étaient embrassés. C'était… merveilleux. Elle avait envie de l'embrasser à nouveau. Quel que soit son destin, elle était libre, à cet instant ; et si elle restait vigilante et discrète, il n'y avait aucune raison pour qu'elle ne puisse pas déployer ses ailes, juste un peu.

Tre s'arrêta. Le chemin les avait conduits à un étang circulaire à l'eau sombre et saumâtre, entouré de pierres moussues. La retenue d'eau alimentait une série de modestes cascades et de bassins plus petits qui ruisselaient sur des rochers et des pierres. Le chemin serpentait tout autour. Les arbres étaient dénudés, mais les branches formaient une épaisse canopée au travers de laquelle le faible soleil hivernal scintillait, faisant miroiter et étinceler la surface de l'eau. L'odeur luxuriante des feuilles humides et de la terre féconde embaumait l'air.

— C'est magnifique, s'exclama Mary en s'arrêtant à côté de lui. Comme une vallée féerique. C'est magique.

— C'est traître sous les pieds. Nous ne devrions pas prendre le risque d'aller plus loin.

— Oh ! ne soyez pas si prosaïque !

Tre la regardait : sa cape s'envolait derrière elle, son écharpe bleue se déroulait. Le sentier, composé de terre détrempée et de grosses pierres, était glissant, mais elle avait le pas sûr.

En dehors du ruissellement de l'eau et du bruit de leurs pas – des sons sourds et dissonants –, le silence régnait autour d'eux. Pas de chants d'oiseaux, pas de bruissement d'autres créatures. Il l'avait embrassée. Il n'aurait pas dû, il n'avait pas l'intention de le faire, mais il n'avait pu résister. Au moment où ses lèvres avaient rencontré les siennes, il était perdu. Il aurait préféré que ce soit un baiser raté. Décevant. Que Mary soit horrifiée, choquée ou dégoûtée. Non, c'était un mensonge : il ne souhaitait rien de tout cela. Ce qu'il voulait, c'était recommencer.

Que diable faisait-il ici, seul avec elle, dans ce lieu absolument magique et romantique, idéal pour les baisers interdits ?! Il n'avait embrassé personne depuis si longtemps ; peut-être était-ce l'explication ? avec l'effet de la seconde chance, sans doute. Au fond, c'était le baiser qu'ils n'avaient pas échangé à Drumlanrig. Bien que cela eût été également une erreur ; et ce n'était d'ailleurs pas la jeune femme d'alors qu'il voulait embrasser à nouveau, mais celle qui se déplaçait à une vitesse dangereuse sur le chemin boueux. Peut-être que s'il recommençait, le baiser ne serait pas aussi bon que le premier ?

Tre rit intérieurement. Il y avait une limite aux mensonges qu'il pouvait se raconter. Mary avait atteint le bas de la colline, où les cascades alimentaient un ruisseau qui dévalait vers le fond de la vallée. Une série de pierres plates avaient été disposées dans l'eau pour former un passage étroit.

Elle posa le pied sur la première, ignorant son cri d'avertissement. Il la regarda sauter avec assurance de pierre en pierre, les mains enfoncées dans ses poches.

Elle atteignit la dernière roche, bondit sur la berge, se retourna et exécuta une belle révérence.

La performance était autant pour elle que pour lui. Elle était embarrassée et perdue, et il n'y avait pas d'ananas à portée de main qu'elle puisse poser en équilibre sur sa tête. Mais que diable faisait-il ici avec elle ? Il était désœuvré, voilà tout. De retour à Londres, il aurait bien trop de travail pour avoir besoin de distractions. Il serait trop absorbé par son poste pour rechercher la compagnie féminine. Beaucoup trop occupé pour succomber au mal qui l'affectait. Il ne se sentirait pas seul. Il n'en aurait pas le loisir. Ici, au prieuré de Newburgh, il avait trop de temps à sa disposition. Et Mary était là.

Elle traversait dans l'autre sens maintenant, les bras tendus, donnant un spectacle inutile. Elle effectua un dernier saut pour rejoindre la rive, mais son pied s'accrocha à une branche entre les pierres. Elle tressaillit, vacilla dangereusement, bascula en avant, et par miracle ne finit pas dans le ruisseau glacé, mais dans les bras de Tre.

— Vous n'êtes pas blessée ?

— Non, mais ma fierté l'est.

Elle leva les yeux vers les siens, et il soupira. Elle prononça son nom, noua les mains autour de son cou, et leurs lèvres se rencontrèrent. Il oublia d'être délicat, doux, mais elle répondit à son baiser avec la même ferveur. Leurs langues entrèrent en contact et il la sentit frissonner, se blottir contre lui, et, malgré leurs couches de vêtements, le corps de Tre réagit à sa chaleur, au pur plaisir de l'avoir dans les bras. Il la désirait.

Il reprit ses esprits. Son chapeau était tombé sur le chemin. L'écharpe de Mary s'était déroulée. Elle avait les joues rouges. Ses grands yeux gris semblaient alanguis. Et sa bouche. *Ne regarde pas sa bouche !*

— Je suis désolé, dit-il, c'était…

Merveilleux. Une erreur, une erreur, une erreur.

Il se baissa et ramassa son chapeau.

— Je suis désolé.

— Vraiment ?

Il grimaça.

— J'essaie de l'être.

— Je suppose que je devrais m'y efforcer, moi aussi.

Elle lui adressa un sourire en coin.

— Mais je ne vais pas le faire.

— Mary…

— Ne vous avisez pas de vous en aller comme ça ! entendirent-ils alors.

Une femme. Tre se retourna, mais il n'y avait personne en vue.

— Vous m'avez entendue, Dacre ? Arrêtez de m'ignorer !

Tre haussa les sourcils.

— Glover ? fit-il à voix basse.

— Pour l'amour du ciel ! Arrêtez de me suivre. Ça devient gênant.

La voix de Glover leur parvenait de quelque part, plus loin dans la vallée.

— Que puis-je faire d'autre ? reprit la femme. Je n'ai jamais l'occasion de vous parler en privé.

— Je ne peux pas parler maintenant. Peut-être plus tard.

— Vous pouvez très bien trouver le temps. Je suis à bout de nerfs. S'il vous plaît !

— Pas maintenant ! Je suis occupé.

Glover jura. Les voix commencèrent à s'estomper.

— Il doit y avoir un autre chemin derrière les arbres, murmura Tre. Je me demande qui est cette femme.

— Je ne sais pas, mais je vais le découvrir, chuchota Mary.

Elle souriait, heureuse d'être distraite, supposa Tre, mais aussi soulagée d'avoir du nouveau pour son affaire. L'échec avait pesé sur son moral. Le motif évident de l'affrontement qu'ils avaient surpris était vieux comme le monde, et s'il avait raison, Mary allait se retrouver impliquée dans un bourbier qui n'avait peut-être rien à voir avec l'argent détourné. Mais comment la mettre en garde ?

Tre épousseta la boue de son chapeau et le remit en place. Il ne servait plus à rien de discuter pour savoir si les baisers qu'ils avaient échangés étaient une erreur ou pas. Cela lui convenait parfaitement.

Chapitre 19

Peut-être cette fois

Prieuré de Newburgh, mercredi 17 février 1875

La discrétion exigeait que Mary joue son rôle d'invitée. Lady Wombwell, qui n'était pas au courant des soupçons qui pesaient sur son cousin et qui désirait éviter que la fille de la duchesse de Buccleuch ne se sente négligée pendant que sa mère profitait de sa cure thermale à Harrogate, avait involontairement empêché Mary de se consacrer à ses investigations au cours des derniers jours. Elle avait enfin réussi à « croiser » la femme de chambre qui s'occupait du cottage de Mr Glover ce matin-là. Mais la rencontre avait été décevante car, même si la domestique avait confirmé ce que Mary savait déjà – qu'il n'était pas populaire auprès du personnel –, elle n'était pas la bonne habituelle. Henrietta, ou Henny ainsi qu'on l'appelait, s'était rendue au marché local avec Mrs Hare, la cuisinière, comme chaque mercredi matin.

— Je vais devoir essayer de l'accoster demain, confia Mary à Tre alors qu'ils s'étaient réfugiés tous deux dans la galerie pour fuir l'orage. À moins que je ne trouve un autre moyen de lui parler en privé. Ma mère revient de Harrogate demain avec les autres ladies. J'avais espéré avoir accompli de réels progrès avant cela. Nous devons déjà partir lundi.

— Je croyais que vous n'aviez pas d'autres projets en ce moment, remarqua Tre.

— Je n'en ai pas, mais ma mère est attendue à Londres pour la fin de la semaine prochaine, ça paraîtrait bizarre si nous prolongions notre visite.

Ils avaient marché jusqu'au bout de la galerie. Mary appuya le front contre la vitre.

— Je déteste ce genre de temps. N'êtes-vous pas impatient de terminer vos affaires avec Sir George et de rentrer à Londres ?

— Je ne suis pas pressé.

Tre examinait le portrait de l'autre Lady Mary. C'était la première fois qu'ils se retrouvaient seuls pendant plus de quelques minutes depuis le jardin aquatique.

— Avez-vous pensé à ce que cette conversation pourrait signifier, Mary ? Celle que nous avons entendue ?

— La femme avait un fort accent du coin. Agréable mais populaire. Elle semblait jeune, mais les voix peuvent être trompeuses.

Mary se retourna vers lui.

— Qu'en pensez-vous ?

— Il se pourrait que Mr Glover ait profité d'elle.

Les yeux de Mary s'écarquillèrent.

— Vous voulez dire que c'est un coureur de jupons ?

— C'est la conclusion la plus évidente, malheureusement, admit Tre. Il l'évite. Elle est à bout de nerfs. Je peux me tromper. J'espère que ce n'est pas ça.

— Mais vous êtes assez sûr de vous.

Mary se laissa tomber sur l'une des inconfortables chaises en chêne.

— J'aurais dû envisager cette possibilité. Oh non, il n'aurait pas fait cela ?

— Cela arrive, déplora Tre en prenant l'autre siège, les sourcils froncés. Bien plus souvent que cela ne le devrait.

— Mais, mais… pensez-vous que cette femme pourrait attendre son enfant ? demanda Mary, horrifiée. Si c'est le cas et qu'il s'en lave les mains… Oh ! la pauvre, pauvre femme. Que va-t-il lui arriver ?

— *Si* nous avons deviné juste – et nous ne le savons pas –, alors j'ai bien peur qu'elle ne soit dans une position peu enviable.

— Il aura besoin d'argent, n'est-ce pas, soit pour la payer, soit pour… réparer sa bêtise ? D'argent qu'il n'a pas. La pauvre femme, quelle horrible situation !

— Il se peut qu'il ait des raisons légitimes de l'éviter. Nous n'avons aucune idée de qui est cette inconnue. Il n'y a peut-être même *pas* d'enfant. Quelles que soient les circonstances, le dilemme de cette malheureuse ne vous concerne pas. Vous êtes ici pour retrouver de l'argent disparu, c'est tout.

— Vous ne pouvez pas attendre de moi que j'oublie tout d'elle !

— Que savez-vous de ces questions, Mary ? Avez-vous déjà vu gérer ce genre de problème ?

— Non, bien sûr, mais… Margaret ! Ma sœur saurait ce qu'il faut faire.

— Votre sœur n'est pas ici.

Tre poussa un soupir.

— J'ai l'expérience de situations similaires. Dans l'armée, c'est hélas courant. Quand les hommes sont affectés loin de chez eux… Ce n'est pas un sujet pour vos oreilles, je suis désolé d'y avoir fait allusion.

— Je suis contente que vous l'ayez fait. J'aurais dû y penser par moi-même.

Mary s'affaissa sur sa chaise.

— Je sais que l'armée a des femmes qui suivent les campements, reprit-elle en se tordant les mains. Mais cette femme n'avait pas l'air d'être une… péripatéticienne. Bien que je n'en aie jamais rencontré, à ma connaissance. Mais si elle l'était…

— Elle sera capable de se prendre en main, compléta Tre d'un ton sinistre. Je ne parle pas de ce genre de femme. Je pense vraiment que nous ne devrions pas discuter de ça.

— Mais alors avec qui devrais-je en parler ? Je ne peux pas interroger ma mère ni Lady Wombwell : elles seraient mortifiées. *Et* même si elles pouvaient répondre à mes questions, elles ne le feraient pas, parce que mes oreilles innocentes doivent rester intactes. J'ai presque vingt-quatre ans, Tre, mon ignorance est embarrassante.

Il enfonça les mains dans ses poches.

— Chaque histoire est différente mais, dans les grandes lignes, c'est toujours la même chose. Un militaire. Une femme du coin. Parfois, les deux personnes tombent sincèrement amoureuses. Parfois cela dure, et dans de très rares cas, si l'homme est libre, cela se termine par un mariage. Le plus souvent, cependant, la liaison prend fin lorsque l'armée s'en va.

— Et les femmes ? l'interrogea Mary, après avoir pris un moment pour digérer tout cela.

— Elles doivent affronter seules les conséquences, répondit Tre sans détour. Parfois avec l'aide financière de l'homme. Parfois sans. Ce n'est pas bien, c'est très mal même, mais c'est ainsi, et si nous avons deviné juste en ce qui concerne cette affaire...

— Vous voulez dire qu'il s'en sortira ? Et la femme...

— Il est peu probable qu'elle puisse garder l'enfant, s'il y en a un. Si elle doit gagner sa vie, elle n'aura pas d'autre choix que de l'abandonner, mais elle devra d'abord trouver un moyen d'éviter la honte et cacher son état à sa famille ou à son employeur.

— Le donner à la paroisse, vous voulez dire ?

— Nous échafaudons des hypothèses inutilement, Mary.

— C'est tellement injuste !

— Nous pourrions nous tromper complètement.

— Je l'espère, déclara-t-elle avec ferveur. Je l'espère vraiment.

— Et il est peu probable que cela ait un rapport avec l'argent disparu.

— Au moins, maintenant je suis davantage consciente de la façon dont le monde fonctionne. Merci de me l'avoir expliqué.

Une heure plus tard, la pluie s'était calmée. Après le thé, tourmentée et déstabilisée par cette discussion, Mary se rendit au jardin aquatique. La pluie avait transformé les cascades en chutes d'eau et le sentier en boue. Les pierres plates qu'elle avait franchies la fois précédente étaient noyées dans un torrent.

— Les grands esprits, dit Tre en descendant le chemin pour la rejoindre. J'espère que vous n'envisagez pas de traverser à nouveau.

— Je n'y pensais pas, mais maintenant vous êtes là pour m'attraper si je tombe...

Elle s'interrompit, se rappelant ce qui s'était passé la dernière fois.

— Je n'aurais pas dû vous embrasser, déclara Tre. Je ne veux pas dire que c'était inapproprié, même si ça l'était. Je veux dire que je n'aurais pas dû parce que maintenant je ne pense plus qu'à recommencer.

— Oh.

Il afficha un faible sourire.

— Précisément.

— Non. Oh ! j'ai le même problème, avoua Mary en rougissant.

— J'aurais préféré que vous ne me disiez pas ça.

Il ne fit pas le moindre geste pour la toucher. Il ne le ferait pas, à moins qu'elle ne l'y encourage. Elle savait qu'elle ne devrait pas, mais elle ne pouvait pas *ne pas* le toucher. Elle passa la main sur la joue de Tre. Il frissonna.

— Mais c'est trop tard, répliqua-t-elle, maintenant vous savez.

Elle était dans ses bras avant d'avoir terminé sa phrase. Il murmura son prénom. Elle leva son visage vers le sien, se pendit à son cou, et leurs lèvres se rejoignirent. Ce baiser était très différent du précédent. Il l'emporta, lui fit tout oublier en dehors de Tre, son goût, son odeur, et des sensations qu'il provoquait en elle. Elle l'embrassa en retour. Elle désirait être plus proche, avait *besoin* d'être plus proche. Il répéta son nom, les mains sur son dos, sur sa taille, l'attirant toujours plus près. Elle passa les doigts dans ses cheveux courts. Elle se sentait perturbée et elle avait chaud. Son cœur battait à tout rompre.

Il marmonna un juron en éloignant sa bouche de la sienne. Ses paupières étaient lourdes, ses yeux hébétés. Il gémit. Leurs lèvres se retrouvèrent, mais pendant une seconde seulement.

— Stop, dit Tre en la lâchant. Nous ne pouvons pas… nous devons parler.

Elle n'avait pas du tout envie d'avoir une conversation. Elle ignorait ce qu'elle désirait, mais parler n'en faisait pas partie.

— Pour l'amour du ciel, ne me regardez pas comme ça, l'implora Tre en se détournant. Désolé. Ce n'est pas votre faute.

Mary était encore incapable de s'exprimer, elle essayait de reprendre son souffle. Elle aurait dû être mortifiée de perdre le contrôle comme ça, non ? C'était vraiment mal, n'est-ce pas ? Mais comment cela pouvait-il être mal, alors que son corps se sentait plus vivant que jamais ?

— Je veux que vous sachiez que je n'ai absolument pas l'habitude d'embrasser qui que ce soit comme ça.

Les joues de Tre étaient encore rougies, mais son expression fit un pincement au cœur de Mary.

— Je ne vous ferai pas l'affront de m'excuser, déclara-t-il sans détour.

Il allait dire que cela ne se reproduirait plus et, cette fois, il le penserait vraiment, mais Mary espérait de tout cœur le contraire. Elle eut l'horrible sensation de vaciller au bord d'un précipice, avant de se reprendre.

— Ne vous en faites pas, Tre. Je ne suis pas en train d'imaginer que quelques baisers signifient quelque chose de plus important.

— N'est-ce pas le cas ?

— Vous êtes marié à votre travail, et je ne souhaite pas trouver un mari, pas plus aujourd'hui qu'il y a trois ans.

Ce qui était la vérité, non ?

— Vous n'y avez pas pensé du tout ? Je me suis posé la question, voyez-vous, quand vous sembliez sous-entendre que vous réfléchissiez… que vous n'étiez pas sûre de vos projets. Et avec votre sœur qui se marie aussi…

— Je n'ai jamais souhaité suivre les traces de Margaret.

Mary réalisa, horrifiée, qu'elle était à deux doigts de fondre en larmes. Elle *détestait* pleurer.

— Si j'avais su que votre conscience vous troublerait, Tre, je ne vous aurais pas embrassé. Je croyais que nous nous comprenions.

Elle fit volte-face pour quitter les lieux, mais Tre l'arrêta.

— Vous avez mal interprété mes propos. Je n'essaie pas de m'extirper d'une situation délicate, j'essaie de découvrir si vous êtes aussi désorientée que moi. Vous devez savoir que c'était plus que quelques baisers sans importance.

Mary commençait à se demander si elle savait quoi que ce soit. Désorientée. Oui, elle se sentait effectivement désorientée.

— Rien n'a changé, affirma-t-elle, autant pour son propre bénéfice que pour celui de Tre.

— Vous le pensez ? Je ne sais pas si je suis d'accord. Je ne suis pas clair, n'est-ce pas ?

— Pas vraiment.

Il grimaça un sourire.

— Si vous voulez bien m'écouter, je vais essayer de me faire comprendre.

Elle attendit, sentant l'inquiétude s'emparer d'elle tandis qu'il ramassait une pierre pour la jeter dans le ruisseau, comme s'il se préparait intérieurement. Se préparer à quoi ? À lui dire qu'il l'avait déshonorée et qu'il se sentait obligé de se présenter à son père ? À lui avouer qu'il avait été un de ces coureurs de jupons dont il avait parlé, quand il servait le pays à l'étranger ? Ces deux suppositions étaient risibles. Il allait peut-être lui annoncer qu'il partait sur-le-champ, sans attendre qu'elle ait résolu le problème de l'argent détourné. Et celui de la jeune femme que Mr Glover avait séduite. S'il l'avait séduite.

— Ça remonte à Sandhurst, commença Tre en l'arrachant à ces pensées confuses. C'est la première fois que je m'en souviens, en tout cas.

— Le mal qui vous affecte, dit Mary, après un moment de choc. Est-ce de cela que vous parlez ?

Tre grimaça.

— Ma malédiction, ou quel que soit le nom que vous choisissiez de lui donner.

Il enfonça les mains dans ses poches et poursuivit :

— Il y avait un cadet, un homme – un garçon – qui n'était absolument pas fait pour l'armée, à tous points de vue. Il était maladroit, incompétent, terrifié par les armes à feu, du genre à lâcher son fusil quand il tirait. Un jour, pendant un défilé, il a failli tirer sur un des officiers. On ne fouette pas les élèves officiers, mais il a été puni. Brimé. Ridiculisé. Insulté. La cible de toutes les plaisanteries stupides et prévisibles. Ça a duré des semaines, jusqu'à ce qu'il craque au mess pendant le dîner. Il s'est écroulé. Il s'est recroquevillé sur le sol, en sanglotant comme un enfant.

Tre se tut et déglutit plusieurs fois.

— Personne ne l'a aidé. Tout le monde est resté assis à le regarder en silence, jusqu'à ce qu'il s'arrête. Puis les conversations ont redémarré pendant qu'il se relevait et partait. Il a été retrouvé sur le terrain de manœuvres. Il s'était tiré une balle dans la tête avec son revolver Adams.

Le colonel se prit le front dans les mains.

— L'un de mes plus grands regrets dans la vie est d'être resté assis avec les autres, en silence. Je n'ai pas essayé de l'aider.

— Oh ! Tre.

Il secoua brusquement la tête.

— Quelques jours plus tard, pendant les exercices de tir, j'ai eu ma première crise. Je me suis évanoui. Tout le monde a mis ça sur le compte de la chaleur. J'étais un bon élève officier, vous comprenez. Je n'étais pas faible. Pas… pas *sensible.* On a expliqué cet épisode par un excès de soleil.

Il s'arrêta, mais Mary, l'estomac noué par la commisération et l'horreur, savait maintenant qu'il ne fallait pas l'interrompre.

— La fois suivante, c'était en Crimée, continua-t-il après quelques secondes d'un silence tendu. Les hommes étaient affamés et frigorifiés. Les tentes étaient en lambeaux, les uniformes aussi. Les bottes étaient gelées à leurs pieds. Mais les standards devaient être maintenus.

Il marmonna un affreux juron.

— Il y a tant de règles et de règlements inutiles. On pourrait penser qu'il y avait assez de souffrance pour que l'on ne flagelle pas ceux qui ne les respectaient pas. J'ai essayé d'intervenir et j'ai été sanctionné. Ensuite, le mal de tête s'est installé mais, à ce moment-là, je savais encore quand me cacher. Fuir jusqu'à ce que ça passe. J'ai oublié combien de fois cela s'est produit. Trois ou quatre. Jamais pendant la bataille. Toujours après.

Tre marqua une nouvelle pause. Il ramassa deux autres pierres et les retourna dans sa main avant de les lancer dans l'eau.

— Puis la paix est arrivée. Les tours de garde. Les exercices. Les défilés. Les entraînements au tir. C'est là que j'ai rencontré Sibilla.

Le fin duvet sur la nuque de Mary se hérissa.

— Sibilla ?

— La comtesse Sibilla Ruspoli. Nous devions nous marier.

C'était à cela qu'il voulait en venir. Elle n'avait jamais imaginé être la première femme que Tre avait embrassée, mais apprendre qu'il était allé jusqu'à se fiancer la rendait malade. La comtesse Sibilla Ruspoli. Italienne ? Exotique. Sophistiquée. Séduisante. Mary lutta contre l'impulsion absurde de se boucher les oreilles et de s'enfuir.

— Quand était-ce ?

— En 1864. Il y a presque onze ans.

Était-elle belle ?

— Était-elle au courant de votre mal ? demanda Mary.

— Je le lui ai caché. Jusqu'à la soirée au mess. Le dîner des dames. Je ne me souviens pas de l'élément déclencheur plus tôt dans la journée, mais je savais qu'aller au mess serait une erreur. Sibilla y tenait. Elle voulait s'y rendre. Elle était donc là, au mess, quand l'histoire s'est répétée, bien qu'on ne m'ait pas laissé sur le sol. On m'a escorté dehors. Le lendemain, mon commandant m'a informé qu'une occasion d'acheter une promotion s'était présentée. Un poste de lieutenant-colonel dans un département du ministère de la Guerre dont je n'avais jamais entendu parler : le département de la topographie et des statistiques. Il voulait clairement m'éloigner du régiment, et ce nouveau rôle me rendrait invisible.

— La promotion était une punition ? Ils vous ont forcé à quitter le régiment ! s'exclama Mary en colère. Ils n'ont pas réalisé que vous étiez malade ?

— Ce n'est pas une maladie. Une maladie peut être soignée. C'était déjà arrivé auparavant, Mary, mais jamais aussi publiquement. J'étais une gêne, un poids pour mon régiment.

— Et Sibilla ? l'interrogea Mary bien qu'elle connût la réponse.

Tre n'était pas marié.

— Plus tard dans la journée, elle a rompu nos fiançailles. Elle s'était renseignée et avait découvert que je lui avais menti.

— Pas menti, Tre. Vous la protégiez.

— Non. Ce mal fait partie de moi, et je le lui ai caché. J'avais menti par omission, mais je ne pouvais pas la trahir encore et lui promettre que ça n'arriverait plus. Elle ne pouvait pas le supporter.

— Elle vous a laissé tomber, le jour où vous avez été abandonné par votre régiment !

— Je ne lui en veux pas.

— Mais vous l'aimiez, déclara Mary sans détour. C'est pour cette raison que vous ne vous remarierez jamais. Vous l'aimez toujours.

— Non, plus maintenant. C'est à cause de Sibilla que j'ai renoncé à me marier, mais ce n'est pas parce que je suis toujours amoureux d'elle. Ça n'a pas disparu, vous comprenez. Après cette débâcle, j'ai encore souffert. Vous m'avez vu à Drumlanrig. D'habitude, les symptômes avant-coureurs me permettent de me cacher jusqu'à ce que ça passe. Ce jour-là, eh bien, ce ne fut pas le cas.

Pourquoi ? voulait-elle demander, mais Tre parla avant qu'elle en eût l'occasion.

— Depuis lors, au cours des trois dernières années, je suis toujours parvenu à garder le contrôle. Je pense que c'est parce que ce nouveau travail ne m'apparaît pas comme une pénitence. J'ai un but dans l'existence. Ce qui m'amène à l'essentiel de cette très longue confession.

Il y eut une autre pause. Mary attendit, malade d'appréhension, bien qu'elle n'eût absolument aucune idée de ce qu'il allait annoncer.

— Peut-être cette fois... si je ne suis pas présomptueux et si vous le voulez – mais je ne vous demande pas de vous engager ni même de prendre un risque, si vous ne le souhaitez pas.

— Prendre un risque ?

Il aurait pu tout aussi bien parler une langue étrangère, elle ne comprenait plus rien à son discours.

— ... envisager la possibilité d'un futur ensemble, ou du moins ne pas la rejeter... Ce que nous avons fait tous les deux... Je n'aurais rien dit, je connais vos sentiments sur le sujet, ou du moins je pensais les connaître. Jusqu'à ce que nous nous embrassions.

C'était trop. Sa tête tournait. Son instinct lui conseillait de fuir.

— Que voulez-vous de moi ?

— Que vous envisagiez la possibilité que nous pourrions compter l'un pour l'autre. Je sais que c'est beaucoup demander. Trop peut-être. C'est trop tôt, en tout cas, je le vois à votre expression. Allez-vous y réfléchir ?

Mary blêmit, sentant monter un sentiment de panique.

— Je ne sais pas quoi penser, Tre. Vous m'avez demandé si vous pouviez m'aider, mais me livrer tout ça en ce moment ne m'est d'aucun secours, franchement. J'ai besoin de me concentrer sur la raison pour laquelle je suis ici. Il faut que je parle à Henny.

Elle lui tourna le dos.

— De toute urgence, ajouta-t-elle en remontant le chemin.

Chapitre 20

Une femme de chambre désemparée

Mary ferma la porte de sa chambre à coucher et tourna la clé. Son cœur battait trop vite. Comment Tre osait-il tenter de changer les règles, la forcer à songer à des choses auxquelles elle ne voulait pas penser ? Elle ne pouvait pas se le permettre en ce moment. Il se fourvoyait ! C'étaient juste quelques baisers. Cela ne signifiait rien du tout.

Elle tituba jusqu'au lit et s'allongea, les pieds toujours sur le sol. Comment imaginait-il leur avenir ensemble ? Et où ? À Londres ? Drumlanrig ? *S'il vous plaît, mère, pourriez-vous inviter le colonel Trefusis, afin que nous puissions envisager le futur, d'un commun accord ?* Dès que son père aurait vent d'une telle éventualité, il ferait subir à Tre un interrogatoire sur sa situation et ses intentions. Tre avait-il un revenu ? Une maison ? Elle ne savait rien de sa vie ni des choses importantes qu'une future épouse devrait connaître au sujet de son prétendant.

Quelles étaient ces choses importantes ? Mary se redressa. Ses parents parleraient des revenus et des propriétés, et de l'ascendance, bien sûr, qui était la seule chose que Tre possédait. Des relations, du pouvoir, de l'influence. Tre en avait-il ? Du pouvoir et de l'influence, certainement, mais cela compterait-il à leurs yeux ?

Elle soupira d'impatience et commença à faire les cent pas dans la pièce. Si un homme répondait à tous ces critères, est-ce que cela signifiait que son épouse serait heureuse pour autant ? Margaret n'en était pas convaincue. Le plus grand des crimes commis par sa sœur avait été de ne pas supporter l'homme qui réunissait toutes ces qualités. Margaret devait avoir raison : le plus important, c'était l'homme lui-même. Tre. Dont les baisers donnaient à Mary l'impression de fondre et de brûler en même temps. Lui donnaient envie de tout oublier, oui, absolument tout, et de se perdre dans ses bras. Lui faisaient désirer plus que des baisers. Il la faisait rire, aussi, et il comprenait son sens de l'humour noir et ironique. C'était la seule personne de sa connaissance qui ne demandait presque jamais « que voulez-vous dire ? ». Il s'intéressait à elle – ce qui était également rare –, à ses idées, ses opinions, et à ses émotions.

Elle saisit une hideuse statuette de porcelaine représentant un petit garçon mièvre habillé de velours bleu, flanqué d'un chien tout aussi insipide, et l'examina.

— Honnêtement, Mary, dit-elle au bibelot, il va te manquer quand ce séjour sera terminé.

C'était la vérité mais, la fois précédente, elle s'en était remise. Elle avait tracé sa propre route. Était-elle parfaitement… heureuse ? Non, mais elle était satisfaite. Quand elle résolvait les problèmes des autres, du moins. Parfois, elle se sentait seule, s'ennuyait et était tourmentée, mais…

Elle replaça la statuette avec un nouveau soupir d'impatience. Si seulement elle n'avait pas rencontré Tre, elle n'aurait pas eu à se poser toutes ces questions. D'accord, elle s'en était déjà posé quelques-unes mais, avec lui, c'était beaucoup plus difficile d'y répondre. « Envisager la possibilité », avait-il dit, ce qui signifiait qu'il pouvait changer d'avis. Il l'avait abandonnée une fois. Même s'il avait expliqué pour quelle raison.

— Oh ! Tre.

Elle se laissa à nouveau tomber sur le lit. Comme cela avait dû lui coûter de mettre son âme à nu ! Et elle lui avait tourné le dos ! Elle était partie. Pire, elle s'était enfuie. Comme Sibilla. La belle, l'exotique, la traîtresse Sibilla qui avait brisé le cœur de Tre.

« Peut-être cette fois », avait-il déclaré. Mary était-elle un second choix ? Si *peut-être cette fois* devenait *cette fois pour de bon*, elle ne serait plus capable de fuir. Tre conserverait son précieux travail au service de leur pays, mais elle, qu'aurait-elle, si elle tentait sa chance avec lui et découvrait que c'était une erreur ?

C'était trop. Il n'aurait pas dû évoquer la question. Elle n'avait pas le temps pour des « peut-être » en ce moment. Il lui fallait des certitudes. Qui avait volé l'argent de l'association caritative de Sir George ? Sa présence en ces lieux était motivée par cet enjeu, pas par la possibilité d'échanger des baisers avec Tre. Demain, elle attendrait sur le chemin qui menait au cottage de Mr Glover et, avec un peu de chance, elle parviendrait à interroger Henny. Demain, sa mère serait de retour de Harrogate. Demain, Tre attendrait qu'elle réponde à cette question qu'il n'aurait pas dû lui poser. Mary contempla la statuette. Elle était vraiment immonde. Une idée lui vint, et elle sourit. Puisque la ruse avait marché avec la femme de chambre de Mrs Fitzherbert-Smythe, il n'y avait aucune raison pour qu'elle ne fonctionne pas à nouveau.

Elle prit le bibelot et le lança avec force sur la cheminée. Il se brisa dans un fracas retentissant, et des éclats s'éparpillèrent dans l'âtre. Elle ramassa plusieurs des plus gros morceaux du garçonnet et de l'animal de compagnie et les écrasa sous sa botte, puis les répandit sur le sol. Elle sortit sa robe de soirée bleu foncé dont elle déchira une longue partie des plis du volant de la jupe. Puis elle sonna, déverrouilla sa porte et attendit Clara.

— Milady ?

— J'ai eu un accident, l'informa Mary en indiquant la statuette cassée. Pouvez-vous demander à Henny de venir nettoyer ?

— Je vais m'en occuper moi-même, milady.

— Non, Clara, j'ai besoin de vous pour recoudre ma robe, regardez. Je voudrais la porter ce soir, mais quelqu'un a marché sur mon ourlet. S'il vous plaît, emportez-la et allez chercher Henny.

Quelques instants plus tard, la femme de chambre du prieuré frappa à la porte.

— Clara m'a dit que vous vouliez me voir, milady ?

— Henny ?

Mary reconnut immédiatement la voix de la jeune femme du sentier, mais elle tempéra son excitation. *Doucement,* se rappela-t-elle alors qu'elle introduisait la servante dans sa chambre à coucher.

— Je crains d'avoir été très maladroite. Pensez-vous que cela puisse être recollé ?

Henny était une très jolie jeune femme aux abondantes boucles sombres et aux grands yeux bleus. Sa bouche était généreuse. Elle examina d'un air dubitatif la poussière et les éclats.

— Je ne pense pas, milady. Cela me semble complètement irréparable. Pourquoi ne pas vous asseoir ? Je vais ramasser les débris.

— Je vais vous aider.

Mary s'agenouilla à côté d'elle, et elles se mirent à rassembler les plus gros morceaux.

— C'était sur la cheminée. Un petit garçon en bleu avec un chien.

— Oh oui, je vois bien.

Henny attrapa un fragment du visage du garçon.

— J'ai toujours pensé qu'il avait l'air d'avoir avalé un citron.

— Je dois avouer que je trouvais ce bibelot horrible, mais j'ai peur qu'il ne soit l'un des favoris de Lady Wombwell.

— Je ne crois pas que cela la contrariera, milady. Cette maison ne manque pas de porcelaines. Si celle-ci avait eu de la valeur, elle aurait été exposée dans l'une des vitrines.

— C'est vrai. Mr Glover nous a fait visiter le prieuré l'autre jour. Il était extrêmement bien informé sur tous les objets présentés. J'ai été très impressionnée, surtout quand j'ai appris qu'il n'habitait le cottage que depuis… quatre mois, c'est bien cela ?

— Six, corrigea rapidement la domestique. Il est arrivé au début du mois de septembre, l'année dernière. Nous allons envelopper les morceaux dans du papier journal, mais je ne pense pas qu'on puisse sauver la statuette.

— Merci. C'est vous qui faites le ménage chez lui, je crois, dit Mary en essayant de se rappeler le peu qu'elle savait sur la grossesse.

Combien de temps avant que cela ne commence à être visible ? C'était l'un des nombreux sujets qui n'étaient jamais abordés devant les femmes qui n'étaient pas mariées. Et il existait des corsets, des corsets spéciaux pour dissimuler les premiers signes… Mary se souvenait que Victoria y avait fait allusion par inadvertance. Trois mois ? Quatre mois ? Cinq ? Alors que Henny terminait de nettoyer, Mary essaya d'étudier ses formes, mais sa taille avait l'air bien définie, et son tablier lui couvrait le ventre. De toute façon, les servantes portaient aussi des corsets.

— Mr Glover semblait absent pendant la visite. Distrait par quelque chose, ou préoccupé.

Mary patienta, pleine d'espoir, mais Henny prit simplement la brosse de l'âtre pour rassembler les plus petits fragments en tas. Combien de temps avant qu'une femme sache qu'elle attend un enfant ? C'était la question la plus pertinente, mais – et c'était exaspérant –, elle n'avait pas la réponse non plus. Au moins deux mois, non ? Donc en remontant dans le temps, en supposant que Glover ait mis au moins un mois pour la séduire, s'il l'avait fait…

— Appréciez-vous de travailler au cottage ? demanda-t-elle. Je veux dire, devoir y aller tous les matins, qu'il pleuve ou qu'il vente.

— J'aime bien marcher.

— Et Mr Glover ?

— Milady ?

C'était ridicule. Si Tre et elle avaient raison, Henny ne laisserait jamais échapper quoi que ce soit lors d'une simple conversation avec une invitée de son employeur. Sous ce sourire éclatant, elle devait être terrifiée à l'idée d'être découverte. Mary décida de changer de tactique.

— En parlant de marcher, je me suis promenée dans le jardin aquatique lundi matin.

— Lundi matin ?

Henny arrêta de balayer.

— Cela devait être un peu avant midi, je pense, précisa Mary. C'est étonnant, n'est-ce pas, comme le son se propage dans cette petite vallée ?

— C'est vrai ?

Mary retira la brosse de la main de la femme de chambre.

— Oui. On distingue même des voix et des bribes de conversation.

Henny se redressa d'un bond.

— Je ferais mieux d'aller aider Mrs Hare à préparer le dîner.

Mary se releva à son tour et attrapa la jeune femme par la manche de son uniforme.

— Je vous en prie, attendez juste une minute.

— Je ne sais pas ce que vous avez entendu, ou cru entendre, mais il est préférable que vous l'oubliiez, milady, si vous le voulez bien.

— J'en ai surpris assez pour deviner que Mr Glover pourrait avoir profité de vous. N'ai-je pas raison ?

Les larmes se mirent à couler des grands yeux de Henny.

— S'il vous plaît, milady, je vous en prie, vous ne ferez qu'empirer les choses.

Tre avait vu juste, à en juger par la réaction de Henny.

— Je vous promets que je ne dirai pas un mot à Lady Wombwell, répliqua Mary, et je vous promets également que je vais…

Quoi ? Que diable pouvait-elle promettre ?

— Je ferai tout ce que je peux pour vous aider.

— Vous ne pouvez pas m'aider, milady.

Une larme roula sur sa joue.

— Et Dacre n'a pas profité de moi. Ce n'est pas comme ça que ça s'est passé. *Je* ne suis pas comme ça, milady. Nous sommes amoureux.

— Amoureux ?!

— Et il va m'épouser, affirma Henny avec détermination.

— Vous épouser ?!

Les mots s'étaient échappés de sa bouche, Mary étant trop choquée pour les retenir. La femme de chambre s'essuya les yeux et lui lança un regard furieux.

— Parfaitement !

L'épouser ! Mary hésitait. Rien de ce qu'elle avait entendu n'évoquait le mariage, bien au contraire. Et une union entre Mr Glover et la servante de sa cousine aurait été pour le moins…

— Mais d'après ce que j'ai entendu…

— Je me fiche de ce que vous avez entendu. Il va m'épouser.

— Henny, c'est… Comment pouvez-vous en être sûre ?

— Parce qu'il doit le faire : j'attends son bébé.

Ces paroles restèrent suspendues dans l'air au cours du silence hébété qui suivit. De nouvelles larmes jaillirent des yeux de Henny. Elle se couvrit le visage avec son tablier.

— Voilà, vous êtes contente maintenant ?

Mary était presque aussi désemparée que la femme de chambre. Elle n'avait aucune idée de ce qu'il fallait dire ou faire. Elle se rappela les mises en garde de Tre, mais il était trop tard, bien trop tard pour décider que ce n'était pas ses affaires. Impossible de revenir en arrière. Elle aida doucement la jeune femme en pleurs à s'asseoir.

— Vous ne soufflerez pas un mot de tout cela, n'est-ce pas, milady ?

Henny s'essuya les joues.

— Si Sa Seigneurie le découvre avant que je puisse… avant que Dacre et moi… S'il vous plaît, ne dites rien. Promettez-le-moi.

— Je ne dirai rien. Je vous promets que je ne ferai ni ne dirai rien que vous ne souhaitiez pas.

Une promesse facile à faire, mais comment la tenir si elle voulait aider Henny ? Et comment l'aider, d'ailleurs ?

— Dacre… Mr Glover est déjà assez en colère contre moi. S'il apprend que vous avez entendu notre dispute et que je vous ai raconté de quoi il retournait… Je vous en prie ?

— Je ne peux pas ignorer ce qui s'est passé, Henny. Je veux vous aider.

— C'est impossible.

La domestique passa les bras autour de sa taille et se balança d'avant en arrière.

— Vous ne pouvez pas m'aider. Lui seul le peut. Il dit qu'il n'en est pas question, mais il le fera. Je dois juste le persuader… Je sais qu'il finira par le faire.

Ses yeux étaient brillants de larmes, sa jolie bouche se tordait pour retenir des sanglots. Henny était terrifiée, et à juste titre. Peu importe ce qu'elle croyait, peu importe les serments que Mr Glover lui avait faits, il ne serait jamais autorisé à l'épouser, même s'il le voulait… et à en juger par leur conversation près du jardin aquatique, ce n'était même pas son intention. L'impuissance de Mary fit place à une fureur contenue.

Que pouvait-elle bien faire ? Si sa mère avait été là… mais elle ne pouvait pas lui en parler, elle avait promis à Henny de garder le secret. Mary avait besoin de réfléchir. Et de tirer au clair quelques faits. Elle prit un mouchoir propre dans son tiroir et le tendit à la femme de chambre en s'agenouillant à ses pieds.

— Cela ne vous ferait-il pas du bien d'en parler ? Je sais que je suis une parfaite inconnue, mais cela pourrait rendre les choses plus faciles, vous ne croyez pas ?

— Vous ne pouvez pas savoir… Ce n'est pas à vous que je dois parler, c'est à lui. Sauf qu'il ne veut pas écouter.

Henny se tamponna les yeux.

— Ça va mieux maintenant, milady. Si vous voulez bien m'excuser, je dois retourner à la cuisine. Mrs Hare va se demander où je suis passée.

Ma mère va se demander où je suis passée !

— Vous lui direz que je vous ai retenue. Si vous partez maintenant, tout le monde verra que vous êtes bouleversée et voudra savoir pourquoi. Vous l'avez dit, il vaut mieux que personne ne soit au courant de votre situation pour le moment.

Les yeux de Henny s'écarquillèrent d'horreur.

— Personne ne sait. Juste lui. Et mon frère, mais Tommy ne le répéterait jamais.

Mary serra les mains de la femme de chambre, puis se leva de peur que ses doutes ne se lisent sur son visage. Si seulement elle n'était pas si ignorante. *Réfléchis !*

— Dacre est la seule personne qui peut m'aider, milady. Il doit m'épouser. Il m'a dit qu'il m'aimait, et je l'aime. Je l'aime, même s'il est… Et il m'aime, je le sais, mais il est effrayé. Sir George…

Henny frissonna.

— Sir George l'a pris sous son aile quand personne d'autre ne voulait de lui, vous voyez, c'est ce qu'il dit toujours, et il ne peut pas le décevoir. Mais, moi ? Il ne peut pas me planter là, n'est-ce pas ? Pas maintenant.

Il le pouvait *tout à fait* et, d'après ce qu'il semblait, il en avait la ferme intention. Bien que Henny fût persuadée du contraire. Et si elle avait raison et que Mary se trompait ? Elle ne devait pas laisser son aversion pour Mr Glover affecter son jugement, même si Tre ne l'aimait pas non plus. Ce mariage n'était pas impossible. Un des frères de sa mère avait épousé la fille d'un péager. Toutefois, il avait été forcé de vivre à l'étranger, et le marquis, le grand-père de Mary, avait essayé de le déshériter. *Réfléchis, Mary.*

L'argent. C'est pour cela que Sir George l'avait invitée ici, pour découvrir où étaient passées les deux cents livres. Mr Glover avait un mobile très clair pour escroquer l'organisme de bienfaisance, s'il avait l'intention de dédommager Henny. Mais c'était une grosse somme et, si ne pas décevoir Sir George était l'une de ses priorités, ce larcin n'avait pas de sens.

Elle tira une chaise et s'assit à son tour.

— Henny, vous devez me faire confiance. Je suis de votre côté.

— Pourquoi ? Je ne suis rien pour vous…

— Nous sommes toutes les deux des femmes, n'est-ce pas ?

— C'est notre seul point commun, milady, sauf votre respect. Vous n'êtes pas une servante qui attend un enfant hors mariage. Vous pensez probablement qu'on trouve les bébés sous les groseilliers.

— Je ne suis pas si ignorante que ça, affirma Mary bien qu'elle ne fût pas beaucoup mieux informée.

Henny rougit.

— Désolée, milady. Je ne suis pas tout à fait moi-même.

— Cela n'a rien de surprenant.

Mary observa à nouveau le ventre de la jeune femme. « Enfant de l'amour » était l'un des termes les plus polis pour qualifier ces bébés. L'enfant serait-il aimé ? Était-ce l'amour qui l'avait engendré ? Ou la passion ? Ou le désir ? Quelle était la différence ? Quelle importance, après tout ! Le résultat était le même, et Mary réalisa avec une sourde horreur qu'il était facile à atteindre. Ces *quelques baisers* dont elle relativisait la portée auraient pu aisément la conduire sur cette voie. Certes, Tre n'aurait pas été jusque-là – et elle espérait qu'elle non plus –, mais elle y avait échappé de peu. Elle avait toujours supposé, parce que son éducation la poussait à le croire, que la passion était une mauvaise chose et que seules les femmes dépourvues de sens moral se retrouvaient dans l'état de Henny. C'était faux. Mary voulait aider la jeune femme. Mais comment ? En premier lieu, découvrir si Mr Glover était un escroc en plus d'être un séducteur.

— Henny, je vais être honnête avec vous. Pour le moment, j'ignore quoi faire pour vous aider, mais je suis déterminée à essayer. Me faites-vous confiance ?

— Je n'ai pas le choix, si ?

Vu les circonstances, Mary ne pouvait espérer davantage d'enthousiasme. Bon, chaque chose en son temps. D'abord, s'assurer que Henny n'était en rien mêlée au vol.

— Dites-moi, savez-vous lire et écrire ?

— Écrire ? Une lettre, vous voulez dire ?

Le visage de Henny s'éclaircit.

— Je n'y avais pas pensé. Vous croyez qu'il la lirait ? Voulez-vous m'aider, milady ? Je ne suis pas douée pour la lecture et l'écriture, c'est mon frère qui est le cerveau de la famille. Les chiffres et les lettres dansent devant mes yeux quand je les regarde. Mais si vous pensez qu'il pourrait lire une lettre…

— Non, ce n'est pas à ça que je pensais. Écoutez bien ce que je vais vous dire. Puis-je d'abord vous demander ce que votre frère fait dans la vie ?

— Il est employé au bureau du domaine.

La bouche de Henny se mit à trembler.

— Il a peur de perdre sa place, si les patrons découvrent mon état. Il veut m'envoyer ailleurs avant que je… avant que cela ne se voie.

Elle passa les bras autour de son ventre.

— Il m'a dit qu'il pouvait s'arranger pour que je reste à l'écart, dans des conditions confortables, mais que je devrai donner mon bébé à quelqu'un d'autre.

Mary la fixa, impuissante et complètement désarmée. La solution était pragmatique, elle préserverait l'emploi de Tommy et la réputation de Henny. Celle-ci pourrait ensuite retrouver du travail, alors que si elle s'entêtait…

— Ne me dites pas que c'est mieux comme ça, déclara la femme de chambre. Pas question de donner mon bébé. Dacre a peur, c'est tout. Il s'inquiète de ce que les gens diront. Mais il changera d'avis.

Mary se mordit la lèvre, horriblement partagée.

— S'il ne le fait pas, cependant…

— Il le fera. Vous êtes aussi pessimiste que mon frère, mais vous vous trompez tous les deux. Dacre fera ce qu'il faut. Il a juste besoin d'un peu de temps pour s'habituer à l'idée.

— Combien de temps a-t-il déjà eu, si je puis me permettre ?

— Il le sait depuis quelques mois, dès que j'en ai été sûre. Je pense que j'ai encore un mois avant que quelqu'un… avant que cela ne se voie.

Henny s'essuya les yeux et se moucha, puis replia le mouchoir avec soin.

— Je vais le laver, milady, avant de vous le rendre.

— Gardez-le.

Le bruit sec et caractéristique d'un coup de feu les fit sursauter. Henny fut la première à se ressaisir.

— Sa Seigneurie doit être en train d'essayer ses nouvelles armes, dit-elle. Il va y avoir une compétition de tir dans la matinée. Dacre est un… un tireur d'élite, est-ce la bonne expression ?

— C'est lui qui vous l'a dit ?

— Il me dit beaucoup de choses, milady. Je sais tout sur sa famille, qui l'a renié parce qu'il avait fait confiance à de mauvaises personnes. Il ne me parlerait pas de choses si intimes s'il ne m'aimait pas, hein ? Non, ajouta Henny à voix basse, non, il ne le ferait pas.

Elle adressa à Mary un sourire étincelant et généreux qui illumina son joli visage.

— Merci, milady. Vous aviez raison, ça m'a fait du bien de m'ouvrir à vous. Je réalise que j'étais en train de paniquer. Les choses s'arrangeront, je le sais. Avec votre permission, je ferais mieux de retourner à la cuisine maintenant.

Avec un bref salut de la tête, la femme de chambre quitta la pièce. Dès que la porte se referma, Mary ramassa le plus gros des fragments qui avait été laissé dans le journal et le piétina, puis le broya sous son pied pour faire bonne mesure. Qu'allait-elle faire ? Ce n'était pas le méfait sur lequel on lui avait demandé d'enquêter, mais c'était bien plus monstrueux. *Ne vous en mêlez pas*, entendait-elle Tre la mettre en garde, mais c'était impossible. De plus, si les deux affaires étaient liées, cela la regardait.

Tre. Qu'allait-elle lui dire ? Elle n'en avait aucune idée. Elle n'avait pas envie d'y songer. Elle n'en avait pas le loisir. Le temps pressait pour Henny. *Oublie Tre*, pensa Mary. *Il devra attendre.* Elle avait plus urgent à régler.

Chapitre 21

Le tireur

Prieuré de Newburgh, jeudi 18 février 1875

Un stand de tir avait été installé sur la pelouse sud après le petit déjeuner. Il consistait en une rangée de bouteilles posées sur une planche en équilibre sur deux échelles. Des distances de vingt-cinq, cinquante et cent mètres avaient été marquées par des pierres. Tre rejoignit Sir George, Mr Glover et Mr St. Aubyn à la table où étaient disposées les armes. Il ne se souvenait pas de la dernière fois qu'il avait tiré. Il prit l'un des fusils.

— Ils ont été fabriqués par Greener à Birmingham, déclara fièrement Sir George. Il a fait breveter un nouveau mécanisme d'étranglement à l'extrémité du canon, qu'il appelle un… comment cela s'appelle-t-il, Glover ?

— Le *choke bore*.

Glover examinait les revolvers.

— Colt quarante-cinq, dit-il. Fabriqué pour l'armée américaine, je crois. Avez-vous déjà tiré avec, colonel Trefusis ?

— Non, j'ai utilisé le Webley Bull Dog, mais je n'ai jamais tiré avec un Colt. Puis-je ?

Tre empoigna le pistolet et le soupesa. Aucune trace de mal de tête. Sa main était parfaitement stable. Mais c'était toujours *après* que les problèmes commençaient.

— Calibre quarante-cinq, insista Glover. Il est surnommé le Pacificateur.

— Glover est un expert en la matière, expliqua Sir George. Pourquoi n'essayez-vous pas un de ces fusils, colonel ? Vous êtes un militaire comme moi, montrez à Glover comment on fait !

Tre examina le fusil. Il se sentait parfaitement bien, mais pourquoi tenter le sort ? « Prendre un risque », « envisager la possibilité »... c'est en ces termes qu'il avait parlé à Mary, hier. Il se hérissa en se remémorant ses propres mots. Il n'aurait pas dû se lancer aussi ouvertement, il aurait dû prendre le temps de formuler ses pensées plus élégamment. Comme il n'avait rien prévu, il l'avait effrayée. Elle l'évitait depuis, fuyant son regard au cours du dîner et du petit déjeuner. Il saisit le fusil, qui n'était pas chargé. Il le souleva, fit mine de viser, sentit le poids familier de l'arme. Il était toujours en pleine forme.

— Nous allons commencer par cinquante mètres, annonça-t-il à Glover.

À cinquante mètres, ce serait difficile pour quiconque, en dehors d'un débutant, de rater la cible, même avec une arme inconnue.

— Parfait.

Glover prit l'autre fusil et le chargea en même temps que Tre.

— Au meilleur des quatre, et ensuite nous irons jusqu'à cent ?

Mary observait la scène, passant inaperçue à côté de Sir George pendant que les deux hommes visaient les bouteilles. Glover était un excellent tireur, mais Tre avait l'avantage. Après vingt minutes de compétition, les bouteilles furent remplacées, alors que l'odeur de la poudre à canon flottait dans l'air. Tre semblait s'amuser comme un fou. Quand Glover, visiblement habitué à gagner, suggéra qu'ils continuent avec des pistolets, Tre remarqua seulement sa présence.

— Lady Mary.

Elle l'avait évité, et il le savait. Elle n'avait toujours pas la moindre idée de ce qu'elle pensait de sa proposition, de sa suggestion ou de quoi que ce fût, et elle ne voulait pas y penser.

— Colonel Trefusis. On dirait que vous appréciez la compétition.

— Je suis impatient d'essayer ce Colt, admit-il en saisissant l'arme de poing et en la chargeant.

Il avait l'air en pleine forme. Comme il aurait pu facilement s'abstenir, Mary supposait qu'il avait délibérément choisi de tirer ce matin. Se mettait-il à l'épreuve ? Les deux adversaires sélectionnèrent chacun une arme. Tre prit le Colt et Glover un revolver plus ancien que Mary reconnut comme étant un Webley, et les quatre hommes, suivis par Mary, se rendirent au stand de tir à une distance de vingt-cinq mètres.

— On m'a dit que vous étiez un excellent tireur, déclara Mary à Glover alors qu'il se préparait à ouvrir le feu. J'ai hâte de voir si vous vous débrouillez aussi bien avec le revolver qu'avec le fusil.

— Ha ! s'exclama Sir George en se frottant les mains. Allez-y, Glover. Cette jeune femme vous met au défi.

— Comment savez-vous que c'est un excellent tireur ? chuchota Tre alors que le groupe se dirigeait vers la pierre qui servait de repère.

— Je le sais de source sûre. Par Henny.

— La femme de chambre ? Vous lui avez parlé ce matin ?

— Hier. Après que nous avons… Tre, c'est Henny que nous avons entendue se disputer avec Glover.

— Quoi ?

— Prêts ? En joue ! Feu ! cria Sir George.

Glover tira. La bouteille du milieu se brisa.

— Oh ! bravo ! Excellent. Maintenant, le colonel Trefusis avec le Colt.

Tre visa avec soin et fit voler en éclats la bouteille suivante. Il ne paraissait absolument pas affecté par l'arme ou le bruit. Les coups de feu n'étaient pas l'unique élément déclencheur de son mal-être, mais il savait que c'était un facteur. Elle était convaincue maintenant qu'il testait ses limites. Ou qu'il cherchait à prouver qu'il avait dit vrai ?

— Lady Mary, déclara Sir George, vous avez la chance d'être en présence de deux tireurs d'élite, il me semble.

— Que dites-vous de cela, colonel Trefusis ? demanda Mr Glover. Serais-je un atout sur le champ de bataille ?

— C'est difficile à dire. Les bouteilles ne ripostent pas.

Les hommes échangèrent leurs armes. Deux autres coups de feu furent tirés et deux autres bouteilles furent cassées.

— Prenons une cible qui vous départagera, suggéra Mary. Une cible plus petite.

Elle attrapa deux pommes de la coupe à fruits sur la table à tréteaux installée pour les rafraîchissements.

— Qu'en dites-vous, Sir George ?

— Ha ! J'aime votre façon de penser, Lady Mary. C'est une excellente idée.

— Puis-je m'en charger ? demanda Tre.

— Non. Mr Glover est impatient de les disposer, répondit Mary en lui tendant les fruits. Puis-je jeter un coup d'œil au Webley pendant qu'il s'en occupe, colonel Trefusis ?

Tre lui lança un regard noir, mais lui remit le pistolet.

— Que diable êtes-vous en train de manigancer ? souffla-t-il.

— Mr Irvine trouve que je suis l'un des meilleurs tireurs qu'il ait jamais rencontrés. Vous ne m'avez pas vue tirer, n'est-ce pas ?

— Vous n'avez pas besoin de me le démontrer. Vous n'avez jamais tiré avec ce pistolet.

— Pas avec celui-ci, mais avec d'autres de la même marque. Celui-ci est performant ?

— Il tire parfaitement droit, pas de recul. Que diable faites-vous ?

— Vous aviez raison, dit Mary. Glover est un coureur de jupons et un menteur. La seule chose que j'ignore, c'est s'il est également un voleur.

Elle visa. Sir George claironna un avertissement. Glover, qui plaçait la deuxième pomme en équilibre sur un goulot, se retourna. Mary appuya sur la gâchette. L'autre fruit, déjà positionné, explosa. Glover poussa un cri et bondit en arrière.

— Merci, Stuart, murmura Mary, fière de son exploit, avant de s'écrier d'une voix très différente : Oh ! mon Dieu ! Je suis vraiment désolée. Je ne voulais pas... Mon doigt a glissé sur la gâchette. Oh ! je vous en prie, dites-moi, dites-moi, Mr Glover, que je ne vous ai pas touché !

— Par miracle, milady, vous ne l'avez pas fait, répondit le gentleman d'un ton sinistre en essuyant des morceaux de pomme collés à sa joue.

— En effet, renchérit Sir George en adressant un regard perplexe à la jeune femme. Pendant un instant, j'ai cru…

— Il vaut mieux ne pas trop y penser, l'interrompit Tre. Un accident mais, heureusement, il n'y a pas eu de mal. Lady Mary est naturellement bouleversée. J'arrête le concours en concédant la victoire à Mr Grover et je vais la reconduire à l'intérieur.

Il la prit fermement par le bras.

— C'était stupide. Vous auriez pu le blesser.

— Je n'aurais pas tiré s'il y avait eu le moindre risque.

— Vous n'aviez jamais utilisé cette arme.

Il lui secoua le bras.

— Pour l'amour du ciel, Mary, le tuer n'aidera personne.

— Je n'avais pas l'intention de le tuer, juste de lui faire peur.

— Et de le rendre méfiant à votre égard.

— Vous croyez ? Je n'y ai pas songé… mais, non, je pense que vous vous trompez. Qu'est-ce qu'il pourrait bien soupçonner ?

— Vous n'auriez pas dû faire ça.

— Non, admit-elle, tout à coup abattue. Bien sûr que non. C'était une impulsion. J'étais venue avec la seule intention de vous observer. J'ai été très surprise de vous voir tirer.

Tre haussa les épaules.

— Je n'avais pas utilisé d'arme à feu depuis un moment. J'étais curieux.

Ils s'étaient arrêtés au porche du roi Jacques.

— Mary, j'ai parlé sur un coup de tête hier. Aurais-je dû me taire ?

Elle le fixa, ne sachant quoi penser.

— Je l'ignore. Je ne peux pas y réfléchir en ce moment. Depuis les révélations de Henny, je ne peux penser à rien d'autre.

— Alors vous feriez mieux de me répéter ses propos.

— J'ai juré de n'en souffler mot à personne.

— Venez, nous allons faire le tour de la maison. Vous savez que rien de ce que vous me direz ne sera répété.

— Oui, bien sûr. C'est une histoire si triste. Glover lui a dit qu'il l'aimait. Il lui a peut-être promis le mariage. Je suis tellement en colère pour Henny.

Par bribes, Mary réussit à raconter sa conversation avec la femme de chambre. Tre l'écouta dans un silence consterné jusqu'à ce qu'elle ait fini, alors qu'ils avaient atteint l'étang.

— Je sais que votre promesse de l'aider venait du cœur, mais vous vous êtes avancée sans réfléchir. Qu'est-ce que vous croyez pouvoir faire ?

— Je n'en ai aucune idée, mais je trouverai bien.

— La meilleure solution est celle que son frère propose.

— Donner son enfant !

— Je ne vois pas comment elle pourrait le garder, à moins que Glover ne l'épouse et cela me paraît fortement improbable.

— Pourquoi est-ce à Henny de payer le prix des actes de Glover ?

— Il n'a pas agi seul.

— Tre ! Vous ne pouvez pas vous ranger de son côté !

— Pas du tout. Je sais que vous êtes révoltée, mais vous avez pris le parti de cette jeune femme sans même connaître toute l'histoire. C'est elle qui vous a expliqué ce que Glover a fait et promis. Non, attendez une minute, je n'ai pas fini. Glover a abusé de sa position, mais malheureusement cela arrive souvent. Cela ne rend pas ses actions acceptables, mais je vous le demande à nouveau : que pensez-vous pouvoir faire ?

— Cela semble tellement injuste.

— En effet, mais je crains que Lady Mary ne soit pas en mesure de rendre la moindre justice.

— Ne vous moquez pas de moi.

— Je ne me moque pas de vous, j'essaie de vous faire entendre raison. Vous ne pouvez pas arranger ça, Mary, et si vous vous en mêlez, vous risquez même d'aggraver les choses. Ce n'est pas l'affaire sur laquelle on vous a demandé d'enquêter.

Elle dégagea son bras d'un geste brusque.

— J'en suis bien consciente, mais les deux doivent être liées. Pour détourner de l'argent, Glover doit avoir un mobile, bien que je ne comprenne pas pourquoi il volerait Sir George alors que, d'après Henny, il veut à tout prix l'impressionner.

— Elle vous a dit ça ?

— Glover se confie à elle ou, du moins, il l'a fait. Elle voit cela comme une preuve de son amour pour elle.

— Cet homme est un… non, je n'ai pas besoin de le formuler. Nous savons tous les deux ce que nous pensons de lui.

— La question pertinente, comme vous l'avez souligné, reprit Mary avec fermeté, c'est de savoir si c'est aussi un voleur. Et en ce qui me concerne, je dois décider ce que je vais bien pouvoir faire ensuite.

— *Nous* devons décider ce que *nous* allons faire ensuite.

— Vous comptez toujours m'aider ?

Tre fixa les collines au loin, où le cheval sculpté dans la craie était pour une fois clairement visible.

— Vous ne pensez pas qu'il vaudrait mieux que vous racontiez ce que vous savez à Sir George ? Vous l'avez dit vous-même : il est bienveillant et généreux derrière cette façade bourrue. Il s'assurerait que Henny soit bien prise en charge.

— De la même façon que son frère, répliqua-t-elle.

— Il finira par découvrir son état, quoi qu'il arrive, Mary.

— Si je peux au moins résoudre la question des fonds, alors il saura s'il a hébergé un voleur et un coureur de jupons au sein de sa famille.

— Pauvre Sir George ! Et avant que vous ne le disiez, pauvre Henny…

Mary poussa un soupir.

— Je sais. Hier, en l'écoutant, j'ai réalisé combien je suis ignorante. « Vous pensez probablement qu'on trouve les bébés sous les groseilliers », m'a-t-elle dit. Ce n'est pas vrai, s'empressa-t-elle d'ajouter en rougissant. Mais je me suis sentie tellement incompétente. En comparaison avec les problèmes de Henny, découvrir ce qui est arrivé à deux cents livres semble presque insignifiant.

— Deux cents livres ne seraient pas insignifiantes pour elle.

— Comme elle sait à peine lire et écrire, nous pouvons l'éliminer de notre liste de suspects.

— Son frère sait lire et écrire, lui, souligna Tre. Il est employé au bureau du domaine.

— Et il a déjà pris des arrangements, d'après Henny, il doit donc avoir mis de l'argent de côté.

Le visage de Mary se décomposa et elle ajouta :

— Mais s'il est chargé des comptes, il aurait sûrement mieux maquillé la manœuvre, vous ne croyez pas ?

— Je suis d'accord avec vous. Deux cents livres, c'est bien plus que ce dont il aurait besoin pour aider sa sœur, fit remarquer Tre. Pourquoi dérober une telle somme ? Je pense que nous ferions mieux de trouver un moyen de parler à Tommy, n'est-ce pas ?

— Effectivement.

Mary fit la moue.

— Si nous continuons à éliminer des suspects, nous n'aurons plus personne à part Sir George.

— Vous savez, je comprends votre indignation.

Tre lui prit les mains.

— Le monde n'est ni bon ni juste envers les femmes comme Henny. C'est une réalité indéniable, ce qui ne la rend pas moins cruelle et injuste. C'est tout à votre honneur de vouloir l'aider. La plupart des gens détourneraient les yeux. Je vais vous épauler, mais vous devez envisager qu'on ne puisse peut-être pas aider Henny.

— Je le sais. Je vais essayer. Comment va votre tête, Tre ?

— Tout ce que j'ai réussi à prouver, c'est que je suis toujours un tireur d'élite. Meilleur que Glover, mais peut-être pas meilleur que vous, d'après votre exploit avec le pistolet. N'est-il pas temps que vous consultiez votre montre et que vous m'informiez que votre mère va se demander où vous traînez encore ?

Tre jeta un rapide coup d'œil autour d'eux, puis il l'attira contre lui, la serrant dans ses bras.

— Ne désespérez pas. Nous sommes dans la même galère.

Mary ferma les paupières et s'autorisa le réconfort de poser la tête sur l'épaule de Tre pendant un moment. C'était bon. Trop bon.

— Le train de York doit arriver à Coxwold à midi, dit-elle en se libérant. Je ferais mieux d'être au prieuré pour accueillir la voiture.

Chapitre 22

Une conversation intime

Prieuré de Newburgh, vendredi 19 février 1875

Comme le soleil était de la partie, la mère de Mary avait annoncé qu'elle souhaitait se promener. Ensemble, elles effectuèrent un lent circuit dans le jardin du chenil. La duchesse étudia tour à tour chacun des parterres, s'interrogeant sur les plantations, inspectant la taille et l'état des quelques pousses précoces qui avaient été assez courageuses pour percer la terre.

— Le jardin sera très joli au printemps, commenta-t-elle alors qu'elles se dirigeaient vers les treillis de glycines. Mais personnellement, je préfère les rosiers grimpants. Tu trouves ça drôle ?

— Non, c'est justement ce que j'ai dit – enfin, je *me suis dit* – quand je me suis promenée ici pour la première fois.

— Lady Wombwell m'a rapporté que tu faisais beaucoup de promenades.

— Vous savez que j'aime sortir avant le petit déjeuner, mère.

— Normalement, cependant, tu préfères marcher seule.

— Il y a un petit étang ici qui, curieusement, n'est pas celui qu'ils appellent le « bassin à poissons ». C'est très apaisant de voir les créatures nager. Je m'étonne que vous n'ayez pas pensé à en faire creuser un à Drumlanrig.

— Allons-nous avoir une de ces conversations où je fais un commentaire dans l'espoir que tu te confies à moi et où tu changes immédiatement de sujet, en escomptant que je ne le remarque pas ? Je me fais peut-être vieille, mais je suis toujours en pleine possession de mes moyens.

Surprise, Mary baissa les yeux, mais le regard de sa mère restait rivé droit devant elle.

— Le colonel Trefusis partage mon habitude de marcher avant le petit déjeuner. Nous nous croisons de temps en temps. Mère, êtes-vous souffrante ? Vous n'avez presque rien mangé au petit déjeuner.

Elles avaient atteint l'étang. La duchesse se tint sur la berge et remua l'eau avec le bâton qu'elle emportait toujours ces derniers temps.

— Je vais avoir soixante-quatre ans en avril. Mon appétit n'est plus ce qu'il était.

Sa stature non plus, remarqua soudain Mary. La duchesse semblait avoir rétréci de plusieurs centimètres. Quand cela s'était-il produit ? En outre, malgré le fait qu'elle mangeait à peine de quoi maintenir en vie une souris, elle avait pris du poids. En fait, elle commençait à ressembler à son amie, la rondelette reine Victoria. Mary lui saisit le bras, ce qui lui valut un regard étonné qui lui fit honte.

— Vous ne pouvez pas vous permettre d'être malade, mère. Vos jardins sont loin d'être terminés.

La duchesse soupira, lui tapota la main, puis se dégagea.

— Je ne suis pas la seule à prendre de l'âge. Tu auras vingt-quatre ans en août. À ton âge, j'étais mariée depuis sept ans et j'avais déjà trois fils.

Mary se raidit.

— Mon père vous a-t-il parlé de moi ?

— Pas encore, et je n'ai pas l'intention d'initier une discussion avec le duc concernant tes noces. Ou l'absence de noces…

La duchesse se remit en route lentement, forçant Mary à la suivre.

— Sa Grâce est restée en retrait, non pas comme tu le penses parce qu'il t'a oubliée, mais pour te donner le temps de trouver un mari convenable sans qu'il s'en mêle.

Sa mère lui décocha un sourire narquois.

— Je vois que j'ai réussi à te surprendre.

— Je suis abasourdie, rétorqua Mary.

— Avant que tu ne me poses la question, il n'est pas au courant de la façon dont tu as occupé ton temps. Bien que je doive dire, Mary, que c'est un miracle qu'il n'en ait pas entendu parler.

— Mon père n'écouterait jamais les ragots des domestiques. De plus, mon travail, mère, vise précisément à enrayer les rumeurs.

— En effet, mais ton succès commence à faire jaser parmi les employés de maison. Ce n'est qu'une question de temps avant que quelqu'un ne lui chante tes louanges.

Mary émit un petit rire.

— Il pensera que c'est une erreur.

— Non, il me demandera ce que cela signifie.

— Oh ! s'exclama Mary, consternée. Pour rien au monde je ne voudrais vous mettre dans l'embarras.

— Je n'ai jamais menti à ton père, Mary, et je ne suis jamais allée sciemment à l'encontre d'un seul de ses souhaits. Je prends mes vœux de l'aimer, de l'honorer et de lui obéir très au sérieux. Quand j'ai décidé d'écrire à Margaret, c'était avec son consentement tacite, comme tu le sais, et c'était douloureux de ne pas pouvoir s'en parler.

— Je n'ai pas oublié, je vous l'assure, répondit Mary.

Elle avait l'impression qu'un malheur était imminent, ce qui la faisait légèrement paniquer.

— J'aurais préféré de pas avoir cette conversation, poursuivit la duchesse sur un ton neutre et sans cesser de fixer l'horizon. Tu es une excellente observatrice de la nature humaine, sauf quand ça te concerne, hélas. J'espérais que tu étais arrivée à la conclusion évidente.

— Laquelle ?

La duchesse s'arrêta et leva ses sourcils droits et fins.

— Que tu dois mettre un terme à ton… bonté divine, je n'ai aucune idée de comment l'appeler. Ces enquêtes que tu mènes. Tu as trop de succès pour que ça serve tes intérêts.

— À ce propos, je ne suis pas du tout sûre de parvenir à élucider cette affaire au mieux pour tout le monde.

— Je ne veux surtout pas en connaître les détails, mais si tu dois prétexter une course à faire pour moi, trouve un meilleur mensonge que la soie à broder. Je ne pense même pas qu'il y ait un magasin à Coxwold qui en vende.

— Il n'y en a pas. J'ai dû m'y rendre hier parce que…

— Je ne veux pas le savoir, Mary. Bon, je pense avoir vu tout ce qu'il y avait à voir dans ce jardin. Je ne sais pas pourquoi on l'appelle le chenil, mais je dois dire que l'idée d'avoir un petit étang est tentante. Pas à Drumlanrig, mais peut-être à

Bowhill. Il commence à faire froid maintenant que le soleil est parti. Est-ce que nous nous comprenons, Mary ?

— J'avais déjà réfléchi à la position que je devais adopter. Par rapport à mon… mon travail.

— Travail ! À t'entendre, on croirait que tu touches un salaire.

— Si c'était le cas, je n'aurais pas à réfléchir à ma position, rétorqua Mary. Ne vous inquiétez pas, je ne ferai rien d'aussi vulgaire que d'occuper un emploi rémunéré.

— Tu parles comme Margaret.

— Vous savez, je commence à me dire que nous sommes plus semblables que je ne le pensais. Aucune de nous deux ne souhaite se conformer au modèle que vous avez dû suivre.

— Pardon ?

— Je suis désolée, c'était très mal exprimé.

— Il n'est pas question pour le duc et moi de te forcer à épouser un homme que tu ne pourrais ni aimer ni respecter.

— Je le sais, mais ce n'est pas pour cette raison que je ne veux pas me marier, dit Mary d'un ton désespéré. Ne pouvez-vous pas comprendre, mère ? Je ne veux pas être une épouse dévouée. Je ne veux pas être obligée d'aimer un mari, de l'honorer et de lui obéir à n'importe quel prix. Je ne veux pas être un… un appendice de mon mari. Je veux être plus qu'une simple épouse.

— Il n'y a pas d'aspiration plus élevée pour une femme que d'être une épouse et une mère, martela la duchesse avec raideur.

— Peut-être pas, mais est-ce la seule ? Ce travail que j'effectue et que vous préférez ignorer ne me donne pas seulement un but. Mon opinion est recherchée et prise au sérieux par des gens comme Sir George et ses semblables. Quelle autre jeune femme célibataire peut prétendre être écoutée, respectée ?

— Tu veux dire que cela te fait sentir importante ?

— Non, corrigea Mary, abattue. *Estimée.* Je ne suis pas encore prête à renoncer à cela pour devenir une épouse dévouée.

La duchesse ouvrit la bouche pour parler, puis se ravisa.

— J'en ai assez. Je te laisse y réfléchir. Malgré tes réserves sur le mariage, je peux t'assurer que si le colonel Trefusis souhaite se présenter devant ton père, il sera bien reçu.

Mary regarda sa mère quitter le jardin clos, puis, complètement déprimée, entreprit seule un autre circuit, sans se soucier de la bruine qui tombait à présent comme une brume sur son manteau et son chapeau. La duchesse avait surtout parlé de choses auxquelles Mary avait déjà pensé cent fois, mais elle ne se doutait pas que sa mère y songeait aussi ! Ni que son père tentait de lui accorder la liberté de choix dont aucune de ses sœurs n'avait bénéficié. S'agissait-il d'une sorte de réparation pour la façon dont il avait traité Margaret ? Ou dont il avait traité Mary ? Ou bien était-ce simplement l'interprétation optimiste de sa mère du comportement du duc ? La dernière fois qu'elle avait été en sa compagnie, c'était à Noël. Il s'était montré aussi distant que d'habitude, enfermé dans son bureau avec ses fils, évitant Margaret comme la peste et regardant Mary – les rares fois où ils s'étaient trouvés dans la même pièce – comme s'il n'arrivait pas à se souvenir de son prénom.

Non, sa mère faisait preuve de générosité parce qu'elle se sentait coupable de l'enfance sans parents de Mary. Mais qu'importe ! Elle était arrivée à l'étang. Les poissons n'avaient rien d'apaisant. Ils étaient horribles : des vertébrés argentés et moustachus aux yeux vitreux qui se cachaient dans la végétation du bassin.

Tre serait un prétendant bienvenu, apparemment. De toute évidence, Lady Wombwell avait gardé un œil sur elle, et sa mère aussi. Elles ne faisaient que leur devoir, protéger l'innocente jeune femme dont elles avaient la charge. Mary n'aimait pas l'idée que Tre soit considéré comme acceptable par ses parents. Cela impliquait qu'il était conventionnel et ennuyeux. Mary avait l'esprit de contradiction !

Tre n'était pas ennuyeux. Ceux qui le voyaient ainsi ne le connaissaient pas, choisissaient de ne pas s'intéresser à ce qu'il y avait derrière son abord doux et tranquille. Ils avaient beaucoup de similitudes. Mary s'agenouilla pour remuer l'eau. Si c'était vrai, pourquoi refusait-elle *d'envisager l'avenir avec lui ?* Parce que cela semblait si prosaïque, et si conventionnel, et parce que, en fin de compte, conclut-elle sombrement, elle n'était tout simplement pas sûre de vouloir se marier un jour.

La pluie devenait persistante. Les décisions qu'elle devrait prendre étaient trop énormes pour qu'elle parvienne à y réfléchir. Elle vérifia sa montre et constata avec surprise que l'heure était beaucoup plus avancée qu'elle ne le pensait. Tre devait l'attendre.

Chapitre 23

Attraper un voleur

Mary retrouva Tre au dernier étage de l'aile ouest du prieuré, devant la porte de la Chambre maudite, qui était encore verrouillée. Sir George lui avait confié les clés lorsqu'elle avait exprimé le désir de la voir. Il avait proposé de l'accompagner, mais s'était abstenu de poser des questions quand elle avait décliné l'offre. Elle était touchée qu'il la pense capable de résoudre le mystère, mais en même temps cette confiance pesait lourd sur ses épaules. Il lui avait clairement dit qu'il ne voulait pas de rapports sur ses avancées, et que seule l'intéressait une réponse définitive. Elle introduisit la clé dans la serrure en espérant que la conversation qu'elle allait avoir avec Tre lui apporterait l'information dont elle avait besoin.

— Votre promenade dans les jardins avec votre mère était-elle agréable ? Comment va sa santé ? Je sais que vous êtes inquiète.

— Je lui ai posé la question, mais elle a mis ses problèmes sur le compte de l'âge, et je n'ai pas insisté.

— Cela ne vous ressemble pas.

Tre était habillé de couleurs sombres, comme à son habitude. Sa chemise était d'un blanc impeccable, et son gilet du jour était vert olive. Même s'il était rasé de près, il y avait une ombre bleutée sur son menton. Les sillons qui allaient de son nez à sa bouche étaient plus prononcés que d'ordinaire. Ses yeux étaient cernés.

— Vous n'avez pas bien dormi ? s'enquit-elle.

— Je vais parfaitement bien, Mary. Je n'ai pas très bien dormi, mais ce n'était pas dû à un de ces maux de tête qui m'empêchent de fermer l'œil de la nuit.

Il lui saisit les mains, l'attirant vers lui, et étudia son visage.

— Tout a été si soudain, n'est-ce pas ? Ne pas se voir pendant si longtemps et puis se retrouver enfermés dans le prieuré sans pouvoir s'éviter. Maintenant, l'horloge tourne, nous allons tous deux emprunter des chemins séparés lundi et nous n'avons aucune idée de quand ni même *si* nous nous reverrons.

— Si seulement nous pouvions continuer comme ça, sans avoir à penser à l'avenir ni à prendre de décisions importantes.

Il déposa un baiser à l'intérieur de sa main. Elle en eut le souffle coupé. Leurs regards se croisèrent. La bouche de Tre sur sa peau était douce, chaude. Il l'embrassa à nouveau, de doux baisers se déplaçant sur sa paume, léchant l'espace entre ses doigts, faisant s'accélérer son pouls. Elle murmura son nom et se serra contre lui. Ses yeux se fermèrent et leurs lèvres se rencontrèrent dans un baiser lent et profond qui n'en finissait pas. Il prit le visage de Mary entre ses mains, et de ses pouces caressa les contours de sa mâchoire, tout en continuant à l'embrasser.

— Ce n'est pas pour ça qu'on s'était donné rendez-vous ici, commenta-t-il quand le baiser se termina enfin. Sir George serait choqué s'il savait ce que nous sommes en train de faire, et à juste titre. Le problème avec ce genre d'étreinte, c'est qu'elle donne envie de plus, et il devient très facile de franchir la limite.

— Franchir la limite.

Elle n'avait qu'une vague idée de ce dont il s'agissait. Avait-il franchi la limite avec Sibilla ? Était-ce acceptable lorsqu'on était fiancés ? Henny. Elle se rappela brusquement que Henny avait franchi la limite et où cela l'avait menée.

— Connaissez-vous l'histoire de cette pièce ? demanda-t-elle à Tre, en lui tournant le dos pour essuyer la poussière d'une vitre. Sir George me l'a racontée. Elle remonte au XVIIIe siècle, alors que les Fauconberg, qui possédaient le prieuré, apportaient quelques modifications au bâtiment. Un incendie s'est déclaré dans une partie de ces appartements, plus précisément dans la chambre à coucher de Henry, l'un des fils, qui s'est mis à l'abri. On raconte qu'il a entendu une servante appeler à l'aide, mais qu'il n'est pas revenu la chercher. Pendant son agonie, elle a jeté un mauvais sort sur la pièce.

— C'est horrible. La pauvre femme… quelle fin atroce.

— Sir George juge la malédiction qu'elle a jetée extrêmement ennuyeuse. Elle a déclaré que si la pièce où elle a péri n'était pas laissée exactement en l'état, les fils et les héritiers de la famille connaîtraient une mort prématurée. « Honnêtement, ajouta Mary du ton bourru de Sir George, elle aurait pu trouver un sort un peu plus imaginatif que de nous empêcher de donner un coup de pinceau sur les murs. »

— On dirait qu'ils ont besoin d'un peu plus que de la peinture, remarqua Tre. Si nous y jetions un coup d'œil ?

L'éclairage au gaz ne s'étendait pas à cette partie du prieuré, et le feu n'était jamais allumé dans l'âtre. Les pièces étaient humides, glaciales, et sentaient le renfermé. Les volets n'étaient pas fermés, mais la lumière qui filtrait à travers les vitres couvertes de toiles d'araignée était ténue. Le ciel était aussi lugubre que l'atmosphère intérieure. Les dégâts de la fumée, la moisissure et les taches d'humidité étaient visibles partout. Les plafonds s'effritaient, et les encadrements de fenêtres n'étaient plus que bois pourri. Les planchers grinçaient sous les pas, s'enfonçaient par endroits, et des bruits de pattes résonnaient derrière les lambris, dans lesquels les souris avaient fait des trous. Mary espérait de tout son cœur qu'il ne s'agissait que de souris. Les murs étaient dans un triste état. Certains n'étaient constitués que de briques brutes, et d'énormes lézardes les sillonnaient. D'autres avaient été recouverts de lattes de bois, mais pas plâtrés ; sur d'autres encore le plâtre avait été appliqué grossièrement, sans finitions. Les souris avaient rongé le crin, faisant tomber des pans de mur au passage.

Une porte était appuyée contre un mur, dans un angle bizarre. Une pièce avait été peinte dans un rouge crayeux qui avait viré au rose, et des tableaux dans leurs cadres attendaient d'être accrochés. Une épaisse ligne de suie tachait le papier peint au-dessus de l'âtre et recouvrait les encadrements de fenêtres et les volets. Mary frissonna en observant avec méfiance la rangée de tableaux.

— Avez-vous remarqué que tous les sujets des portraits dans cette maison semblent nous suivre des yeux ?

— Pas spécialement, répondit Tre. Si cette aile est laissée à l'abandon plus longtemps, elle va s'effondrer, et le mauvais sort ne pèsera plus sur les héritiers Fauconberg. Sir George est très attaché à ses enfants. Peut-être que c'est précisément son intention : laisser l'aile se dégrader et les libérer ainsi de la malédiction.

— Dans quelle pièce la servante est-elle morte, à votre avis ? Et où se trouvait Henry, le fils qui s'est sauvé ? C'est étrange, n'est-ce pas ? que faisaient-ils ici alors que l'aile était inachevée ?

— C'est évident, dit sèchement Tre. C'était un rendez-vous clandestin.

— Oh mon Dieu ! Je n'y avais pas pensé. L'histoire se répète.

— Quoi ? Mary, je ne ferais jamais…

— Je faisais référence à Glover et Henny.

Tre rougit.

— Bien entendu.

— Vous avez trente-sept ans, Tre. Quand vous dites que vous ne feriez jamais une chose pareille, voulez-vous dire littéralement ? Vous n'êtes pas marié, vous ne l'avez jamais été, mais vous n'êtes pas *innocent*, si ? Vous… vous avez eu des expériences. Personne n'attend de vous que vous viviez comme un moine.

Mary s'interrompit. Le sujet était embarrassant, et elle n'avait pas le vocabulaire nécessaire pour s'aventurer plus loin.

— Peu importe.

— Ce que vous essayez de dire, résuma pensivement Tre, c'est qu'il vous semble injuste que les femmes soient jugées plus sévèrement que les hommes ? Qu'un homme non marié peut avoir une expérience, alors que c'est jugé inacceptable pour les femmes ? Le motif de cette injustice est la raison pour laquelle nous sommes ici. C'est la femme qui en subit les conséquences. Littéralement, dans le cas de Henny.

Les épaules de Mary s'affaissèrent.

— Vous avez raison, réagit-elle. Je nous distrais de notre affaire. Je pense avoir compris ce qui est arrivé à cet argent, mais c'est un véritable imbroglio.

— Alors, pourquoi ne pas m'expliquer ce que vous savez. Parfois, il suffit de parler d'un problème pour que la solution devienne évidente.

— J'ai tenu à peu près le même discours à Henny l'autre jour, et malheureusement la solution qu'elle a envisagée était la plus improbable.

Le sifflement du vent et l'obscurcissement soudain de la pièce leur firent lever les yeux. Mary regarda par la fenêtre.

— Il neige. Je déteste la neige.

— Dans ce cas, tournez-lui le dos. Tenez.

Tre tira un tabouret et le dépoussiéra du mieux possible.

— Asseyez-vous et racontez-moi ce que vous savez au sujet des fonds disparus.

Il s'appuya contre le battant de la fenêtre, après s'être assuré que le bois n'était pas trop pourri et qu'il ne risquait pas de passer au travers.

— Je précise que je ne dispose d'aucune preuve pour étayer mes conclusions, et c'est ce qui m'inquiète le plus. Entre autres.

— Dites-moi d'abord ce que vous avez conclu, et ensuite nous nous pencherons sur vos préoccupations.

— Très bien. Tout d'abord, Mr Glover n'est pas le meilleur des hommes, mais je ne crois pas qu'il soit un voleur. Cela ne colle pas. Ce n'est pas un homme doué pour les affaires – nous le savons puisqu'il s'est fait escroquer –, mais ce n'est pas un imbécile non plus. Son rôle est de décider si une cause est valable ou non avant que son financement soit accepté. On peut donc remonter très facilement jusqu'à lui. Ce qui m'amène à penser que c'est précisément ce que quelqu'un d'autre veut qu'on fasse.

— Donc, il a pu être berné, croire qu'une cause était valable et accorder l'argent en toute bonne foi ?

Mary acquiesça.

— Ensuite, il y a le fait qu'il ne se soit pas enfui avec les fonds. Il faut aussi prendre en considération ce que Henny a dit : il se sent redevable envers Sir George et souhaite faire ses preuves. Même si je ne vois pas comment il peut concilier cette aspiration avec ce qu'il a infligé à cette pauvre femme… mais je ne laisserai pas mon mépris obscurcir mon jugement.

— Je suis d'accord avec vous, déclara Tre en fronçant les sourcils. Glover n'est pas notre homme, et Henny n'est pas une jeune femme bafouée cherchant à se venger, car elle sait à peine lire et écrire.

— Et elle l'aime.

— Ce qui signifie, poursuivit Tre, que quelqu'un d'autre souhaite du mal à Glover, et cela nous amène à votre déplacement à Coxwold hier pour rendre visite au frère de Henny, Tommy. Je présume que c'est ce que vous faisiez plutôt qu'acheter de la soie à broder pour la duchesse ?

Mary sourit.

— Ma mère m'a reproché ce matin de manquer d'imagination pour mes excuses. Elle déteste broder.

— Sous quel prétexte avez-vous parlé à Tommy, l'employé de bureau qui avait le mobile et les moyens de commettre le méfait ?

— Je savais que Henny travaillait hier après-midi, contrairement à lui. Je lui ai simplement rendu visite à son cottage. Quand je lui ai expliqué que j'étais au courant de l'état de sa sœur et que je voulais l'aider, il s'est naturellement mis sur la défensive. Moins il y avait de personnes impliquées, plus il avait des chances d'étouffer l'affaire, m'a-t-il dit. et il n'était pas content que je m'en mêle. « Merci pour votre aide. »

Tre sourit.

— En d'autres termes, vous l'avez trouvé attachant ?

— Oui, en effet, bien que je ne le blanchisse pas sur cette base.

— Vous le blanchissez tout de même ?

— Il s'avère que Henny avait un soupirant avant que Mr Glover n'entre en scène. Un bon ami de Tommy… du moins à l'époque. Et ce monsieur travaille pour la banque locale dans laquelle l'association caritative possède un compte. D'après Tommy, Michael Baxter – c'est son nom – et Henny avaient un accord. Puis Mr Glover est arrivé, et Henny n'a plus eu d'yeux que pour lui.

— Que sait Mr Baxter ?

— Seulement que Henny est folle de Glover, pour reprendre les termes de Tommy. Michael l'aime toujours. Il reproche à Glover de lui avoir jeté un sort, et de l'avoir menée en bateau.

— Sait-il qu'elle attend un enfant ?

— Non, Tommy en est sûr. Michael pense que Glover a détruit sa vie, que s'il n'avait jamais mis les pieds à Newburgh, Henny serait son épouse. Il a peut-être raison.

— Donc, Michael Baxter est notre homme ?

— Il a le mobile le plus puissant, et est en mesure d'avoir détourné les fonds.

Mary soupira.

— Je n'ai aucune preuve, hélas, à moins de le confronter, mais je trahirais alors la confiance de Sir George, qui m'a demandé la discrétion.

— Nous ne savons même pas ce qu'il a fait de l'argent. Si c'est un voleur, il l'a probablement déjà dépensé. S'il a seulement voulu piéger Glover pour se venger, il peut avoir gardé la somme. La loi le punira sévèrement, de toute façon.

— Si Sir George décide de porter plainte. Je ne sais pas, Tre, ça ne me semble pas normal qu'il soit le seul à être puni. À part Henny, je veux dire.

— Mary, vous avez découvert ce qui s'est probablement passé. Le mieux et le plus simple maintenant serait d'exposer ce que vous savez à Sir George et de le laisser agir. Vous pourriez lui faire remarquer qu'il vit déjà dans une maison maudite par une femme de chambre trompée, et qu'il ne souhaite peut-être pas provoquer une deuxième malédiction.

Il voulait la faire rire, mais Mary frissonna.

— C'est une coïncidence horrible, n'est-ce pas, si la pauvre servante défunte a été séduite, elle aussi ? J'aimerais trouver un moyen de me sortir de ce mauvais pas. Parce que, comme vous m'avez prévenue, je risque d'empirer les choses. C'est un tel drame.

Il ne pouvait pas la contredire. Aussi révoltant que cela puisse paraître, il y avait de fortes chances que la honte s'abatte sur Henny, qu'elle doive renoncer à son enfant, et qu'elle perde son travail. L'employé de la banque irait en prison. Et Glover ?

— Sir George va se trouver dans une position délicate quand on saura que le cousin de sa femme est un coureur de jupons.

Mary se leva d'un bond en se tordant les mains.

— Il aurait mieux valu que je ne me mêle pas de ces affaires.

— Vous n'avez rien fait de mal. Vous avez à cœur les intérêts de toutes les personnes impliquées.

Il vit des larmes scintiller dans ses yeux, mais il savait qu'elle ferait tout pour les retenir.

— Ma mère avait raison, conclut-elle. Cette affaire doit être ma dernière. Je *dois* éviter que ce soit un échec cuisant.

— Que vous a dit la duchesse ?

— Beaucoup de choses. Il y a matière à réflexion, mais je n'ai pas le temps d'en parler maintenant.

Il commençait à se demander si elle aurait un jour le temps d'aborder avec lui les sujets plus personnels. Avait-il commis une erreur colossale en s'ouvrant à elle ? Quand aurait-il une autre occasion ou une meilleure opportunité ? Cependant, la presser serait une mauvaise idée. Elle avait à cœur de résoudre cette affaire désagréable, le mieux qu'il puisse faire était d'essayer de lui rendre cette tâche un peu plus acceptable.

Chapitre 24

Sur le départ

Prieuré de Newburgh, samedi 20 février 1875

— Vous aviez raison, Lady Mary, annonça Sir George en soupirant. Vos soupçons sont confirmés. Je ne m'étendrai pas sur la façon dont le jeune Michael Baxter a détourné l'argent, mais je vais m'assurer que cela ne se reproduise plus.

Ils se trouvaient dans la bibliothèque, un peu avant le dîner. Parmi les nombreuses pièces excentriques du prieuré, c'était l'une des plus particulières : le plafond était un dôme, et l'énorme cheminée en marbre sculpté avait pour figure centrale un homme entièrement nu, ce qui était plutôt déconcertant. Mary était assise d'un côté de l'âtre. Sir George, qui s'était d'abord montré incrédule lorsqu'elle lui avait exposé ses conclusions la veille, était bouleversé et arpentait nerveusement la pièce.

— Au moins, mon œuvre de charité n'a pas souffert, souligna-t-il. Baxter n'a pas dépensé un seul penny de l'argent. Ce jeune homme stupide avait prévu de faire rendre cette somme sous forme de don anonyme une fois que la fraude aurait été découverte et que le cousin de ma femme aurait été congédié.

Sir George sortit un mouchoir et s'épongea le visage, avant de se laisser retomber lourdement dans son fauteuil.

— Je dois avouer, Lady Mary, que j'étais à deux doigts de le livrer à la justice. Je suis un citoyen fier de son intégrité. J'aime montrer l'exemple, d'autant plus que je suis juge de paix pour la subdivision de North Riding et que contourner les règles va à l'encontre de mes valeurs, pour utiliser vos propres mots. Cependant, comme vous l'avez également souligné, c'était un méfait commis non pas par intérêt personnel, mais par passion. Je me rallie à votre raisonnement : cela atténue quelque peu la culpabilité de Baxter, même s'il a été mal avisé.

— Je suis vraiment désolée. J'aimerais qu'il y ait une meilleure solution.

— Moi aussi. Je n'imaginais pas que vous découvririez une telle tragédie, dans mon propre foyer qui plus est. J'ai placé un lourd fardeau sur vos épaules. Je dois avouer que je me sens extrêmement coupable de vous avoir exposée à une histoire aussi sordide. Mon épouse serait mortifiée si elle le savait, et quant à votre mère la duchesse…

Sir George s'interrompit en frissonnant.

— Elle serait très remontée contre moi, à juste titre, conclut-il.

— Ne vous excusez pas. Ce n'est pas une situation si exceptionnelle, malheureusement.

— Hélas, vous avez raison. Ce n'est pas rare, mais la solution que vous proposez est peu conventionnelle.

— Vous allez l'appliquer ?

— J'ai déjà lancé le processus. J'ai fait savoir à Baxter que je ne porterais pas plainte contre lui, à condition qu'il demande Henrietta en mariage. Qu'elle accepte ou non, c'est à elle de le décider.

— Pauvre Henny.

— Au moins, elle aura le choix, observa Sir George d'un ton bourru. Si elle refuse, alors je m'assurerai qu'elle est bien prise en charge, ainsi que l'enfant. Nous veillerons à lui trouver un bon foyer, et Henrietta pourra toujours revenir travailler ici si elle le désire.

Le mariage permettrait à la femme de chambre de conserver son enfant et sa réputation, comme Tre l'avait souligné. Mary trouvait horrible que Henny doive épouser un homme qu'elle n'aimait pas, et qui considérerait très probablement l'enfant comme un intrus. Elle n'arrivait pas à imaginer Henny heureuse avec Michael Baxter, même si elle l'appréciait avant de rencontrer Dacre Glover, ce que Tre avait également souligné.

— Quand allez-vous vous entretenir avec Henny ? s'enquit-elle.

— Quelle tâche épouvantable. Il vaudrait mieux que ce soit une femme qui s'adresse à elle, mais je ne peux évidemment pas mêler ma chère épouse à tout cela. J'attendrai que nos invités repartent. Son frère, Tommy, est un bon gars qui a la tête sur les épaules ; il a accepté de la prendre en charge pendant qu'elle envisage les choix qui s'offrent à elle. Je ferai savoir qu'elle est malade, jusqu'à ce qu'elle se soit décidée. Quant à Glover…

Sir George s'épongea à nouveau le front.

— C'est une discussion dont je me serais volontiers passé. Je lui ai parlé ce matin. Qu'il ait pu abuser de ma confiance à ce point ! Et il s'est montré bien lâche en plus, car il a commencé par nier tout en bloc ! Si seulement il avait reconnu ses torts ! Je ne supporte ni les pleurnichards ni les couards, et il s'est révélé être les deux. Je lui avais accordé une chance, il n'en aura pas d'autre de ma part.

— Quand va-t-il partir ?

— Dès qu'il aura trouvé une excuse crédible pour mon épouse.

Sir George se leva à nouveau.

— C'est bien là le hic – excusez mon langage –, la position délicate dans laquelle il m'a placé. Mon épouse et moi n'avons pas de secrets l'un pour l'autre, mais si je lui avoue la vérité au sujet de son filou de cousin, que nous avons hébergé… non, je préfère ne pas y penser.

Il se servit un verre de brandy, le vida, puis s'en versa un autre.

— Après mûre réflexion, j'ai décidé de lui cacher la vérité. Je reprendrai la responsabilité de l'association caritative, cela va sans dire. Et, bien sûr, votre rôle ne sera connu de personne à part moi.

Il traversa à nouveau la pièce et tendit à Mary un verre de sherry.

— Je vous dois beaucoup, Lady Mary, et Henrietta aussi, même si elle ne le saura jamais. Si je peux vous être d'une quelconque utilité à l'avenir, il vous suffira de demander.

— D'habitude, je réponds que ma plus grande récompense est d'avoir résolu un problème à la satisfaction de tous, mais malheureusement, dans le cas qui nous occupe, personne n'en sort gagnant.

— C'est une triste affaire, je vous l'accorde, mais qui se serait terminée par un horrible gâchis sans vous !

Il fit tinter son verre contre le sien.

— Vous êtes une jeune femme étonnante. Merci.

— Je suis ravie d'avoir pu me rendre utile, même si personne à part vous ne doit deviner que je l'ai été.

— Vous avez trouvé une solution créative à laquelle je n'aurais jamais pensé.

Une grande partie de cette créativité était due à Tre, et à son pragmatisme. Aux yeux de Mary, toutes les personnes impliquées dans cette histoire en sortaient perdantes, sauf Tre. Henny aurait le cœur brisé. Michael Baxter serait probablement forcé d'élever l'enfant d'un autre. Glover n'avait pas le cran d'assumer ses responsabilités ou de se remettre d'une disgrâce. Sir George devait mentir à sa femme. Mary avait magistralement échoué.

— Voyons, ne soyez pas si abattue, la consola Sir George. J'ai la peau dure, je suis un survivant. Vous ai-je raconté comment j'ai échappé aux forces russes à Balaklava ?

Il avala son brandy d'un trait.

— Il n'y a pas de pire fléau qu'un employé de banque dédaigné ! Bien, nous ferions mieux de rejoindre les autres avant que mon épouse ne vienne me chercher. Je vais y aller en premier, restez ici et finissez votre sherry.

Dimanche 21 février 1875

Il était tôt et le ciel était chargé de neige lorsque Mary relata à Tre son entretien avec Sir George. Le colonel était appuyé contre la table de rempotage, dans la serre du jardin du chenil. Elle se rendit compte que c'était devenu leur petit bureau, mais peut-être que « quartier général de campagne » était plus approprié.

— On ne peut pas dire que tout est bien qui finit bien, mais vous avez limité les dégâts, conclut-il lorsqu'elle eut terminé.

— En grande partie grâce à vous, souligna Mary.

— Vous auriez fini par y arriver sans moi.

— Non, j'aurais été complètement perdue. Cette expérience a été une douche froide pour moi.

Mary essaya de sourire, mais sa bouche tremblait.

— Je suis restée éveillée presque toute la nuit à réfléchir.

— C'est de mauvais augure.

Comme elle ne tentait pas de le nier, il ajouta :

— Je vois. Le risque est trop grand pour vous, je suppose.

Mary avait retourné la question dans son esprit, soupesant chaque argument, sans jamais parvenir à une réponse. Elle se sentait meurtrie et épuisée, comme si elle s'était battue à mains nues contre elle-même.

— Oui, admit-elle tristement, j'ai bien peur que oui.

— Je comprends. Ce jour-là dans l'ananeraie, le spectacle que j'ai donné de moi-même…

— Non, vous ne comprenez pas. Ma décision n'a rien à voir avec votre mal, comme vous l'appelez. Comment pouvez-vous imaginer que je laisserais cet élément m'influencer ?

— Vous oubliez que j'ai une expérience antérieure douloureuse.

— Je n'ai pas oublié. Je ne connais pas votre Sibilla, mais je me connais et je *vous* connais. Votre mal, votre malédiction, si vous préférez, fait partie de vous.

— J'espère au contraire que ce n'est plus le cas.

— Peu importe pour moi, Tre.

Elle avait envie de le secouer. Et aussi de l'enlacer, mais elle ne voulait pas risquer d'entrer en contact avec lui.

— Je ne pense pas que ce soit une faiblesse, ni que vous devriez en avoir honte, et cela ne vous rend ni pathétique ni pitoyable. Ce qui est pathétique, c'est la façon dont vous avez été traité à cause de cela par l'armée, par vos collègues officiers, et par la femme que vous aimez.

— J'ai depuis longtemps cessé d'aimer Sibilla.

Mary rentra le menton dans son écharpe bleue, et fronça les sourcils. C'était tellement difficile.

— Mais vous n'êtes pas sûr de ce que vous ressentez pour moi, n'est-ce pas ?

Tre resta silencieux si longtemps qu'elle fut obligée de relever les yeux. Comme elle, il fronçait les sourcils. Comme elle, il avait retiré ses gants.

— J'ignore si ce que je ressens pour vous est assez profond et durable, avoua-t-il en croisant enfin son regard. C'est ce que j'aimerais découvrir.

Il grimaça.

— Cela semble horriblement pompeux. Mais j'essaie d'être sincère. Quand je suis avec vous, j'ai des certitudes, mais loin de vous, quand je me force à réfléchir, je me rends compte que nous nous sommes fréquentés moins d'un mois.

— Et si, après avoir passé plus de temps ensemble, nous constations que nos sentiments ne sont pas assez profonds ? Que se passera-t-il alors ?

— Je ne sais pas. Je ne l'ai pas envisagé. J'ai imaginé le contraire.

Mary se leva et se servit de son gant pour essuyer la condensation sur l'une des vitres. Le paysage était moucheté par la neige qui tombait.

— Ma mère m'a dit l'autre jour, ici, dans ce jardin, que mon père serait ravi si vous vous présentiez devant lui. Si nous poursuivions notre relation, cela se saurait. Les gens supposeraient, comme ma mère, que vous avez des intentions et que j'en suis heureuse. Nous ne pourrions pas changer d'avis sans provoquer un scandale, sans que l'un de nous ou les deux ne soient calomniés. Et pour mon père, l'histoire se répéterait. Ce n'est pas un risque que je suis prête à courir, pour notre bien à tous les deux.

Elle se retourna pour lui faire face.

— Mais ce n'est pas la raison principale, Tre. Tout se résume à un simple fait : cela ne me semble pas une bonne idée.

Maintenant qu'elle l'avait dit, elle se sentit terriblement soulagée, mais ce sentiment s'estompa dès qu'elle aperçut l'expression de Tre.

— Je suis désolée.

— Puis-je vous demander ce que vous entendez par « pas une bonne idée » ?

— Voir Henny si impuissante, privée de son droit à choisir sa destinée, m'a donné à réfléchir. Je ne veux pas me retrouver dans ce genre de situation. Si elle épouse Michael Baxter, quelles sont les chances qu'elle soit heureuse ?

— Beaucoup plus faibles que les chances que nous soyons heureux.

— Je ne peux pas courir ce risque.

Ils se faisaient désormais face.

— Pour une fois dans ma vie, je pense à moi avant tout, reprit-elle. Je ne veux pas être redevable envers mon mari. Si nous nous mariions, vous conserveriez votre précieux travail de renseignement, mais, moi, je n'aurais plus aucun objectif. Je serais obligée de me consacrer au jardinage ou à une autre activité du même genre, comme ma mère.

— Vous m'auriez, moi.

— Ce n'est pas suffisant.

Des larmes perlèrent à ses yeux.

— Voilà, je l'ai dit. Ce n'est pas suffisant. Je ne peux pas vous épouser.

Mary ramassa ses gants et les enfila. Ses mains tremblaient.

— Je vois.

Tre détourna son visage.

— Qu'allez-vous faire, maintenant ?

— Je ne sais pas. Je suis préoccupée par la santé de ma mère.

— Alors, Lady Mary, vous serez bientôt dame de compagnie, c'est bien cela ?

— Tre !

— Je vous demande de m'excuser. Je détesterais être un des autels sur lesquels vous vous sacrifiez. Je suis content que nous ayons tiré les choses au clair.

Il reprit à son tour ses gants. La porte de la serre se referma en grinçant derrière lui. Mary, immobile, le regarda disparaître dans la neige.

C'était fini, mais elle savait au plus profond d'elle-même qu'elle avait fait le bon choix.

Les premiers signes étaient apparus ce matin dans la serre, mais il n'y avait pas prêté attention jusqu'à cet après-midi, alors qu'il se trouvait dans la bibliothèque avec Sir George.

Une promenade avant le dîner l'avait soulagé, mais il avait eu l'impression que sa tête allait exploser. Il n'avait plus eu qu'un but : tenir le reste de la soirée sans crise. Le dîner. Neuf plats interminables pour célébrer la dernière soirée des festivités. Il jouait avec la nourriture, conscient des coups d'œil furtifs de Mary. Elle devait penser qu'elle avait su tirer son épingle du jeu et remercier le ciel. Au moment où les dames laissèrent les gentlemen à leur porto, il avait la tête aussi embrumée que les quais de la Tamise. Il traversa cette épreuve en comptant, encore et encore, de un à cent, de un à cent, de un à cent, de plus en plus lentement, avec obstination.

Il tituba en se levant de la chaise et se rattrapa au dossier.

— Un tout petit peu trop de porto, grommela-t-il à son voisin, dont il avait oublié le nom.

— Il vous faut de l'air frais, déclara Sir George en venant à son secours.

Il lui prit fermement le bras et le fit sortir de la pièce.

— Vous n'avez pas bu une goutte, colonel Trefusis. Êtes-vous…

— Je vais bien. Parfaitement bien. C'est… comme vous l'avez dit. De l'air frais.

— Vous ne pensez pas que vous devriez vous retirer ? Je peux vous excuser auprès des autres.

— De l'air frais. C'est tout ce qu'il me faut.

Il savait que ça ne suffirait pas, mais il se cramponnait à cet espoir.

À son grand soulagement, Sir George le prit au mot et l'aida à traverser le couloir jusqu'à la porte menant au porche du roi Jacques.

— Restez ici. Vous n'avez pas de manteau, et il neige. Vous êtes sûr…

— Ça va déjà mieux. Retournez. Invités.

La brume tourbillonnait dans sa tête. Il se laissa tomber sur un banc en bois contre le mur, attendit que la porte se referme derrière Sir George, puis le noir l'enveloppa.

Il devait y avoir des jeux de mimes après le dîner, mais Tre n'était pas parmi les gentlemen qui rejoignirent les dames. Sir George avait tardé à arriver aussi, Mary l'avait remarqué. Tre devait faire une crise. Elle avait vu son état se dégrader au cours du dîner. Cette fois, elle savait exactement ce qui l'avait déclenchée. C'était son attitude. Elle était entièrement responsable. Où était-il ? S'était-il effondré ? Si oui, ce n'était pas en public. Sir George l'avait-il escorté jusqu'à sa chambre ? *Oh ! Tre*, pensa-t-elle avec tristesse, imaginant combien il devait être mortifié.

Non, il aurait fait n'importe quoi pour éviter cela. La dernière fois – la seule dont elle avait été témoin –, il avait voulu prendre l'air. C'est ce qu'il avait dû faire maintenant, il ne s'était certainement pas retiré dans sa chambre. Il avait dû sortir et s'arranger pour que son hôte le laisse tranquille. Mais s'il s'était évanoui, comme la dernière fois ? Il neigeait abondamment. S'il était tombé…

Elle devait le trouver. Alors que les autres invités riaient et se taquinaient en fouillant dans les vêtements, chapeaux et plumes que Lady Wombwell avait fournis pour le jeu, Mary murmura des excuses à sa mère, faisant un vague signe en direction de son estomac, et s'éclipsa.

Si Tre était en sécurité dans son lit, elle était sur une fausse piste, mais elle était convaincue que ce n'était pas le cas. Elle se précipita vers sa propre chambre et enfila sa cape et son écharpe. En redescendant l'escalier, elle s'arrêta à la bibliothèque pour prendre la carafe de brandy et un verre. Quel accès vers le jardin ? Par où était-il passé ? Depuis la salle à manger, la sortie la plus évidente était le porche du roi Jacques. Mary tira la lourde porte.

Il était assis sur le banc, la tête dans ses mains.

— Je vais bien, marmonna-t-il. J'ai juste besoin de quelques minutes.

Il avait la voix pâteuse. Mary s'assit à son côté et lui servit un fond de brandy.

— Prenez ça.

— Vous !

Tre jura et se redressa d'un coup.

— J'aurais dû le savoir.

— Oui, effectivement.

Elle approcha le verre des lèvres de Tre.

— Buvez.

Il le prit d'une main tremblante, mais ne but pas.

— En fin de compte, je ne suis pas guéri.

— Tre, avalez ce satané brandy.

Il le vida dans sa bouche, s'étouffa, déglutit.

— Sir George ?

— Il ne m'a rien dit. J'ai deviné que vous étiez ici.

— Vous me surveilliez, dit Tre en lui rendant le verre. Pendant le dîner.

— Évidemment.

Mary enroula son écharpe autour du cou du colonel, puis lui servit encore un peu de brandy.

— Vous devriez être au lit.

— C'est ce que notre hôte m'a dit.

Tre prit une gorgée prudente, grimaça, puis reposa le verre.

— Comment avez-vous su que j'étais ici ?

— L'air frais est votre solution à tout.

Il émit un rire grinçant.

— Vous pouvez parler, Mary.

— Je sais. L'air est un peu trop frais ce soir, cependant, vous allez geler. Rentrez.

— Non !

Il repoussa les cheveux de son front. Une lampe à gaz brillait sous le porche, donnant une note verdâtre à son teint blême. Le pli entre ses sourcils était un profond sillon.

— Ce que je fais ne vous regarde pas. Je ne suis plus une de vos affaires. Vous avez pris la bonne décision.

— Ce n'était pas pour cette raison.

— Non, je pense que vous avez peur. Mais je ne suis pas vos parents ou votre sœur. Tous les gens qui vous ont abandonnée. Je ne vous abandonne pas, c'est vous qui… qui me forcez à partir.

Tre rassembla ses forces pour se mettre debout.

— Vous l'avez échappé belle, remarquez, vu l'épave que vous avez devant vous. Je pars par le premier train, je vous souhaite donc une bonne nuit et je vous dis au revoir. Et bonne chance.

Il se détourna, ouvrit la porte et disparut dans la maison.

Mary se leva et remonta lentement l'escalier jusqu'à sa chambre, où elle s'assit à la fenêtre pour contempler la neige qui tombait. Dans une autre pièce, Tre souffrait en affrontant ses démons. Elle avait renoncé au droit de le réconforter. Elle l'avait fui, comme Sibilla. Cette fois, c'était elle qui abandonnait quelqu'un.

TROISIÈME PARTIE

Carlsbad et Londres
1876

CHAPITRE 25

EN CURE

Carlsbad, mars 1876

La ville thermale de Carlsbad était nichée dans une magnifique vallée verdoyante, dans les contreforts des monts Métallifères en Bohême occidentale, où convergeaient les rivières Teplá, Ohře et Rolava. La partie principale de la ville suivait le cours sinueux de la Teplá dans le fond de la vallée, où de charmants petits ponts permettaient de passer d'une rive à l'autre. Les bâtiments étaient immenses, et il semblait à Mary qu'ils étaient constamment en travaux pour faire face à l'afflux toujours croissant de visiteurs venus profiter des eaux et des bains.

Après une année passée presque entièrement en compagnie de la duchesse, Mary avait la conviction que les maux de sa mère étaient moins dus à une maladie qu'à tous les traitements et régimes qu'elle s'infligeait. Lorsqu'elles séjournaient en Écosse, elles étaient devenues des habituées de l'hôtel hydropathique Strathearn de Crieff, où les patients devaient suivre un régime strict et supporter les divers soins aquatiques. L'hébergement était luxueux, mais l'abondante nourriture vert et marron qu'on y servait était immonde. La jeune femme avait l'impression que plus les mixtures étaient dégoûtantes, plus elles étaient jugées saines. On buvait de l'eau par gallons et les patients en étaient arrosés copieusement. L'un des soins préférés de sa mère, la douche Vichy, exigeait qu'elle s'allonge, couverte d'un drap de bain fin, sous les jets incessants de trois grands pommeaux de douche.

La duchesse était venue à Carlsbad pour varier les plaisirs, et Mary l'accompagnait parce que, comme Tre l'avait prédit, elle était devenue la dame de compagnie de sa mère. Elle n'avait pas endossé ce rôle par choix, mais par manque d'autres options, car elle n'avait pas d'argent et était plus que jamais la fille de son père, dont il pouvait disposer à sa guise. Le duc avait choisi de l'ignorer, et elle ne souhaitait pas que la situation évolue.

Blessée par ce qu'elle considérait toujours comme un échec lamentable : son incapacité à trouver une solution satisfaisante dans le Yorkshire, particulièrement pour Henny, Mary avait décidé de renoncer aux enquêtes. Après cette dernière « affaire », son instinct lui avait dicté de se retirer du monde et de panser ses blessures. En tenant auprès de sa mère le même rôle que la princesse Beatrice pour la reine Victoria, elle évitait les mondanités et se rendait utile à la duchesse. Elle n'avait toutefois pas imaginé que ça durerait une année.

La matinée était belle, le ciel bleu contrastait avec le vert émeraude des pins qui poussaient à flanc de montagnes. Les bâtiments brillaient et étincelaient, comme s'ils avaient eux aussi suivi une cure thermale. Dans l'air frais et vivifiant des sommets, réputé si sain, l'odeur soufrée des sources était perceptible. La duchesse et sa fille étaient à Carlsbad depuis trois semaines, et Mary était au bord du désespoir. La situation ne pouvait pas s'éterniser, mais que pouvait-elle faire d'autre ?

Le mariage était la solution la plus évidente, mais son instinct se rebellait encore. Elle ne voulait pas se lier pour toujours à un mari espérant une épouse dévouée. Pas même si son mari était Tre. Comme d'habitude, penser à lui provoqua un mélange de culpabilité et de désir, et elle le chassa de son esprit.

Pour l'heure, sa mère et elle accomplissaient leur lente promenade matinale, de l'Hôtel tchèque à la colonnade du Moulin, qui avait été construit sur les célèbres sources et était en cours de rénovation. À l'intérieur, l'air était chargé de vapeur sulfureuse, qui sifflait à travers les ouvertures dans le sol d'où les eaux étaient récupérées et consommées avidement par les patients. La longue salle était déjà bien occupée. La duchesse avait fait de nombreuses connaissances, des dames qui se disputaient toutes le titre de celle qui souffrait le plus, d'après Mary. Les gens venaient à Carlsbad de toute l'Europe avec des symptômes divers, et comme points communs la richesse et le rang, ainsi qu'une obsession pour leur santé.

Sa mère s'arrêta d'abord pour prendre un verre d'eau. Certaines personnes ici étaient vraiment malades : la douleur était gravée sur leurs visages, elles se traînaient le long de la colonnade en s'appuyant lourdement sur des cannes et des béquilles, ou étaient poussées dans des fauteuils de bain, mais c'était une minorité. Trop d'argent. Trop de temps. Pas assez d'occupations. Deux de ces trois caractéristiques s'appliquaient très certainement à Mary.

Elle avait gaspillé une année de plus de sa vie, et si elle n'agissait pas, elle en perdrait une autre, puis encore une autre.

L'inertie ne lui convenait pas. Dans cette vie sédentaire, elle avait beaucoup trop de temps pour réfléchir. Ce n'était bon ni pour elle ni pour sa mère. Tous les jours, autour du thé, au dîner, on parlait de maladies, de traitements, de médecins et de remèdes. S'habiller pour leur promenade matinale, s'habiller pour le thé, s'habiller pour le dîner, s'habiller pour un concert occupait une bonne partie de leur temps. Sa mère occupait le reste en se déshabillant pour subir ses soins. Pourquoi était-il acceptable ici qu'une femme s'exhibe avec seulement un drap de bain – mouillé en plus ! – devant de parfaits inconnus des deux sexes ? Pourquoi était-il approprié pour les hommes et les femmes de partager les mêmes bains chauds ? La maladie excluait-elle toute idée de situation compromettante ?

— Votre Grâce !

Une vieille dame, aussi ronde que grande, habillée en rouge écarlate, se dandinait vers elle.

— J'ai raison, n'est-ce pas, de penser que je m'adresse à la duchesse de Buccleuch ?

La mère de Mary se raidit.

— Je ne crois pas avoir eu le plaisir de vous rencontrer, madame.

— Non, nous ne nous sommes jamais rencontrées, admit l'inconnue sans la moindre gêne. Je suis censée demander à une connaissance commune de nous présenter, mais je n'ai jamais compris pourquoi on devrait se donner tant de mal, alors que je suis parfaitement capable de m'en charger moi-même. Lady Rolle, dit-elle en tendant une main enveloppée d'un luxueux gant en vélin. Je suis…

— La tante de Tre, compléta Mary en rougissant immédiatement. Du colonel Trefusis, je veux dire.

Grands dieux, la tante de Tre.

— Cette dame est sa tante Louisa, mère.

— Mon neveu Trefusis est un parent éloigné de votre mari, Votre Grâce. C'est pour cette raison que j'ai pensé que vous ne verriez pas d'inconvénient à ce que je me présente moi-même.

— Bien sûr. Enchantée, Lady Rolle.

La duchesse accepta la main tendue.

— Puis-je vous présenter ma benjamine ? Mary, tu te souviens manifestement très bien du colonel Trefusis.

Cela fut dit avec un regard perçant. Espérant que la tante de Tre attribuerait ses joues chaudes à la vapeur, Mary exécuta une révérence.

— Enchantée. Comment allez-vous, Lady Rolle ?

— Je vais très bien, même si le peu que j'ai vu de cet endroit suffirait à me faire sentir à l'article de la mort. J'espère très sincèrement, Votre Grâce, que vous n'avez pas bu une seule de ces eaux nocives ?

— J'en prends deux verres par jour, de deux sources différentes. Cela a une action bienfaisante.

— Bienfaisante ! Êtes-vous une machine à vapeur qui a besoin d'eau pour fonctionner ? Ce liquide va vous pourrir les entrailles, si vous me le permettez. Et même si vous ne le permettez pas, ajouta Lady Rolle, c'est trop tard, je l'ai dit. Ce dont nous avons besoin, Votre Grâce, c'est d'une tasse de thé, et je connais l'endroit idéal.

Ne laissant pas à la duchesse le temps de refuser, Lady Rolle lui saisit le bras et l'entraîna vers l'entrée principale. Tre avait dit que sa tante « n'était pas une personne ordinaire ». Alors que Mary les suivait, d'autres qualificatifs lui vinrent à l'esprit. Exubérante. Intimidante. Fougueuse. Une force de la nature.

Que faisait-elle ici, alors qu'elle semblait n'avoir que du mépris pour les traitements thermaux ? Tre s'était-il confié à elle ?

Il avait décrit sa tante comme la femme la moins conventionnelle qu'il ait jamais rencontrée. « Jusqu'à ce que je fasse votre connaissance », avait-il ajouté. Que penserait-il d'elle maintenant qu'elle ne faisait plus rien de palpitant et qu'elle s'accrochait aux basques de sa mère, devenue la dame de compagnie d'une duchesse hypocondriaque ? Il n'y avait plus trace de la funambule, ni même de la redresseuse de torts. Une dame de compagnie, sans plus, ennuyeuse et sans intérêt.

Il n'avait sûrement pas parlé d'elle à sa tante, pourquoi l'aurait-il fait ? Il devait avoir effacé de sa mémoire cette jeune femme trop paniquée pour envisager un avenir différent de ce qu'elle avait toujours imaginé. Et il avait raison. Elle avait affirmé refuser de se dévouer à un mari et voilà qu'elle consacrait tout son temps à sa mère.

Mary était à la traîne. Cette rencontre était une pure coïncidence, c'était ridicule de penser qu'il puisse en être autrement. Mais il y avait une possibilité ténue que Tre ait parlé d'elle à sa tante, et donc une chance que Lady Rolle mentionne sa rencontre avec Lady Mary lorsqu'elle reverrait son cher neveu. Mary devait s'assurer que Lady Rolle ne la décrive pas en petite souris ou en dame de compagnie. Alors qu'elle rattrapait les deux femmes, Mary se demanda si elle oserait réclamer une pastille à la menthe à sa nouvelle connaissance.

Le salon de thé était très fréquenté, mais Lady Rolle s'installa à l'une des meilleures tables. Légèrement hébétée, Charlotte accepta une tasse de thé et une pâtisserie fourrée de miel et d'amandes qui, normalement, lui aurait donné la nausée rien qu'à la regarder. Mais l'odeur était divine. La duchesse en prit une petite bouchée. Le goût était encore plus exquis.

Le visage de Lady Rolle était aussi rond que son corps, et excessivement bronzé. Sa bouche était plutôt grande, comme son nez, et ses cheveux, gris argenté et aux boucles folles, semblaient sur le point de faire exploser la coiffe qu'elle portait sous son chapeau. Tout en elle était généreux.

— Ananeraie, commença-t-elle après avoir choisi trois pâtisseries rien que pour elle. Nous en possédons une à Bicton, ma maison dans le Devon, mais rien de comparable à la vôtre, à Drumlanrig, Votre Grâce. Dites-moi, combien d'ananas récoltez-vous par an ?

— Nous considérons que c'est une année maigre si nous en avons moins de cent, répondit Charlotte.

— Eh bien, c'est quelque chose que mon jardinier…

Charlotte écouta Lady Rolle se lancer dans un exposé très technique au sujet des méthodes de son jardinier. La duchesse connaissait assez le processus de culture pour suivre la conversation tout en étudiant la femme extraordinaire qui l'avait presque emmenée de force ici. À vrai dire, cela lui faisait plaisir. Elle s'ennuyait terriblement, et était aussi fatiguée de la compagnie de sa fille que Mary de la sienne. Celle-ci sirotait son thé et observait attentivement leur compagne, sans penser qu'on le remarquerait. Mary ne mentionnait jamais le colonel Trefusis de son propre chef. Quand elles avaient quitté le Yorkshire un an plus tôt, tout ce qu'elle avait dit, c'était qu'il était très improbable qu'ils se revoient. Charlotte avait essayé d'en savoir plus, et s'était entendu dire, de cette petite voix tendue que Mary prenait lorsqu'elle était bouleversée, que sa mère s'était trompée en imaginant qu'il y avait quelque chose entre le colonel et elle.

— Le livre s'appelle *Conseils pratiques sur la culture de l'ananas*. Mais vous n'avez rien mangé, Lady Mary, s'écria Lady Rolle en se tournant vers elle.

— Je n'ai pas faim, merci, Lady Rolle.

— Vous avez une très belle silhouette, vous n'êtes manifestement pas l'une de ces jeunes femmes qui ont un appétit de moineau. Êtes-vous souffrante ? Est-ce pour cela que vous êtes ici ?

— Non, je suis en pleine forme, merci beaucoup.

— Hmm, je dirais que vous avez l'air fatiguée. Ce qu'il vous faut, c'est vous tenir éloignée des miasmes de ces bains. Je dis toujours qu'il n'y a rien de tel que l'air frais, ça guérit tous les maux. Et vous, Votre Grâce… (Lady Rolle se tourna vers Charlotte.) si je peux me permettre, vous êtes un peu pâlotte. Trop de cures thermales, je suppose. Elles drainent tous les éléments vitaux du corps, elles ne peuvent pas être bonnes pour la santé.

— L'idée est de se laver des impuretés et de se revitaliser, se défendit Charlotte, froissée. La science médicale a prouvé…

— Balivernes. Sornettes. Âneries. Si vous voulez mon avis, ces soi-disant experts médicaux gagnent beaucoup d'argent avec des gens comme vous.

— Je ne vous ai pas demandé votre avis, et je ne vois pas ce que vous voulez dire par « des gens comme moi »…

— Des gens qui ont trop d'argent et trop de temps libre, explicita Lady Rolle. Lady Mary est d'accord avec moi.

Les yeux de Mary s'écarquillèrent.

— Ah bon ?

Lady Rolle émit un rire gras.

— Vous ne l'êtes pas ?

Voyant sa fille en fâcheuse position, ce qui ne lui arrivait pas souvent, Charlotte oublia son propre mécontentement.

— Alors, Mary ?

— Je pense que Lady Rolle aime semer la discorde, répondit la jeune femme.

— Ha ! C'est vrai, vous avez tout à fait raison. Et j'aime dire le fond de ma pensée aussi, je suis connue pour mon franc-parler. Vous saurez toujours où vous en êtes avec moi, Lady Mary. En ce sens, je suis très différente de mon neveu.

Le sourire de Mary ne faiblit pas, mais Charlotte l'observa attentivement. Elle ignorait ce qui s'était passé entre sa fille et Trefusis, mais une chose était sûre : Mary n'était pas indifférente. Cependant, comme à son habitude, elle s'abstint de tout commentaire, prit sa cuillère et remua son thé.

— Je vois mon neveu quand je suis à Londres, persista Lady Rolle. Comme vous pouvez le constater à ma silhouette – ou plutôt à mon absence de silhouette –, j'aime la bonne chère, mais je n'aime pas manger seule, et Trefusis me fait plaisir en supportant ma compagnie.

— Allez-vous loger à l'Hôtel tchèque pour votre séjour, Lady Rolle ? demanda Mary. Je crains qu'une épicurienne comme vous n'y trouve la nourriture assez décevante.

— Je suis descendue au Saxon. Bien, mesdames, si vous avez fini votre thé, j'ai envie d'essayer un ou deux de ces soins, au nom de la recherche, annonça Lady Rolle avec une étincelle dans les yeux. Que me recommanderiez-vous, Votre Grâce ?

— Avez-vous déjà eu recours à des traitements hydropathiques, Lady Rolle ? Non ? Ma fille non plus, car elle partage votre scepticisme. Venez, je vais parler à mon médecin personnel et nous nous arrangerons pour que vous puissiez goûter quelques morceaux de choix, comme pourrait le dire une épicurienne. Un amuse-bouche pour le corps. Et Mary vous accompagnera, déclara Charlotte en souriant sereinement à sa fille.

Les couloirs de l'établissement thermal étaient obscurcis par des nuages de vapeur, les murs étaient couverts de condensation, et il flottait une odeur désagréablement acidulée de soufre, de minéraux, de boue, de pin et de sueur. Mary et Lady Rolle furent escortées jusqu'à un vestiaire où elles reçurent une robe-chemise simple, un drap de bain et un peignoir, puis conduites à des cabines séparées par des rideaux afin qu'elles puissent se déshabiller.

Alors qu'elle enlevait son manteau et sa robe de promenade, Mary se sentit d'humeur fluctuante. Elle en voulait à sa mère de l'avoir obligée à aller aux bains et à elle-même d'avoir accepté si docilement. Elle était intriguée et amusée par Lady Rolle, qui soufflait, marmonnait et gémissait dans la cabine voisine, mais elle s'en méfiait également. Lady Rolle l'avait examinée attentivement pendant le thé et, si la duchesse n'était pas entrée dans son jeu, la tante de Tre aurait sans aucun doute trouvé un autre moyen de se retrouver seule avec elle. Que voulait-elle ? Tre avait dû lui dire quelque chose, mais quoi ? Mary se souvenait qu'il était proche de sa tante, mais à quel point ? Et quelle importance de toute façon, car elle avait bel et bien brûlé ses vaisseaux avec Tre. Son visage, son sourire, l'odeur de son savon à raser, la douceur rugueuse de sa joue assaillirent sa mémoire, et elle se figea alors qu'elle délaçait ses bottines. Elle s'efforça de repousser ces souvenirs.

— Lady Mary ! Je suis vraiment désolée, mais je ne parviens tout simplement pas à détacher mon corset et je n'ai pas envie d'appeler une assistante. Ah, je vous remercie. Je sais que je devrais être capable de me débrouiller, mais mes doigts sont trop maladroits désormais. Dites-moi, pensez-vous que l'on puisse garder sa… culotte ?

Lady Rolle souleva son jupon pour examiner la sienne, voyante, en soie cramoisie bordée de dentelle noire.

— Non, je ne pense pas. Il faut se plier aux coutumes locales !

Mary battit précipitamment en retraite quand Lady Rolle recommença à se déshabiller, et se dépêcha de finir de son côté. Ses sous-vêtements étaient modestes, en linon blanc et dentelle de coton. Elle aimait bien le style de Lady Rolle, même s'il lui semblait étrange de faire de telles dépenses pour les cacher sous un jupon. La robe-chemise fournie pour leur soin était fine et en coton très bon marché. Mary portait plus de vêtements que cela pour aller au lit.

— Ça ne convient pas à tout le monde.

Lady Rolle passa sa tête derrière le rideau.

— J'arrive à peine à respirer dans cette chemise. J'espère que les bains sont plus accueillants. Est-ce qu'on revient nous chercher ou sommes-nous… Ah non, voici notre experte. Pour citer Shakespeare, « encore un coup sur la brèche », Lady Mary. Je dois dire que j'ai hâte d'y être maintenant.

Mary s'empressa d'enfiler le peignoir, d'attraper sa serviette, et de suivre la préposée dans le sillage de la silhouette ondulante de Lady Rolle. Dans le couloir, elles croisèrent plusieurs autres patients vêtus comme elles. Des hommes et des femmes, pieds nus, certains rouge vif et perlés de sueur, d'autres ruisselant et transis de froid, d'autres encore semblant extrêmement anxieux… comme Mary commençait à l'être.

Le premier soin que sa mère avait prévu pour elles était un bain de boue thermale, le péloïde.

Les baignoires étaient disposées deux par deux dans la pièce carrelée, séparées par une cloison basse en bois. La première contenait un mélange qui ressemblait à de la boue brune et de l'eau saumâtre, la seconde de l'eau propre. La première empestait. En regardant de plus près, Mary vit une quantité consternante de matière en décomposition qui, elle l'espérait, était minérale.

Le mélange dégageait une vapeur légère et répugnante.

De l'autre côté de la cloison, Lady Rolle en inspectait une petite quantité, prélevée du bout de son doigt, le nez plissé de dégoût. Elle croisa le regard de Mary, et toutes deux éclatèrent de rire.

— Eh bien, ma chère, déclara Lady Rolle, le menton tremblant, j'espère sincèrement ne pas me tromper quand je dis que les choses ne peuvent que s'améliorer. Respirez à fond, et allons-y.

Elle s'accrocha à la corde qui pendait du plafond pour garder l'équilibre et, alors qu'elle disparaissait dans la boue, un fort bruit de succion s'éleva, suivi par un juron étouffé.

— Un moment, s'il vous plaît, pendant que je m'installe, ordonna sèchement Lady Rolle à la préposée, qui se tenait prête avec un couvercle destiné à conserver la chaleur. Bon, vous allez devoir appuyer un peu… oh là !

Essayant d'étouffer sa crise de fou rire, Mary entra dans sa propre baignoire. La boue suintait entre ses orteils. Le fond en étain était glissant. Elle agrippa sa chemise pour l'empêcher de remonter comme elle s'installait avec précaution, la boue semblant l'aspirer. Le contact était chaud. Des gouttes de transpiration perlaient sur son front. La préposée semblait impatiente de placer le couvercle.

Mary s'enfonça, frissonnant alors que la boue glissait sur son corps, et fut immédiatement immobilisée par le couvercle. Seule sa tête dépassait par un demi-cercle prévu à cet effet.

— Vous êtes là, Lady Mary ? Comment trouvez-vous le bain ? J'ai l'impression d'être un gros saumon dans une marmite à poisson.

— J'ai chaud.

La transpiration coulait sur son front, dans ses yeux et son nez, mais ses bras étaient coincés sous le couvercle en bois. Elle essaya de chasser les gouttes en soufflant et découvrit de la boue sur sa lèvre, ce qui lui donna envie de vomir.

— Combien de temps devrons-nous endurer cela ? demanda-t-elle.

— Aucune idée.

La voix désincarnée de Lady Rolle était ralentie.

— C'est soporifique. Je crois que je vais fermer les yeux.

Un léger ronflement parvint à Mary depuis l'autre côté de la cloison. Elle se tortilla pour être plus bas dans la baignoire, et posa la tête en arrière. Elle ferma les paupières.

Et s'assoupit.

Elles furent tirées des bains péloïdes, puis plongées dans l'eau propre pour enlever le plus gros de la boue, et durent ensuite se tenir, encore à moitié endormies dans leurs chemises collantes, sous une douche chaude pour rincer les derniers résidus. Elles furent alors placées dans un autre appareil fait de cercles de tuyauteries superposées et percées, projetant une eau plus froide qui leur piquait la peau comme autant d'aiguilles acérées. À présent bien réveillées et frissonnantes, Mary et Lady Rolle furent conduites dans une autre pièce carrelée et installées dans deux autres caissons en bois, verticaux et munis d'un siège étroit. Les portes se refermèrent et les préposées s'éloignèrent.

— Eh bien !

Les cheveux gris argenté de Lady Rolle formaient un nuage de boucles sauvages autour de son visage, qui avait désormais une couleur proche de celle de sa culotte cramoisie. Ses yeux pétillaient de joie, et elle affichait un large sourire.

— La petite plaisanterie de votre mère a échoué. Je m'amuse comme une folle.

— Ces soins présentent l'intérêt de la nouveauté, admit Mary, même si je ne voudrais pas m'y soumettre une deuxième fois.

— Non, en effet, je crois que je vais ressembler à une pomme reinette toute ridée après tout ça. Nous disposons d'une demi-heure avant d'être arrosées à nouveau, alors je ne vais pas tourner autour du pot. Vous l'avez certainement déjà deviné, car vous êtes une jeune femme très intelligente, ce n'est pas par hasard que je suis tombée sur vous et votre mère ce matin.

Dans la boîte où Mary était enfermée, de la vapeur se mit à sortir par un tuyau situé quelque part autour de ses chevilles. Quelque chose s'enfonçait dans son estomac. Une aiguille de pin, dans le meilleur cas. La jeune femme était en sueur, ses cheveux étaient probablement aussi frisés que ceux de Lady Rolle. En regardant sa compagne d'infortune, la tante de Tre, une année d'émotions refoulées refit surface soudainement. Les larmes se mêlèrent à la transpiration sur ses joues, et elle posa d'abord la plus importante des nombreuses questions qui la taraudaient :

— Comment va-t-il ?

Chapitre 26

Des vérités qui dérangent

Carlsbad, mars 1876, deux semaines plus tard

Il y avait encore suffisamment de neige pour que tante Louisa et Mary puissent effectuer une promenade en traîneau dans la forêt de Slavkov. Soigneusement emmitouflées sous des capes, des bonnets et des couvertures qui les protégeaient du froid, elles étaient blotties l'une contre l'autre derrière le conducteur et leur guide, à bord d'un traîneau bas tiré par deux chevaux.

C'était le début de l'après-midi. Le ciel était clair, leur souffle formait des nuages devant elles, et les clochettes sur les harnais des chevaux s'entrechoquaient au rythme du trot. À quelques kilomètres de la ville, le long de la rivière Ohře, le conducteur s'arrêta pour leur permettre d'admirer les rochers de Svatoš. Leur guide leur expliqua qu'il s'agissait d'une procession de mariage pétrifiée par une maîtresse éconduite dotée de pouvoirs surnaturels.

— Oui, oui, répondit tante Louisa, indifférente, mais nous, simples mortelles, avons surtout besoin de notre dîner. En avant, cocher.

La pension Hans Heiling se trouvait sur la rive opposée de la rivière Ohře, en lisière de forêt. C'était un grand bâtiment en pierre, aux volets fermés pour préserver les habitants des rudesses de l'hiver. À l'intérieur, les murs étaient décorés de bois de cerf et de poutres apparentes, donnant l'impression de dîner dans une grange. Le feu qui rugissait dans l'âtre était le bienvenu, même si la chaleur vive leur piqua les joues à leur arrivée. La faible lumière des bougies était également une forme de réconfort, après la luminosité éblouissante du soleil réverbérée par la neige. Avec quelques difficultés, tante Louisa réussit à caser son corps généreux sur le banc et signala au serveur qu'elle n'avait pas envie que d'autres clients s'installent à leur table.

— Je souhaite vous parler de façon confidentielle, annonça-t-elle à Mary tandis que le serveur leur versait une bière mousseuse d'un pichet en terre. Je suis toujours ravie de goûter à la nourriture et aux boissons paysannes, mais chaque chose en son temps. Dites-moi comment va votre mère ?

Mary s'assit, but une gorgée de la bière, qui était froide, pétillante et plutôt bonne, et tenta de répondre honnêtement. Depuis l'arrivée de tante Louisa, Mary avait passé une partie de la journée en sa compagnie et celle-ci n'acceptait pas ce qu'elle appelait des âneries.

C'était tante Louisa qui avait convaincu la duchesse d'aller consulter un nouveau médecin spécialisé dans les problèmes digestifs. Elle avait également insisté pour l'accompagner, afin de s'assurer qu'elle parlerait sans détour *des intestins*, avait-elle précisé d'un ton sinistre. Les joues de la duchesse étaient devenues écarlates à ce mot.

— Quand je lui ai demandé comment la consultation s'était déroulée, elle m'a répondu qu'elle n'avait jamais vécu d'expérience aussi terrifiante.

— Balivernes, cette femme a eu huit enfants.

Dont sept seulement étaient encore en vie.

— Ma mère vous a parlé de Francis ? demanda Mary, surprise que la duchesse ait mentionné ce fils décédé de la rougeole bien avant sa propre naissance. Mère ne l'évoque presque jamais. Je n'ai appris son existence que lorsque le petit garçon de ma sœur Victoria a connu à son tour une fin tragique, il y a six ans.

— La mort d'un enfant nous affecte profondément. C'est un drame que la plupart préfèrent taire, car c'est trop douloureux.

Tante Louisa prit une longue gorgée de sa bière.

— Je le sais, voyez-vous, parce que j'ai aussi perdu une petite fille. Elle s'appelait Barbara. Elle n'avait que six mois quand elle m'a été enlevée. Même après toutes ces années, j'ai encore de la peine dès que j'y pense.

Elle se tamponna les yeux, puis but une autre gorgée.

— Je suis vraiment désolée, fit Mary. Je ne peux imaginer à quel point cela a dû être terrible. Au moins ma mère a eu d'autres enfants en bonne santé.

— Ah, je ne pense pas que cela fonctionne ainsi, ma chère. Je suis sûre que votre mère a été aussi affligée que moi. Elle n'en parle pas, mais cela ne signifie pas qu'elle a oublié. On a appris aux femmes comme votre mère à garder leurs sentiments pour elles ; mais je suis de celles qui pensent qu'il vaut mieux ne rien refouler, et je ne veux jamais oublier ma petite Barbara. Je pense que ça a fait du bien à votre mère d'évoquer Francis avec quelqu'un qui la comprend.

Tante Louisa se pencha par-dessus la table en bois et tapota la main de Mary.

— Qu'ai-je dit pour que votre joli front se plisse ?

— Je pensais à Henny.

— La domestique que vous avez rencontrée dans le Yorkshire et dont vous m'avez parlé ? Quel aspect de la vie de cette malheureuse vous préoccupe ?

— Son bébé est arrivé trop tôt et n'a pas survécu. Sir George disait dans sa lettre que c'était une bénédiction, mais…

— Une bénédiction et une malédiction à la fois, c'est ainsi que je le vois. Si vous me demandez si elle a du chagrin, la réponse est oui, bien sûr. Elle était mère, son enfant est décédé… c'est simple.

Tante Louisa pinça les lèvres et Mary, déconcertée, pensa comme chaque fois à un églefin fraîchement pêché.

— Mais il faut se demander – et de toute évidence, vous l'avez fait – si ce drame ne facilitera pas la vie de Henny, à long terme, notamment avec son mari.

— J'aimerais tant pouvoir me persuader qu'elle sera heureuse.

— Son destin est entre ses mains, désormais.

— Hélas, non ! Elle est Mrs Michael Baxter. Elle l'a épousé pour donner un nom à son bébé, et maintenant elle n'a même plus l'enfant.

— Je pense qu'il est temps d'oublier ce sujet et de tourner la page. Mais il nous faut d'abord un peu plus de bière.

Tante Louisa remplit leurs verres.

— La vie continue, Mary, et il faut tirer le meilleur parti de ce qu'elle nous offre. Votre Henny est une femme mariée respectable qui occupe une bonne place. Je sais qu'elle vous a touchée. Je comprends pourquoi vous avez tant de compassion pour sa situation difficile, mais vous ne pouvez rien faire de plus. C'est à elle de tirer le meilleur de sa situation. Il faut voir le bon côté des choses, et ne pas s'attarder sur nos malheurs et nos erreurs.

— Vous avez dit ça à la duchesse ?

— Votre mère a la chance d'avoir sept enfants en bonne santé et un troupeau de petits-enfants. Vous me connaissez suffisamment maintenant, Mary, pour savoir que je me suis montrée très directe.

Un sourire plissa le visage de tante Louisa.

— À Bicton, on me qualifie de « despote bienveillante », même si personne n'ose me le dire en face.

Mary gloussa.

— Une despote bienveillante. Ma mère serait certainement d'accord. Je pense que la consultation lui a fait du bien, pour répondre à votre question précédente. Elle m'a dit que le docteur avait éliminé plusieurs de ses principales inquiétudes.

— Votre mère s'était persuadée qu'elle était en phase terminale, et si elle avait poursuivi sur sa lancée comme l'année dernière, en cédant à ses peurs sans que personne ne la contredise, cela aurait pu devenir une prophétie autoréalisatrice. Et vous, jeune fille, ne l'avez pas aidée. J'ai beaucoup d'affection pour vous, Mary, j'espère que vous le savez. Nous ne nous connaissons que depuis peu, mais je sais qui vous êtes depuis plus longtemps.

— Tre avait dit que nous nous entendrions bien quand il m'a parlé de vous, la première fois.

— Il avait raison. Je vous aime beaucoup et ça me peine de vous voir gâcher votre vie. Non, n'ayez crainte, je ne vais pas jouer à la despote bienveillante avec vous. C'est votre existence, c'est à vous de décider comment la vivre. En revanche, je peux vous faire bénéficier de ma vaste expérience. Mais d'abord, mon estomac m'informe qu'il est temps de manger.

La nourriture locale était abondante et roborative, ce qui correspondait exactement aux goûts de tante Louisa. Une soupe épaisse à base de pommes de terre et de champignons fut servie avec de la crème aigre et des œufs de caille. Elle fut suivie d'un énorme plat composé de porc rôti fumé, de saucisses, de quenelles, de pommes de terre, de pain, de chou rouge et de choucroute. Mary y goûta avec parcimonie et tante Louisa dévora avec enthousiasme. Un fromage jaune pâle à pâte dure entouré d'une croûte orange fut servi avec du pain et un plat de légumes bouillis.

Il se faisait tard lorsqu'elles eurent terminé leur repas. Rassasiées et congelées, elles passèrent le trajet de retour en traîneau à admirer silencieusement le paysage. Elles traversèrent la forêt de Slavkov et suivirent la rivière Teplá jusqu'à Carlsbad. Une fois à l'hôtel, tante Louisa demanda qu'on leur apporte du café dans son salon.

— J'aurai quatre-vingts ans à mon prochain anniversaire, annonça-t-elle en remuant le sucre dans sa tasse. Je ne suis pas encore prête à partir, mais si je devais rencontrer mon créateur demain, ce serait avec la certitude d'avoir fait en sorte que chaque jour compte.

Elle prit une gorgée de café, grimaça, et ajouta un morceau de sucre.

— On ne sait jamais quand sera le dernier.

Elle prit une nouvelle gorgée.

— J'avais vingt-cinq ans quand j'ai épousé Rolle, et il avait quarante ans de plus que moi. Pas mal de rumeurs ont circulé à l'époque, comme vous pouvez l'imaginer, car Rolle était extrêmement riche. « Louisa a pris le Rolle parce qu'elle avait peur de se retrouver Gros-Jean comme devant. » Ce n'était pas tout à fait vrai. Je l'ai épousé parce que cela nous convenait très bien à tous les deux. Il ne s'agissait pas à proprement parler d'amour, mais c'était un très bon mariage, et nous avons passé ensemble vingt années très heureuses. Je vois que vous vous demandez quel rapport tout cela a avec vous.

— Vous ne racontez jamais une histoire sans raison, dit Mary en posant sa tasse.

— Vous savez écouter. Vous ne pressez pas les gens, et vous réfléchissez avant de parler. Trefusis est pareil, déclara tante Louisa avec un sourire tendre. Voici où je veux en venir : à vingt-six ans, j'avais eu beaucoup de temps pour penser à ce que je souhaitais faire de ma vie, et étant donné que j'étais une femme célibataire peu fortunée, Rolle était ma meilleure chance d'atteindre les objectifs que je m'étais fixés. Tous deux, nous avons versé une grande partie de son argent à de bonnes causes, et à sa mort j'ai continué. Pas seulement pour construire des églises, mais en aidant les démunis. Des aumôneries, ce genre de choses. Un jour, j'aimerais que mes jardins à Bicton soient ouverts au public pour que tout le monde puisse en profiter. Je ne me confie pas pour me vanter de mes accomplissements, Mary, mais pour vous expliquer mon mariage. Rolle et moi avons été honnêtes l'un envers l'autre depuis le début, et il existait une… une complicité entre nous. Je veux dire par là, ma chère, que nous étions bien assortis pour tout ce qui concerne la chambre à coucher. Vous comprenez ce que je veux dire ?

Si quelqu'un pouvait éclairer Mary, c'était bien tante Louisa. Serait-ce gênant ? Sans aucun doute, mais il valait mieux être embarrassée que rester dans l'ignorance.

— Non, répondit Mary en croisant timidement son regard, mais j'aimerais beaucoup comprendre.

— Oh ! vous me faites tellement penser à moi à votre âge. Ma mère m'avait conseillé de m'allonger, de fermer les yeux, et d'imaginer que je dormais, ce qui était à peu près aussi utile que… bah ! Rolle et moi allions bien ensemble de ce point de vue là, même si quand il est devenu plus vieux… Mais j'avais déjà d'autres intérêts alors : mes jardins, la politique. Cette activité a toujours occupé une grande partie de ma vie, mais être une femme n'est pas simple, et c'est vraiment l'objectif de ce petit discours, Mary. Nous devons regarder la réalité en face, nous les femmes. Il y a tellement de choses que les hommes veulent nous empêcher de faire que nous devons les accomplir sans qu'ils s'en rendent compte. Ou dans mon cas, avec l'aide et les encouragements de mon mari. Tous les hommes ne sont pas identiques. Rolle était heureux de me laisser suivre ma propre voie, si ça nous convenait à tous les deux. Si c'était nécessaire, il pouvait même m'y aider. Bon, malgré mes bonnes intentions, j'ai vraiment perdu le fil de ce que je voulais vous dire.

Tante Louisa se leva et traversa la pièce pour s'asseoir à côté de Mary.

— Ah, ça me revient. Faites passer votre vie en premier, Mary, c'est tout. Arrêtez de vous inquiéter pour votre mère, pour Henny. Vous consacrez toute votre énergie à résoudre les problèmes des autres, à essayer de réparer les torts qui leur ont été causés, mais vous, dans tout ça ? Qui est Lady Mary ? Pouvez-vous répondre à cette question ?

— Je sais ce que je ne suis pas, rétorqua Mary. Je ne suis pas comme les autres femmes.

— Alors, arrêtez de vous comporter comme elles. Soyez vous-même, pour l'amour du ciel. Soyez la jeune femme dont j'ai apprécié la compagnie. Demandez-vous ce que cette jeune femme attend de la vie. Puis trouvez un moyen d'atteindre vos objectifs. Voilà, c'est tout.

Mary éclata de rire.

— Pourquoi n'y ai-je pas songé moi-même ?

— Parce que vous êtes bien trop altruiste.

— Et quel est le rapport avec Tre ? demanda Mary, soudain plus sérieuse.

— Tre ? Vous voulez dire Trefusis, je présume. C'est une bonne question. Peut-être que cela n'a rien à voir du tout avec mon neveu. Si vous parlez de ce que je souhaiterais, alors c'est assez facile : je pense que vous êtes parfaits l'un pour l'autre. Je le considère comme le fils que je n'ai jamais eu. J'aimerais beaucoup que vous soyez ma belle-fille, mais nous ne sommes pas en train de discuter de ce que je souhaite, mais de ce que vous voulez.

— Il ne s'agit pas uniquement de ce que je veux. Tre… lui-même n'était pas sûr de savoir ce qu'il souhaitait ni s'il voulait de moi ou non.

— Et lui aussi a eu un an pour faire le point. Avant que vous ne me posiez la question : j'ignore à quelles conclusions il est parvenu. Et même s'il me l'avait dit, je ne vous le répéterais pas, mais je sais qu'il n'est pas heureux. Je pense qu'il est coincé, comme vous.

— Je suis coincée, c'est vrai. Je me trouve dans une ornière, mais je ne suis pas du tout sûre que le mariage puisse m'en sortir. Je veux me rendre utile, être utile aux autres. Comment le mariage pourrait-il me permettre de le faire ?

— Alors demandez-vous comment vous y parviendriez sans vous marier.

Tante Louisa soupira.

— Ne vous limitez pas à ce que vous pensez être possible ou acceptable. Visez les étoiles et construisez une échelle pour les atteindre. Une fois que vous serez tout en haut, vous pourrez décider si vous voulez que mon neveu y grimpe à son tour pour vous rejoindre.

— Il ne le voudra pas. J'ai eu beau lui assurer le contraire, il reste convaincu que j'ai fui à cause de son... son mal.

— Sa *malédiction*, comme il disait au début. À Bicton, après son retour de Crimée, il était... je crois que « brisé » est le mot juste. Il se cachait dans la palmeraie quand il était au plus mal. Il n'aimerait pas que vous lui proposiez le mariage par pitié.

— Je ne le ferais pas ! Je n'ai pas pitié de lui. Et ce n'est pas à moi de faire la demande, s'exclama Mary, partagée entre le rire et l'indignation.

— Pourquoi une femme ne pourrait-elle pas demander ce qu'elle veut ? C'est ce que j'ai fait.

— Vous avez demandé Lord Rolle en mariage ?

— Je lui ai fait une proposition. Comme je vous l'ai expliqué, je sais ce que je veux et, à ce moment-là, nous étions tous les deux déjà sûrs de... de l'autre aspect de la relation.

— Tante Louisa, vous rougissez ?! Mon Dieu, êtes-vous en train de me dire que vous étiez intimes avant votre mariage ?

— Nous avons fait l'amour. C'est beaucoup plus fréquent que vous ne l'imaginez. Pour l'amour du ciel, Mary, j'avais vingt-six ans. J'ai toujours eu soif de tout. De nourriture. De vêtements. De passion. Je savais comment prendre soin de moi ; et mon mari, heureusement pour moi, savait comment m'aider à prendre du plaisir. Maintenant, je vois que je vous ai vraiment choquée : vos joues sont en feu.

— Je suis choquée, mais aussi fascinée.

Tante Louisa éclata d'un rire franc.

— Alors il y a encore de l'espoir pour vous. Mais pour en revenir au sujet qui nous occupe, reprit-elle plus sérieusement, tout changement est effrayant, ma chère. Mais si vous ne l'acceptez pas, que vous reste-t-il ? Une vie gâchée, et rien d'autre.

— J'en ai pris conscience, et je suis déterminée à agir.

— Je suis très heureuse de l'entendre, mais ne cessez pas de jouer les dames de compagnie pour devenir une épouse et une mère, ce serait encore endosser le rôle d'une autre. Que cherchez-vous vraiment ?

— De l'excitation. Je veux me réveiller le matin et me demander ce qui va arriver dans la journée.

Mary lâcha un petit rire.

— Je veux l'impossible.

— Vous ne saurez pas si c'est impossible tant que vous n'aurez pas essayé. Et Trefusis ?

— Il me manque. En dehors de vous, c'est la seule personne qui me connaisse vraiment. Bien qu'il ne comprenne probablement pas que je souhaite autre chose que la plupart des femmes.

— Vous le lui avez dit ?

Mary secoua la tête.

— J'ai essayé, mais je n'en avais pas moi-même conscience à l'époque.

— N'ayez pas l'air si abattue. Pensiez-vous que je vous dirais quoi faire ? Je suis désolée, je me contente de poser les questions ; vous seule détenez les réponses.

— Et si Tre ne faisait pas partie de la solution ? Et s'il ne me voulait pas ?

— Est-ce que vous souhaitez qu'il y joue un rôle ?

Son demi-sourire. Sa joue si douce. Ses baisers. La façon dont il l'écoutait. Dont il la regardait. Personne ne la regardait comme ça. Personne ne la faisait se sentir comme ça.

— Mais s'il ne veut pas de moi ? Et si je change d'avis ? Et si…

— Avec des si, on mettrait Paris en bouteille. Au moins, vous aurez essayé.

— On ne peut pas essayer un mariage comme un nouveau corset, pour vérifier s'il est bien ajusté.

— Non, mais vous pouvez vous assurer que le mariage que vous envisagez va vous apporter ce que vous souhaitez. Et si ce n'est pas le cas, alors vous vous arrangez pour le trouver ailleurs.

— À vous entendre, cela paraît si simple.

Tante Louisa éclata de rire.

— Pas du tout, mais c'est exaltant, non ? Maintenant, vous avez matière à réfléchir, et des choses à planifier. Admettez que c'est grisant.

— Oui, oui, mais…

— Plus de « mais ». Pensez-y. Décidez-vous, puis passez à l'action. Je ferai ce que je peux pour vous soutenir. Si vous souhaitez venir séjourner chez moi, que ce soit à Londres ou à Bicton, je serais très heureuse de vous accueillir.

Mary jeta les bras autour d'elle et la serra très fort.

— Je vous remercie. Je me sentais si désespérée avant votre arrivée à Carlsbad.

— Alors je suis très heureuse d'avoir fait le déplacement. Je vous aime beaucoup. Ce qui ne me surprend pas.

— Ah, mais est-ce que vous m'aimez assez pour me donner un bonbon à la menthe ?

Tante Louisa s'esclaffa.

— Je n'aime personne à ce point. Bon, je ne voulais pas vous le dire avant d'avoir eu cette conversation, mais je pars demain matin. Des affaires urgentes m'appellent. Ne versez pas de larmes, ce n'est qu'un au revoir… du moins, je l'espère.

Elle se leva dans un grincement d'articulations, saisit une bouteille verte posée sur une desserte, ainsi que deux petits verres.

— De la Karlsbader Becherbitter, censée être idéale pour les maux d'estomac. Une recette secrète d'herbes et d'épices, si l'on en croit les bonimenteurs. En réalité, c'est de l'eau-de-feu avec un nom fantaisiste.

Elle leur servit à toutes deux un verre plein.

— À notre santé, lança-t-elle en vidant tout le contenu d'un trait.

Mary en prit une gorgée. L'alcool lui brûla l'arrière de la gorge et la fit tousser.

— C'est infect.

Lady Rolle se servit un autre verre et le fit descendre à la même vitesse que le premier.

— J'ai découvert que plus on en prend, plus le goût devient agréable. Bon, conclut-elle en faisant claquer ses lèvres et en se rasseyant, je pense que je suis prête, maintenant. L'art du plaisir. Êtes-vous tout ouïe ?

Mary prit son verre et avala l'alcool d'un trait. Puis elle acquiesça.

— Allez-y.

Chapitre 27

L'appel de Londres

Montagu House, Whitehall, Londres, juin 1876

Le carrosse portant les armoiries des Buccleuch tourna dans la cour et s'arrêta à l'entrée de Montagu House. Un valet de pied se précipita pour ouvrir la portière et rabattre la marche afin de permettre à Charlotte de descendre. Walter avait décidé de faire construire la maison mais, comme pour beaucoup de ses projets, c'est elle qui avait dû gérer et mener à bien le chantier. Walter voulait que sa nouvelle résidence londonienne soit dans le style Renaissance française : il imaginait une version plus petite du château de Versailles, et Charlotte avait atteint ce but. Elle n'avait jamais aimé cette maison. L'emplacement, au cœur de Whitehall, quartier des ministères, ne convenait pas à une résidence familiale. Bien que la nouvelle digue ait amélioré l'approvisionnement en eau et réduit la puanteur de la Tamise, une odeur pestilentielle s'infiltrait encore par les fenêtres côté jardin, en été, à marée basse. Malgré le toit à forte pente avec ses tourelles et les hautes cheminées, la façade, beaucoup trop uniforme, n'était pas jolie.

À l'intérieur, la duchesse avait laissé libre cours à ses propres envies. Charlotte frissonna en entrant dans le grand salon. Dans les années 1860, elle avait adoré les frises décoratives complexes, enrichies de cartouches, de corniches dorés. En outre, les panneaux du plafond présentaient des scènes amoureuses très colorées d'un goût douteux. Qu'est-ce qui lui avait pris de faire construire des arcades le long des cloisons ? C'était trop chargé. Les paravents peints alternaient avec les armoires laquées, des portraits de famille encombraient les murs, et sur chaque surface trônait une urne, un vase ou un buste. Elle traversa le salon d'apparat et entra dans le petit salon. Elle était soit à court d'idées, soit revenue à la raison lorsque cette pièce avait été décorée, car les moulures et les murs étaient dans des tons pâles. La disposition des fauteuils était plus conviviale que protocolaire. Des photos de famille dans des cadres argentés étaient regroupées sur la cheminée.

Charlotte se débarrassa de son chapeau et de ses gants et entra dans la salle de bal. Les trois lustres en cristal étaient protégés par de la mousseline. Les doux rayons du soleil, qui scintillaient à travers les baies vitrées donnant sur la terrasse, faisaient étinceler les miroirs. Le parquet ciré était recouvert de nattes. Sur l'estrade, le piano à queue était enveloppé dans une housse. L'une des portes-fenêtres menant à la terrasse était ouverte. Mary était appuyée sur la balustrade et contemplait le fleuve agité.

Charlotte sortit rejoindre sa fille et lui toucha légèrement le bras en guise de salutation.

— Tu dois trouver étrange d'être de retour à Londres après tout ce temps.

— J'essayais de me souvenir de mon bal d'entrée dans le monde. Il y a presque six ans, je n'arrive pas à le croire. J'ai l'impression que ce souvenir appartient à une autre que moi.

— Je pensais à peu près la même chose de mon côté, admit Charlotte d'un ton plein de regret. Comment ai-je pu avoir des goûts aussi effroyables ? Le grand salon est tellement démodé.

— Vous avez concentré toute votre énergie créatrice sur les jardins de Drumlanrig.

— Et ce qui en restait m'a servi à finaliser des éléments plus pratiques. Les dortoirs, les cottages, l'éclairage au gaz. Je pourrais louer mes services comme commis aux travaux, si jamais je me trouvais désœuvrée.

— Mais ce n'est pas le cas ?

Charlotte sourit.

— Pas du tout. Ma rencontre avec sœur Mary Magdalen, ou Frances Taylor comme je l'appelle en pensée, a été miraculeuse. Depuis qu'elle a créé sa fondation, je l'aide à collecter des fonds pour les Pauvres Servantes de la Mère de Dieu, mais je ne me suis encore jamais retroussé les manches, comme dirait ta sœur Margaret.

— Qu'allez-vous faire ?

— Frances – sœur Mary – est sceptique. Elle a tout tenté pour me décourager : elle a dépeint un tableau très sombre et très explicite des odeurs, de la saleté et des mœurs. J'aurais cru qu'elle exagérait largement, si je n'avais pas abordé ce sujet avec Margaret le mois dernier.

Charlotte grimaça.

— Je suis honteuse de l'avouer, je me suis approprié certaines des expériences de ta sœur à Édimbourg. Est-ce grave de mentir à une nonne, à ton avis ?

— Ce le serait, si vous n'étiez pas à la hauteur de vos promesses.

— Je vais être mise à l'essai dans l'une des écoles paroissiales. J'aiderai à faire cours aux plus petits deux jours par semaine.

— Oh ! vous serez parfaite, déclara Mary en souriant. Vous avez bien fait de mentir.

— Tu le penses ? Je ne veux pas parler du mensonge, mais est-ce que tu penses que j'y arriverai ? Vous les filles, vous aviez une gouvernante et les garçons allaient tous à l'école. Je n'ai aucune expérience en matière d'enseignement. Et si je ne parviens pas à les faire écouter ? Si j'échoue dès le premier obstacle...

— Mère, est-ce que vous vous entendez ?

— Tu as raison, admit Charlotte en faisant la moue. Je n'avais pas réalisé à quel point j'étais devenue négative, jusqu'à ce que Louisa me réprimande. C'est exactement ce que je voulais faire. C'est plus que ce que j'espérais et beaucoup plus que ce que je suis en droit d'attendre. Sœur Mary pense que je vais perdre un temps précieux que je pourrais consacrer à la collecte de fonds, mais franchement, Mary, ça m'ennuie tellement. J'ai hâte de me dédier à une tâche concrète, et plus seulement à celle de rassembler de l'argent pour que d'autres puissent en faire quelque chose.

Mary applaudit.

— Bravo. Vous limiterez-vous à leur apprendre à lire et écrire ? Et le jardinage ?

— Voilà une bonne idée : un petit jardin dans la cour de l'école. Nous pourrions également utiliser des caisses, si la place manque. Ce serait merveilleux de montrer aux petits le plaisir de faire pousser des fleurs.

— Ou des légumes, suggéra Mary. Cela pourrait être utile aussi.

— Il n'y a aucune raison pour que nous ne puissions pas faire les deux.

Le visage de Charlotte s'assombrit.

— Maintenant que je suis à Londres, le duc va vouloir que j'assiste à des événements protocolaires et que je l'accompagne à des soirées. Et Sa Majesté, une fois qu'elle apprendra que je suis ici… Oh non, je sens déjà qu'on me vole mon précieux temps.

— Vous avez fait une promesse à sœur Mary, maman. Vous allez devoir trouver un moyen de décliner les autres invitations.

— Même s'il s'agit de mon mari et de ma reine ?

— Est-ce que l'un d'eux aurait des scrupules à se décommander en raison de questions plus importantes à régler ?

— Tu as parfaitement raison. Je vais devoir me montrer ferme. J'ai tellement hâte d'instruire les petits, autant pour eux que pour moi.

Charlotte se détourna pour cacher les larmes qui lui montaient si facilement aux yeux ces derniers temps.

— J'étais si peu investie dans votre éducation quand vous étiez enfants ! Francis m'a été repris, mais j'ai confié à d'autres la charge de vous élever, dans une plus ou moins grande mesure. C'est ainsi que cela fonctionne dans notre monde.

Elle se tamponna les yeux à l'aide de son mouchoir. À côté d'elle, Mary gardait les yeux fermement fixés sur le fleuve, mais elle écoutait attentivement.

— J'ai beaucoup réfléchi à cela depuis Carlsbad, poursuivit-elle. Je ne peux pas réparer la négligence dont j'ai fait preuve envers toi, mais je tiens à m'en excuser. Je ne te demande pas de me pardonner, mais je voudrais que nous repartions sur de nouvelles bases. J'ignore si c'est possible. Nous avons passé plus d'un an en compagnie l'une de l'autre sans vraiment parvenir à nous rapprocher.

— Enduré, corrigea Mary. Nous avons enduré la compagnie l'une de l'autre.

Charlotte afficha un sourire narquois.

— Tu as raison. J'ai été tellement… obnubilée par ma santé !

— Mais vous allez beaucoup mieux maintenant, mère. Vous avez perdu du poids et repris votre élan.

— Je n'ai jamais eu d'élan ! Pour l'amour du ciel, je préfère le terme *joie de vivre,* comme on dit en français.

Mary eut un sourire espiègle.

— J'aimerais mieux vous voir vous élancer, mais c'est vous qui voyez. Le nouveau régime prescrit par votre médecin spécialiste de l'intestin vous a rendu votre *joie de vivre.*

— Mary, je voudrais… s'il te plaît, je t'en prie, ne dis pas que le Dr MacLeish est un spécialiste de l'intestin. C'est un spécialiste de la digestion.

Mary hésita, puis se pencha pour l'embrasser. Charlotte ferma les yeux et posa un instant sa joue contre celle de sa fille, consciente de sa propre peau fine comme du papier, tellement moins ferme que celle de Mary. Le temps lui échappait si vite. La duchesse chassa cette pensée. Sa benjamine s'était déjà éloignée. Elle n'avait jamais été une de ces mères qui enlacent leurs enfants. Pourquoi ? Cela n'avait pas d'importance, il s'agissait encore d'un regret inutile, mais elle allait y remédier. Mamie B serrerait ses petits-enfants contre elle, et la duchesse Charlotte, comme on l'appellerait en classe, prendrait ses élèves dans ses bras, même si elle découvrait qu'ils étaient sales, malodorants et infestés de poux.

— Je t'ai fait préparer le carrosse, dit-elle à Mary. Tu ferais mieux de te changer au plus vite.

CHAPITRE 28

TENTEZ VOTRE CHANCE AVEC MOI

Tre décida de marcher jusqu'à Mayfair depuis son bureau à Adelphi Terrace sur l'Embankment, dans l'espoir de réfléchir à un problème précis. Mais la journée était lourde et les rues bondées. Les garçons de courses et les valets de pied se pressaient devant lui, portant des billets et des colis. Les vendeurs de journaux criaient les gros titres du jour et luttaient pour se faire entendre par-dessus le vacarme des vendeurs à la sauvette qui proposaient encre, papier, stylos et buvards, lacets de bottines et boutons, allumettes, bougies et mèches de lampes. Les femmes accompagnées de leurs mères, leurs amies et leurs servantes déambulaient sur les trottoirs, s'arrêtant pour admirer les vitrines, se saluer et discuter des derniers potins. Des carrosses transportant d'élégantes dames bloquaient les rues, s'arrêtant pour laisser descendre leurs passagères ou pour leur permettre d'échanger des civilités avec les passagers d'une voiture proche.

Les omnibus se disputaient le droit de passage avec les autres véhicules, les cavaliers, les chariots tirés par des chevaux de trait ou les charrettes à bras. Tout conspirait à ralentir Tre ou à lui barrer la route. Il lui fallut quarante-cinq minutes au lieu de ses trente habituelles pour arriver chez sa tante Louisa, dans Upper Grosvenor Street, où il avait été invité à prendre le thé.

Il n'aimait pas être en retard et était donc de mauvaise humeur, mais, une fois dans la maison, le charme tranquille de l'intérieur de style georgien, avec ses corniches blanches, ses murs jaune pâle et ses meubles disposés avec parcimonie, eut son effet apaisant familier. Il tendit son chapeau et ses gants au valet de pied, lissa ses cheveux en se rappelant une fois de plus qu'il devait aller chez le coiffeur, et se dirigea vers le salon du premier étage.

Il s'arrêta brusquement au milieu de l'escalier. Il aurait reconnu cette odeur n'importe où. Orange, bergamote, vanille. Le parfum s'appelait *Bouquet d'opoponax* et était fabriqué par Piesse & Lubin. Il le savait parce qu'il l'avait un jour cherché dans la rue commerçante de New Bond Street et s'était ensuite senti idiot. Cela ne signifiait pas nécessairement que Mary était ici. Aux dernières nouvelles, à savoir celles qu'il avait reçues via sa tante, elle séjournait à Carlsbad en compagnie de la duchesse. Une autre connaissance de sa tante pouvait porter le même parfum, bien qu'il ne l'eût jamais senti auparavant dans cette maison. Mary avait aussi pu rendre visite à tante Louisa plus tôt dans la journée. Mais elle pouvait également être présente en ce moment même, dans le salon.

Il n'allait pas demeurer dans l'escalier. Il avait porté trop longtemps le souvenir des journées passées dans le Yorkshire. Si Mary était ici, il pourrait enfin dissiper les dernières traces des sentiments qu'il avait pour elle… et qu'il était incapable de qualifier, déplora-t-il en gravissant le reste des marches et en ignorant les battements rapides de son cœur.

La porte du salon était entrouverte. Il jeta un coup d'œil dans la pièce. Elle se tenait debout près de la fenêtre, lui tournant le dos, une grande femme élégante vêtue d'une robe de soie vert d'eau ornée de dentelles et de volants qui soulignaient ses courbes. Une coiffe assortie en soie et dentelle était fixée sur sa chevelure. Les doux rayons du soleil qui filtraient à travers les voilages ponctuaient sa riche couleur brune de reflets auburn et châtain. Tante Louisa ne semblait pas présente. Tre referma le battant derrière lui, et Mary se retourna. Ses grands yeux gris s'écarquillèrent, et sa bouche généreuse forma un « oh » d'étonnement, puis un lent sourire apparut sur ses lèvres, qui lui coupa le souffle.

— Tre, dit-elle avec douceur. À en juger par votre expression, vous ne vous attendiez pas plus que moi à cette rencontre. Je devine l'intervention de votre tante derrière tout ça. J'espère que c'est une bonne surprise ?

Il se ressaisit et s'avança vers elle.

— Très agréable. J'ignorais que vous étiez à Londres.

— Nous sommes arrivées – mère et moi – il y a trois jours. Nous avons fait la connaissance de votre tante à Carlsbad en mars.

— Elle l'a mentionné. Vous avez changé. Vous avez l'air en pleine forme. Vous êtes resplendissante.

Mary sourit.

— Toutes ces cures thermales ont dû m'être bénéfiques.

— Très drôle.

— Non, c'est vrai. Votre tante Louisa ne vous a-t-elle pas expliqué que nous avons appris à apprécier certains bains ? Avec modération, bien sûr.

Tante Louisa ! Mary le taquinait-il ? Il avait oublié cette façon qu'elle avait de froncer les sourcils, ce sourire qui en était à peine un.

— Ma tante ne m'a presque rien raconté de son voyage, seulement qu'elle vous avait rencontrées, vous et la duchesse, et qu'elle vous aimait beaucoup toutes les deux.

— Pas assez pour me donner un bonbon à la menthe, cependant.

Tre sourit de sa légèreté, soulagé qu'elle ne soit pas aussi posée qu'elle en avait l'air.

— Je me demande où elle est.

— À mon avis, elle ne se joindra pas à nous. La despote bienveillante a clairement décidé que nous devions parler.

Et Mary d'ajouter, en imitant sa tante :

— « Mieux vaut en avoir le cœur net, inutile de faire des âneries, la vie est trop courte. »

Tre rit, avant de froncer les sourcils.

— Mieux vaut en avoir le cœur net, à propos de quoi ?

Le sourire de Mary s'effaça.

— Si vous êtes toujours prêt, comme vous l'avez dit de façon si mémorable, à « envisager la possibilité d'un futur ensemble ».

Il lui fallut un moment pour comprendre ce qu'elle voulait dire. Son premier réflexe fut de crier « oui » et de la prendre dans ses bras. Cependant, au cours de cette dernière année, il s'était donné tant de mal pour l'oublier ! Et maintenant, elle était là devant lui, avec sa beauté envoûtante, et lui offrait une seconde chance. Ou la *possibilité* d'une seconde chance. Il se détourna, car il avait besoin de quelques instants pour se ressaisir.

— Je ferais mieux d'aller vérifier si ma tante va se joindre à nous.

— Vous aviez raison, annonça Tre en revenant au salon chargé d'un plateau sur lequel étaient posées la théière et la bouilloire en argent. J'ai intercepté le majordome de tante Louisa. Elle est sortie et ne devrait pas rentrer avant le dîner. Pourquoi en étiez-vous si sûre ?

Mary indiqua le service à thé déjà sur la table.

— Il n'y a que deux tasses.

Elle s'assit et regarda Tre préparer le thé avec des gestes sûrs.

— Elle savait que je souhaitais m'entretenir avec vous en privé. C'est pour cette raison que je suis venue à Londres.

Tre plongea la cuillère dans la boîte en loupe de noyer, semblant absorbé par sa tâche.

Dans le Yorkshire, ce jour-là au jardin aquatique, il avait dû rassembler tout son courage pour ouvrir son cœur. Mary ne s'en était pas rendu compte à ce moment-là. Elle avait juste eu envie de fuir, comme lui quelques minutes plus tôt.

— Tre, si c'est trop tard, je préfère que vous me le disiez tout de suite.

— Lait ou citron ? Vous préfériez le lait, mais…

— Tre !

Mary prit une respiration profonde en tremblant.

— J'ai énormément pensé à cette conversation, je l'ai répétée pendant des semaines, mais je comprends que ce soit une surprise pour vous.

Il s'adoucit légèrement.

— De la même manière que ma suggestion a dû vous prendre au dépourvu l'année dernière.

— Effectivement, et cela m'a effrayée... vous aviez raison. J'étais paniquée à l'époque, et je le suis toujours. Je suis terrifiée à l'idée d'avoir raté ma chance avec vous. À l'idée que je pourrais découvrir que trop d'eau a coulé sous les ponts. Oh mon Dieu, que c'est horrible dit comme ça. Vous n'êtes pas une rivière. Désolée.

Ses mains tremblaient. Elle prit une gorgée de thé.

— Avant que je ne me ridiculise complètement, pourriez-vous au moins me dire si je perds mon temps, et le vôtre ?

Elle attendit, le cœur battant. Tre baissa les yeux sur sa tasse, puis la reposa sur le plateau, sans toucher au thé.

— Pourquoi devrais-je vous écouter ? Qu'est-ce qui a changé ?

Mary soupira.

— J'ai changé.

— Comment, exactement ? demanda-t-il sans concession.

Il n'allait pas lui faciliter la tâche. Pourquoi l'aurait-il fait ?

— J'ai décidé de suivre le conseil de votre tante Louisa, de cesser de me cacher, et de prendre ma vie en main. Quand nous l'avons rencontrée à Carlsbad, ma mère jouait les invalides et moi sa dame de compagnie, comme vous l'aviez prédit.

— Cela me semblait assez évident. C'est ce qu'on fait lorsqu'on est confronté à des décisions difficiles : on se cache, on joue la sécurité, on se rend utile. Je vous ai mise au pied du mur alors que vous reconsidériez vos activités de détective amateur. Bien que Sir George ait été extrêmement reconnaissant de ce que vous avez accompli, vous étiez convaincue d'avoir échoué.

— Vous me compreniez bien mieux que je ne le faisais moi-même à l'époque, admit Mary, décontenancée. Je n'essaie pas d'excuser mon comportement, j'ai fui et je me suis cachée en devenant la dame de compagnie de ma mère, mais, pour ma défense, je n'avais guère d'autre choix. Je ne dispose pas d'argent à moi, je dépends entièrement de mon père pour mon logement et ma nourriture ; et si je ne m'étais pas rendue utile auprès de ma mère, le duc se serait certainement mis en tête de me trouver un mari.

— Et vous étiez prête à tout pour éviter le mariage, souligna sèchement Tre, comme vous me l'avez fait comprendre dès le début de notre rencontre.

— Je ne veux pas d'une union comme celle de mère ou de Victoria. Je ne veux pas devoir rentrer dans le même moule que ma mère, expliqua Mary en se rappelant les mots qu'elle avait employés avec la duchesse plus d'un an auparavant.

Son cœur battait trop vite maintenant qu'elle en venait enfin à l'essentiel de ce qu'elle voulait dire.

— Mais cela ne signifie pas que je suis déterminée à rester célibataire toute ma vie.

Les sourcils de Tre se levèrent.

— Voilà un revirement radical…

Mary but une gorgée de son thé. Il était devenu tiède. Elle reposa la tasse en plissant le nez.

— J'ai passé des heures et des heures à répéter ce que je voulais vous expliquer, et ça semblait clair dans ma tête, mais le prononcer est beaucoup plus difficile.

— Prenez votre temps. Je suis tout ouïe.

Il ne s'enfuyait pas. Pas encore. Il écoutait toujours. *Crachez le morceau, voyons*, entendait-elle tante Louisa lui ordonner.

— Vous m'avez terriblement manqué, avoua Mary, le cœur battant la chamade. Je ne peux pas imaginer ressentir pour un autre homme ce que je ressens pour vous. Je ne peux imaginer qu'un autre homme me comprenne comme vous. J'aimerais trouver un moyen de partager ma vie avec vous, si c'est possible, mais je ne veux pas que vous soyez ma seule occupation dans la vie. Voilà, je suis venue à Londres pour vous dire cela.

— Bonté divine ! Est-ce une demande en mariage ?

— Pas exactement. Ce que je vous propose, c'est que nous décidions une fois pour toutes si nous sommes faits l'un pour l'autre ou non.

— N'est-ce pas ce que j'ai suggéré, dans le Yorkshire ? Si je me souviens bien, une de vos objections était que votre père risquait d'interférer et de vous ôter toute possibilité de choix.

— C'est toujours un risque, que je gérerai si nécessaire. Mais j'espère que le problème ne se présentera pas, si nous restons discrets. Je ne veux pas être courtisée, assister à des soirées, des bals, et tenir des conversations polies. Je voudrais que nous parlions en toute sincérité, pour discuter du genre d'union que nous souhaitons.

— Quel *genre* d'union ! En existe-t-il différents types ?

— Je pense que oui.

Elle avait envie de s'enfuir. Que le sol s'ouvre sous ses pieds et l'engloutisse. Mais elle devrait endurer cela à nouveau et ce serait au-dessus de ses forces.

— Après plus de quarante ans de mariage, ma mère commence seulement à se poser ces questions. Elle a consacré sa vie à répondre aux exigences de mon père, à poursuivre les projets qu'il n'a pas le temps de terminer, à se substituer à lui, à élever ses enfants à sa place. Elle a accompli son devoir et a été une épouse parfaite, prise pour acquise par le duc et par tous ses enfants, moi y compris. Je ne veux pas de ça, Tre.

— Alors que désirez-vous ?

— Un mariage comme celui de votre tante, et celui que ma sœur Margaret a maintenant.

Mary fronça les sourcils.

— Je ne veux pas dire exactement le même, mais avoir une… sorte d'accord sur mesure avec mon mari. Je veux que *nous* décidions ce qui nous convient à tous les deux. Je veux que nous *partagions* nos vies, pas que nous vivions dans des sphères séparées. Je veux une union dans laquelle j'ai l'impression d'avoir une voix égale à la vôtre, où je suis vraiment la moitié d'un tout, et pas une partie secondaire.

— Rien de tout cela ne semble particulièrement radical, dit Tre, l'air déconcerté.

— Bien sûr que si ! Il est manifeste que je ne me suis pas bien fait comprendre. Dites-moi, qu'attendez-vous du mariage ?

— Les choses évidentes. Une épouse que j'aime et que je respecte. Une famille un jour, si j'ai de la chance.

— Oui, mais qu'est-ce que cela signifie, Tre ? Vous supposez que votre femme fera simplement partie de votre vie, que rien ne changera pour vous, tandis que je serai… englobée dans votre vie. C'est moi qui devrai me plier pour m'adapter. Je ne serai plus Mary, je serai l'épouse du colonel Trefusis. Vous comprenez ?

— Vous ne pensez pas qu'être une épouse, et dans le futur peut-être une mère, est suffisant ?

Mary secoua lamentablement la tête.

— Je sais que l'idée est choquante, mais c'est la vérité.

À sa grande surprise, Tre lui tendit la main.

— Pourquoi serait-ce plus choquant pour une femme que pour un homme de dire ça ? À moins d'épouser la reine, on ne demande pas aux maris d'avoir pour seul objectif de faire plaisir à leurs épouses. Vous voulez vous rendre utile, jouer un rôle qui vous convienne, c'est bien cela ?

Mary poussa un soupir de soulagement et acquiesça.

— Sur ce point au moins, vous êtes tout à fait cohérente, déclara Tre en souriant lentement. Je comprends ; je l'ai toujours compris, car je suis comme vous. Comment comptez-vous vous y prendre ?

— Je suis toujours occupée à y réfléchir, admit Mary en affichant une moue dépitée. Je sais ce que je fais bien et ce que j'aime faire. Je sais que les personnes que j'aimerais le plus aider sont des femmes comme Henny, qui ont encore moins de choix dans la vie que moi. Voilà ce que j'aimerais vraiment faire, Tre, leur offrir des opportunités.

— Vous consacrer à des œuvres de charité, c'est cela que vous voulez dire ?

— Je ne suis pas du genre riche mécène et, comme vous, je n'aime pas attirer l'attention. Il y a des organisations caritatives, comme celle dans laquelle ma mère est impliquée, qui offrent certaines possibilités… mais comme je l'ai dit, je dois encore tirer mes idées au clair.

Tre se leva pour regarder par la fenêtre, les mains profondément enfoncées dans ses poches.

— Je ne sais pas quoi vous dire.

— Je n'attends pas de réponse de votre part pour l'instant.

— Vous avez été très honnête avec moi. Ça n'a pas dû être facile.

— Non, mais je savais que la suggestion devait venir de moi. Je m'en voulais d'être partie en vous laissant en plan dans le Yorkshire. Je veux que vous sachiez que mon départ n'avait rien à voir avec le mal dont vous souffrez. Vous me croyez, n'est-ce pas ?

— Il n'a pas disparu, Mary. J'ai repris le contrôle, mais ce n'est pas encore complètement éradiqué.

— Je m'en fiche.

— Mais moi pas. Je ne veux pas inspirer la pitié.

— Moi non plus, c'est pourquoi vous devez me promettre que si nous découvrons que nos points de vue ne concordent pas, qu'ils ne concorderont jamais, vous me le direz. Si vous n'êtes pas certain, absolument certain, de vouloir m'épouser, vous ne devez pas vous y sentir obligé, même si nous faisons l'objet de rumeurs. Je vous connais, vous êtes un homme d'honneur et vous êtes loyal, c'est important que vous me le promettiez.

— N'êtes-vous pas pareille, Mary ?

— Si, mais je trouverai le courage de dire ce que je pense s'il le faut. Je ne nous condamnerai pas tous les deux à un mariage malheureux parce que j'ai été trop lâche pour dire non.

— Très bien alors, je vous le promets. Quoi d'autre ?

— Rien pour l'instant. Quand vous y aurez réfléchi...

— J'y ai réfléchi.

Tre lui tendit la main, et quand elle la saisit, il la tira de son fauteuil.

— C'est un nouveau départ. Vous m'avez vraiment manqué, vous savez.

— Est-ce que je vous en demande trop ?

— Vous en exigez bien plus de vous-même, répondit Tre en glissant les bras autour de sa taille.

Elle passa les bras à son cou. Ce n'était que le premier pas, mais c'était le bon.

— Nous pourrons nous appuyer l'un sur l'autre, déclara-t-elle, et elle l'embrassa.

Chapitre 29

Cliveden

Cliveden, Buckinghamshire, deux semaines plus tard

Cliveden avait été construit à l'origine comme pavillon de chasse par le duc de Buckingham, célèbre débauché, tête pensante et politicien à la cour de Charles II. La maison avait été détruite dans un incendie et rebâtie à deux reprises. Sa forme actuelle avait été conçue par l'architecte Charles Barry pour le duc et la duchesse de Sutherland. C'était un château de style italien d'une beauté saisissante, comportant trois étages et flanqué de deux ailes pavillonnaires d'un seul étage avec des colonnades en forme d'arches à l'avant. À l'arrière de la maison se trouvait une longue terrasse offrant une vue magnifique sur les parterres, qui rappelaient Drumlanrig à Mary. On apercevait aussi la Tamise, qui coulait dans la vallée en contrebas.

Le duc et la duchesse de Buccleuch venaient régulièrement à Cliveden avec la reine Victoria, à l'époque des Sutherland, Mary quant à elle n'y était jamais allée. Le propriétaire actuel, le duc de Westminster, était marié à la fille de la duchesse de

Sutherland. Si le père de Mary admirait beaucoup les activités philanthropiques du duc, il n'en allait pas de même pour ses orientations politiques, car le duc de Westminster appartenait au parti whig.

C'était Constance, la duchesse de Westminster, qui avait invité Mary pour le week-end, bien que Tre fût à l'origine de l'invitation. « Nous devons faire preuve d'imagination pour passer du temps ensemble de façon parfaitement légitime », avait-il dit.

Mary était donc venue à Cliveden armée d'une demande de financement pour agrandir le jardin de l'école où sa mère enseignait. La duchesse de Westminster s'était d'abord montrée enthousiaste, jusqu'à ce qu'elle apprenne que l'établissement des Pauvres Servantes de la Mère de Dieu était catholique. Sa ferveur s'était alors émoussée. Elle y réfléchirait longuement, avait-elle promis, ce qui signifiait qu'elle prendrait son temps pour informer Mary qu'elle ne souhaitait pas contribuer au projet. Comme la mère de Mary avait déjà obtenu un financement de tante Louisa, cela n'avait guère d'importance.

Mary et sa femme de chambre, Clara, étaient arrivées en début d'après-midi à bord du carrosse de la duchesse. Sa mère avait décidé, au grand soulagement de Mary, qu'à presque vingt-cinq ans elle n'avait plus besoin d'un chaperon. On lui avait attribué une chambre au rez-de-chaussée de l'aile ouest, celle qui donnait sur le jardin. Comme Tre ne devait la rejoindre que plus tard, elle décida d'explorer les lieux.

C'était une belle journée d'été, et les jardins de Cliveden affichaient mille couleurs. Les abeilles bourdonnaient joyeusement, les colombes roucoulaient dans le pigeonnier ; et de l'autre côté du jardin, l'horloge de la tour sonnait l'heure. Mary fit le tour du château jusqu'à la longue terrasse, puis descendit l'un des escaliers de pierre vers des parterres triangulaires de fleurs blanches et violettes. Sa mère aurait immédiatement calculé combien de plantes il fallait pour remplir chaque parterre, même si, ces derniers temps, la duchesse se préoccupait plus de savoir combien de radis, de carottes ou de choux on pouvait faire pousser dans les plates-bandes étroites qui formaient le potager de l'école. La duchesse travaillait désormais trois jours par semaine dans l'établissement, et rencontrait un immense succès auprès des autres enseignants et des enfants. Mary, en quête d'inspiration, l'avait accompagnée deux fois, mais elle avait seulement appris ce qu'elle soupçonnait déjà : que les petits enfants ne l'intéressaient tout simplement pas. Elle ne trouvait pas leurs pitreries amusantes, elle n'aimait pas le fait de devoir continuellement les essuyer, les sécher et les nettoyer, ne supportait pas leurs questions répétitives et constantes. L'enseignement n'était pas pour elle.

L'école était populaire, les élèves étaient pauvres et souvent sales, mais ils venaient de foyers corrects, de familles respectables et travailleuses, dont les parents se rendaient à la messe. Ce qui avait retenu l'attention de Mary, c'était les petits qui n'étaient pas autorisés à venir à l'école. Pas ceux qui étaient exclus pour des raisons de religion, mais pour leur manque de respectabilité. Ceux nés hors mariage, dont les mères étaient connues pour fréquenter les tavernes ou dont la profession était jugée inconvenante. Qu'arrivait-il à ces enfants d'actrices, de chanteuses, de vendeuses de fleurs, de voleuses et de prostituées ? Et aux orphelins que l'on voyait, si on choisissait de regarder, se cacher dans les embrasures de porte, sonder la boue du fleuve à marée basse, fouiller les poubelles le long de l'Embankment ? D'où sortaient-ils ? Que devenaient-ils ? Où dormaient-ils ?

Elle avait posé la question à l'une des sœurs des Pauvres Servantes de la Mère de Dieu et on lui avait répondu que ces enfants provenaient de foyers, d'orphelinats et d'usines. Ils vivaient dans la rue et y dormaient aussi, sauf quand ils avaient grappillé de quoi payer un lit dans une pension bon marché. Ils fréquentaient des criminels et, inévitablement, le devenaient à leur tour. La croyance populaire voulait que le vice engendre le vice. Il y avait assez de cas méritants pour oublier ceux qui ne l'étaient pas. Ils n'avaient qu'à se débrouiller seuls.

Mary atteignit la fin des parterres où une étrange maison de plaisance en forme de dôme avait été érigée. De là, plusieurs sentiers descendaient en pente raide vers la Tamise. La vue était spectaculaire : on apercevait le donjon du château de Windsor au loin. Les doux méandres du fleuve s'écoulaient paisiblement entre ses rives couvertes de verdure.

— Eh bien, eh bien, quelle surprise de vous rencontrer ici.

Elle se retourna.

— Tre ! Je ne vous attendais pas si tôt.

— J'ai pris un train plus tôt.

— Comment avez-vous su où me trouver ?

— Grâce à une déduction d'expert. La journée est belle. Ces parterres ressemblent beaucoup aux jardins de Drumlanrig. Oh ! et l'un des jardiniers m'a dit qu'il vous avait vue vous diriger par ici. Combien d'heures pensez-vous que nous ayons passées ensemble dans des jardins depuis que nous nous connaissons ?

— Mon Dieu, je ne sais pas. La majorité d'entre elles. Voulez-vous retourner au château ?

Tre secoua la tête. Il jeta un coup d'œil par-dessus son épaule avant de la prendre dans ses bras pour la conduire vers le flanc d'une petite grotte, où personne ne les verrait.

— Nous nous sommes donné beaucoup de mal pour nous retrouver ici tous les deux. Ce que je veux faire, c'est vous embrasser.

— C'est ce qu'on appelle une heureuse coïncidence, dit Mary en levant son visage vers le sien. Parce que j'ai envie de vous embrasser, moi aussi.

Le baiser fut frustrant. Le bâtiment en forme de dôme les cachait de la maison, mais ils pouvaient facilement être aperçus depuis le fleuve.

— Cliveden a une histoire parsemée d'intrigues et de scandales, déclara Tre en lâchant Mary à contrecœur, mais je préfère qu'on évite d'y apporter notre contribution.

Ils prirent le chemin qui menait à la Tamise. La vue était suffisamment agréable pour distraire Mary, ou du moins pour qu'elle prétende l'être. Le ferry était amarré sur la rive opposée, attendant l'arrivée de visiteurs du château. Ils marchèrent devant la maison du passeur, admirant plus loin un autre édifice de style Tudor avec des pignons à colombages, qui paraissait vide. Plus loin, un cottage plus grand semblait en rénovation.

— Je pensais que c'était Spring Cottage, mais c'est impossible, dit Tre.

— C'est là que la reine Victoria aimait prendre le thé quand elle était en visite. Je me souviens que ma mère en a parlé.

Mary poussa la porte.

— Pouvons-nous jeter un coup d'œil ?

Les fenêtres à vitraux étaient couvertes d'une fine poussière blanche, sans doute à cause du récent plafonnage. Il flottait une légère odeur de chaux et de copeaux de bois.

— Nous ne devrions pas être ici, objecta Tre.

— Cette maison est inoccupée.

— C'est précisément pour cela que nous ne devrions pas être ici.

— Ces deux dernières semaines, fit remarquer Mary, nous avons fait plusieurs promenades, pris quelques fois le thé avec votre tante - bien qu'elle n'ait pas toujours été présente –, et j'ai presque l'impression que vous redoutez de vous retrouver seul avec moi.

— Le problème, c'est plutôt que j'ai trop envie d'être seul avec vous.

— Vous pensez que c'est mal ?

— Je ne sais pas ce que je pense, c'est la stricte vérité.

— Avez-vous fait l'amour avec Sibilla ?

— C'était différent, nous étions fiancés. Mais Sibilla n'est pas le sujet. Nous parlons de vous et moi.

Mary passa le doigt dans la couche de poussière sur la cheminée.

— Si vous pensez que c'est mal, je ne veux pas que vous m'embrassiez.

— Je n'ai pas l'impression que c'est mal. C'est justement le problème.

Il l'attira dans ses bras et l'embrassa passionnément. Elle lui rendit son baiser en glissant les doigts dans ses cheveux, ce qui fit tomber son chapeau sur le sol. La peau de Mary avait été chauffée par le soleil. Ils titubèrent en arrière, sans cesser de s'embrasser, jusqu'à ce que Tre se heurte à un mur.

Elle murmura son nom. Il lui caressa la taille en remontant la main jusqu'à la courbe de sa poitrine, frustré par les couches de vêtements, mais excité par la façon dont elle frissonnait en réaction. Il recula afin de cacher l'effet qu'elle avait sur lui quand elle glissa les mains sous son manteau. Il prit sa poitrine dans ses paumes. Il y avait décidément trop de tissu.

— C'est pour ça que nous ne devrions pas nous trouver ici, maugréa-t-il d'une voix rauque. Je ne veux pas risquer de perdre le contrôle et de vous faire un enfant, alors que vous n'avez même pas décidé si vous vouliez devenir une épouse, et encore moins une mère.

— Il existe des méthodes pour éviter cette éventualité, Tre. Tante Louisa m'a expliqué…

— Vous en avez discuté avec ma tante ?!

— Pas de ça. Pas de nous. Seulement en théorie. La conversation a été très instructive ! D'après elle, beaucoup d'hommes et de femmes seraient plus heureux dans la chambre à coucher s'ils avaient été bien informés auparavant !

— Bonté divine ! Je ne sais pas ce qu'elle vous a raconté et je ne suis pas sûr de vouloir le savoir, mais laissez-moi vous assurer qu'il est impossible de faire l'amour sans risque. J'aimerais que ce soit le cas, comme je l'ai déjà dit dans le Yorkshire. Cela aurait évité beaucoup de chagrin et de problèmes dans l'armée. Nous jouons avec le feu et je ne voudrais pas que vous vous brûliez.

— Vous avez raison.

Abattue, Mary rajusta sa robe.

— Ce serait en effet insupportable de nous retrouver dans une position où la décision nous échapperait, fit-elle.

— Je devrais parvenir à me contrôler.

Tre grimaça intérieurement. C'était beaucoup trop demander en ce moment. Il ramassa son chapeau.

— Je suppose qu'il est inutile de suggérer une approche plus conventionnelle pour vous faire la cour ?

— Je ne veux pas être courtisée.

Il rit malgré lui.

— Non, vous préférez vous rendre utile. Oh ! ne faites pas cette tête, je vous taquine.

— Si je n'avais pas si peu d'expérience, je pourrais m'engager dans un cirque comme funambule après tout.

— Soir après soir, marcher sur la même corde. Imaginez comme cela serait ennuyeux. De plus, vous devriez vous produire devant un public différent à chaque représentation. Cela ne vous conviendrait pas du tout.

Elle soupira.

— Vous me connaissez si bien. Peut-être pouvez-vous me trouver une occupation où pourraient s'exprimer tous mes étranges talents.

Tre consulta sa montre.

— Je vais y réfléchir. Pour l'instant, nous ferions mieux de rentrer. Le thé va être servi, et on annonce un autre invité qu'à mon avis vous aurez envie de rencontrer.

Mary se réveilla en sursaut. La lumière du jour passait entre les rideaux. La pendule sur la table de nuit lui indiqua qu'il était 9 heures passées. Elle ne dormait jamais aussi tard. Sa tête était embrumée. Le dîner avait été très long et compliqué. Elle avait été si heureuse d'être assise à côté du capitaine Beckman qu'elle avait bu bien plus de vin qu'à l'accoutumée. Elle enfila son châle et sonna Clara. Le capitaine Beckman s'était montré très évasif quand elle avait essayé de savoir ce qu'il avait fait depuis leur dernière rencontre à Drumlanrig. « Des choses et d'autres. Des affaires militaires, rien qui puisse vous intéresser. » Oui, il s'était rendu à l'étranger, ici et là. Il pensait savoir qu'elle avait séjourné à Carlsbad et croisé la fameuse Lady Rolle. Il avait aussi entendu dire que sa sœur Margaret était rentrée de New York et était mariée. Le capitaine Beckman savait bien des choses sur elle, mais elle ignorait presque tout de lui. Pourquoi était-il ici ?

Elle devait poser la question à Tre. Mary gémit, la tête entre les mains. Elle s'était crue si raffinée et expérimentée, alors qu'elle s'était comportée de manière idiote et naïve. Savourer le frisson illicite d'être dans les bras de Tre, l'embrasser jusqu'à avoir l'impression de fondre était une chose, mais faire l'amour avec lui, alors qu'ils auraient pu concevoir un enfant ! Elle frémit, mortifiée à cette idée. Si ça avait été le cas, la honte et le scandale causés par Margaret en auraient été surpassés, et pire encore, les conséquences auraient été irréversibles. Que serait-il advenu du bébé ? Et d'elle ? Tre n'aurait eu d'autre choix que de la demander en mariage. Elle se serait sentie obligée d'accepter, pour que son enfant ait un nom, et bien qu'elle fût extrêmement ambivalente à l'égard des enfants d'autrui, elle aurait bien sûr tenu à son propre enfant – et celui de Tre – comme à la prunelle de ses yeux.

— Milady !

Clara franchit la porte avec un plateau à thé.

— Milady, vous ne croirez jamais ce qui s'est passé.

— La reine est arrivée à l'improviste pour le petit déjeuner, habillée en marin ?

Mary se servit une tasse, y ajouta une goutte de lait, et prit une gorgée bien nécessaire.

— Non, il y a eu un cambriolage.

Mary toussa.

— Un quoi ?

— Il y a un coffre secret dans le salon privé de la duchesse de Westminster. Enfin, il était censé être secret, mais il ne l'est plus maintenant. Quelqu'un est entré par effraction, au milieu de la nuit. Tout ce qu'il y avait à l'intérieur a disparu.

Chapitre 30

Deux cerveaux valent mieux qu'un

Quand Mary arriva dans la salle du petit déjeuner, toutes les conversations, à voix basse, tournaient autour du cambriolage. Le coffre-fort était dissimulé derrière un portrait de la duchesse de Sutherland, la mère de leur hôtesse, suspendu au-dessus de la cheminée de son salon privé. Mary écouta avec attention, parlant peu et buvant très lentement plusieurs tasses de café d'affilée, mais ni Tre ni le capitaine Beckman ne rejoignirent les autres invités.

Elle supposa que les festivités allaient être interrompues. Désemparée, Mary se rendit dans le salon, mais celui-ci était vide. Il lui fallait parler à la duchesse de Westminster, mais la pauvre femme devait encore être avec la police. La pièce s'ouvrait sur la terrasse. C'était une belle et douce matinée d'été. Mary s'appuya sur la balustrade pour essayer de décider ce qu'elle devait faire. Où diable se trouvait Tre ? Et le capitaine Beckman ? Ils étaient peut-être ensemble quelque part dans le château, évoquant des dossiers de renseignement.

— Mary, vous voilà.

— Enfin ! Où étiez-vous passé ? Bonté divine, Tre, vous avez une mine affreuse. Votre tête…

— Ma tête va parfaitement bien. Et la vôtre ?

— Je ne sais pas comment j'ai pu boire autant de vin. Le capitaine Beckman… où est-il ?

— Parti. J'ai pensé que le mieux était de le renvoyer à Londres. Vous devriez faire la même chose.

— J'ai déjà dit à Clara de préparer les bagages. Qu'y a-t-il ?

Un horrible soupçon s'empara d'elle.

— Vous êtes inquiet au sujet de notre conversation d'hier, c'est cela ?

— Que voulez-vous dire ?

— Ce que vous m'avez confié hier dans le cottage. Je n'arrête plus d'y penser. Vous avez raison. Nous ne pouvons pas risquer… les conséquences. Cependant, le fait que je désire tant faire l'amour avec vous doit vous donner un aperçu de la profondeur de mes sentiments, non ?

— Tout à fait, et cela me rassure énormément, répondit Tre en se passant une main sur le front, mais j'ai en ce moment des questions plus pressantes en tête.

— Le vol ? Beaucoup d'objets ont été dérobés ?

— Heureusement, les bijoux les plus précieux de la duchesse sont à la banque, mais les voleurs ont emporté quelques pièces de grande valeur.

— Rien d'autre ?

— Environ cinq cents livres en billets, et quelques affaires que certains invités avaient entreposées dans le coffre.

Tre s'appuya sur la rambarde, les yeux rivés sur les parterres.

— Satanés cambrioleurs.

Il jurait rarement à haute voix. Il s'était entaillé en se rasant et avait éraflé la fossette de son menton. Sa cravate était de travers, aussi. Pour Tre, cela équivalait à être débraillé.

— Vous réagissez comme si ces objets de valeur vous appartenaient. La situation est épouvantable, mais les Westminster sont l'une des familles les plus riches du pays. Cinq cents livres, c'est une somme énorme pour certains, pour eux en revanche…

— Je me fiche de l'argent comme d'une guigne.

— La police pense-t-elle pouvoir retrouver les bijoux ?

Tre haussa les épaules avec impatience.

— Ce n'est jamais totalement exclu, mais ils sont probablement déjà entre les mains d'un receleur à Londres. Les pierres seront démontées, l'or fondu. Ce n'est pas mon problème.

— Alors qu'est-ce qui vous chiffonne ? N'essayez pas de vous débarrasser de moi. Est-ce qu'on vous a volé quelque chose ?

— Pas exactement. Vous devriez dire à votre femme de chambre de faire vos bagages.

— C'est fait, et je vous l'ai déjà dit il y a deux minutes. Que se passe-t-il, Tre ? Ne me dites pas qu'il n'y a rien, je ne vous croirais pas.

— J'aimerais qu'il n'y ait rien.

— Alors, expliquez-moi. J'aimerais vous aider. J'adorerais vous aider même, et vous savez que vous pouvez me faire confiance.

— C'est une affaire personnelle, je ne peux pas vous y mêler.

— Je vois.

Mary frissonna malgré le soleil.

— C'est comme ça que ça se passerait si nous étions mariés, n'est-ce pas ? Vous ne pourriez pas me parler de ce qui vous occupe la plupart du temps. La meilleure partie de votre vie, d'après tante Louisa.

— Je n'ai pas le temps pour autre chose, se défendit Tre. Je le lui ai dit.

— S'il en est ainsi, comment avez-vous pu imaginer que vous trouveriez du temps pour une épouse ? Oh non, je suis bête, vous ne l'aurez jamais. Votre femme devra se contenter du peu que vous pourrez lui accorder le soir. Elle aura peut-être droit à une promenade dans le parc l'un ou l'autre dimanche, si elle a de la chance.

— Mary, pour l'amour du ciel !

— Tre, pour l'amour du ciel !

Elle le foudroya du regard, plus remontée que jamais.

— C'est pour cela que notre relation n'a pas évolué. Quelques thés ensemble, quelques balades. Vous m'avez fait venir à Cliveden uniquement parce que vous aviez des affaires à traiter avec le capitaine Beckman. Je ne serai pas le genre d'épouse qui attend patiemment que son mari daigne partager un peu de son précieux temps, ni le genre de femme qui reste à l'écart de la vie de son époux ! Je croyais que vous me connaissiez mieux que ça. Je pensais avoir été claire et que vous étiez d'accord avec moi. Je croyais que nous voulions tous les deux partager nos vies, et voilà qu'à la première occasion vous me laissez tomber. Eh bien, Dieu merci, nous avons découvert notre erreur avant qu'il ne soit trop tard.

— Mary ! siffla Tre en jetant des regards nerveux autour de lui. Ce n'est pas le moment.

— Voilà, c'est exactement ce que je veux dire ! J'essaie de vous aider, comme lorsque vous m'avez prêté main-forte dans le Yorkshire et à Drumlanrig. Deux cerveaux valent mieux qu'un ! Vous m'avez aussi conseillé de dire ce que j'avais sur le cœur. Je suppose que ça ne vous gêne pas quand il s'agit d'affaires privées sans importance, mais quand il est question d'affaires d'État…

— Pour l'amour du ciel, taisez-vous ! Écoutez, je suis désolé, je n'aurais pas dû vous parler comme ça, mais…

— … c'est vraiment une affaire d'État ?

— Oui.

Laissez tomber. Le message de Tre était clair, mais Mary était déchirée. Elle pouvait s'éloigner comme il le demandait, pour le laisser gérer ses affaires, mais alors, son départ serait définitif. Sa colère avait mis en lumière certaines vérités qui ne pouvaient être ignorées. Est-ce qu'il l'avait compris lui aussi ? Elle mourait d'envie de le lui expliquer encore, mais elle se contraignit à garder le silence, l'observant tandis qu'il fixait à nouveau les jardins. C'était un homme extrêmement intelligent, il comprendrait par lui-même. À moins qu'il n'ait décidé de rester sourd ? Elle ne supportait pas l'idée d'échouer. Si Tre n'était pas capable de la comprendre, aucun autre homme n'y parviendrait. Oh ! mon Dieu, elle ne voulait pas le perdre, mais revoir ses exigences à la baisse pour le garder aurait été pour elle une lente agonie.

Il se retourna enfin vers elle.

— Venez, nous ne pouvons pas parler ici.

Tre ouvrit la marche. Ils longèrent l'allée devant le château, où une imposante statue du duc de Sutherland surveillait le domaine qui avait été le sien, et continuèrent sur la promenade de la reine Anne, en direction du pavillon de Blenheim. Ce dernier avait été construit par le comte d'Orkney, ancien propriétaire de Cliveden, pour commémorer la bataille de Blenheim, où il avait été le commandant en second du duc de Marlborough. Combien d'hommes morts au champ d'honneur avaient eu droit à une tombe décente, sans parler d'un pavillon de ce genre ? se demanda Tre. Il n'avait aucune idée de ce qu'avait pu être la signification initiale de l'édifice. L'entrée n'avait pas de porte, et n'était plus aujourd'hui qu'un abri contre la pluie. Ou les regards indiscrets. C'est pour cette seconde raison qu'il l'avait choisi. Les murs épais empêcheraient quiconque d'entendre ce qu'il était sur le point de confier. Et, à condition qu'ils ne se tiennent pas dans l'embrasure, personne ne les verrait non plus.

Mary ne feignit même pas de s'intéresser au pavillon. Elle serrait les poings. Elle était furieuse contre lui. Était-ce mérité ? Indubitablement, bien qu'elle n'eût pas exprimé clairement sa volonté, avant ce matin. C'était limpide à présent. C'était contraire à toutes les règles de révéler ne fût-ce que le plus infime détail concernant les missions de son département. Il n'y avait pas de demi-mesures, pas de nuances de gris, les règles étaient noires et blanches. Est-ce que l'un des autres hommes s'épanchait auprès de sa femme, de sa maîtresse ou de ses amis ? Si c'était le cas, ils choisissaient bien leurs confidents. Tre n'en avait jamais eu. Il s'était épanoui – enfin, pas exactement épanoui, mais il avait vécu – dans l'isolement.

Son choix était fait. Il avait décidé que les choses devaient changer. Il voulait épouser Mary. Et si c'étaient ses conditions… Il croisa son regard et sourit ironiquement.

— « Deux cerveaux valent mieux qu'un », en effet, déclara-t-il. Un problème partagé pèse deux fois moins. Je ne voulais pas vous exclure.

— Théoriquement, vous n'avez pas le droit d'en discuter avec moi, c'est bien cela ?

— Les règles sont faites pour être contournées, parfois. Et celle-ci ne fait pas exception.

— Oui, mais seulement si *vous* souhaitez vous confier à moi. Pas parce que je vous y ai contraint.

— Je veux vous en parler.

Il lui prit la main, la desserra et déposa un baiser sur le bout de ses doigts avant de la relâcher.

— Je ne le savais pas, c'est tout.

Tre prit une profonde inspiration.

— Bon, laissez-moi vous mettre au courant.

Mary avait raison : lui expliquer et résumer l'affaire l'obligeait à organiser ses pensées dans une séquence plus logique. *Commence par le début*, se dit-il, *avec les papiers.*

— Vous vous souvenez ce que je vous ai dit sur l'importance des renseignements russes ? Nous avons un excellent homme là-bas, Frederick Wellesley. Comme moi, il est lieutenant-colonel dans l'armée, mais dans le régiment d'infanterie des Coldstream Guards. Sa Majesté l'a fait nommer attaché militaire à Moscou et Saint-Pétersbourg, par l'intermédiaire de son cousin. C'était en 1872, quand vous et moi nous sommes rencontrés à Drumlanrig. Quand il est revenu en Angleterre l'année suivante pour se marier, je l'ai engagé à la Direction du renseignement. Franchement, entre nous, c'est une crapule. Il a des mœurs douteuses et un penchant particulier pour les actrices.

Tre sourit.

— Ses méthodes sont encore plus discutables. Il emprunte des documents juste assez longtemps pour les copier ou les photographier. Il lit les lettres privées. Il abreuve ses contacts d'alcool pour leur soutirer des informations. J'ignore s'il s'est abaissé à pratiquer le chantage, mais je ne serais pas surpris que ce soit le cas. Toutefois, grâce à Wellesley, nous avons obtenu des renseignements d'une valeur inestimable sur un empire très secret.

— Ce n'est pas un gentleman, donc, résuma Mary, visiblement fascinée.

— Non, il est particulièrement impopulaire auprès de certains membres du gouvernement. Il est trop anticonformiste. Ils seraient ravis d'avoir une excuse pour se débarrasser de lui.

— Mais c'est l'un de vos hommes, donc vous le protégerez. C'est juste ?

— Cela ne fait pas exactement partie de mes attributions.

— Ce n'est pas ce que j'ai demandé. Si j'étais vous, je verrais cela comme une part tacite de mon travail.

— Vous avez raison. C'est pour cela que j'ai envoyé Beckman à Paris.

— Pas à Londres ?

— Beckman était chargé de nous rapporter le dernier bulletin d'informations de Wellesley. Ce que je peux vous dire, c'est que ce dossier contient des renseignements politiquement explosifs. À tel point que je devais le remettre en main propre à la personne la plus haut placée.

— Votre supérieur hiérarchique ?

Les yeux de Mary s'écarquillèrent comme il ne répondait pas.

— Vous voulez dire, Sa Ma... Mrs Brown ? chuchota-t-elle.

Tre ne pouvait s'empêcher de regarder par-dessus son épaule pendant qu'il parlait, bien qu'il sût que c'était ridicule.

— La reine est la destinataire officieuse de la plupart de nos informations.

— Oh ! mon Dieu ! Et Beckman avait mis ces documents dans le coffre, c'est ça ? Oh ! Tre !

— Le pauvre était effondré, et il s'en veut. C'est pour cela que je l'ai envoyé à Paris, et non à Londres comme je vous l'ai dit. Je ne peux pas risquer qu'il commette un acte irréfléchi pour essayer de sauver la situation. Le vol est survenu sous ma surveillance, c'est à moi de régler cette histoire. Le duc de Westminster m'a assuré que seuls lui et sa femme connaissaient l'emplacement du coffre et qu'il ne l'avait jamais divulgué à aucun invité.

— Oh ! voyons, il ne peut pas être aussi naïf. Combien de domestiques y a-t-il à Cliveden ?

— Environ trente employés permanents. Davantage quand les Westminster sont présents évidemment, et ils ont l'habitude d'embaucher des extra lorsqu'ils ont des invités.

— Tre, vous savez aussi bien que moi que les domestiques sont au courant de tout ce qui se passe dans une maison.

— C'est l'une des premières questions que j'ai posées… pas à Westminster, mais à son majordome. C'était un secret de polichinelle apparemment. Ce qui était beaucoup moins connu, c'est le mécanisme qui permet de déplacer le tableau et de faire apparaître le coffre-fort. Le majordome prétend qu'il en ignorait le fonctionnement, et je le crois, mais un autre employé devait être au courant. La police soupçonne une bonne de s'être arrangée pour le découvrir. Elle a été embauchée il y a trois mois à peine, et elle a mystérieusement disparu depuis le vol.

— Une bonne a forcé la serrure d'un coffre-fort ? N'est-ce pas un travail de spécialiste ?

— Si. C'était un coffre-fort très complexe, en plus. Westminster a appelé Scotland Yard. D'après la police, cette affaire présente toutes les caractéristiques d'une bande criminelle sur laquelle ils enquêtent depuis un moment : on envoie une femme ou une fille travailler dans une maison, avec de faux papiers et de fausses références. On lui laisse le temps de s'installer et d'effectuer ses recherches, notamment repérer où se trouvent les objets de valeur. Puis, une nuit, elle s'assure que ses complices peuvent entrer et fait le guet pendant que le perceur de coffre-fort agit. Ensuite, elle s'enfuit avec lui. Sauf que j'ai cru comprendre que dans cette bande, le voleur de coffre-fort est une voleuse.

— Une bande de femmes ? Comme c'est fascinant.

— Avec à sa tête une femme redoutable appelée Queenie Divers. Scotland Yard les connaît sous le nom des Effrontées. La police dit qu'elles sont impitoyables.

— Elles doivent l'être, encore plus que si elles étaient des hommes, non ? Et intelligentes, on dirait. Ce n'est pas facile de se faire passer pour une domestique si on ne l'a jamais été. Recrutent-elles d'anciennes bonnes ? Ce serait logique. Des femmes qui en ont assez d'être au service d'une maison… qui veulent se marier, peut-être. À moins que ce ne soient d'anciennes bonnes qui ont été licenciées.

— Pour avoir volé, vous voulez dire ?

— Ou parce qu'elles étaient trop jolies. Ou trop accommodantes. Ou pas assez. Ces femmes doivent bien gagner leur vie d'une manière ou d'une autre. Certaines ont certainement des enfants à leur charge.

— Vous les défendez ? Nous parlons d'une bande de criminelles endurcies et sans pitié.

— Des femmes criminelles, qui n'ont peut-être pas le choix… Excusez-moi, je m'écarte du sujet.

— Cela vous ressemble tellement. Je n'ai pas oublié Henny.

— Non, et vous savez que moi non plus. Donc, Scotland Yard pense que les Effrontées ont volé vos papiers sans le vouloir ? Que c'était une simple coïncidence que le cambriolage se soit produit quand ils étaient dans le coffre ?

Tre se dirigea d'un pas nerveux jusqu'à l'alcôve opposée, et s'appuya contre le mur pour regarder par la fenêtre.

— C'est ce que je suppose mais, comme il peut aussi s'agir d'espions russes, je vais devoir, par précaution, trouver une excuse pour éloigner d'urgence Wellesley de Saint-Pétersbourg, pour quelques semaines au moins. Sa vie sera en danger si ces papiers permettent de remonter jusqu'à lui. Évidemment, je ne pouvais pas communiquer à Scotland Yard le contenu de ce dossier ; ils pensent qu'il s'agit d'ordres de routine de l'armée. Je leur ai clairement dit que je ne souhaitais pas qu'ils tentent de le récupérer. Nous ne voulons alerter personne sur le fait qu'il pourrait être précieux.

— Les Effrontées devineraient qu'il a de la valeur ?

Tre sourit – il ne put s'en empêcher – en entendant que Mary avait adopté le nom de la bande.

— C'est peu probable, mais possible. Certains documents sont frappés de l'aigle d'or, le sceau et l'emblème du tsar. La femme qui dirige le gang doit être maligne, mais j'ignore si elle sait lire ou écrire, si elle reconnaît le cyrillique, écriture utilisée sur certains papiers. Je ne sais pas grand-chose à vrai dire.

— Mais c'est un risque que vous ne pouvez pas courir, n'est-ce pas ? Si cette femme comprend que son butin vaut son pesant d'or, elle pourrait… en réalité je n'en ai aucune idée. Que pourrait-elle faire, à votre avis ?

— Cela dépend vraiment de ce qu'elle comprend de la teneur des documents et de ce qu'elle est prête à risquer. Pourrait-elle tenter de nous revendre le dossier ? Qui contacterait-elle alors ? Il est plus probable qu'elle constate que les papiers sont russes et qu'elle les leur propose. Dans ce cas, les Russes découvriraient que les renseignements proviennent de Wellesley. Toute notre opération à Saint-Pétersbourg et Moscou serait compromise, et la position de Wellesley serait intenable. Ce serait presque préférable, si les Effrontées ont effectivement ce dossier en leur possession, qu'elles n'en comprennent pas la valeur et le détruisent.

Tre hésita mais, s'il décidait de faire confiance à Mary et, plus important encore, si elle décidait de lui faire confiance, il devait se montrer le plus honnête possible.

— Il y a une autre raison pour laquelle j'ai envoyé Beckman à Paris. Il fume de l'opium, vous vous souvenez ? Je n'ai jamais considéré cela comme un risque. Il m'assure qu'il maîtrise sa consommation, mais certaines personnes cherchent à créer des problèmes en permanence. Notre travail, nos méthodes ne conviennent pas à certains, comme vous le savez, et bien que Beckman soit un excellent capitaine et un homme fiable, ces personnes ne lui pardonnent pas d'avoir gravi les échelons.

— Vous voulez dire qu'elles seraient heureuses de le voir échouer ?

— Je ne leur offrirai pas ce plaisir.

— C'est aussi un de vos hommes, comme Wellesley. Vous vous êtes donné tant de mal pour mettre en place la Direction du renseignement, et pour assurer son succès. Et vous êtes la personne qui informe la reine, ne l'oubliez pas. Vous êtes un atout extrêmement précieux, mais des gens doivent vous jalouser pour votre succès, et probablement souhaiter que vous échouiez étant donné votre parcours.

Mary traversa le pavillon pour le rejoindre.

— Je sais que vous n'aimez pas évoquer votre mal, mais certains ne l'oublient pas, n'est-ce pas ? Ils étaient heureux de vous voir enterré dans un bureau avec des cartographes, mais maintenant que vous êtes assez important pour fréquenter Sa Majesté, ils estiment que vos maux de tête constituent un risque.

Très ému, Tre l'entoura de ses bras. C'était ce qu'il voulait tant et que seule Mary pouvait lui offrir. Elle le comprenait, et elle n'ignorait ni ses défauts ni ses faiblesses. Quand il desserra son étreinte, il se sentait déjà beaucoup plus optimiste qu'une heure plus tôt.

Elle lui sourit.

— Bon, qu'allons-nous faire ?

— *Nous ?*

— Je veux vous aider. Ce n'est pas juste votre capitaine Beckman et ce vaurien de Wellesley qui risquent d'être discrédités, vous tomberez aussi si vous ne récupérez pas les papiers.

— Vous m'avez aidé rien qu'en m'écoutant.

— Ah non, je veux faire quelque chose de concret. Dites-moi ce que vous comptez faire.

— Je dois découvrir qui a commis ce vol. Scotland Yard ne m'a pas convaincu. Ils ont déjà essayé par le passé d'infiltrer les Effrontées, mais n'ont jamais réussi.

— Infiltrer ?

Le visage de Mary s'était illuminé, et l'estomac de Tre se noua.

— Au bas de l'échelle. Trouver quelqu'un qui puisse se lier d'amitié avec l'une d'elles, ouvrir grand les oreilles, poser des questions, c'est tout.

— Je pourrais m'en charger, proposa Mary, comme il s'en doutait.

— Certainement pas.

— Vous avez quelqu'un d'autre en tête ?

— Vous savez très bien que nous n'engageons pas de femmes.

— Attendez. Quelles seraient les qualités exigées pour ce travail ? Il faudrait une personne qui joue très bien la comédie et possède des talents d'imitation. Qui soit observatrice. Qui puisse soutirer des informations sans éveiller les soupçons. Quoi d'autre ? Quelqu'un qui sache se rendre invisible. Et enfin qui ait l'esprit créatif, qui ne pense pas comme tout le monde.

— Arrêtez, Mary. Il est absolument hors de question que…

— Vous n'avez personne d'autre, Tre. Et vous devez admettre que je suis taillée pour ce rôle. Je vous en prie.

— Il vous faudrait jouer la comédie et vivre sous couverture pendant une semaine, peut-être plus. Vous ne pouvez pas simplement vous volatiliser. Votre mère…

— Je trouverai une excuse.

— Mary, c'est beaucoup trop risqué.

— En quoi est-ce trop risqué ? Si tout ce que j'ai à faire, c'est me lier d'amitié avec une subalterne, il n'y a aucune chance que j'entre en contact avec l'une des plus dangereuses Effrontées. Elles ne sauront même pas que j'existe. Si la fausse domestique découvre que je ne suis pas qui je prétends être, j'arrêterai tout bonnement. Qu'est-ce que vous avez à perdre ?

— Non ! S'il vous arrivait quelque chose, je ne me le pardonnerais jamais.

— S'il vous plaît, vous ne pouvez pas au moins l'envisager ? Votre carrière, deux de vos hommes et la sécurité de notre nation en dépendent, et vous refusez que je me fasse passer pour… une servante maltraitée et malchanceuse pendant quelques jours ?! Si la situation était inversée, vous voudriez m'aider, non ?

Il se retint juste à temps de souligner que la situation était très éloignée des affaires précédentes. Mais ce n'était pas le cas aux yeux de Mary. Il ne supporterait pas de la perdre à nouveau. Elle lui était trop précieuse. Il commençait même à comprendre ce qu'elle attendait de lui, de leur couple, et à le souhaiter aussi. Était-ce un pas dans la bonne direction ? Depuis tout petit, on lui avait fait croire que les femmes avaient besoin d'être protégées. S'il rejetait sa proposition, le considérerait-elle comme un homme surprotecteur ? La perdrait-il s'il refusait son aide ?

— Laissez-moi y réfléchir, dit-il enfin.

— C'est ce qu'on répond quand on a l'intention de dire non.

— Procédons étape par étape. Montrez-moi cette domestique maltraitée. Je ne vous demande pas simplement d'enfiler son uniforme. Laissez-moi la voir, lui parler, qu'elle me raconte son histoire tragique. Ensuite, si je suis convaincu, nous aviserons.

Mary acquiesça en se mordant la lèvre.

— Vous avez raison, il ne suffit pas d'enfiler une robe crasseuse et de se salir le visage.

— Exactement. Vous devrez vous immerger dans le rôle.

— Comment vais-je y arriver ?

Tre sourit.

— Je pense avoir l'homme qu'il vous faut pour vous aider. Mais nous ne pouvons pas lui dire la vérité. Moins il y a de gens au courant dans cette affaire, mieux ce sera.

Chapitre 31

Un rôle à jouer

Londres, une semaine plus tard

Lewis Strange Wingfield était le plus jeune fils de Lady Londonderry. Il était svelte et n'avait qu'une trentaine d'années, mais son front, haut et lisse, commençait à se dégarnir. Il compensait en laissant pousser les cheveux que la nature avait épargnés : longs, ils ondulaient au-dessus de ses oreilles. Son menton était glabre, et ses traits plutôt délicats, à l'exception de son nez, qui était trop grand et faisait paraître sa bouche trop petite. Son sourire était contagieux, il n'avait pas sa langue dans sa poche et faisait preuve d'un sens de l'humour malicieux. Il se disait ravi d'aider Mary.

— J'étais dans une impasse, je venais de publier mon roman, *Terrain glissant* – l'avez-vous lu ? Non, je vais vous en procurer un exemplaire et vous le dédicacer. Vous allez adorer. Maintenant : qui souhaitez-vous devenir ?

Devenir, et non *interpréter*, nota-t-elle, c'était de bon augure.

Lewis avait été comédien et artiste, écrivain et critique, et, plus récemment, il avait travaillé comme chirurgien et correspondant de guerre pour le *Times* à Paris pendant la guerre franco-prussienne. C'était à cette époque qu'il avait attiré pour la première fois l'attention de la toute jeune Direction du renseignement. Ses qualités de caméléon, que Tre avait décrites à Mary, s'étaient révélées extrêmement utiles à plusieurs reprises lorsqu'il fallait que quelqu'un se fonde dans le décor pour recueillir des informations spécifiques. Cependant, sa tendance à papillonner – il s'ennuyait très vite une fois qu'il maîtrisait sa nouvelle personnalité – ne lui permettait pas de jouer un rôle permanent au service de Tre. Il était toutefois digne de confiance et c'était un critique impitoyable, deux qualités qui, d'après Tre, faisaient de lui un mentor parfait pour Mary.

À l'origine, c'est par Margaret qu'elle avait entendu parler de Lewis pour la première fois. Sa sœur s'était liée d'amitié avec lui neuf ans plus tôt en Irlande, tandis qu'elle vivait à Powerscourt, chez le frère aîné de Lewis, Mervyn, septième vicomte de Powerscourt. Lewis lui avait raconté certains de ses exploits les plus extraordinaires alors qu'elle répétait son nouveau rôle dans le salon de sa maison londonienne. Il ne pouvait pas s'empêcher de jouer, même quand il n'était pas sur scène. Il avait incarné un gardien dans un asile d'aliénés et une prison. « Les hospices de pauvres et les logements pour indigents, j'ai dormi partout », avait-il assuré à Mary lorsqu'elle lui avait expliqué le rôle qu'elle allait devoir jouer. « J'ai d'innombrables amis dans les bas-fonds. Vous n'auriez pas pu choisir de meilleur professeur. »

Elle avait cru qu'il exagérait, mais il l'avait très vite détrompée. Il avait l'œil pour les plus infimes détails de sa nouvelle personnalité : de sa coiffure à sa démarche, en passant par son vocabulaire, à son accent, et ses vêtements.

La création la plus réussie de Lewis était Ned Smith.

— L'ami du cocher, expliqua-t-il en lui adressant un clin d'œil. Ned était un brave type, toujours prêt à dispenser un coup de main ou un conseil. J'étais tellement apprécié, ma chère Mary, que j'aurais pu héler n'importe quel fiacre parmi des centaines et je n'aurais pas payé la course. Inutile de préciser que je payais trop et que je donnais trop de pourboires. Maintenant, laissez-moi vous regarder marcher à nouveau. Ce que je veux, c'est une démarche effrontée, pas un dandinement.

Malheureusement, Lewis n'avait pas de photos de Ned, ni d'aucun autre des personnages qu'il avait incarnés en dehors des planches, mais Mary avait pu feuilleter ses albums de scène, qui le montrait dans des rôles aussi divers que Mr Primrose dans *Popping the Question*, une farce dans laquelle il interprétait un vieux célibataire qui demande sa pupille en mariage ; un Rizzio intrigant dans *Marie, reine d'Écosse* ; et un John Grumley malchanceux dans *Domestic Economy*.

— Et même si ça n'est que mon avis, commenta Lewis, en étudiant une photographie d'*Othello* monté au théâtre de Haymarket, mon Roderigo a volé la vedette à Ira Aldridge et Walter Montgomery, qui incarnaient Othello et Iago. J'avais beaucoup plus de cran. Relisez le poème si vous voulez bien, Mary. Et cette fois, ajoutez un peu de rage.

Il fallut une semaine de formation intensive avant qu'il ne la déclare prête, bien qu'il eût admis à contrecœur, le premier jour, qu'elle avait « une oreille assez bonne, heureusement ».

Il ne s'intéressait absolument pas à la raison pour laquelle Lady Mary Montagu Douglas Scott souhaitait devenir Mary

Hughes. Quand elle lui avait expliqué, le jour de leur rencontre, que c'était pour un pari, il avait haussé ses sourcils fins et lâché un *pfft* méprisant entre ses lèvres pincées.

— L'art de la dissimulation est de se convaincre que ce que l'on énonce est vrai. Vous auriez dû me dire de me mêler de mes affaires, ce qui me va parfaitement. Je mets un point d'honneur à poser le moins de questions possible quand il s'agit des missions occasionnelles que le colonel Trefusis me confie. Le pourquoi et le comment ne m'intéressent pas. Tout ce qui compte pour moi, c'est de tester mes limites et de m'amuser un peu par la même occasion. Je dois toutefois reconnaître que j'ai été très intrigué quand j'ai entendu votre nom. Comment va cette chère Margaret ? Aime-t-elle la vie de couple ?

— Elle est très heureuse, elle attend son premier enfant pour la fin de l'année.

Lewis frissonna.

— Je ne suis pas du tout convaincu que les enfants soient nécessaires au bonheur. En fait, je pense que l'inverse est bien plus probable.

— Mais vous êtes marié, n'est-ce pas ? demanda Mary avec curiosité, car il appartenait à cette catégorie pour laquelle Lady Rolle utilisait l'euphémisme « les hommes sensibles ».

— Cecilia et moi sommes mariés depuis huit ans, et nous avons passé la plus grande partie de ce temps l'un sans l'autre, c'est pourquoi je peux affirmer, la main sur le cœur, que nous sommes très heureux.

— Si vous ne souhaitiez pas passer du temps ensemble et que vous n'avez aucun désir d'enfant, pourquoi diable vous êtes-vous mariés ?

— Vous êtes si directe ! s'exclama Lewis en frappant dans les mains. Maintenant, je vois que Margaret et vous êtes effectivement sœurs. Pour revenir à votre question, cela nous convenait, pour des raisons différentes. Je ne vais pas entrer dans les détails, car cela ne regarde que mon épouse et moi, mais ce mariage me permet d'être l'homme que je suis et à Cecilia d'être la femme qu'elle est. Bon, assez parlé de moi. Une phrase que je prononce rarement, d'ailleurs. Votre soi-disant pari est fixé pour ce soir. Cette amie qui sera témoin de notre performance, ai-je le droit de connaître son identité ?

— Il a un visage qui vous sera familier, le taquina Mary.

— *Il ?*

Lewis leva les yeux au ciel.

— Pour autant que je sache, nous ne partageons qu'une seule connaissance masculine. Le colonel met-il à l'épreuve l'un d'entre nous ou les deux ? Non, ne répondez pas. Passons une dernière fois en revue l'histoire de votre vie, Mary Hughes. S'il vous plaît, entrez côté cour.

Mary ajusta sa position sur la chaise, affaissa les épaules en inclinant le menton, une jambe tendue devant elle.

— Mary Hughes, âgée de vingt-cinq ans. Son père était garde-chasse dans une grande propriété à la périphérie d'Édimbourg.

— Oui, nous avons bien fait de nous en tenir à l'accent écossais, l'interrompit Lewis. Même si je maîtrise parfaitement l'argot des quartiers pauvres, il me serait impossible de vous l'enseigner suffisamment pour que vous passiez pour une cockney authentique en une semaine. À moins que vous n'ayez la malchance de rencontrer un compatriote écossais, très peu de gens sont capables de faire la différence entre un Highlander et un Sassenach. Continuez, je vous prie.

Mary Hugues avait eu la chance d'être engagée comme fille de cuisine dans la grande maison, où elle avait travaillé dur pour enfin devenir femme de chambre. Une fois orpheline, la malheureuse avait commis l'erreur de tomber amoureuse du cousin de sa maîtresse, qui l'avait séduite avec des promesses de mariage. Lady Mary espérait que Henny lui pardonnerait d'avoir emprunté son histoire, mais les mensonges sont toujours plus convaincants quand ils contiennent une part de vérité. Grâce à une visite, en compagnie de Margaret, d'une des rues les plus pauvres d'Édimbourg l'année précédente, elle pouvait fournir une description glaçante et précise du taudis où son personnage avait donné naissance à son enfant, trop tôt pour qu'il survive. Sans ressources et le cœur brisé, Mary Hugues avait utilisé ses dernières pièces pour se rendre à Londres dans l'espoir d'un nouveau départ, mais s'était aperçue que, sans références, les portes respectables lui restaient fermées.

— Parfait, trancha Lewis. Je suis un merveilleux professeur, ne trouvez-vous pas ? Ce sont les petits détails qui sont importants, rappelez-vous, les petites touches de couleur. Êtes-vous nerveuse ? Si vous ne l'êtes pas, c'est que quelque chose ne va pas. Le trac aiguise l'esprit, rappelle que l'on est en représentation, sous les feux de la rampe comme on dit.

— Rassurez-vous, Lewis, je suis nerveuse.

— Où la duchesse, votre mère, croit-elle que vous avez passé la semaine ? Sait-elle que vous et moi avons fait connaissance ?

— Oh oui, elle est au courant. J'ai pensé qu'il valait mieux le lui dire, comme votre mère et elle sont de si bonnes amies.

Mère ne s'imagine évidemment pas que nous avons passé autant de temps ensemble.

La duchesse supposait que Mary demeurait surtout avec tante Louisa, et elle était trop absorbée par ses propres préoccupations pour se renseigner, évitant ainsi à Mary de trop lui mentir. Ou de dissimuler, comme disait Lewis, et elle était devenue plutôt experte dans ce domaine. Était-ce une qualité ? Pour le moment, très certainement.

Lewis se leva et lui tendit le bras.

— Allez, viens, Mary, déclara-t-il avec un fort accent cockney, mets tes nippes, allons boire un coup et rigoler.

Le music-hall Oxford se trouvait en plein cœur de Westminster, à environ un kilomètre des bureaux de Tre à Whitehall, mais alors que ce dernier patientait en face de l'établissement, guettant l'arrivée de Mary et de Wingfield, il ne se sentait pas du tout à sa place. Il n'était pas amateur de théâtre, n'aimait pas l'opéra non plus, et même si cela avait été le cas, il se doutait que ce qui l'attendait serait d'une tout autre nature. Il croyait qu'il n'aurait aucune difficulté à les reconnaître mais, alors que l'heure du début de la représentation approchait et que la foule aux portes du music-hall se réduisait à quelques retardataires, il se rendit compte qu'il les avait ratés, à moins que Mary n'ait renoncé à son projet en dernière minute, ce qui lui semblait peu probable. Cela dit, il aurait préféré qu'elle le fasse. Même si, en théorie, leur stratégie commune suivait des étapes parfaitement logiques et constituait son meilleur espoir d'infiltrer les Effrontées, en pratique, il avait du mal à accepter ce risque. S'il arrivait quoi que ce soit à Mary…

Il se ressaisit. *Concentre-toi sur le travail à accomplir.* Il ne s'agissait que de la laisser faire ses preuves, rien de plus. Il était encore temps qu'elle échoue. Cependant, il ne pouvait pas se le permettre ! Tre se maudit à voix basse. *Concentre-toi !*

L'Oxford avait été autrefois un théâtre convenable présentant des divertissements familiaux, mais cette époque était révolue depuis longtemps. Les craintes de Tre de se faire remarquer comme gentleman non accompagné se dissipèrent lorsqu'il se fraya un chemin dans la salle. Il fut d'abord assailli par le vacarme : une cacophonie de voix, qui criaient, s'interpellaient, s'échauffaient pour se joindre aux chœurs. Les balcons étaient bondés, surtout occupés par des hommes, certains vêtus de façon respectable, comme lui, de noir ou de gris, d'autres dans des versions bon marché de la même tenue, d'autres encore en tenue de travail et en bottes. Les quelques femmes présentes faisaient l'effet d'oiseaux de paradis aux couleurs vives, les cheveux ornés de confections fragiles en plumes, dentelles et filets. Tre fut ensuite frappé par l'odeur : bière renversée, transpiration aigre, parfums et alcools bas de gamme, le tout recouvert du fumet de tourtes à la viande et d'anguilles en gelée, dévorées avec voracité.

Où diable pouvaient-ils bien être ? Il tourna son attention vers les bancs disposés en rangs bien ordonnés à l'arrière de la scène, mais n'aperçut ni Mary ni Wingfield. Sous le balcon, il y avait un coin salon avec des tables. Trois ou quatre personnes étaient assises à chacune d'elles, encore une fois principalement des hommes bien qu'il y eût un peu plus de représentantes de la gent féminine. Le public ici était encore plus bruyant, enhardi par une réserve inépuisable de boissons fortes.

— Il y a de la place là-bas, mon canard.

Une barmaid, qui passait avec un plateau chargé de verres remplis de ce poison ambré qu'ils appelaient sans doute du brandy, lui indiqua une table occupée par seulement deux spectateurs.

Tre marmonna des remerciements, se faufila entre les chaises, cherchant de plus en plus désespérément à apercevoir Mary.

— Y a de la place si vous êtes pas trop gros, m'sieur.

Il s'arrêta dans son élan. La jeune femme qui l'avait interpellé en se levant lui adressa un signe de la main en lui souriant d'un air espiègle. Il se dirigea vers elle en contournant les obstacles. Il reconnut d'abord Wingfield, qui incarnait le joyeux personnage cockney qu'il avait déjà vu. Et à côté de lui se trouvait Mary. C'était elle, sans l'ombre d'un doute. La même abondante chevelure relevée sur sa tête, mais dont plusieurs longues boucles tombaient malicieusement jusqu'à sa poitrine. Elle était vêtue d'une simple robe noire, le genre de tissu bon marché qui avait viré au brun rouille par endroits à cause de trop nombreux lavages. Le vêtement avait des manches longues et le décolleté couvrait plus sa poitrine qu'une robe de soirée respectable, mais « respectable » était le dernier qualificatif qu'il aurait utilisé pour décrire l'apparence de Mary. Alors qu'il s'installait en face d'eux, elle lui décocha un clin d'œil.

— On va boire un petit verre avec vous, pas vrai, Lewis ?

— Ça serait pas de refus, ma foi.

Wingfield semblait avoir les yeux vitreux et prétendait ne pas reconnaître Tre.

Comprenant un peu tardivement ce qu'on attendait de lui, Tre appela une serveuse. Dès qu'ils eurent leurs boissons, Mary pencha son verre, en but une grande gorgée, le vida et le reposa, avant de prendre celui de Wingfield.

— T'es déjà soûl comme un coing, dit-elle quand il fit mine de protester.

— Vous le serez aussi, si vous continuez à ce rythme, ne put s'empêcher d'intervenir Tre.

— Vous croyez ?

Mary inclina le verre et le but d'un trait.

Une voix s'éleva de la scène :

— Mesdames et messieurs ! Pour votre plus grand plaisir, je vous présente une jeune femme sortie tout droit de l'école des bonnes manières ! Une innocente jeune fille, qui va vous chanter un conte moral intitulé *Miss Muffet.* Voici Harriet Vernon.

Des cris et des sifflets saluèrent la chanteuse légèrement vêtue. De l'autre côté de la table, Mary lâcha un énorme rot et se couvrit la bouche.

— Oups. Scusez-moi. Vaut mieux que ça sorte.

S'efforçant de ne pas rire, Tre s'installa confortablement pour regarder le spectacle. Même si ses compagnons offraient eux-mêmes un divertissement de premier choix.

CHAPITRE 32

MARY DES BAS-FONDS

Comme la journée était étouffante et la marée basse, les fenêtres du salon de Montagu House restaient bien fermées pour éviter de laisser entrer la puanteur de la Tamise. La duchesse était à son école, le père de Mary à Boughton, et Tre faisait nerveusement les cent pas en face de la jeune femme.

— Qu'est-ce qu'il y a ? Vous chiez une pendule, comme disait mon vieux papa ? demanda-t-elle avec l'accent de Mary Hughes.

Le sourire de Tre n'était que de façade.

— Votre performance était très impressionnante, même si je ne suis toujours pas entièrement convaincu que l'altercation avec le vendeur de tourtes à la viande était indispensable.

— Non en effet, c'était pour m'amuser.

Tre s'assit à côté d'elle.

— Mary, si vous vous liez d'amitié avec la jeune femme que nous avons identifiée, ce ne sera plus un jeu, tout deviendra très sérieux.

— Vous avez repéré quelqu'un qui a des liens avec la bande ?! Pourquoi ne pas me l'avoir dit ?

— Parce que j'ai des doutes, voilà pourquoi. Renverser votre verre et chanter des chansons paillardes dans un music-hall, ça n'a pas grand-chose à voir avec vivre dans une pension et faire semblant d'être isolée et sans le sou.

— Mary Hughes n'est pas vraiment dévergondée, elle s'est laissée aller au music-hall parce que c'était Lewis qui payait. Elle est beaucoup plus calme et désespérée. Je peux vous montrer si vous voulez.

— Je crois que je ne peux pas vous laisser faire, Mary. Je ne doute pas de vos capacités, mais je ne peux pas vous laisser courir un tel risque. Et si quelque chose tournait mal ?

— Qu'est-ce qui pourrait mal tourner ? Je dois juste me rapprocher de… comment s'appelle-t-elle ?

— Tilly.

La voix de Tre était monocorde. Sa peau avait une teinte grisâtre. Inutile de demander s'il avait eu des problèmes de sommeil : la réponse était écrite sur son visage. Elle s'installa à côté de lui et lui prit la main.

— Je suppose qu'il n'y a aucune trace des documents disparus ?

— Rien. Je continue à me dire « pas de nouvelle, bonne nouvelle », mais ce n'est pas forcément le cas.

— Combien de temps allez-vous encore attendre avant d'être contraint à signaler le vol à vos supérieurs ?

— Je ne sais pas… deux semaines tout au plus.

Il serra les doigts de Mary, puis la lâcha.

— Je vais bientôt devoir confesser mon erreur. Ce n'est pas la faute de Beckman, je peux l'épargner. Faire l'échange de documents à Cliveden était mon idée, pas la sienne. Je pensais qu'un week-end privé à la campagne avec des invités triés sur le volet serait le cadre parfait et ne présenterait qu'un faible risque. Ironique, n'est-ce pas ?

— Mais le cambriolage n'est pas votre faute, s'indigna Mary. C'était une pure coïncidence, certainement.

— Certainement ! Nous ne pouvons pas en être sûrs et le ministère de la Guerre s'en moque.

— Vous pensez que vous pourriez perdre votre travail, c'est cela ? l'interrogea Mary, inquiète. Et si c'était le cas, vous vous diriez que vous n'êtes plus un mari convenable pour moi, et rien de ce que je dirai ou ferai ne pourra vous persuader du contraire.

Il tenta de sourire, en vain.

— Vous me connaissez trop bien. J'ai fini par trouver ma voie, un travail pour lequel je suis doué, que j'aime et qui en vaut la peine. Si je le perdais, je ne sais pas ce que je ferais.

— Je pourrais dire exactement la même chose, je comprends parfaitement ce que vous ressentez. Et je ne suffirais pas à compenser cette perte, n'est-ce pas ?

Les yeux de Mary clignaient à toute vitesse.

— Vous pouvez me l'avouer, Tre. Après tout, je vous l'ai dit.

— Ce n'est pas que vous ne suffisiez pas. Vous êtes bien plus que tout ce dont j'ai pu un jour rêver, mais que pourrais-je vous offrir en retour, si je suis sans emploi et sans perspectives… car ma réputation sera entachée, vous pouvez en être sûre. Comme vous l'avez souligné, la Direction du renseignement était en grande partie mon idée. Mes supérieurs se feront un plaisir de me rappeler que j'aurais dû prévoir ce genre d'incident, que j'aurais dû me montrer plus prudent. Ils pourraient même me faire comprendre que j'ai rendu le pays moins sûr, au lieu de veiller à sa sécurité. Je connais ces gens, Mary, ils peuvent tout retourner et déformer. Je ne gagne même pas assez en ce moment pour nous éviter de devoir économiser et de nous serrer la ceinture. La réalité crue est que, sans mon travail, nous ne pourrions pas nous marier, faute d'argent.

— J'aurais ma dot.

— Si votre père approuve notre mariage ! Or, il ne le fera pas, si je n'ai aucun revenu. De plus, et je suis désolé d'être si conventionnel, je ne veux pas que nous vivions de votre dot. Si nous désirons une union qui respecte nos conditions, nous devons la financer.

— Alors il faut nous assurer que vous conserviez votre travail, ce qui signifie que nous devons récupérer ces papiers avant que leur disparition ne soit officielle, conclut Mary. La sécurité de notre nation en dépend, et mon avenir également, ce qui est beaucoup plus important de mon point de vue. Je n'ai pas l'intention de vous perdre.

— J'ignorais que vous aviez décidé de me garder.

Leurs regards se croisèrent. Depuis combien de temps était-elle sûre d'elle à ce sujet ? Depuis Cliveden, son seul objectif était d'être aux côtés de Tre, de l'aider et de lui prouver ce qu'elle valait. Était-ce de l'amour ? Elle s'approcha pour lui caresser la joue. Il n'était pas rasé et piquait. Il avait l'air épuisé et à bout de forces.

— Je veux que vous soyez dans ma vie. Je le désire vraiment.

— Oh ! Mary, ma chère, ma très chère Mary.

Il l'attira dans ses bras et l'embrassa avec intensité.

— Je ne supporterais plus de vous perdre maintenant.

— Alors, laissez-moi vous aider, dit-elle avec insistance. Nous sommes ensemble dans cette épreuve, Tre. Ce n'est pas seulement votre avenir qui est en jeu, c'est aussi le mien. Est-ce que ça ne vaut pas la peine de se battre pour ça ?

— Si ! Mais pas à n'importe quel prix.

— Si vous aviez quelqu'un d'autre sous la main qui puisse se lier d'amitié avec Tilly, vous n'hésiteriez pas un instant, si ?

— Non, mais je n'ai personne.

— Je suis là, moi. Je peux prendre un logement dès demain. Lewis m'aidera à trouver un endroit sûr. Je n'y dormirai pas, bien entendu.

— Ne me pressez pas. Laissez-moi réfléchir.

— Il n'est plus temps : nous devons agir.

— Je ne peux pas vous laisser agir seule. C'est trop vous demander.

— Une fois pour toutes, Tre, je *veux* le faire ! Je *peux* le faire. En dehors de vous, personne, et pas même Sa Majesté, n'a plus d'intérêt que moi à résoudre cette affaire.

Elle attendit en retenant son souffle. Le dilemme qui torturait Tre se lisait sur son visage et se devinait à sa façon angoissée d'arpenter la pièce.

— Si je pouvais m'arranger pour que quelqu'un veille sur vous, je me sentirais beaucoup plus tranquille.

— Lewis ?

— Mon Dieu, non. Il faut un homme stable, discret, et qui ne risque pas de s'ennuyer et de rater le plus important. Lewis est trop lunatique. Je dénicherai la bonne personne, je m'en occupe de ce pas. Comment expliquerez-vous vos absences de la maison ?

— Je trouverai un prétexte, je m'en occupe de ce pas, répliqua Mary – ce qui lui valut un sourire fugace. Oh ! Tre, nous pouvons y arriver, j'en suis sûre.

— Ne vous enthousiasmez pas trop. Tilly n'est qu'un membre subalterne de la bande. Elle pourrait ne rien savoir d'intéressant.

— Ou détenir une information importante, et si je parviens à me lier d'amitié avec elle…

— Votre implication doit se limiter strictement à cela, martela Tre avec fermeté. C'est compris, Mary ? Ces femmes sont dangereuses. Vous allez à la pêche aux informations, le plus discrètement possible, et rien de plus.

Il la tira par le bras pour la remettre debout.

— C'est tout, ajouta-t-il. Vous travaillez pour moi maintenant et c'est un ordre direct.

— C'est clair et net, colonel Trefusis.

— Ce n'est pas une plaisanterie.

— Je sais, dit Mary, immédiatement contrite. C'est pour notre avenir que nous nous battons, je ne l'oublierai pas, et je connais la valeur de cette confiance que vous m'accordez.

— Je ne doute pas de vos capacités, ma chère.

— Mary, je…, fit une voix féminine. Oh ! colonel Trefusis. Je ne savais pas que vous étiez là.

— Je prenais congé de votre fille, Votre Grâce.

— Mère ! Le colonel Trefusis était ici pour… pour m'expliquer…

— Oh ! Mary, pas la peine d'inventer une excuse. Je suis venue t'informer que nous devons retourner à Dalkeith dès que possible. Sa Majesté inaugure le mémorial du prince Albert à Édimbourg le mois prochain, et il y aura ensuite une réception au palais de Holyrood à laquelle nous sommes obligés d'assister.

— Oh non ! Je ne peux pas vous accompagner. J'ai…

— Vous pouvez séjourner chez Louisa, je suis sûre que cela ne la dérangera pas. Pour être franche, Mary, je préfère voyager seule avec ton père. Je souhaite discuter avec lui de mes projets concernant un deuxième potager à l'école. J'aurai enfin toute son attention durant ce long trajet vers le nord. Maintenant, si vous voulez bien m'excuser, j'ai beaucoup à faire. Bonne journée, colonel Trefusis, je suis sûre que vous trouverez vous-même la sortie.

— Ma tante part pour l'été à Bicton très bientôt, murmura Tre alors que la porte se refermait. Votre mère n'est manifestement pas au courant.

— Non, répondit Mary, rayonnante. Et tout ce qu'il me reste à faire, c'est m'assurer qu'elle ne l'apprenne pas.

Whitechapel, Londres, une semaine plus tard

La supercherie quant à l'endroit où Mary séjournait avait été remarquablement facile à mettre en place.

Elle avait fait des adieux chaleureux à tante Louisa la veille du départ de sa mère pour l'Écosse, et à la duchesse le lendemain.

Tre avait intercepté le message écrit par la duchesse pour remercier Louisa de s'occuper de sa fille, et fait en sorte que le carrosse prévu pour conduire Mary à la résidence de Lady Rolle, l'emmène à Bloomsbury. C'était là que Tre lui avait trouvé un logement : un salon à partager et une chambre à coucher dans une maison tenue par un couple sévère mais très respectable, d'après Tre, qui veillerait à ses besoins et lui apporterait ses repas.

Dans cette chambre, chaque matin, Lady Mary Montagu Douglas Scott se transformait en Mary Hughes, enfilant sa robe noire minable et ses bottines usées. Lorsqu'elle nouait les rubans de son chapeau démodé – dont le bord dissimulait une bonne partie de son visage – et qu'elle drapait son châle en laine autour de ses épaules, des papillons s'envolaient dans son estomac.

« Le trac aiguise l'esprit, rappelle que l'on est en représentation », lui répétait la voix de Lewis dans sa tête quand elle sortait de la maison et entrait dans le vieux fiacre branlant conduit par un cocher au visage buriné. Bert, l'homme que Tre avait chargé de la protéger, l'attendait à l'intérieur dans ses immuables vêtements ternes et poussiéreux. Le fiacre s'arrêtait à un endroit différent chaque jour. Mary Hughes en descendait, puis le véhicule repartait, disparaissait au coin de la rue et, quelques rues plus loin sans doute, sans que Mary ne sache jamais quand, Bert en sortait à son tour.

— Ne me cherchez pas des yeux, l'avait-il prévenue. Ne vous retournez pas, mais croyez-moi, je serai là, en retrait, à vous surveiller.

Malgré elle, elle avait essayé de l'apercevoir, le premier jour, mais elle ne l'avait pas repéré une seule fois.

La chambre que Lewis avait trouvée pour Mary Hughes était située dans une petite maison mitoyenne. Au rez-de-chaussée, la pièce de devant était aménagée en bazar qui vendait une étrange sélection de boutons, d'épingles, de ficelles, de coton, mais aussi de stylos et de buvards, de serpillières et de seaux, et bon nombre de brosses de toutes sortes. Derrière, il y avait un salon à l'usage des locataires et une pièce faisant office de cuisine, qui proposait seulement un âtre, une grille et une fourchette à viande. Il y avait aussi un cabanon à l'arrière du bâtiment, où l'on pouvait pomper de l'eau les jours où il y en avait. Les toilettes se trouvaient également à l'extérieur, à l'usage exclusif des locataires, un équipement qui était encore très inhabituel dans ce quartier de Londres, lui avait expliqué Lewis, tout en lui recommandant, inutilement, d'éviter d'y avoir recours.

Les quatre chambres étaient louées au mois plutôt qu'à la journée, ce qui participait à faire de cette maison une pension respectable. Deux couples mariés occupaient chacun une chambre au deuxième étage ; Mary était installée dans l'une des deux chambres du grenier, l'autre étant habitée par un clerc d'avocat. Les locataires n'échangeaient pas de politesses en dehors d'un « bonjour » marmonné s'ils se croisaient dans l'escalier. Le salon et la cuisine étaient partagés, mais il était mal vu d'entrer dans l'une ou l'autre pièce si elle était utilisée. Mary avait découvert très vite qu'on ne posait pas de questions. Dans une maison où les murs étaient si minces que l'on entendait chaque mot s'il n'était pas murmuré, l'intimité était jalousement préservée.

Elle séjournait très peu dans la pension, mais vêtue de ses habits miteux et portant un panier, elle passait beaucoup de temps à ouvrir les yeux dans les rues pauvres de Whitechapel et de Cheapside, s'aventurant jusqu'à Holburn, en tenant compte de la recommandation de Lewis de ne jamais aller plus loin à l'est. En journée, fagotée comme elle l'était, personne ne la remarquait : elle était juste une Londonienne ordinaire. Elle aimait jouer son rôle, non seulement parce qu'elle agissait enfin et qu'elle aidait Tre, mais aussi pour le plaisir de l'interprétation. Elle commençait à comprendre pourquoi Lewis aimait tant se faire passer pour quelqu'un d'autre, cette satisfaction tranquille de passer inaperçue, d'incarner une inconnue. Elle vivait chaque jour comme son expédition sur le rebord du toit de Drumlanrig, excepté que Mary Hughes avait un objectif précis en tête. La situation était aussi terrifiante que grisante, mais elle n'était jamais, jamais ennuyeuse. Si sa mère venait à découvrir la supercherie, elle serait effondrée et furieuse, mais Mary était déterminée à garder le secret. Contrairement à Lewis, elle ne voulait surtout pas se vanter de ses exploits. Tout ce qui l'intéressait, c'était de réussir, et elle était farouchement décidée à y parvenir.

Il y avait tant à apprendre sur la vie à Whitechapel. Tout avait un prix, et chaque vendeur s'arrangeait pour que son prix soit entendu. Les vendeurs ambulants, les marchands des quatre saisons et les étalagistes du marché annonçaient leurs marchandises à cor et à cri. Des bonnets pour quatre pence, une pêche ou un bouquet de persil pour un penny, un cahier pour deux pence. Les rues résonnaient de ces appels. Mary n'avait aucune idée de ce qui était jugé bon marché ou ce qui était cher. Elle avait quelques pièces de monnaie dans sa bourse, rangée bien à l'abri, mais elle ignorait ce qu'elle pouvait acheter avec cette somme ni ce qu'elle pouvait signifier aux yeux des autres locataires. Elle se promenait seule dans les rues et, prenant conscience de l'étendue de son inexpérience, elle entreprit d'y remédier.

Malheureusement, les progrès avec Tilly étaient terriblement lents, ce qui était frustrant. Leur rencontre « fortuite », lors de son premier jour à Whitechapel, s'était produite dans la tourterie où Tilly travaillait comme serveuse. Comme elle avait appris quel marché fréquentait Tilly, Mary réussit à la

« croiser » à nouveau le lendemain et engagea la conversation. Elles convinrent de se retrouver pour faire leurs courses ensemble, ce qu'elles faisaient désormais tous les matins. Mais alors que l'amitié naissait doucement entre elles deux, Tilly n'avait pas confié grand-chose d'utile à Mary.

Elle n'avait pas vu Tre depuis qu'elle avait emménagé à Bloomsbury, mais elle était horriblement consciente du temps qui s'écoulait. Plus il attendrait avant d'informer son supérieur au Renseignement, plus sa position serait délicate. Elle voulait le sauver, mais soit Tilly était trop bas dans la hiérarchie des Effrontées pour avoir accès aux informations, soit elle était entraînée à se taire. Après une semaine de chassés-croisés, Mary se sentait de plus en plus désespérée et redoutait qu'on finisse par découvrir que Lady Mary n'était pas là où elle était censée être.

— Qu'est-ce qu'il y a ? lui demanda Tilly quand elle frappa à la porte de la boutique de tourtes encore fermée. Pourquoi t'es pas au travail ?

— J'ai claqué la porte. Je peux entrer pour tailler une bavette ? Je vais te filer un coup de main en cuisine.

— Entre, alors. Je suis seule pour un moment. Tu peux m'aider à éplucher les pommes de terre. Qu'est-ce qui est arrivé ?

— À ton avis ? répliqua Mary en repliant son châle et en retroussant ses manches, reconnaissante des heures passées à aider à la cuisine de Drumlanrig.

— Ton patron a retenté ça ?

— Il a dit que si j'étais pas plus amicale, il engagerait quelqu'un d'autre. Je lui ai demandé ce que sa femme penserait de ça, et il est devenu méchant.

— C'est toujours comme ça, commenta Tilly avec une moue de dégoût. T'as bien fait, Mary. Personne ne devrait supporter ça pour quelques centimes par semaine.

— Oui, mais qu'est-ce que je vais faire maintenant ?

Mary ne fit pas semblant de pleurer. Les larmes n'étaient d'aucune utilité dans le monde de Tilly, c'était une extravagance sans intérêt et de l'énergie gâchée.

— C'est la troisième fois que ça arrive depuis que je suis à Londres. Trois fois en six mois ! Je croyais éviter ce type de comportement en quittant la Vieille puante. Désolée, c'est comme ça qu'on appelle Édimbourg. Tu crois qu'ils devinent quand ils me regardent, Tilly ?

— Quoi, parce que tu as laissé un homme faire ce qu'il voulait une fois, tu devrais laisser n'importe lequel recommencer ?! s'exclama Tilly avec mépris. C'est pas ta faute, en tout cas, si c'est ce que tu penses.

— J'aurais peut-être dû accepter. Tu sais, lui faire plaisir pour garder mon travail.

— Il ne faut pas commencer. Une fois que tu leur cèdes, ils pensent que tu diras toujours oui. Et au bout de quelques fois, il en aurait marre. C'est facile pour eux de trouver une autre fille comme toi, désespérée de se trouver une place.

— Ça, désespérée, je le suis. Y a une chance de se faire embaucher ici ?

— Non, Mary, aucune. Je suis désolée. Ça ne devrait pas être si difficile de gagner sa vie honnêtement, hein ?

— Je ne sais pas quoi faire, avoua Mary en laissant transparaître son véritable découragement. À propos de gagner honnêtement sa vie, je suppose qu'il n'y a rien que je pourrais faire pour… tu sais…

— Chut. Je ne sais pas, Mary. Queenie est très exigeante.

Queenie. Tilly n'avait jamais laissé échapper de nom jusqu'ici.

— Je suis prête à n'importe quoi, lui assura Mary.

Elle désobéissait aux instructions expresses de Tre, mais l'occasion était trop belle.

— Je pourrais faire le guet, comme toi. Je me débrouille bien avec les armes à feu.

— Les armes à feu ! Comment quelqu'un comme toi saurait tirer ? Arrête, Mary, je sais que tu es désespérée, mais si je t'emmène voir Queenie et que tu lui dis que tu sais tirer, elle voudra que tu le prouves.

— Je sais tirer, réaffirma Mary avec enthousiasme, sentant qu'elle progressait enfin. Mon père était garde-chasse. J'étais son seul enfant. Vu qu'il n'avait pas de fils, il m'a appris à tirer. D'abord avec un pistolet, puis avec un fusil dès que j'ai pu en tenir un. Il m'emmenait quand ils abattaient les cerfs sur le domaine. Même après avoir été embauchée dans la grande maison, avant sa mort, je l'aidais. Y faut être tireur d'élite pour être autorisé à participer. Il faut toucher la tête de l'animal pour qu'il ne souffre pas. Ça fait un moment, mais je vise bien, donc si Queenie veut me mettre à l'épreuve, je suis prête.

Chapitre 33

Quand Mary rencontre Queenie

Limehouse, Londres, août 1876

Tilly noua un bandeau sur les yeux de Mary dès qu'elle monta dans le fiacre. Où était Bert ? Parviendrait-il à la suivre ? Pour la première fois depuis qu'elle avait endossé l'identité de Mary Hughes, alors qu'elle s'aventurait en territoire inconnu, Mary se sentait plus terrifiée qu'excitée, et par-dessus le marché elle n'y voyait goutte. Elle aurait dû prévenir Tre, mais il lui aurait interdit d'y aller. Or, c'était leur meilleure chance de réussite. Peut-être la seule.

Le véhicule se mit en route sans que Tilly ne donne aucune indication. L'intérieur empestait la sueur, les oignons et la bière. Mary était souvent sortie le soir à Londres, pour se rendre à des bals, au théâtre, à l'opéra, mais toujours en compagnie de sa mère ou d'Annie, sa belle-sœur, en sécurité dans l'une des voitures des Buccleuch conduites par le cocher du duc. Seule avec Tilly, Mary avait conscience du roulement des roues sur les pavés, du vacarme des autres véhicules. Les cris incessants des vendeurs de rue étaient aussi tapageurs que pendant la journée, même s'ils proposaient des articles différents : tourtes chaudes, dernière édition des journaux, accessoires pour se protéger du froid, alors qu'on était en plein mois d'août et que sa robe noire lui collait à la peau tant l'air était moite.

Tout le monde ignorait où elle se trouvait et avec qui. Elle pouvait disparaître de la surface de la terre ce soir, voir son corps jeté dans la Tamise à la marée montante, et personne ne saurait ce qu'elle était devenue. Elle avait sauté sur l'opportunité que Tilly lui avait offerte le matin même, mais elle avait eu toute la journée pour remettre en question la sagesse de cette décision irréfléchie. Son histoire avait convaincu Tilly, mais ses inventions ne résisteraient pas à un examen minutieux. Et Tilly n'était qu'un minuscule rouage, un simple sous-fifre dans une bande à la sinistre réputation. Même si elle était acceptée parmi les Effrontées, comment diable s'y prendrait-elle pour découvrir si elles avaient volé les papiers de Tre ? Sa quête était sans espoir, en réalité.

Son estomac se noua. Tre ne lui avait pas expressément interdit de rencontrer Queenie, mais il avait été très clair sur les limites de son implication avec Tilly.

« Vous allez à la pêche aux informations, le plus discrètement possible, et rien de plus. » Elle pourrait faire valoir que c'était précisément ce qu'elle était en train de faire ce soir, mais elle savait qu'il ne s'en laisserait pas conter. Elle était son agent sur le terrain, et elle désobéissait à un ordre formel. Il l'avait placée ici, il était responsable d'elle. Si quelque chose tournait mal, il en prendrait la responsabilité. Oh ! mon Dieu, s'il lui arrivait quoi que ce soit, au lieu de sauver la carrière de Tre, elle l'aurait sabordée. Mais sa carrière risquait d'être fichue de toute façon s'il devait avouer la disparition des papiers. Mary avait l'occasion d'agir, de modifier le cours des choses : elle devait la saisir. En réalité, elle n'avait pas le choix.

De plus, pensa Mary alors que le fiacre ralentissait avant de prendre un virage serré, il était trop tard pour changer d'avis. *Concentre-toi.* Arrêter de penser à ce qui pourrait mal tourner. Visualiser ce qu'elle avait à faire. Penser à qui elle était. Aux raisons de sa présence. Mary Hughes. Sans emploi. Désespérée. Prête à tout pour prouver sa valeur.

La portière du fiacre s'ouvrit.

— Ça te va de faire ça ? demanda Tilly.

— Ça serait un peu tard pour dire non, rétorqua Mary en s'accrochant à son bras pour descendre.

Un chien grogna.

— La ferme, Fripouille, ordonna Tilly. Tu devrais me reconnaître maintenant. C'est le bouledogue de Queenie. Attention, il y a une marche.

Mary percevait une odeur de bière et de brandy. De sciure de bois. Un faible murmure de voix tandis qu'elles passaient devant un bâtiment. Une taverne, supposa-t-elle. Une porte s'ouvrit, et Tilly la poussa à l'intérieur en lui souhaitant bonne chance.

— Tu peux retirer le bandeau, maintenant.

Elle s'exécuta, les mains tremblantes. C'était bien qu'elle soit angoissée. Mary Hughes serait nerveuse aussi, mais Lady Mary Montagu Douglas Scott avait intérêt à contrôler sa panique. Elle cligna des yeux pour s'habituer à la lumière. Elle était dans une pièce exiguë éclairée par des bougies. Juste en face d'elle se trouvait une femme très enveloppée. Sa poitrine débordait d'une robe en soie noire dont le tissu tendu avait déjà cédé à l'épaule gauche. Queenie Divers avait une crinière roux carotte et d'impressionnants sourcils noirs qui n'étaient certainement pas naturels. Son visage était sillonné de petites cicatrices, vraisemblablement infligées par un couteau. Elle était flanquée de cinq femmes, toutes aussi hostiles et méfiantes.

— Eh bien, crache le morceau, Mary Hughes. Qu'est-ce que tu me veux ?

— Du travail, bien sûr, répondit Mary en soutenant son regard. J'aurais pas fait tout ce chemin pour une bière ou un p'tit verre, si ?

L'une des femmes lâcha un petit « oh ! » choqué, mais Queenie éclata de rire.

— Si tu dois boire quelque chose ici, restes-en au brandy.

— Je ne touche plus à ça. Ça rentre d'un côté, ça ressort de l'autre. J'ai mieux à faire avec mon oseille, quand j'en ai.

Les sourcils de Queenie se levèrent.

— J'ai rien contre la confiance en soi, mais l'arrogance, c'est une autre paire de manches. T'as pas la langue dans ta poche, c'est sûr.

Mais ça marchait. Les yeux bleu pâle rivés sur elle paraissaient intrigués.

— Écoutez, reprit Mary, je sais que ça sert à rien que je vous raconte mes malheurs. On en a toutes eu, non ? Si je vous dis que je suis désespérée, ou que j'ai été maltraitée, ou qu'un homme a abusé de moi, vous avez déjà tout entendu, pas vrai ?

— Continue.

— Tilly a dû tout vous dire, donc y a pas de raison que je recommence à expliquer.

— Oh ! je crois qu'on aimerait bien l'entendre de ta bouche, déclara Queenie. Pas vrai, les filles ?

— D'accord.

Mary se lança dans le récit qu'elle avait fabriqué de toutes pièces, en essayant de varier un peu par rapport à ce qu'elle avait raconté à Tilly, pour ne pas avoir l'air de réciter un texte. Elle se souvint du conseil de Lewis : « Ce sont les petits détails qui sont importants. »

— Les taudis de Canongate, les escaliers sont si raides qu'on a le souffle coupé pour monter au premier, et j'ai juste pu m'offrir le cinquième. Je dois m'asseoir sur les marches pour reprendre ma respiration. Et la puanteur des tas de déchets dans l'arrière-cour rentre par la fenêtre cassée. Ça donne envie de vomir, c'est sûr. Évidemment, le propriétaire veut pas mettre la main à la poche pour des réparations.

— C'est pareil par ici, chérie, intervint l'une des femmes. J'ai une chambre sur Farringdon Street, et on a une toilette pour six maisons. Une seule ! Ils font tout un plat de leurs soi-disant rénovations pour éliminer la puanteur, mais pour nous y a pas un seul bénéfice.

— Et on en aura jamais, renchérit une autre. L'eau n'est branchée que trois heures par jour chez nous.

— Mesdames ! les coupa sèchement Queenie. Laissez-la finir.

Sentant qu'elle en avait déjà fait assez, Mary passa sous silence une grande partie de son histoire élaborée avec soin.

— Et donc, j'ai débarqué à Londres pour prendre un nouveau départ, conclut-elle. Mais j'arrive pas à gagner ma vie honnêtement. J'en ai marre d'avoir à peine de quoi manger, et j'en ai marre qu'on se serve de moi. Donc me voilà, je suis prête à essayer de gagner ma croûte de façon malhonnête.

Elle laissa son regard balayer audacieusement la bande de Queenie.

— Ça vous rappelle quelque chose ?

Queenie écarta les bras en riant.

— Mary Hughes, tu pourrais parler de n'importe laquelle d'entre nous. Pas vrai, les filles ?

La cheffe de bande attendit le murmure d'assentiment, avant de se retourner vers Mary. Son expression se durcit d'un coup.

— Tilly dit que tu sais tirer. J'ai du mal à le croire.

— Tilly n'a pas menti. Vous voulez que je le prouve ?

Le front de Queenie se plissa.

— T'as pas froid aux yeux, dis donc. Rose, donne-lui ton revolver.

La femme aux traits épais à la gauche de Queenie fit la moue.

— Avec tout le respect que je te dois, c'est pas une bonne idée.

Queenie leva la main d'un geste impérieux.

— Rose est mon garde du corps. Elle a peur que tu sois une tueuse à gages venue me refroidir, Mary Hughes. J'admire ton dévouement, Rose, mais y a pas beaucoup de risques, dit-elle en désignant Mary d'un signe de tête. Regarde-la, on voit bien qu'elle ferait pas de mal à une mouche.

— T'as raison.

Rose sortit son arme, qui était cachée dans une poche de sa robe, et la tendit à Mary.

— T'es sûre que tu sais ce que tu fais ? C'est pas un jouet, et il est chargé.

— Un Beaumont-Adams. Sûr, fiable. Bon, c'est quoi la cible ? demanda Mary en gardant le canon pointé vers le sol.

— La bougie là-bas sur la table du fond. Éteins-la ! ordonna Queenie.

Mary prit son temps pour viser. Sa main ne tremblait pas. Elle arma le pistolet.

— Quand tu veux, ma belle. Dans mon monde, on a pas le luxe de prendre son temps, ironisa Queenie.

Mary baissa son arme, s'approcha de la bougie et la souffla. Elle se retourna et exécuta une révérence, sous des hurlements de dérision.

— Quoi ? J'ai fait ce qu'on m'a demandé, non ?

— Ouais, admit Queenie à contrecœur, je te l'accorde. J'aime bien l'initiative, dans la limite du raisonnable. Maintenant, rends son flingue à Rose.

— Dans une minute.

Depuis l'autre côté de la pièce, Mary visa un chandelier sur le mur à la droite de Queenie. Celle-ci resta parfaitement immobile, un sourire sur les lèvres.

— Vas-y, je te mets au défi. Mais si tu rates ton coup et que tu me touches, tu finiras dans le fleuve.

Mary ajusta sa visée et appuya sur la gâchette. La détonation résonna dans le silence étourdissant. La moitié supérieure de la mèche avait été proprement détruite. La balle se ficha dans le mur du fond.

— Un tour de passe-passe impressionnant, déclara calmement Queenie. Qu'est-ce que tu sais faire d'autre ?

Mary haussa les épaules.

— Tout ce qu'il faut. J'ai pas le vertige. Je réfléchis vite.

— Tu y vois dans le noir ?

— Vous me prenez pour un chat ?

Queenie ricana.

— Deux sur trois, c'est pas mal. Tilly ! Arrête de te cacher dans le coin. Je crois que ton amie mérite une chance.

Emmène-la demain. Un test, expliqua-t-elle en se tournant vers Mary. Et si tu réussis, alors on verra. Je te préviens : je sais que j'ai l'air d'une brave tata – interdit de rigoler, là derrière – et je prends soin de mes filles. Mais si tu me fous en rogne un jour, tu regretteras d'être née. Allez, les autres, le spectacle est terminé. Vous deux, dégagez, on doit discuter d'une affaire importante.

La porte se referma derrière elles. Le cœur battant à tout rompre, Mary avait du mal à croire à ce qui venait de se passer. Elle s'arrêta un instant. Elle s'agenouilla dans le couloir étroit et colla son oreille contre le battant, mais le bois épais étouffait les sons provenant de l'autre pièce.

— À quoi tu joues ?

Tilly se tenait au-dessus d'elle, les mains sur les hanches.

— Je nouais mon lacet, se justifia Mary en se relevant.

— T'es culottée. Le tour que t'as joué, ça aurait pu se retourner contre toi. Heureusement que t'as tapé dans l'œil de Queenie.

— C'est vrai ? Comment tu le sais ?

— Parce que t'es toujours en vie. Tu crois que Rose n'a qu'un seul pistolet ? Viens, on se tire.

CHAPITRE 34

L'ESPION QUI M'AIME

Dans le fiacre qui les ramenait, Mary admit mentalement que la situation la dépassait complètement. Le cocher la déposa à son logement de Whitechapel et, dès qu'il repartit avec Tilly, Bert sortit de l'ombre. Il était dans une colère froide et la saisit par le bras pour l'emmener vers le véhicule qui l'attendait. Une fois qu'ils furent à l'intérieur, elle remarqua qu'il était sincèrement secoué.

— Je pensais que vous étiez fichue, avoua-t-il en s'épongeant le front. Jamais, au cours de mes trois années de collaboration avec le colonel, je n'ai perdu la trace de quelqu'un que je surveillais. Et le colonel a été très précis en ce qui vous concerne : je ne devais vous perdre de vue sous aucun prétexte. Quand je vous ai aperçue qui filiez avec Tilly, je vous jure que j'ai failli vous courir après, quitte à compromettre nos couvertures. Je vais devoir en informer le colonel, vous comprenez ?

— Je suis vraiment désolée.

Maintenant que Mary était en sécurité, elle tremblait.

— J'aurais dû vous prévenir, je m'en rends compte maintenant, mais je redoutais que vous tentiez de m'arrêter.

— J'ignore où vous êtes allée, mais je peux le deviner et vous avez un sacré… pardon. Vous avez raison. Je vous en aurais empêchée, car c'est ce que le colonel aurait attendu de moi. Mais ce qui est fait est fait, et il ne vous est rien arrivé, si ?

— Je vais bien, mais je dois parler au colonel de toute urgence, Bert. Je vais lui expliquer que je vous ai dupé, que ce n'était pas votre faute si j'ai échappé à votre surveillance. Je suis sûr qu'il comprendra. Je ne voudrais pas que vous ayez des ennuis.

— Si j'étais vous, je me soucierais de moi-même. Le colonel n'est pas de ceux qui crient et hurlent ; il est plutôt du genre posé, mais il ne tolère aucune forme de désobéissance. Il dit que c'est ça qui coûte des vies.

— Je suis saine et sauve, et je pense que mon expédition en valait la peine, Bert.

— Je ne veux pas l'entendre. Je n'ai pas besoin de savoir.

Le fiacre s'arrêta à Bloomsbury, et Bert sauta à terre pour l'aider à sortir. La porte de la maison était déjà entrouverte. Mary s'étonna, comme à chaque fois qu'elle rentrait, d'être attendue, mais elle avait cessé d'interroger Bert, qui restait muet sur ce sujet comme sur les autres. Il avait plus parlé pendant ce trajet que pendant tout le temps qu'ils avaient passé ensemble, ce qui prouvait à quel point il était bouleversé.

— Je suis vraiment désolée. Pouvez-vous dire au colonel que je dois lui parler de toute urgence ? répéta-t-elle. Je ferai de mon mieux pour lui expliquer que vous n'avez rien à vous reprocher.

Mary reçut ordre de se rendre à Upper Grosvenor Street à la première heure le lendemain matin. Tre avait quitté son logement habituel pour séjourner dans la maison de tante

Louisa pendant qu'elle était dans le Devon, car elle n'aimait pas la laisser vide. Il attendait dans le salon.

— Mary !

Il la tint à bout de bras.

— Bert m'a dit que vous étiez saine et sauve, mais jusqu'à ce que je vous voie…

— Je suis indemne, je vous le promets.

Il la lâcha immédiatement, et son expression se durcit.

— Dans ce cas, voulez-vous bien m'expliquer ce qui vous a pris hier ?

Les genoux de Mary se mirent à trembler.

— Ce n'est pas la faute de Bert, Tre. Je ne lui ai pas laissé la possibilité de me suivre.

— Là n'est pas la question, pour l'instant.

Tre était debout près de la fenêtre, tournant le dos à la lumière, le visage dans l'ombre.

— Où êtes-vous allée ?

Elle expliqua de façon hésitante, en s'efforçant de s'en tenir aux faits et d'empêcher sa voix de trembler. Tre l'écouta bouche bée sans l'interrompre. Son expression ne laissait rien transparaître de ses pensées ou de ses sentiments.

— Je n'avançais pas avec Tilly, conclut Mary, et j'ai terriblement conscience que le temps ne joue pas en notre faveur. J'ai compris, dès que j'ai quitté Queenie, qu'il fallait que je vous parle, sans que Bert ait besoin de m'y inciter. Ce n'était pas sa faute.

— Vous l'avez déjà dit. Vous avez désobéi à mes ordres explicites. J'étais fou d'inquiétude.

Elle enfonça ses ongles dans ses paumes.

— J'ai pris un risque énorme que je n'aurais pas dû prendre, j'en suis bien consciente. J'ai désobéi à vos ordres et j'ai trahi votre confiance. J'en suis vraiment désolée.

Tre poussa un profond soupir.

— Vous êtes saine et sauve, c'est l'essentiel. Pour être honnête, si c'était quelqu'un d'autre que vous, je saluerais votre initiative. À votre place, j'aurais agi exactement comme vous.

Il se laissa tomber lourdement sur le siège en face d'elle.

— Vous avez raison pour Tilly. Soit elle ne sait rien, soit elle aurait mis trop de temps à craquer. Et, comme vous l'avez fait remarquer, le temps joue contre nous. De plus, il y a des nouvelles dont je ne vous ai pas parlé. Nous avons reçu des informations selon lesquelles les Russes essaient de négocier le rachat de documents. Il ne peut s'agir que des nôtres.

— Ils n'ont donc pas été détruits ?

— Il semble que non, ce qui signifie que l'enjeu est énorme. Nous devons les récupérer avant que les Russes ne mettent la main dessus.

— Vous pensez que c'est Queenie qui les a ?

— C'est très probable. Votre initiative irréfléchie d'hier soir pourrait tourner à notre avantage.

— Si je parviens à faire mes preuves auprès de Queenie, si Mary Hughes peut devenir l'une des Effrontées, il y a une réelle chance d'avancée, s'exclama-t-elle. Je sais que vous allez trouver ma remarque étrange, mais, en d'autres circonstances, je pourrais admirer Queenie Divers. Et je crois qu'elle m'apprécie. Ou plutôt, Mary Hughes.

— Pour l'amour du ciel, c'est d'une criminelle endurcie que vous parlez.

— Elle s'est taillé une place dans la pègre, un monde jusque-là entièrement dominé par les hommes. C'est impressionnant.

— Vous allez me dire ensuite qu'elle traite ses associées comme ses enfants.

Mary fut obligée de rire.

— Non, même si elle donne un coup de pouce aux femmes comme Tilly. Les rues de Londres en sont inondées, Tre. Des femmes seules, dont personne ne se soucie, et dont personne ne remarquerait la disparition. C'est là-dessus que table Queenie Divers. Elle donne aux indésirables et aux mal-aimées une opportunité que personne d'autre ne leur offrira : l'occasion d'appartenir à un groupe. Elle a façonné le monde à son image, pas en fonction des conventions. Je crois que c'est ce que j'admire chez elle.

— N'est-ce pas ce que nous essayons de faire aussi ?

— Je crois, oui. Pensez-vous que nous allons réussir ?

Tre fixa ses mains en fronçant les sourcils.

— C'est ce que je souhaite plus que tout.

Voilà, songea Mary, c'était la simple vérité.

— Moi aussi, dit-elle, plus que tout. Nous avons une chance d'y arriver. En collaborant tous les deux pour assurer notre avenir. Nous ne pouvons pas laisser filer l'occasion qui se présente. C'est la seule que nous avons.

— J'aimerais pouvoir dire le contraire, répondit-il d'un air sombre, mais vous avez raison. Nous n'avons pas d'autres pistes ; vous êtes notre meilleure et unique chance, même si vous mettre en danger va à l'encontre de mon instinct.

— Vous avez déjà dû traverser ça et vous avez certainement des méthodes éprouvées pour protéger vos hommes.

— Vous n'êtes pas l'un de mes hommes. Vous êtes la femme que j'aime.

Elle n'avait pas réalisé à quel point elle avait envie de l'entendre prononcer ces mots. Cette déclaration la laissa sans voix. Tre l'aimait. Tre *l'aimait.*

— Je vous aime, Mary, répéta-t-il, interprétant mal son silence. Ce n'est peut-être ni le moment ni le lieu, mais je suis fatigué d'attendre pour exprimer ce que je ressens du fond du cœur.

— Je ne veux pas attendre non plus. Je vous aime, mon très cher Tre, tellement fort.

Ils se retrouvèrent dans les bras l'un de l'autre, et pendant un instant ce fut la seule chose qui comptait. Les lèvres de Tre sur les siennes. Leurs baisers frénétiques, les mots d'amour murmurés avec urgence, les bras de Mary autour de son cou, et les baisers qui devenaient plus profonds. Jusqu'à ce que la réalité se rappelle à eux.

— Qu'allons-nous faire maintenant ? s'enquit Mary, autant pour elle-même que pour lui.

— La méthode traditionnelle serait que je pose un genou au sol et que je demande votre main, mais, comme il y a de fortes chances que je n'aie aucun moyen de garder un toit au-dessus de notre tête si je perdais mon poste, je vais m'abstenir de le faire.

— Alors, à nous de réfléchir et d'élaborer un plan pour que cela ne se produise pas.

— Pour cela, il faudrait que nous récupérions ces maudits documents.

— Je dois retourner à Whitechapel. C'est notre meilleure chance, Tre.

— Je sais, concéda-t-il sombrement. Que vous fassiez vos preuves aux yeux de Queenie pour vous introduire dans la bande est notre meilleur espoir, et même le seul, de confirmer que c'est elle la vendeuse. Mais ce sera à mes conditions, en suivant mes règles. Je suis très sérieux, Mary. C'est une situation très différente de votre simple amitié avec Tilly. Les risques...

Il grimaça et reprit :

— Je gérerai les risques du mieux que je peux, mais vous devez faire confiance à mon expérience. Ma priorité sera de garantir votre sécurité à chaque instant. Récupérer les documents passe au second plan. Vous devez obéir à la lettre à chacun des ordres que vous recevrez de moi ou de Bert. Est-ce bien compris ?

— Oui, et je vous promets d'obéir à la lettre à tous les deux. Vous laissez Bert garder son travail, ajouta-t-elle en souriant.

— Vous laissez Bert garder son travail.

— C'est le meilleur homme dont je dispose, et il sait qu'il n'aura pas de seconde chance. Je peux lui faire confiance.

— Vous pouvez me faire confiance aussi, Tre. Je ne vous décevrai pas.

Il la serra à nouveau dans ses bras.

— Je n'ai aucun doute là-dessus. À partir de maintenant et pour le reste de notre vie, nous sommes dans le même bateau, vous êtes d'accord ?

— Oui.

Mary passa les bras autour de son cou.

— Oui, oui, oui, dit-elle en ponctuant chaque mot d'un baiser. Oh oui, Tre.

Chapitre 35

Échanger n'est pas voler

Limehouse, Londres, août 1876

Le lendemain soir, Mary Hughes participa avec Tilly à l'épreuve d'initiation prévue par Queenie. Mary n'avait aucune idée des mesures que Tre avait prises pour garantir sa sécurité, mais alors qu'elle montait sur le toit d'une bijouterie de New Bond Street pour faire le guet, elle était persuadée qu'il avait tout anticipé. Deux hommes en tenue de soirée qui rôdaient au coin de la rue en faisant semblant d'être ivres – plutôt mal à son avis – attirèrent son attention. Étaient-ce des hommes de Tre ? Non, ils étaient trop visibles et il lui avait assuré qu'elle ne remarquerait pas leur présence. Ces hommes étudiaient la boutique avec intérêt. Écoutant son pressentiment, elle soupçonna que le bijoutier avait très probablement engagé des détectives en civil pour protéger les lieux et elle s'empressa de faire passer le mot. Le cambriolage fut annulé à la dernière seconde.

Queenie était ravie de la vivacité d'esprit et du sens de l'observation de Mary Hughes quand il s'avéra que le magasin était bel et bien sous surveillance. Ce fut un immense soulagement pour Mary, et pour sa conscience, de savoir qu'elle n'avait pas pris part à un vol et qu'elle en avait même empêché un. Et par-dessus le marché, la manœuvre lui avait permis de gagner la confiance des Effrontées. Elle avait bien travaillé. Tre serait fier d'elle !

Les jours suivants, le fiacre de Queenie servit de moyen de transport à Mary entre la taverne de Limehouse et son logement de Whitechapel où elle avait été obligée de s'installer à plein temps, car Tre avait jugé trop risqué pour elle de dormir à Bloomsbury. Elle savait qu'un homme aux ordres de Bert la suivait en permanence et que, s'il estimait la situation trop dangereuse, on viendrait rapidement l'exfiltrer. En cas de nécessité absolue, elle pouvait transmettre des informations par le biais d'un message caché dans les toilettes de la cour arrière de son logement. En aucun cas elle ne devait essayer de contacter directement Tre, ou ses hommes.

C'étaient les règles. Elle les respectait à la lettre. Elle ne s'était jamais sentie aussi vivante, aussi déterminée, ni aussi terrifiée à l'idée de commettre une erreur. C'était le rôle de sa vie. Tre l'aimait. Elle l'aimait. C'était cette certitude qui lui permettait de garder son sang-froid. Quand elle avait besoin de se remonter le moral, elle pensait à Tre qui ressentait la même chose qu'elle, et qui ferait tout pour la protéger.

Queenie suivait des codes de comportement stricts. Ses méthodes étaient éprouvées et la hiérarchie en place comprise et respectée par chaque membre de sa bande. Il fallait qu'une des Effrontées propose toute nouvelle candidate. Si Queenie pensait que la recrue pouvait être utile, elle la mettait à l'épreuve. Si le test était réussi, la candidate était acceptée à l'essai, et c'était à elle de prouver sa loyauté et de saisir chaque opportunité pour se rendre utile. Le cercle rapproché de Queenie comprenait cinq femmes, qui étaient présentes lorsque Mary l'avait rencontrée. C'étaient ces cinq femmes qui planifiaient les opérations et qui partageaient les bénéfices. Il y en avait d'autres, comme Tilly, qui préféraient garder un semblant de respectabilité. On faisait appel à elles en cas de nécessité et elles étaient bien rémunérées pour leurs services. Et puis il y avait celles qui avaient eu besoin d'un coup de main et qui étaient reconnaissantes à Queenie de le leur avoir donné. Elles valaient la peine qu'on mise quelques shillings sur elles pour s'assurer de leur loyauté. Mary Hughes appartenait à cette catégorie. Quelqu'un à qui il fallait un travail, mais dont le potentiel était à surveiller. Queenie la paya pour nettoyer l'arrière-boutique de la taverne qui lui servait de bureau, pour apporter à manger et à boire, pour faire des courses.

D'après les sources de Tre, un accord était imminent, mais il fallut quatre longues journées d'épreuves avant que Mary voie enfin l'avancée qu'elle attendait désespérément. Elle avait récupéré le plateau de thé du matin dans la cuisine, avec deux assiettes de sandwichs composés de tripes froides et de pickles pour Queenie, de pâte de hareng saur pour Rose, et s'apprêtait à le livrer quand un mot l'arrêta net :

— … Cliveden…

La porte de l'arrière-salle était entrouverte, mais elle savait qu'il valait mieux ne pas essayer d'écouter aux portes. Queenie avait l'ouïe fine et, si Mary était surprise en train de les espionner, elle ne serait sans doute plus en vie pour le raconter à qui que ce soit. Elle poussa le battant de sa hanche et entra. Rose et Queenie étaient seules, assises à la table, une liasse de papiers entre elles.

— Voilà, les filles, le thé est prêt.

Le cœur cognant dans la poitrine, Mary disposa les tasses et les assiettes. Rose retourna rapidement les documents, mais Mary eut le temps d'apercevoir un paquet de photos et de lettres, dont l'une portait un sceau représentant ce qu'elle identifia aussitôt comme un aigle royal. Une autre avait un sceau en or.

— Je vous ai entendu parler de Cliveden, non ? demanda-t-elle en versant le thé de Queenie puis en ajoutant ses deux morceaux de sucre. Une grande maison près de Maidenhead, c'est ça ?

— Qu'est-ce que tu sais là-dessus ?

Rose s'empara sèchement de son assiette de sandwichs. Elle n'avait jamais pardonné à Mary l'épisode du revolver.

— J'y ai travaillé pendant un week-end, répondit Mary en improvisant. Il y avait une fête et ils avaient besoin de renforts.

Dans ce genre de cas, on faisait plutôt appel à du personnel du coin, mais elle prit le risque, espérant que Queenie ne soit pas au courant des habitudes des grandes maisons. Elle était sur le point d'ajouter qu'il y avait eu un cambriolage quand elle se souvint qu'une des filles de Queenie avait fait partie des domestiques.

— C'était le week-end après un cambriolage. Une employée avait disparu au même moment, ce qui leur a fait penser qu'elle devait faire partie de la bande. Vous en pensez quoi ?

— J'en pense, répliqua Rose, qu'on s'en fiche complètement.

—Ça vous intéresse pas de savoir qu'ils ont installé un nouveau coffre-fort ?

— Où ? l'interrogea Queenie.

— On a pas besoin de savoir ça, siffla Rose. Attaquer deux fois le même endroit en quelques semaines ? Ce serait chercher les ennuis.

Queenie haussa les sourcils.

— Tout le monde pensera comme toi, Rose, que la foudre ne frappe jamais deux fois. Justement, ils baisseront la garde. Tu vois, c'est pour ça que c'est moi qui commande ici, et pas toi. En plus, le risque est faible si on sait où se trouve ce nouveau coffre. Alors, crache le morceau, Mary Hughes. Où il est ?

Où ?

— Y a une chambre dans l'aile ouest au rez-de-chaussée, Y a un de ces grands rideaux chics qui couvrent le mur derrière le lit. Ils l'ont installé là, expliqua-t-elle en espérant ardemment que le duc de Westminster n'aurait pas eu la même idée.

— Intéressant, décréta Queenie. T'es une fille intelligente, Mary Hughes. Inutile de te dire de garder cette information pour toi, hein ?

— Je sais de quel côté ma tartine est beurrée, Queenie. Toujours contente d'être utile.

— Tu peux partir maintenant, lui signala Rose.

Mary l'ignora et prit le risque de s'adresser directement à Queenie.

— Écoutez, je vais être franche avec vous. C'est pas que je suis pas reconnaissante qu'on me laisse servir et débarrasser, mais n'importe qui peut faire ce genre de choses. J'ai mieux à offrir.

— Comme ?

— Ce qu'il faut, dit Mary en continuant à soutenir le regard de Queenie. J'ai réussi la première épreuve que vous m'avez imposée. Pourquoi vous m'en proposez pas une autre ? Je le ferai sans poser de questions, si ça paie bien.

— T'as un sacré culot ! s'exclama Rose.

Queenie gloussa.

— Ça, on peut le dire.

— Je demande juste une opportunité, insista Mary en résistant à l'envie de se jeter aux pieds de Queenie et de la supplier de lui donner une mission très spécifique pour une opération qu'elle savait imminente.

Sinon, pourquoi Queenie et Rose seraient-elles en train d'examiner les documents ? Elle ramassa le plateau vide et tourna les talons.

— Si quelque chose se présente, pensez à moi, c'est tout ce que je demande, ajouta-t-elle. Un volontaire vaut cent conscrits, comme on dit.

Elle sortit de la pièce, soufflant une fois la porte refermée derrière elle. Elle avait mis l'appât sur l'hameçon, mais Queenie allait-elle mordre ?

Le bonheur futur de Mary en dépendait.

Quais de Londres, le lendemain

C'était une nuit oppressante : la lune était cachée par des nuages bas, le brouillard de Londres et la puanteur de la Tamise rendaient l'air humide et poisseux. La boue, la vase et le limon du grand fleuve avaient mijoté tout l'été et formaient un épais bouillon huileux. Le fiacre de Queenie s'arrêta dans l'ombre d'un bloc d'entrepôts à Wapping. À quelques pas de là, l'hospice des pauvres avait fermé ses portes jusqu'au matin. Il faisait étrangement calme à cette heure tandis que Queenie,

Rose et Mary Hughes prenaient la direction des quais. Les palans grinçaient. Sur le bassin, trois barges étaient attachées et flottaient doucement à la surface de l'eau. Les silhouettes sombres de quelques voiliers à l'ancienne étaient visibles plus loin en aval de la Tamise. Les navires à vapeur étaient déchargés au Royal Victoria Dock. Une pile de cordages dégageait une odeur de goudron et d'eau de cale. Mary frissonna.

— J'espère que t'as pas froid aux yeux, siffla Rose. C'est bien beau de faire la maligne, maintenant faut tenir ses promesses. T'as pas intérêt à nous laisser tomber, compris ?

— J'ai entendu la première fois. Et la deuxième, riposta Mary.

— Tout ce que tu dois faire, c'est garder la tête froide.

— Je sais pas pourquoi vous faites tant d'histoires. C'est juste un paquet de paperasse.

— Un rupin me paie très cher pour ces papiers, mon chou, alors tu ferais mieux d'y faire gaffe. Les laisse pas tomber dans l'eau.

— Je ferais jamais ça !

Les genoux de Mary tremblaient tellement qu'elle redoutait que ses jambes ne la lâchent avant d'atteindre l'extrémité de la jetée.

— Je vous l'ai dit, vous pouvez me faire confiance, Queenie. Donnez-les-moi.

Elle avança la main, fournissant un effort surhumain pour l'empêcher de trembler. Queenie hésita pendant un moment horriblement éprouvant pour ses nerfs avant de lui tendre le paquet.

— Maintenant, fermez-la, toutes les deux, ordonna-t-elle, et écoutez bien. Il sera de l'autre côté de la jetée, au bout du quai.

Le vieil escalier se trouve juste là. C'est là qu'on enchaînait les criminels pour les laisser se noyer. On a une bonne vue d'ici.

— Il est là, chuchota Rose alors qu'une grande silhouette encapuchonnée sortait de l'obscurité à environ cinquante mètres.

— Comment on sait que c'est lui ? demanda Mary.

— Qui d'autre attendrait là à cette heure de la nuit ? Prête ?

Le cœur de Mary se mit à battre si fort qu'elle l'entendait palpiter dans ses oreilles. Ses paumes étaient moites, et un filet de transpiration descendait le long de sa colonne vertébrale.

— Bien, Mary Hughes, fit Queenie d'un ton brusque. Tu sais ce qu'il faut faire. Oublie pas de lui prendre le sac avant de lui donner le paquet et reviens ici tout de suite après. Compris ?

— Compris.

Mary Hughes n'était qu'un pion interchangeable, une femme sans visage parmi d'autres, qui ne manquerait à personne et dont la disparition ne serait même pas signalée si elle finissait au fond de la Tamise. Elle ne reverrait jamais Queenie. Queenie l'utilisait, et pourtant Mary avait l'impression absurde de la trahir.

— Allez, faut y aller, siffla Rose.

Au revoir, Queenie, se dit Mary. *Bonne chance.*

Elle se dirigea lentement, mais d'un pas ferme, vers le bout de la jetée. La passerelle était très étroite. La Tamise, brune et huileuse en dessous, paraissait menaçante. *Ne regarde pas en bas.* Voilà ce qu'elle qu'elle se répétait quand elle marchait sur le rebord du toit de Drumlanrig. Et quand Tre et elle avaient taquiné Mr Glover dans la pièce où Cromwell était enterré. *Ne regarde pas en bas*, se rappelait-elle avoir prononcé à voix basse en imaginant une autre Mary avançant sur le rebord du toit de la Tour de Londres, regardant droit devant elle, de peur de plonger vers une mort certaine dans le froid et la puanteur du fleuve.

— Ne regarde pas en bas, chuchota-t-elle.

Elle pouvait y arriver. Encore quelques pas, et ce serait fini. Elle avait juste besoin de courage et de confiance.

Courage et confiance. La Tamise gargouillait et frappait la pierre en dessous alors que la marée changeait. « Je ne vous décevrai pas. » Elle repensa à cette promesse faite à Tre la dernière fois qu'elle lui avait parlé. *Je ne vous laisserai pas tomber*, se dit-elle. Courage et confiance.

Elle atteignit l'autre côté. La silhouette encapuchonnée tendit la main et lui fit signe de lui donner le paquet. Mary secoua la tête.

— Non, déclara-t-elle plus fort que nécessaire.

Elle s'imagina Queenie murmurant à Rose : *Bien joué.*

— Vous d'abord, ordonna Mary.

La silhouette haussa les épaules et lui donna le sac. Mary lui remit le paquet. Chaque seconde semblait durer une heure. L'air était épais comme de la mélasse. Elle se retourna lentement, et sa tête fut enveloppée dans une lourde couverture. Elle poussa un cri de protestation, juste assez fort. Son ravisseur la serra plus près. Elle cria à nouveau alors que ses pieds quittaient le sol, c'était le hurlement d'une femme désespérée.

— Queenie ! s'époumona Mary.

On l'emporta. De l'autre côté du pont, elle s'imaginait Rose et Queenie en train de fixer la scène, aussi impuissantes qu'elle, mais d'une autre façon. *On s'est fait avoir*, dirait Rose, qui voudrait se lancer à leur poursuite. Mais Queenie l'en empêcherait. *Qu'est-ce qu'on fait, on appelle les poulets ? Non, on tire les conséquences de notre erreur et on continue à détrousser des innocents.*

Queenie se soucierait-elle de Mary Hughes ? Non, elle en savait trop. Il y avait des chances qu'elle disparaisse discrètement dans la Tamise. *Dommage*, pourrait dire Queenie, *je l'aimais bien. Elle était prometteuse, celle-là.*

L'homme qui portait Mary s'arrêta et la laissa glisser sur le sol. Il retira la couverture et lui sourit dans l'obscurité.

Elle avait fait preuve de courage et de confiance, et elle en était récompensée.

— Tre !

Mary jeta les bras autour de son cou.

— Je n'allais pas déléguer la récupération d'un précieux paquet à l'un de mes hommes, n'est-ce pas ? De deux précieux paquets en réalité. Vous n'étiez pas obligée de vous débattre si fort : vous m'avez donné deux coups de pied dans les tibias.

— Je devais avoir l'air convaincante pour notre public.

CHAPITRE 36

CELLE QUE MON CŒUR AIME

Une fois dans la voiture, Mary se mit à trembler de façon incontrôlable. Tre la serra dans ses bras et lui caressa les cheveux.

— Vous êtes en sécurité maintenant, ma chère, vous ne risquez plus rien.

— Vous êtes venu me chercher, murmura-t-elle en posant la tête contre son épaule, se délectant du confort de ce corps familier.

— Vous doutiez de moi ?

— Pas un instant. *Courage et confiance.* Mais je n'avais aucun moyen de savoir que ce serait vous. Je pensais que vous feriez appel à Bert ou à un autre de vos hommes.

— Je voulais vous attendre en personne. Vous regarder marcher sur ce pont. Ce furent les plus longues secondes de ma vie.

— Moi aussi. Je n'arrêtais pas de me dire : *et si Queenie découvre qu'elle a été dupée ? Et si elle s'en prend à moi ?*

— C'était une éventualité que j'avais prévue.

— Quoi ? Vous aviez des hommes postés sur les quais, qui attendaient de…

— Ne pensez pas à ça. C'est terminé. Vous êtes en sécurité. C'est tout ce qui compte.

— Presque tout. Les documents sont tous là ?

Tre la lâcha à contrecœur et ouvrit le paquet pour passer en revue les papiers.

— Je n'y vois pas assez clair, mais il me semble que oui. Je vais les mettre dans le coffre du bureau, puis demain je les parcourrai correctement. Je déciderai qui doit voir quoi, et j'organiserai une réunion avec Mrs Brown. Je vous ramène à la maison de tante Louisa pour la nuit. Demain, quand vous serez reposée, nous aurons une discussion.

Cela semblait de mauvais augure. Mary n'avait pas envisagé ce qui se passerait après les événements de la nuit, mais Tre avait raison : leur avenir était toujours incertain.

— Que vont penser les domestiques si je débarque comme ça, à l'improviste ?

— Je leur ai accordé quelques jours de vacances. Bert sera dans les parages si vous avez besoin de quoi que ce soit.

Tre remit soigneusement les documents dans le paquet. Mary remarqua que ses mains tremblaient. Ce fut seulement à ce moment qu'elle réalisa combien l'épreuve avait dû être terrifiante pour lui aussi. Elle avait ses ordres et n'avait qu'à les suivre, mais toute l'opération était sous la responsabilité de Tre.

— Quand avez-vous reçu le message que j'ai laissé à Bert pour vous prévenir que l'échange se ferait ce soir ?

— Nous l'avons eu dans la demi-heure où vous l'avez déposé hier soir. Nous surveillions votre logement comme d'habitude, et mon homme se faisait toujours un devoir de vérifier s'il n'y avait rien dans les… euh… commodités.

Elle croyait en avoir fini avec les situations embarrassantes, mais elle s'était trompée. Elle décida pour une fois de ne pas demander plus de détails.

— Queenie refusait de me communiquer l'heure exacte, et je ne voulais pas éveiller ses soupçons en insistant.

— J'étais là dès la tombée de la nuit. Nous avons fait surveiller la taverne. J'ai été prévenu quand votre petite bande s'est mise en route, ce qui m'a permis d'avoir un peu d'avance. Nous savions de nos propres sources que Queenie proposait les papiers aux Russes, mais mettre leur homme hors course était plus difficile. J'ai dû provoquer une crise diplomatique. Un très haut fonctionnaire. Une courtisane très bien payée. L'histoire ne sera probablement pas démêlée avant la fin de la semaine. Il ne pouvait pas prendre comme excuse une mission d'espionnage urgente.

Elle devina à sa voix qu'il avait mal au crâne. Elle reconnaissait ce ton saccadé, bien qu'elle ne l'eût plus entendu depuis longtemps, et un frisson lui parcourut l'échine.

— Soupçonnera-t-il quelque chose ? s'inquiéta Mary.

Tre haussa à nouveau les épaules avant de poser sa nuque sur les coussins de la voiture.

— Sans doute, mais que peut-il faire ? Il ne peut même pas être certain que les documents que Queenie proposait de lui vendre étaient authentiques. Non, il se dira que Queenie a paniqué. Ou que quelqu'un d'autre a fait une meilleure offre.

— Et Queenie ?

— Elle devinera qu'elle s'est fait rouler. Il y a des chances qu'elle pense que les Russes ont joué un double jeu et se sont débarrassés de Mary Hughes, car elle en savait trop. Si les Russes recontactent Queenie pour reprogrammer l'échange…

— Elle est intelligente et voudra se protéger, déclara Mary. À mon avis, elle leur dira qu'elle a remis les papiers au moment convenu en toute bonne foi, ce qui est vrai. Ce n'est pas son problème si les Russes ont laissé quelqu'un les doubler, c'est comme ça qu'elle le verra.

— Je suis d'accord. Et les Russes n'ont aucune idée, bien sûr, de qui a… tout fait rater, poursuivit Tre en lui prenant à nouveau la main. Notre pays a une dette envers vous.

Mary sentit combien ses doigts étaient glacés.

— Je ne l'ai pas fait pour mon pays. Je l'ai fait pour nous.

— Nous.

Tre se déplaça sur le siège et fit rouler ses épaules en arrière.

— Voilà, cela se concrétise, dit-il.

— Je sais. Vous savez que je vous aime, Tre ? Vous le savez, n'est-ce pas ? Je vous aime, et cela fait partie de vous.

La main de Tre se resserra sur la sienne.

— Oui.

La voiture s'arrêta.

— Nous sommes arrivés.

Il ouvrit la portière et descendit.

Était-ce suffisant ? Ou bien croyait-il encore, malgré tout ce qu'elle lui avait toujours assuré, qu'il était trop endommagé ? Elle ne voulait pas sortir de la voiture, pas si c'était ce qu'il prévoyait de lui dire. Elle pensait bêtement que, si elle ne quittait pas sa banquette, il ne pourrait pas le dire. Ils n'avaient tout de même pas fait tout cela pour rien ? *Courage et confiance,* se répéta Mary. C'était fini de fuir. Elle descendit du véhicule et lui fit face.

— Je reviendrai quand ce sera passé, annonça Tre en lui embrassant la joue. Faites-moi confiance, je ne vous décevrai pas.

Ce fut Bert qui ouvrit la porte de la maison de tante Louisa. Tre regarda Mary s'avancer dans le vestibule et attendit que le battant se referme derrière elle. Elle entendit les roues de la voiture rouler sur les pavés.

Il reviendrait. C'était tout ce qui comptait. Il reviendrait.

— On m'a demandé de vous faire savoir que l'eau était chaude, annonça Bert, et qu'il y a de quoi manger dans la cuisine. La chambre bleue, la première à droite au deuxième étage, a été préparée pour vous. Je serai là si vous avez besoin de moi.

— Merci, Bert. Pour tout.

— Ce fut un plaisir, milady. Un réel plaisir.

Mary prit un long bain délicieux dans la salle de bains moderne et grandiose de tante Louisa. Elle se débarrassa de la crasse et de la puanteur de Whitechapel avec un pain de savon tout neuf. Plus jamais, se jura-t-elle, elle ne considérerait comme acquis l'eau chaude et les vêtements propres. Les habits qu'elle avait laissés à Bloomsbury l'attendaient dans la chambre bleue, avec sa trousse de toilette. Elle enfila une chemise de nuit et s'enveloppa dans un châle, brossa ses cheveux humides et appliqua une fine couche de sa crème préférée sur le visage et le cou. Une goutte de *Bouquet d'opoponax* sur le poignet chasserait les dernières traces de Mary Hughes. Une autre, derrière ses oreilles, et Mary se sentit beaucoup mieux. Plus semblable à elle-même, dans tous les sens du terme.

Le lit avait été préparé avec des draps frais, mais elle n'avait pas du tout sommeil. Bien qu'elle n'eût pratiquement rien avalé de la journée, elle n'avait pas faim non plus. Elle descendit au salon et se percha sur la banquette de la fenêtre. Tre allait rapporter les documents à son bureau, les placer dans le coffre.

Puis il rentrerait chez lui. Parviendrait-il à dormir ? Prendrait-il quelque chose pour son mal de tête ? « Faites-moi confiance. Je ne vous décevrai pas. »

Elle ne doutait pas de lui. Il l'aimait. Elle l'aimait. Demain, ils discuteraient de leur avenir ensemble. Mary sourit et s'autorisa enfin à croire que ce futur commun était possible. Elle serra ses bras autour d'elle et se blottit sur la banquette. Elle avait envie de fermer les yeux un moment, et si elle se sentait somnolente, elle monterait dans son lit.

Elle se réveilla et découvrit Tre qui lui souriait. Elle avait rêvé de lui. Il s'approcha d'elle et l'aida à se redresser. Dehors, l'aube se levait.

— Vous êtes revenu. Je le savais. Je vous aime tellement.

— Je vous aime aussi.

Il s'était rasé et changé. Le sillon entre ses sourcils s'était atténué. Elle caressa sa joue.

— Votre mal de tête est parti.

Il s'assit à côté d'elle et serra ses mains entre les siennes.

— Pour l'instant. Aujourd'hui – non, hier, en attendant votre message –, j'ai cru que ma tête allait exploser. C'était horrible. J'ai eu des vertiges. J'avais du mal à me concentrer, mais j'ai lutté de toutes mes forces. J'étais déterminé à être là pour vous attendre. Je n'ai pas terrassé le mal – je ne le peux malheureusement pas –, mais j'ai traversé l'épreuve. Il n'était pas question pour moi de vous laisser tomber. Je suis désolé d'avoir dû vous abandonner ici pendant quelques heures.

— Vous deviez mettre les documents en lieu sûr, et Bert était là.

— Je l'ai renvoyé chez lui maintenant. Il n'y avait pas que les papiers. Je voulais réfléchir. Pas à propos de nous, mais à propos de moi, ajouta Tre précipitamment. Je peux me tromper, mais je crois que ce qui provoque mon état, c'est le sentiment d'impuissance. Quand je ne contrôle pas la situation. C'est le seul point commun entre toutes les attaques précédentes. Prendre toutes les dispositions pour vous protéger, me forcer à penser aux innombrables éventualités, à tout ce qui pourrait mal tourner et à comment tenter de les prévenir, c'est ce qui m'a empêché de flancher.

— Et vous avez réussi.

— Je n'ai jamais rien souhaité autant que vous retrouver saine et sauve. Pouvoir m'asseoir ici avec vous, en sachant que nous pouvons envisager l'avenir tous les deux, même si nous ignorons de quoi il sera fait.

Une boule se forma dans la gorge de la jeune femme.

— Je pensais la même chose. Je vous aime. Ce n'est pas tout ce qui compte, mais c'est une bonne base pour construire un avenir, n'est-ce pas ?

— Une excellente base.

Tre la prit dans ses bras et l'embrassa. Elle l'embrassa sans retenue, laissant ses baisers parler pour elle.

— Vous m'avez tellement manqué.

— Vous aussi. Terriblement.

Leur étreinte devint plus passionnée. Il lui caressa le dos, passa les doigts dans ses cheveux. Mary sentit la chaleur de ses mains à travers le tissu fin de sa chemise de nuit. Et quand Tre lui effleura la poitrine de sa main, le mamelon durcit à son contact.

— Mary, murmura-t-il en continuant à l'embrasser, tout en formant un cercle autour de son téton du bout du pouce, l'attirant de plus en plus vers lui. Je voudrais…

— Oui, répondit-elle, frustrée par les vêtements qu'il portait. Oui.

— Vous êtes sûre ?

Les yeux de Tre étaient chargés de désir. Tous les sens de Mary étaient en alerte, son corps était fiévreux, animé d'un sentiment d'urgence.

— Complètement.

Il la tira pour la mettre debout et la souleva, étendue à hauteur de son torse. En riant, elle passa les bras autour de son cou.

— Je suis capable de marcher.

Tre lui adressa un sourire coquin.

— Je ne vous laisserai pas quitter mes bras.

Cette perspective la ravit. Lorsqu'il la déposa dans la chambre bleue, ce fut pour la serrer à nouveau contre lui, l'embrasser lentement. Ses mains caressèrent son dos, et elle laissa échapper un petit cri étouffé lorsqu'il effleura ses fesses.

Elle avait essayé de se projeter en train de faire l'amour, mais son imagination était loin d'être à la hauteur des sensations que Tre éveillait en elle. Elle ressentait le besoin impérieux de le toucher, de l'embrasser plus profondément, de sentir sa peau contre la sienne. Les vêtements qui avaient toujours été une telle barrière dans ses suppositions furent facilement enlevés. Le manteau et le gilet de Tre se retrouvèrent sur le sol, ce qui permit à Mary de dégager sa chemise de son pantalon et de sentir la chaleur de sa peau en dessous, l'ondulation de ses muscles qui se contractaient quand elle le touchait, la largeur de ses épaules, la crête de sa colonne vertébrale, le creux de son ventre, les poils rugueux qui couvraient son torse.

Il défit son châle et enfouit le visage dans son cou.

— Vous sentez délicieusement bon.

Des baisers furent éparpillés sur sa clavicule, et puis il la fit tourner et souleva ses cheveux pour lui embrasser la nuque.

— Et ici aussi, c'est divin, mais différent.

Il lui caressa les seins à travers le fin coton de sa chemise de nuit, la faisant frissonner. Elle se tourna pour se serrer contre lui et, pour une fois, il n'essaya pas de prendre ses distances. L'excitation de Mary se mua en tension alors qu'il l'allongeait délicatement sur le lit et se débarrassait rapidement du reste de ses vêtements. Elle le fixait, fascinée, captivée, voyant son propre désir se refléter sur son visage alors qu'il s'allongeait à côté d'elle. L'ignorance combattit le désir pendant un moment, jusqu'à ce que Tre la touche à nouveau intimement, la faisant crier de surprise et de plaisir. Elle céda à son instinct, le caressant, l'embrassant, se pressant contre lui avec abandon. Quand il la pénétra, elle comprit enfin ce que cela signifiait « faire l'amour ». Ce n'était pas une relation, pas un simple plaisir, mais une lente ascension ensemble, cette tension qui se tordait en elle, se resserrait à l'intérieur, et cette sensation grisante de tomber, tomber, tomber, enlacés, comme s'ils ne formaient qu'un.

Satisfaite, béate, leurs jambes entremêlées, Mary posa la joue sur le torse de Tre. Elle sentait son savon, mais il était mêlé aux agrumes de son propre parfum et à quelque chose d'autre. L'odeur de leurs ébats amoureux. L'odeur de Mary et de Tre.

— Je vous aime, déclara-t-il en passant la main sur sa chevelure sauvage.

Mary se rapprocha.

— Je vous aime aussi.

Elle réalisa a posteriori qu'il avait, malgré leur passion frénétique, pris les précautions que sa tante Louisa lui avait expliquées.

— Nous jouons avec le feu, dit-elle en lui souriant.

— C'est vrai, et je crains que cela ne crée une dépendance.

— Oh oui. Il n'y a qu'une solution si nous ne voulons pas nous brûler.

Elle lui sourit d'une façon qui plaisait beaucoup à Tre, comme elle venait de le découvrir.

— Je crois que nous ferions mieux de nous marier.

QUATRIÈME PARTIE

Château de Drumlanrig,
région des Scottish Borders
1877

CHAPITRE 37

ÉGAUX MAIS DIFFÉRENTS

Château de Drumlanrig, région des Scottish Borders, samedi 25 août 1877

La journée était belle, le soleil brillait dans un ciel sans nuages, Charlotte prit donc le thé dans la roseraie. Les tables à tréteaux étaient recouvertes de damas crème, et son service à thé préféré, décoré de myosotis, était déjà disposé. Victoria avait insisté pour superviser la nourriture et préparer le thé. Sa fille aînée pensait de toute évidence qu'elle était une invalide vieillissante, et endossait le plus de tâches domestiques possible lorsqu'elle lui rendait visite. Autrefois, Charlotte n'aurait pas renoncé si facilement à tout contrôle. Cinq ans plus tôt – bonté divine, cela faisait-il déjà cinq ans ? –, quand Mary s'était chargée de cette maudite partie de chasse, la duchesse avait eu du mal à lâcher prise.

— Si votre fille est déterminée à se sacrifier sur l'autel du devoir, ne vous mettez pas en travers de son chemin, avait déclaré Louisa le matin même, lorsque Victoria était apparue dans la salle à manger afin d'aider à attribuer les places pour le dîner. Laissez les autres prendre le relais, Charlotte, surtout si ce sont eux qui le proposent.

Répartir les convives était une tâche ingrate car, bien qu'il n'y eût pas de partie de chasse cette année, leur ceilidh annuel avait lieu comme d'habitude et une vingtaine de personnes étaient invitées à dîner avec la famille avant la danse. Le duc était très pointilleux : c'était lui qui décidait qui, parmi ses enfants, leurs épouses ou leurs maris, ainsi que leur nombreuse progéniture, serait de son côté de la table. Quiconque n'avait pas des manières absolument parfaites était banni. Les garçons de moins de quatorze ans et les jeunes filles de moins de seize ans n'étaient pas admis. Ces règles permettaient de réduire les problèmes, mais pas de tous les résoudre, puisque vingt-deux petits-enfants au total se retrouvaient à Drumlanrig.

— Pourquoi tant de garçons de votre famille ont-ils « Walter » parmi leurs prénoms ? avait demandé Louisa en dispersant au hasard les cartons indiquant chaque place, comme si elle distribuait des cartes au bridge, ce qui avait horrifié Victoria. C'est déroutant et ce n'est vraiment pas commode dans des moments comme celui-ci. Tant de prénoms merveilleux s'offrent aux parents. Et votre fille Margaret a ajouté à la confusion en baptisant son premier enfant « Donald Walter ».

— Et ma benjamine a épousé votre neveu, ce qui fait un Walter de plus, avait souligné Charlotte, en prenant le bras de Louisa pour l'escorter hors de la salle à manger tout en adressant un regard d'excuse à Victoria.

— Mes chers Trefusis et Mary.

Louisa rayonnait et proposa à la duchesse un bonbon à la menthe.

— Mon neveu préféré, marié à la fille de mon amie la plus chère. Ce mariage remplit mon cœur d'une joie sincère. Ce qui me rappelle que je dois demander à Mary s'ils ont bien reçu mon cadeau.

— Que diable voulez-vous dire ? fit Charlotte mais, en voyant le visage de son amie, elle regretta immédiatement d'avoir posé la question.

— Des sous-vêtements en soie rouge garnis de dentelle noire, répondit Louisa avec un clin d'œil. Après réflexion, je ferais peut-être mieux de ne pas aborder le sujet.

Louisa et Charlotte avaient passé ensuite une heure très agréable à se promener dans les bois et à discuter de leur prochain séjour à la station thermale de Baden-Baden où elles profiteraient ensemble de l'air de la montagne et essaieraient certains des derniers soins, même si Louisa insistait pour qu'elles ne fassent pas de cures. Puis celle-ci était partie à la recherche de Davy Thomson, le jardinier, bien décidée à lui soutirer la recette confidentielle de la mixture qu'il donnait aux ananas.

Charlotte, quittant les tables à thé pour inspecter ses précieuses roses, sourit intérieurement. Il n'y avait aucun doute, Davy livrerait son secret : Louisa était redoutable.

La duchesse entreprit de tailler quelques rosiers, en utilisant le petit sécateur qu'elle avait toujours sur elle. À bien des égards, sa vie était restée identique, remplie de ses propres projets et de ceux que Walter lui déléguait, de jardinage et de temps partagé avec ses amies. Sa vie n'avait pas changé, mais elle, si. Louisa lui avait appris à chérir son temps libre et à l'employer à bon escient. Même si cette petite phrase était cliché, c'était étonnamment difficile de ne pas laisser les autres envahir son agenda ou s'emparer du moindre instant de repos. Sa mère aurait dit que c'était égoïste, mais Charlotte ne souhaitait pas plus imiter sa mère que ses propres filles ne souhaitaient l'imiter. Si seulement Walter pouvait comprendre cela… mais elle avait constaté que tenter de changer le duc était une perte de temps. Il était aussi immuable que les statues du jardin.

Tandis qu'elle se penchait pour couper une de ses roses de Damas préférées et qu'elle humait son parfum enivrant, un jappement aigu annonça l'arrivée de Pug. Charlotte sourit alors que le chien rondouillard approchait en se dandinant. Il enfouit sa truffe humide dans la paume de la duchesse.

— Ce chien s'est encore échappé des écuries ! Il est têtu, n'est-ce pas ? demanda une voix forte.

— Walter !

Charlotte se redressa et s'essuya la main sur son mouchoir.

— En fait, je me suis prise d'affection pour lui.

Son mari examina l'animal d'un air dubitatif, mais n'émit aucun commentaire. Au lieu de cela, il la surprit en lui offrant son bras.

— Si nous faisions une promenade avant le dîner ? Vos roses sont magnifiques.

— Le temps a été très propice cette année.

— Je viens de discuter avec Trefusis. J'ai beaucoup d'admiration pour lui. Il est stable, calme et fiable. Je dois dire que j'ai été plutôt étonné quand il a demandé la main de Mary, mais ils sont de nature très similaire, vous ne trouvez pas ? Pas de chichis, pas d'ennuis, pas de soucis à se faire.

Le duc lui tapota la main.

— Entre la somme que j'ai prévu de leur accorder et la générosité de Lady Rolle, ils vivront très confortablement.

Stable. Calme. Fiable. Son mari comprenait aussi peu Mary que Margaret, mais Charlotte ne voyait pas l'intérêt de briser ses illusions. Elle avait deviné que la relation entre Mary et Trefusis s'était significativement approfondie en août dernier, à son retour d'Écosse. C'était Louisa, bien évidemment, qui avait découvert que Mary les avait dupées, mais Charlotte avait compris qu'il fallait patienter et attendre que les deux tourtereaux soient prêts à parler. Elle avait été récompensée à Noël, lorsque sa fille avait révélé leurs intentions de mariage ; Trefusis en avait fait de même auprès sa tante.

Walter se racla la gorge, la ramenant au présent.

— J'avoue, Charlotte, il fut un temps où j'aurais accueilli la demande de Trefusis avec une certaine appréhension.

— Vraiment ? Mais ne venez-vous pas de dire que vous pensiez qu'ils allaient bien ensemble ?

— Si, je les trouve bien assortis. Non, ma préoccupation ne concernait pas le bien-être de Mary, mais le vôtre. Je n'aurais pas voulu vous priver de sa présence.

— Ah.

— Je suis bien conscient que, ces dernières années, j'ai été très accaparé par mes projets. C'était un réconfort pour moi de savoir que Mary vous tenait compagnie. Depuis quelque temps, cependant, vous semblez revitalisée.

Les joues de Walter se colorèrent.

— Vous trouvez peut-être le terme étrange.

— Non, je suis flattée.

— Vous avez toujours été pleine de ressources. Vous êtes un roc, poursuivit son mari d'un ton bourru. Je crains de ne pas vous avoir appréciée à la hauteur de vos mérites. Je n'aurais pas pu exiger de meilleure épouse.

— Merci, répondit Charlotte, perplexe.

— Vous savez que j'ai toujours ressenti le poids du devoir qu'implique ma condition. On réclame beaucoup de mon temps, et je n'aime pas lésiner quand je prends en charge une cause. C'est un soulagement pour moi de vous savoir heureuse. C'est un souci de moins.

— Je comprends bien, répondit ironiquement Charlotte.

Walter était un homme bon, un homme de devoir. Il avait été un mari loyal et fidèle. Rien de tout cela n'avait changé, mais ils étaient arrivés à un nouvel arrangement, semblait-il. Elle avait de la chance. Elle l'embrassa sur la joue et lui tapota l'épaule.

— Maintenant, allons retrouver notre famille.

— Il y a cinq ans, presque jour pour jour, je vous ai vue pour la première fois en équilibre sur le rebord du toit, dit Tre. Cela fait cinq ans que nous nous sommes assis ensemble dans la Maison de la bruyère le lendemain matin.

— Et nous voici, mariés depuis un mois et un jour, dans l'ananeraie où, il y a cinq ans, je pensais ne jamais vous revoir.

Mary enlaça son mari.

— Croyez-vous que nous aurions dû réaliser plus tôt que nous étions faits l'un pour l'autre ?

— Nous n'étions pas prêts pour le mariage. Ce qui importe, c'est de faire en sorte que chaque jour compte, à présent.

— Vous dites de très belles choses, mon cher mari.

Mary l'embrassa rapidement sur la bouche, puis le relâcha.

— J'étais très jeune et naïve. J'étais comme cet ananas : il me fallait encore mûrir. Je n'ai plus besoin de me promener avec un de ces fruits sur la tête ; et vous, mon cher Tre, vous ne ressentez plus l'obligation de prétendre que vous allez bien quand ce n'est pas le cas.

Son mari afficha un sourire en coin.

— Certains préféreraient que je continue à faire semblant.

— Mais d'autres sont très, très soulagés que vous vous exprimiez, insista Mary en passant les bras autour de sa taille. La lettre que vous avez publiée dans la *Pall Mall Gazette* sur votre état de santé a reçu beaucoup de soutien public.

— Un certain nombre de personnes ont insinué que j'étais un lâche. Mais je ne regrette pas d'avoir pris la parole.

— Oh ! je le sais. Pour les rares qui vous ont répondu qu'elles souffraient de symptômes similaires, imaginez combien elles doivent être soulagées de savoir qu'elles ne sont pas seules, même s'ils ne l'ont pas couché par écrit ? Mon père a-t-il abordé le sujet quand vous l'avez vu ce matin ?

— Pas un mot.

Mary fronça le nez.

— En réalité, je ne suis pas surprise. S'il compatit, son habituelle retenue l'empêchera de le dire, et s'il ne compatit pas, il feindra l'ignorance. De quoi voulait-il vous entretenir ?

— D'argent. Il nous propose un accord très généreux.

— Quelles sont ses conditions ?

— Aucune. Je vous le promets, Mary, aucune.

— Tante Louisa nous offre déjà assez d'argent pour subvenir à nos besoins. Nous n'avons pas besoin d'une immense maison en ville, d'une propriété de campagne, d'un carrosse, de quatre chevaux, et de toutes ces choses que les autres considèrent comme essentielles à une vie raffinée. Le lui avez-vous dit, Tre ? Bien sûr que oui, je suis désolée.

— Il n'y a pas de conditions, je vous l'assure, Mary, je n'aurais pas accepté s'il y en avait eu. Son financement n'est pas nécessaire aujourd'hui, mais nous ignorons ce que le futur nous réserve. Grâce à votre père et à ma tante, nous n'aurons jamais à nous soucier d'argent.

— Je dois le remercier, alors ?

— Je me suis senti assez confiant pour parler en notre nom à tous les deux.

— Mon cher Tre, vous êtes si sensé, vous ai-je déjà dit que je vous aime ?

— Vous ne me le répéterez jamais assez souvent.

— Je vous aime. Vous me rendez tellement heureuse.

— Je vais vous annoncer une nouvelle qui va vous rendre plus heureuse encore. J'ai reçu un message de Beckman – transmis par votre père, en fait – qui m'informait d'une opportunité parfaite pour tester une agente, ou une sœur secrète, pour utiliser votre euphémisme. Nous allons avoir besoin de quelqu'un pour jouer une opiomane.

— Tre !

— N'oubliez pas : une étape à la fois. Nous sommes tous deux convaincus que les femmes ont leur place dans les renseignements : vous en êtes la preuve. Malheureusement, personne d'autre que nous ne doit être au courant.

— Bert mis à part, ajouta Mary en souriant affectueusement. Le capitaine Beckman est-il toujours à Paris ?

— Non, à Marseille. Vous comprenez, Mary, que nous allons devoir mettre cette initiative en marche avec énormément de lenteur ? Même si nous connaissons le succès sur un dossier précis, nous n'aurons pas carte blanche pour recruter des femmes.

— Un tout petit pas à la fois, je m'en souviens, Tre.

— Mais cela vaut vraiment la peine d'y réfléchir. Cela signifie qu'il faudra écourter notre lune de miel pour retourner à Londres. Je sais que vous vous réjouissiez à l'idée de visiter les lacs, mais…

— Nous pouvons visiter les lacs quand nous le souhaitons. Je me demande si Tilly serait une bonne recrue pour l'opiomane du capitaine Beckman ? Je suis sûre qu'elle serait ravie de faire une croix sur son travail dans le magasin de tourtes.

— Mary, nous ne pouvons pas recruter des associées des Effrontées. Si Queenie Divers découvre que vous êtes toujours en vie…

Tre s'interrompit en souriant.

— Très spirituel, commenta-t-il.

— Nous devrions rentrer nous changer pour le dîner, déclara Mary. Voulez-vous bien m'accorder une danse lors du ceilidh de ce soir, en souvenir du bon vieux temps ?

— Et vous emmener sur la terrasse ? J'en serais ravi, car cela me permettra de remédier à quelque chose que je regrette depuis longtemps, répondit Tre.

— Qu'est-ce que c'est ?

— Ne pas vous avoir embrassée le premier soir.

Il lui souriait d'une manière qui fit s'accélérer le pouls de Mary.

— Remédiez-y maintenant, suggéra-t-elle en enroulant les bras autour de son cou.

— Avec plaisir.

Il leur fallut plusieurs tentatives pour finalement arriver à se séparer.

— De combien de temps exactement disposons-nous avant le dîner ? demanda Tre, la voix éraillée.

— J'ai perfectionné l'art de changer de robe très rapidement. Nous avons assez de temps si nous nous dépêchons de rentrer…

Tre lui prit la main.

— Alors plus un mot, et allons-y.

NOTE HISTORIQUE

La lady aux secrets héberge une galerie de personnages historiques ayant réellement existé, en plus de ceux qui sont inventés de toutes pièces. Nous avons placé notre fiction, autant que possible, sur un fond d'événements et de lieux authentiques.

Toutes les relations de Mary avec les autres personnages, réels ou non, sont entièrement sorties de notre imagination, comme ses aventures dans ce roman. Cependant, nous avons intégré des faits réels que nous connaissons à son sujet et sur les autres personnages ayant existé, et nous nous sommes efforcées d'être fidèles au contexte historique dans lequel se déroule l'histoire.

Lady Mary Montagu Douglas Scott

Notre héroïne était la troisième fille et la benjamine des enfants de Walter, cinquième duc de Buccleuch, et de son épouse, Charlotte, qui étaient les arrière-arrière-arrière-grands-parents de la duchesse d'York. Mary est encore plus mystérieuse que sa sœur Margaret (l'héroïne de notre premier roman, *À la conquête de sa liberté*). Nous savons quand elle est née (le 6 août 1851) et que sa santé n'était pas considérée comme particulièrement robuste. Nous savons qu'elle a épousé le colonel Walter Trefusis, de treize ans son aîné, le 24 juillet 1877, peu avant son vingt-sixième anniversaire. Et c'est tout !

Nous n'avons aucune photographie de Mary, mais un portrait de ses cinq filles figure dans la Collection royale.

Des « ladies détectives » existaient à l'époque de Mary. Des femmes furent employées pour des missions secrètes lors de l'Exposition universelle de 1851 à Londres ; et, en 1855, des femmes détectives travaillent pour la compagnie de chemins de fer Eastern Counties Railway.

Si les femmes sont absentes des registres du personnel du Metropolitan Police (Met, la police de Londres) avant 1883, la presse fait allusion à leur travail d'enquêtrices pour le Met dès 1870 et, à la fin de la décennie, des femmes détectives proposent leurs services dans les petites annonces des journaux. Sous couverture, elles pouvaient passer inaperçues là où leur équivalent masculin aurait été immédiatement repéré. Elles pouvaient obtenir des informations d'autres femmes beaucoup plus facilement et tirer parti de leur intuition féminine. Exactement comme notre héroïne !

Colonel Walter Trefusis

Tre était un parent éloigné de Mary – sa grand-mère Harriet était la grand-tante de Mary – et aussi le cousin du mari de Victoria, la sœur aînée de Mary, Schomberg, neuvième marquis de Lothian. Tre est le troisième fils et cinquième enfant de Charles Rodolph Trefusis, dix-neuvième baron Clinton, et de Lady Elizabeth Kerr. En février 1855, à l'âge de dix-sept ans, il termine sa formation à l'Académie royale militaire de Sandhurst et est engagé comme lieutenant dans le 1er bataillon des Fusiliers royaux écossais – devenus plus tard les *Scots Guards* (la Garde écossaise). La même année, il rejoint son régiment en Crimée pour le siège de Sébastopol.

Le vrai Trefusis était décrit comme « un homme timide et quelque peu nerveux. Populaire auprès des autres gradés et de ses hommes ». Le « mal » que nous avons attribué à Tre serait aujourd'hui reconnu comme un trouble de stress post-traumatique. Cependant, ce mal n'était pas identifié à l'époque victorienne, et encore pendant la Première Guerre mondiale, lorsque l'on a lentement pris conscience des traumatismes liés aux bombardements, on les a souvent qualifiés de lâchetés.

Il est extrêmement peu probable que Tre ait publié une lettre dans la *Pall Mall Gazette* pour parler de son état. Cela dit, un peu plus tard que la période qui nous occupe, lorsque le rédacteur en chef controversé W. T. Stead en prit les rênes, le journal se fit connaître pour ses sujets choquants, comme sur la détresse des enfants prostitués. La révélation de Tre sur le mal qui l'affecte est notre hommage au courage et à l'intégrité qu'il a fallu au père de la duchesse d'York, le major Ronald Ferguson, pour parler ouvertement de son cancer de la prostate.

Nous avons entièrement inventé le rôle de Tre dans la Direction du renseignement. Le département de la topographie et des statistiques a été créé immédiatement après la guerre de Crimée afin d'essayer de pallier certaines lacunes flagrantes que le conflit avait révélées. En 1873, à la suite des réformes Cardwell dans l'armée britannique – qui interdirent notamment la flagellation et l'achat de commissions, n'autorisant plus que les promotions basées sur le mérite –, l'Agence des renseignements du Bureau de la guerre s'installe à Adelphi Terrace, dans la City de Westminster. L'équipe initiale ne comptait que sept hommes, sous la direction du général Patrick MacDougall. Au cours du XXe siècle, l'agence est devenue le célèbre MI6. D'après ce que nous savons, le duc de Buccleuch n'avait rien à voir avec les renseignements, bien que son influence auprès de la reine Victoria et au sein du gouvernement rende crédible le fait qu'il puisse recommander Tre dans notre récit. La reine Victoria avait son propre réseau informel d'« espions ». Elle s'appuyait sur ses enfants, sa famille et ses amis dispersés dans de nombreuses cours d'Europe, et était souvent mieux informée que son gouvernement. Y avait-il des femmes espionnes à l'époque de Tre dans la Direction du renseignement ? C'est un secret !

Charlotte, duchesse de Buccleuch

Dans la vraie vie, le duc et la duchesse avaient la réputation d'être un couple puissant, et ils n'ont jamais abandonné leur benjamine à Drumlanrig. Le duc soutenait les nombreux projets, talents et intérêts personnels de son épouse. Charlotte était une duchesse très impliquée, qui a joué un rôle majeur dans la conception et la construction de Montagu House. Comme son mari, c'était également une grande philanthrope. Parmi les nombreuses causes qu'elle défendait, il y avait les Pauvres Servantes de la Mère de Dieu, même si, pour autant que nous le sachions, elle n'a jamais enseigné dans leurs écoles.

Charlotte était la plus jeune fille de Thomas Thynne, deuxième marquis de Bath, et de l'honorable Isabella Elizabeth Byng. L'histoire de son frère aîné, Thomas, qui aurait épousé la fille d'un péager, est une légende familiale. Thomas Thynne, vicomte Weymouth, très endetté et ayant des amis peu recommandables, a été mis à l'écart par son père parce qu'il était trop dépensier. Weymouth a créé un scandale en s'enfuyant à Paris pour épouser Harriet Matilda Robbins, que l'on dit être la fille d'un péager. Ils ont ensuite déménagé en Italie, où il a attendu de pouvoir réclamer son héritage. La marquise de Bath rendait visite à son fils et à son épouse, mais le marquis de Bath refusait de les voir et tenta, sans succès, de déshériter son fils. Weymouth est mort sans enfant, neuf semaines avant son père.

À l'époque de Charlotte, environ un tiers des enfants mouraient avant leur cinquième anniversaire, mais si c'était un drame tristement courant, ce n'était pas un sujet de discussion dans les cercles qu'elle fréquentait. Son fils Francis est mort de la rougeole à l'âge de deux ans. Lorsque nous avons écrit *À la conquête de sa liberté*, nous pensions qu'elle avait sept enfants et non huit. Nous avons été surprises et peinées lorsque la personne chargée d'effectuer des recherches a découvert la brève existence de Francis par l'intermédiaire de Crispin Powell, l'archiviste de l'actuel duc de Buccleuch. La mère de la duchesse d'York a perdu une fille, Sophie, lorsque celle-ci était encore un bébé – un triste secret que la duchesse n'a découvert que bien plus tard –, et sa grand-mère Marian a également perdu un fils, une autre mort en bas âge qu'il était inconvenant d'évoquer à l'époque. Charlotte a également perdu deux petits-enfants : Schomberg, le fils de Victoria, à douze mois, en 1870, et James, fils de Henry, à deux ans, en 1874. C'est grâce à Charles Cameron, l'unique petit-enfant de Lady Margaret encore en vie et cousin éloigné de la duchesse d'York, que l'on sait que les petits-enfants de Charlotte l'appelaient *Granny B,* c'est-à-dire « mamie B ».

Louisa, Lady Rolle

Lady Rolle avait vingt-six ans lorsqu'elle a épousé un homme de soixante-six ans, Lord John Rolle. Lord et Lady Rolle vivaient la majeure partie de l'année à Bicton House dans le Devon (un édifice qui abrite aujourd'hui un établissement d'enseignement agricole). Ils ont vécu le drame de voir mourir leur fille unique en bas âge. Comme nous n'avons pas pu découvrir le nom de leur enfant, nous lui avons donné le second prénom de Lady Rolle, Barbara.

Après le décès de son époux, Lady Rolle s'est consacrée à ses nombreux engagements philanthropiques et à sa passion pour le jardinage. Comme Charlotte, Lady Rolle admirait le travail de Le Nôtre à Versailles, et a développé l'un des jardins les plus importants d'Angleterre à Bicton Park, en plantant arbres, arbustes et plantes du monde entier. Indomptable et autoritaire, truculente, Lady Rolle a sans doute inspiré le personnage de Lady Kew dans le roman *The Newcomes* de Thackeray. Elle a dépensé une grande partie de sa fortune pour des œuvres caritatives et fut la première femme à administrer l'hôpital royal Bethlem et l'hôpital Bridewell.

À Londres, Lady Rolle louait le 18, Upper Grosvenor Street. Trefusis était son neveu préféré. Elle a facilité son mariage avec Lady Mary en leur versant une somme d'argent considérable.

Lieutenant colonel Frederick Wellesley

Wellesley (1844-1931) est l'un des personnages historiques qui semblaient nous supplier de faire partie du roman lorsque nous faisions nos recherches. Wellesley était le James Bond de son temps : il a utilisé sa position d'attaché militaire britannique à la cour de Russie pour recueillir des informations. Crapule classique de l'époque victorienne, il était célèbre pour ses excentricités et ses liaisons scandaleuses. Pendant les six années où il a agi, entre 1871 et 1877, année au cours de laquelle sa couverture a été dévoilée, il a fourni quelques-uns des meilleurs renseignements jamais obtenus sur l'univers très fermé du Moscou tsariste.

Lewis Strange Wingfield

Lewis a fait une apparition dans *À la conquête de sa liberté*, et nous y étions tellement attachées que nous avons voulu lui offrir à nouveau un rôle secondaire.

Le troisième et plus jeune fils du sixième vicomte de Powerscourt et de Lady Elizabeth, Lewis a été tour à tour voyageur, acteur, critique, dramaturge, costumier de théâtre, romancier et peintre (ses œuvres ont été exposées à la Royal Academy). Prédisposé à jouer la comédie, il a passé des nuits dans des hospices et logements pour indigents, est devenu gardien dans un asile d'aliénés et une prison. Il s'est rendu à Paris comme correspondant de guerre pendant le conflit franco-prussien (1870-1871), où il a suivi une formation de chirurgien.

Bien que la rumeur le dise homosexuel, il s'est marié en 1868, mais n'a pas eu d'enfants.

En tant que comédien et costumier de théâtre, c'était un maître du déguisement. Qui sait, peut-être a-t-il même joué les espions ?

Les Quarante Voleuses

Bien que Queenie Divers et sa bande de criminelles soient des personnages de fiction, il existe un syndicat du crime entièrement féminin appelé les Quarante Voleuses - rebaptisées plus tard *Forty Elephants* (les quarante éléphants) - qui opérait à Londres et qui fut mentionné pour la première fois par la presse en 1873. En 1880, il était dirigé par la reine des voleuses Mary Carr (1862-1924) et sévissait dans le quartier d'Elephant and Castle à Londres.

Les Quarante Voleuses étaient à l'origine spécialisées dans le vol à l'étalage. Elles étaient alliées au puissant gang d'*Elephant and Castle* (composé d'hommes) et avaient également des liens avec des criminels aux États-Unis et en Europe. Queenie elle-même est basée sur « la reine du recel », l'Américaine Fredericka Mandelbaum (1827-1894). Équivalente féminine du personnage de Fagin dans *Oliver Twist*, elle sortait les enfants des rues pour les former d'abord comme pickpockets, puis voleurs professionnels, cambrioleurs, perceurs de coffres-forts et escrocs.

Le château de Drumlanrig

Le palais rose a servi de décor à de nombreuses productions cinématographiques et télévisées, dont *Outlander*. Dans les années 1870, le domaine était réputé, non seulement pour la beauté et l'étendue de ses jardins paysagers, mais aussi pour ses potagers situés à moins d'un kilomètre de là, à Tibbers, qui étaient équipés de vastes serres chauffées. Les apprentis jardiniers et horticulteurs de tout le Royaume-Uni cherchaient à être formés par le jardinier en chef DavyThomson, qui a publié plusieurs livres sur le sujet. Un certain nombre de ses stagiaires sont ensuite devenus des jardiniers en chef dans le monde entier. Les jardins de Drumlanrig ont un peu changé depuis l'époque de Charlotte, et sont toujours aussi beaux.

Les deux cottages d'été que Mary et Tre ont visités existent encore. Le château et le parc sont ouverts au public, mais les potagers et les serres pionnières de Tibbers ne sont plus accessibles, malheureusement.

Nous sommes redevables à Crispin Powell, l'archiviste de Buccleuch, pour le temps qu'il nous a généreusement consacré afin de nous aider à esquisser les contours de Charlotte, duchesse de Buccleuch, et pour nous avoir fourni autant d'informations fascinantes sur les jardins potagers de Tibbers et le château de Drumlanrig.

Le prieuré de Newburgh

Le prieuré de Newburgh, avec ses vues à couper le souffle sur le Cheval blanc de Kilburn, est encore aujourd'hui la demeure de la famille Wombwell. La maison et les jardins sont ouverts au public. La galerie a été ravagée par un incendie en 1939, et les ruines envahies de lierre sont aujourd'hui un salon de thé. Il est possible que les jardins aquatiques du prieuré de Newburgh aient été créés après l'époque de notre histoire, mais nous trouvions qu'ils offraient un cadre trop romantique pour nous en priver.

Sir George Wombwell a rejoint le 17e régiment de lanciers en 1852, en tant que cornette (officier subalterne). Il a effectivement été affecté en Crimée à l'âge de vingt-deux ans et a été l'un des rares survivants de la charge de la brigade légère. Il était aux côtés de Lord Cardigan lorsque son cheval a été abattu sous lui. Cardigan lui a bien crié : « Attrapez un cheval, jeune imbécile, et venez avec nous ! » Wombwell a quitté l'armée en 1855 et a épousé Lady Julia Child-Villiers (petite-fille de Sir Robert Peel), avec qui il a eu trois filles et deux fils. En 1889, Sir George a décidé qu'il était temps de restaurer la Chambre maudite. Peu après le début des travaux, son fils aîné a été tué en Inde, et en 1901 son deuxième fils est également mort pendant la guerre des Boers. La pièce est restée intacte depuis lors.

Malheureusement, à cause de la pandémie de Covid-19, nous n'avons pas pu visiter le prieuré de Newburgh. Nous avons donc supposé l'emplacement de la Chambre maudite et du grenier où se trouve le caveau de Cromwell. Oliver Cromwell est mort de causes naturelles et a été enterré dans l'abbaye de Westminster. Après la restauration de Charles II, le corps de Cromwell a été exhumé et emmené à Tyburn, où il a été pendu et décapité le jour du douzième anniversaire de l'exécution de Charles Ier. Sa tête a ensuite été exposée sur une pique au-dessus du palais de Westminster pendant quinze ans, jusqu'à ce qu'elle tombe au cours d'une tempête et qu'on propose de la vendre à un collectionneur privé. Elle a eu plusieurs propriétaires avant d'être de nouveau inhumée au Sidney Sussex College de Cambridge en 1960.

Le corps sans tête de Cromwell a été jeté au crépuscule dans une fosse non identifiée sous la potence. Plusieurs lieux en Angleterre sont avancés pour être sa dernière sépulture.

Cependant, il est assez probable que la maison de sa fille, le prieuré de Newburgh, le soit vraiment, et la légende familiale affirme que la comtesse Fauconberg a payé un pot-de-vin pour que le corps lui soit restitué. Le caveau de Cromwell dans le grenier n'a jamais été ouvert, même pas quand Edward VII, alors prince de Galles, a demandé que sa curiosité soit satisfaite.

Carlsbad

Des lettres et des documents trouvés dans les archives de la famille Buccleuch montrent que Charlotte était souvent préoccupée par sa santé et celle des siens, en particulier celle de Mary. Charlotte, accompagnée de plusieurs membres de la famille, se rendait régulièrement dans des villes thermales de Grande-Bretagne et d'Europe pour y effectuer des cures. Nous savons qu'elle est allée au moins une fois à Carlsbad, aujourd'hui connue sous le nom de Karlovy Vary, en République tchèque. Elle faisait partie des nombreux Européens riches et influents qui affluaient à Carlsbad pour leur santé, leur bien-être et leur vie sociale. Malgré ses craintes, Charlotte a en réalité vécu près de quatre-vingt-quatre ans, mourant d'une « congestion du foie » en 1895.

Dans les années 1870 à Carlsbad, les hôtels voisins Tchèque et Saxon se disputaient la clientèle d'élite qui visitait les thermes. En 1890, alors propriétés de la famille Pupp, les deux hôtels ont fusionné pour créer le prestigieux Grandhotel Pupp, toujours en activité aujourd'hui. La maison d'hôtes Hans Heiling, où Lady Mary et Lady Rolle déjeunent lors de leur visite des rochers de Svatoš, existe encore et a été rebaptisée « restaurant

Jan Svatoš », rendant au personnage légendaire tchèque son nom original au lieu de son nom allemand, Hans Heiling.

Cliveden

Construit à l'origine par le duc de Buckingham en 1666, le château de Cliveden est surtout connu pour avoir appartenu aux Astor et pour les fêtes débridées qui s'y sont déroulées dans les années 1960. Ces soirées ont fait la une des journaux lors de la fameuse affaire Profumo (scandale politique qui a éclaté à la suite de la brève liaison entre John Profumo, secrétaire d'État à la Guerre, et une jeune mannequin de dix-neuf ans). Cliveden a brûlé à deux reprises, la dernière fois peu après que le duc de Sutherland l'a acheté, en 1849. La reine Victoria a vu les flammes depuis le château de Windsor en aval de la Tamise et a envoyé des véhicules de pompiers pour tenter d'éteindre l'incendie. La reine venait fréquemment au château, et parfois en bateau, pour prendre le thé avec son amie et maîtresse de la garde-robe, Harriet, duchesse de Sutherland, à Spring Cottage.

Lord Astor a acheté Cliveden en 1893 et a énormément contribué à en améliorer la beauté, notamment en installant la Fontaine de l'amour à la place de la statue du duc de Sutherland qui s'y trouvait à l'époque de Mary. Le domaine appartient au National Trust et est ouvert au public. Le château est aujourd'hui un hôtel de luxe.

Ces notes historiques ne vous donnent qu'un aperçu des recherches effectuées pour rédiger notre livre. D'autres informations ont dû être omises à contrecœur. Nous nous sommes efforcées d'être aussi précises que possible à tous les égards, mais il s'agit d'une œuvre de fiction, et nous avons parfois fait preuve d'une certaine liberté artistique.

Tous les oublis ou erreurs sont entièrement de notre fait.

Sarah et Marguerite

Composé et édité par HarperCollins France.

Achevé d'imprimer en mai 2023.

FIRMIN-DIDOT

à Mesnil-sur-l'Estrée (Eure)

Dépôt légal : juin 2023.

Pour limiter l'empreinte environnementale de ses livres, HarperCollins France s'engage à n'utiliser que du papier fabriqué à partir de bois provenant de forêts gérées durablement et de manière responsable.

Imprimé en France